Valentine Goby

Über allen Bergen

VALENTINE GOBY

Über allen Bergen

Roman

Aus dem Französischen
von Marlene Frucht

List

Besuchen Sie uns im Internet:
www.ullstein.de

Wir verpflichten uns zu Nachhaltigkeit
- Papiere aus nachhaltiger Waldwirtschaft und anderen kontrollierten Quellen
- Druckfarben auf pflanzlicher Basis
- ullstein.de/nachhaltigkeit

MIX
Papier
FSC FSC® C014496

Die Originalausgabe erschien 2022 unter dem Titel
L'Île haute bei Actes Sud, Arles.

List ist ein Verlag der Ullstein Buchverlage GmbH
ISBN: 978-3-471-36069-19

Gesetzt aus der Albertina by *pepyrus.*
Druck und Bindearbeiten: GGP Media GmbH, Pößneck

So anders ist diese Welt:
Als ich dort ankam, war ich wieder Kind.
Marquis de Custine, *Mémoires et Voyages*

1
weiß

Sobald sie den Zug verlassen haben, bemächtigt sich die Kälte des Jungen. Sie stanzt seinen Körper aus der Umgebung heraus, die unter weiten Kleidern verborgene, magere Gestalt, den Nasenrücken, die Finger, deren Spitzen aus den Handschuhen herausschauen. Mit dem Koffer in der Hand bleibt er auf dem Bahnsteig stehen, in die Wolke des eigenen Atems gehüllt. Er spürt die Umrisse seines Körpers überdeutlich, die ganz feine Grenze, die ihn von der Außenwelt trennt, da, wo warme Haut und eiskalte Luft wie zwei fremde Elemente aufeinandertreffen. Er fühlt sich wie eine der Scherenschnitt-Figuren beim Schattentheater, so stark ist der Eindruck. Im nächsten Moment jedoch verschwindet die scharfe Trennung auch schon wieder, und seine Form beginnt sich aufzulösen.

Der Schnee reicht ihm schon bis zu den Knöcheln, bleibt in großen Flocken an seiner Mütze, der Hose und dem wollenen Mantel hängen, türmt sich auf seinem Koffer und den Schuhen und will ihn verschwinden lassen, so wie er auch alles andere zu verschlucken scheint. Der kleine Bahnhof, die Bäume und Bänke sind nur als glatte, runde Formen zu erahnen, neu geformt vom Schnee. Im Nebel verschmilzt die ganze Umgebung zu einer einzigen undurchdringlichen Substanz, die nur hier und da von einzelnen schwarzen Linien unterbrochen wird: Gleise, die schmale, windabgewandte Seite der Stämme, die Ränder der Dächer. Das Gerippe der Landschaft. Sogar die Ordensschwester neben ihm ist im Verschwinden begriffen, die Wangen, die Tracht und die helle Kopfbedeckung verblassen; einzig die Ränder der Brille und der Gehstock treten hervor, als schwebten sie einfach so in der Luft.

»Vincent?«

Ein Mann löst sich aus der kalten Umgebung heraus, Mütze, Hose und Umhang voll weißer Flocken, Eisstückchen im Bart. Also hat er von der Lawine und der verschütteten Strecke gehört und ist gekommen, um den Jungen abzuholen. Die Schwester seufzt erleichtert, dann kann sie sich ja gleich auf den Rückweg machen.

Seit ihrer Abfahrt aus Paris sind sie zweimal umgestiegen. Es war Vadims erste Fahrt mit dem Zug, der ihn fortbringt aus der Stadt. Doch er war zu aufgeregt, um sich zu freuen. Die ganze Reise über an der Seite der Nonne nur ein Gedanke: *Atmen*. Auf diese winzige Aufgabe hat er sich konzentriert: *einatmen, ausatmen*, Sekunde um Sekunde; sechshundert Kilometer Ungewissheit aufgeteilt in Tausende vertraute Einheiten. Für die von der Geschwindigkeit in Fetzen gerissene Landschaft hinter der beschlagenen Scheibe hatte er kaum einen Blick. Er hat ein wenig in seinem Heft herumgekritzelt. Hat versucht zu schlafen, während seine Schulterblätter sich an der hölzernen Sitzlehne rieben. In der Nähe von Lyon begann es zu regnen, später wurde daraus Schneeregen und noch später dichte Flocken, ein unwirkliches, allzu märchenhaftes Abbild der Kälte draußen. Jeder Umstieg schien sie dem Winter ein Stückchen näher zu bringen, als wäre der Winter das Ziel ihrer Reise.

Als der Nebel so dicht wurde, dass er auf beiden Seiten bis an die Gleisböschung heranreichte, verdüsterte sich das Gesicht der Nonne. Vadim war das Wetter egal, er wusste ja auch nicht, welche Gefahr davon ausging. Ihr war dagegen sehr wohl bewusst, was es bedeutet, am Fuß des Passes nicht weiterzukommen. Hinzu kam, dass sie alt und müde war und ihr das Risiko dieser Reise auch für sich genommen schon ausreichte. Vadim sah nicht die Ebene von Chedde, genauso wenig wie die Gipfel der Aravis-Kette. Er sah keine der Kuppeln, Kämme, Spitzen und Gipfel, die jenseits der Wolken verschwanden. Was er sah, waren dichte Passagen aus Fichten, die den hochfahrenden Zug umschlossen, und während er sich die Steigung hinaufkämpfte, fielen die unter dem Gewicht des Schnees gebeugten Zweige wie nasse Haarsträhnen über die Waggonfenster. Er sah einen Tunnel, einen gewundenen Graben, der sich dunkel von der Umgebung abhob. Das Viadukt, das sich über die grüne Arve wölbt, sah er nicht. Er konnte sich kein Bild von der Landschaft machen, weil er weder Kirchtürme noch überhängende Schneekappen, noch eingestürzte Gletscher erblickte.

Als er die Stirn an die Scheibe drückte, sah er neben den Gleisen struppige Zweige mit vereinzelten Blättern aus all dem Weiß am Boden ragen und stellte sich vor, es wären ausgemergelte Arme, die sich aus dem gefrorenen Boden streckten und um Hilfe baten. Von der Durchsage wegen der Lawine hat er nichts mitbekommen, weil er da gerade ein Schild auf dem Bahnsteig entzifferte und sich darüber freute, an diesem vollkommen fremden Ort unerwartet auf vertraute Klänge zu treffen: *Chamonix*. Das Wort kam ihm bekannt vor, *Chamonix*, und er sagte sich die Silben einzeln vor, wie wenn man die Absätze wieder und wieder in den Lehm rammt, um darin eingegrabene kleine Steine an die Oberfläche zu bringen, *Cha-mo-nix-Cha-mo-nix*, bis aus den Tiefen seiner Erinnerung das Bild jener kleinen, rundlichen, mit Orangencreme gefüllten Küchlein auftauchte, an deren dünnem Zuckerüberzug er vor langer Zeit einmal mit dem Fingernagel herumgekratzt hatte, früher, als man die kleinen *Chamonix*-Kuchen noch kaufen konnte: Er stellte sich die Küchlein auf dem verschneiten Bahnsteig vor, wie sie unter transparentem Papier in ihrer Verpackung lagen, ein Karton der Firma *L'Alsacienne*, und schon glaubte er zu fühlen, wie ihm das Gebäck auf der Zunge zerging und der imaginäre Zucker sein Zahnfleisch reizte. Die widersprüchlichen Ortsbezeichnungen »Chamonix« und »L'Alsacienne« ließen ihn endgültig die Orientierung verlieren: Das Elsass in Frankreichs Osten, wie er sich zu erinnern meinte, dann hier die weiter südlich gelegenen Alpen, wo sich dieses Chamonix-Schild befand, und die Marmelade aus Zitrusfrüchten, die ihn eher an eines jener sonnenverwöhnten Länder denken ließ, für das er keinen Namen hatte: Wo waren sie jetzt noch mal genau? Wo auf der Karte, die seine Mutter am Abend vor der Abreise in ihrem Zimmer ausgebreitet hatte, an welchem Punkt der grob nachgezeichneten Strecke? Er war verwirrt.

Offenbar hatte er etwas vor sich hin gemurmelt, denn die Schwester tätschelte seine Hand und flüsterte ihm leise ins Ohr: »Es heißt Chamon*i*! Nicht Chamo-*nix*, das X spricht man nicht ...« Dann lächelte sie: »Mein Kloster ist hier.« Sie fuhr fort: »Hast du gehört? Der Zug endet zwei Stationen früher, wegen einer Lawine.« *Blieb nur zu hoffen, dass die Nachricht den Mann ebenfalls erreichte.* »Mach dir keine Sorgen, Vincent, wir sind bald da.« Aber zu spät, das Wort *Lawine* beschwor bereits die nächste Bedrohung herauf. Den Rest der Reise verschlief Vadim, er tauchte einfach hinab in den Schlaf und sah nichts mehr.

Jetzt ist er an der provisorischen Endstation angelangt, irgendwo mitten in dem ganzen Weiß, doch noch nicht am Ziel, und abgesehen von Schnee und Kälte vermag er nicht zu sagen, was ihn umgibt.

»Vincent?«, sagt der Mann noch einmal.

An den Vornamen muss er sich erst noch gewöhnen.

»Ja, wir sind es, also er ist Vincent ...«, sagt die Schwester. »Sind Sie Albert?«

»Albert konnte nicht kommen, wegen seines Beins. Ich bin sein Bruder.«

Seltsam, der Mann spricht die Rs so ähnlich aus wie Vadims Vater, der immer versucht, sie nicht zu rollen, und den Laut stattdessen weit hinten im Hals bildet, weil er genauso klingen möchte wie die anderen Pariser. Aber der Akzent ist ein anderer, und wenn der Mann spricht, macht er dabei kaum den Mund auf. Er ist mit Sicherheit kein Russe.

»Sind Sie zu Fuß hergekommen?«

»Heute Morgen kam die Lawine runter. Also bin ich extra früher los.«

Die Schwester nickt bedächtig. Sie legt eine Hand auf Vadims Schulter und drückt sie.

»Passen Sie gut auf ihn auf ... und grüßen Sie Abbé Payot von mir.«

Sie klopft den Schnee von ihrer Tracht, steigt wieder in den Waggon und nimmt am Fenster Platz. Sie sieht Vadim winken, sodass die Flocken um sein Gesicht wirbeln, und wie sein Mund stumme Worte der Verabschiedung formt. Schon verschwindet der Junge, der Schnee verschluckt seinen mageren Körper, daran kann auch die Brille nichts ändern, die sie gegen ihre Kurzsichtigkeit trägt. Sie denkt: *Es ist das Beste, was ihm passieren kann.*

»Es wird bald dunkel, Kleiner, also machen wir uns sofort auf den Weg. Zeig mal deine Schuhe her.«

Vadim folgt dem Mann ins Bahnhofsgebäude und stampft ein paarmal auf den Fliesenboden.

»Also gut …«

Der Mann setzt seine Kiepe ab, holt ein Paar Stiefel mit nagelbesetzter Sohle hervor und kniet sich vor Vadim hin. Man sieht sofort, dass sie ihm zu groß sind.

»Mir wurde gesagt, du seist zwölf …«

»Ich bin zwölf.«

»Deine Füße nicht.«

Der Mann knüllt etwas Zeitungspapier zusammen, stopft es vorne in die Stiefel hinein und zieht die Schnürsenkel fester.

»So, jetzt müsste es gehen.«

Er verstaut die unbrauchbaren Schuhe in seiner Kiepe und hält Vadim ein Stück Brot und eine Trinkflasche hin.

»Hier, zur Stärkung.«

Vadim beißt von dem Brot ab und trinkt.

»Gib mal deinen Koffer her, besser, du hast die Hände frei. Nie die Hände in die Taschen stecken, verstanden?«

Sie reihen sich hinter andere Gestalten, die aus demselben Zug gestiegen sind, und folgen der lose zusammenhängenden Menschenschlange bergauf. Es geht ein kleines Sträßchen hinauf, das sich wie ein schmales

Band zwischen den Bäumen hindurchwindet, wo sie fortwährend ältere, schon fast wieder verschwundene Spuren durch neue ersetzen. Vadim zurrt seine Schuhe fest und versucht, in die Stapfen des Mannes vor ihm zu treten. Er muss die Knie ziemlich hochheben, um sich aus dem Schnee zu befreien, dann aber setzt er seine Füße mit Bestimmtheit auf, rammt die großen Clownslatschen in den Boden und streckt dabei die Arme aus, um das Gleichgewicht zu halten. Er hört das gedämpfte Knirschen unter ihren Sohlen. Er passt seine Schritte denen des Mannes an, seinen Atem dessen Atem, und sein Herz klopft wild wie der Schlägel einer Glocke. Im Gleichschritt geht es stetig bergauf, das Tempo ihrer Schritte hält die Menschen zusammen wie ein unsichtbares Seil, während der Schnee unaufhörlich auf sie herabfällt. Um sie herum vermutet Vadim Abgründe, Verwerfungen und Erhebungen. Er wähnt überall Verstecke, Schlupfwinkel, Fallen, dabei weiß er gar nicht, dass er auf alten Schmugglerrouten unterwegs ist; dennoch erscheint ihm die Landschaft, die sich seinem Blick fortwährend entzieht, voller Geheimnisse. Irgendwann zerreißt von ferne ein Pfiff die Stille: Das ist der Zug, der sich unten im Tal wieder in Bewegung setzt.

Bald fängt Vadim an, durch den geöffneten Mund einzuatmen, für ihn ein wohlvertrauter Überlebensreflex. Weil sich bei Anstrengung meistens sofort sein Brustkorb verengt, soll er sich immer schonen, ganz anders als sein älterer Bruder Jean, der ein ausgezeichneter Läufer ist. »Meine kleine Lokomotive«, sagt seine Mutter oft und streicht lächelnd über das blasse Gesicht ihres Sohnes, der schon so oft dem Tod von der Schippe gesprungen ist. Für ihn bewahrt sie echten Kaffee in einer eisernen Dose auf, ein wahrer Schatz, denn das Koffein weitet die Bronchien, und nachts, wenn er schläft, legt sie horchend ein Ohr auf seine Brust. Er hat Asthma seit seiner Geburt, und in den letzten Monaten wurde ihm Stück für Stück die Luft zum Atmen genommen. Erst hatte sein Vater die Schuhmacherwerkstatt in die Wohnung der Familie verlegen müssen – und sie konnten die Tür noch so gut abdichten und für Durchzug sorgen, der Geruch vom Klebstoff und den Lösungsmitteln breitete sich unaufhaltsam aus, griff seine Lungen an und trieb ihn in die Flucht, ins Treppenhaus, zu den Nachbarn. Doch sein Vater hatte keine Wahl, wollte er weiter arbeiten, so musste er es im Verborgenen tun. Kurz darauf zog sich der Raum um Vadim noch enger zusammen, als sein Vater floh und seine Mutter entschied, vorsichtshalber mit ihm die Wohnung zu verlassen. Sie zogen zu den Dorselles, den Arbeitgebern seiner Mutter, wo sie in zwei Einzelbetten schliefen, die nur durch einen mit hauchdünnem Stoff bezogenen Raumteiler voneinander getrennt waren, ihre gefalteten Kleider auf dem einzigen Regalbrett ablegten und Tag und Nacht den Sauerstoff miteinander teilten. Schon als kleines Kind hatte Vadim angefangen, winzig kleine Welten zu zeichnen, Blattadern, Kerben im Holz, Lichtreflexe in einer Pfütze, Haut, Fell, Rinde, einen Schmetterlingsflügel, alles nahm er ganz genau in Augenschein, Unebenheiten im Glas, Risse im Leder, und bannte sie in Abstufungen von Grau auf die Seiten seines Notizbuchs, eine Ansammlung ultrapräziser Fresken. Je kleiner und feiner, umso besser, mikroskopisch kleine Landschaften.

Im letzten Herbst hatte er dann in dem kleinen Zimmer begonnen, zylindrische Formen zu zeichnen, das Papier mit ineinander verschlungenen Schläuchen zu füllen, mit schlaffen Umrissen und unzähligen Hohlräumen, die wie platt gedrückte Trauben aussahen. Man konnte reine Formen darin sehen, pure Abstraktion, eine visuelle Spielerei. Doch brachte er darin das Chaos in seinem Körper zum Ausdruck, das für ihn immer schwerer zu ertragen war. Die Angst vor der äußeren Welt presste seine Bronchien zusammen. An dem Tag, als er die Adrenalinspritze bekam, lag er wie ein sterbendes Kind auf dem Bett und starrte an die Decke, blasses Gesicht, auf dem sich das Netz der Adern abzeichnete, lila verfärbte Lider und Lippen, aber sein Herz galoppierte wie wild, und im Weiß der Augen pulsierte das Blut. Da hatte seine Mutter »Stopp« gesagt. Madame Dorselles hatte recht, Vadim musste fort. Ihr Ehemann kannte einen Unternehmer, dessen Familie in Ivry, einem Vorort von Paris, mit Kautschuk ein Vermögen gemacht hatte. Die Dorselles hatten der schwangeren Nichte jenes Mannes vor einiger Zeit einen Gefallen getan und sie so lange als Hausangestellte bei sich arbeiten lassen, bis sie sich des Kindes entledigt hatte – in ebender Wohnung, in der jetzt Vadims Mutter lebte. Der Geschäftsmann stammte aus einem winzigen Tal, das zu schmal war, um im Atlas auffindbar zu sein, einem kleinen Flecken ganz hoch oben, der wie eine natürliche Wiege ins Gebirge gegraben war, von ihm »Tal der Bären« genannt. Dort würde sich jemand des Jungen annehmen. Sophie würde dafür einen Teil ihres Lohns abgeben, und die Dorselles übernahmen den Rest.

Vadim war nicht klar gewesen, dass es so steil hinaufgehen würde, dass so viel Schnee an seinen Waden haften und der Nebel so dicht sein würde. Seiner Mutter und dem Ehepaar Dorselles offenbar auch nicht, denn sonst hätten sie wohl größere Bedenken gehabt. Er achtet auf seine Atmung, lauscht auf das kleinste Rasseln, das erste Anzeichen einer Verengung. Er darf sich nicht überanstrengen und überlegt, dass er ja die riesigen Schuhe als Ausrede anführen kann, falls er allzu sehr trödelt. Aber das Einzige, was sich einstellt, ist wachsende Erleichterung, und den Mann scheint es im Übrigen gar nicht zu kümmern, wie langsam er vorankommt. Vielleicht weiß er auch Bescheid und hat deshalb Geduld mit ihm. Unter den Rippen des Jungen füllen sich viele kleine Ballons mit Helium und heben ihn empor, bis er das Gefühl hat zu schweben. Die Kälte schiebt sich wie kleine Bürstchen aus Eis in seine Bronchien und kleidet sie schützend aus, sodass die kühle Luft pfeilschnell hineinzischen kann. Die Grenze zwischen seiner Haut und der Außenluft existiert nicht mehr, aber es ist nicht einmal unangenehm; die Finger sind klamm, die Zehen vor Kälte gefühllos, so wird er mit der Kälte eins. Die Flocken bleiben an seinen Wimpern hängen, kleben an seinen Wangen wie seltsame Federn. Der Rotz unter seiner Nase gefriert, er spürt sein Gesicht nicht mehr, nicht mehr die kratzige Wolle und nicht die brennenden Wangen. Sein Schal wird zu einem festen Kinnriemen, die Mütze wird zum Helm, sein Mantel zu einer merkwürdigen Rüstung. Es fühlt sich gut an, auch wenn der Gedanke an die Mutter, die nun ganz allein ist, und an den Vater, wer weiß wo, ihn davon abhält, sich ganz und gar verzaubern zu lassen. Sie fahren ihm zärtlich wuschelnd durch die Locken und sagen immer wieder: »Geh, Vadim, geh«, bis er sich schließlich fügt. Wenn auch widerwillig, denn egal, was passiert, er ist und bleibt doch Sophies und Josephs Sohn, Jeans Bruder, der Enkel von Pierre und Myriam, Rachel und Jacob.

»Geht's?«

Vadim hebt den Kopf. Die Umrisse vor ihnen sind fort, vielleicht gibt es Dörfer irgendwo in der Nähe, zu denen sie abgebogen sind.

»Ja.«

Der Mann stellt den Koffer ab, massiert seine Schulter, deutet zum Himmel. Er sagt, da oben ist der Pass. Der Pass ist sechs bis sieben Monate im Jahr unpassierbar, die Straße ebenso, denn dann liegt da oben etwa zwölf Meter hoch Schnee, manchmal sogar vierzehn, zwanzig Meter. Der einzige Weg, das Tal zu erreichen, ist durch den Tunnel von Montroc. Wenn der Zug durchfahren kann, nimmt man den Zug, wenn eine Lawine den Weg versperrt, muss man zu Fuß durch den Tunnel gehen.

»Und das ist es, was wir tun werden.«

Vadim blickt zu dem unsichtbaren Pass empor, ein Pass, der kein Passieren ermöglicht und das Tal stattdessen einschließt oder beschützt, je nachdem. Unwichtig, solange das Tal eine Zuflucht ist. Zwischen einzelnen, verstreuten Häusern, aus denen weder Laut noch Lichtschein dringt, biegen sie ab und gelangen zu den Eisenbahnschienen, die sie in der Mitte von dem, was von der Fahrspur übrig ist, nur erahnen können und die sie zum Eingang des Tunnels führen.

»Pass auf die Zapfen auf«, sagt der Mann und richtet den Strahl seiner Lampe auf eine Reihe von herabhängenden Eiszapfen. Vadim betrachtet die winzigen, nun golden schimmernden Dolche an der Decke, die wie Zähne in einem märchenhaften Mund anmuten. Der Mann bricht zwei Äste von einem Strauch ab, schüttelt den Schnee herunter und entfernt die kleineren Zweige.

»Die Lampe sparen wir uns für nach dem Tunnel auf«, erklärt er, »im Dunkeln wissen wir sonst nicht, wo es langgeht. Hier können wir uns an der Wand orientieren. Du kratzt einfach mit dem Ast an der Mauer entlang, so, bis zum Ende.«

Der Mann schaltet seine Lampe aus, Vadim betritt nach ihm den Tunnel, und beide werden von der Dunkelheit verschluckt. Vadim macht es wie der Mann, hält seinen Ast in der rechten Hand und lässt ihn an der Wand entlangratschen. Es ist nicht mehr dieselbe Stille wie draußen, die eben noch gedämpften Geräusche werden nun deutlicher, weil das Gestein sie in hellen Tönen zurückwirft, von Mal zu Mal ein bisschen abgeschwächter. Vadim hört sich selbst schniefen und seufzen. Das pausenlose Kratzen der Stöcke, das Aufsetzen der Sohlen auf der Erde, das Brechen vom Eis gefrorener Pfützen, das Tröpfeln und die saugenden Geräusche des Schlamms verschmelzen zu einem bizarren Magma, einer Höhlensymphonie, die einen glauben lässt, zehn, zwanzig Leute würden da unten mit ihnen entlanggehen. Er merkt, dass er seine Atmung nicht länger überwachen muss, die Luft fließt klar und ungehindert hinein und wieder heraus. Also konzentriert er sich aufs Licht, die Suche nach Helligkeit. Doch egal, wie weit er die Augen aufreißt, keine Aufhellung in Sicht. Nicht einmal als flüchtige Spiegelung auf den Eiszapfen, die auf der ganzen Länge des Gewölbes wie Orgelpfeifen von der Decke hängen müssen. Wenn er zurückschaut, ebenfalls nichts als Dunkelheit. Da vernimmt er ein metallisches Reiben, und ein Strauß Funken leuchtet kurz auf. Gleich darauf hört man einen Stein über den Boden rollen.

»Jetzt bist du dran!«, hört er die Stimme des Mannes. »Bück dich einfach, heb einen Stein auf und streich damit die Wand entlang.«

Vadim schnappt sich einen Stein und schlägt ihn gegen die Wand.

»Fester!«

Er versucht es noch einmal, aber die Hände sind steif vor Kälte, sodass er nur drei mickrige Fünkchen zustande bringt und sich dabei die Finger zerkratzt. Da lacht der Mann, der Tunnel vervielfältigt sein Lachen, und Vadim lässt den Stein fallen. Als Nächstes ist wieder das Reiben des Astes zu hören. Vadim fängt auch wieder damit an, obwohl ihm davon schon der Arm wehtut. Da taucht plötzlich in der Dunkelheit ein heller Punkt auf. Der Mann wirft den Ast fort, Vadim tut es ihm nach. Der Punkt wird größer, und schon können sie wieder etwas sehen. Der Ausgang des Tunnels ist ein Loch, das in die Lawine gegraben wurde, eine weiße Öffnung, über deren Rand sie nun hinwegsteigen müssen.

»Nichts Zerbrechliches dabei?«, fragt der Mann und hebt den Koffer hoch.

Vadim schüttelt den Kopf. Da schleudert der Mann den Koffer über die Schneemauer und streckt dem Jungen anschließend die Hand entgegen, um ihn zu stützen. »Komm schnell, wir dürfen hier nicht stehen bleiben, das ist alles nicht stabil.«

Der Tunnel liegt jetzt hinter ihnen. Es hat aufgehört zu schneien. Keine einzige Flocke fällt mehr. Kein Windhauch. Die Landschaft liegt im Nebel wie in einer weißen Dämmerung. Eine erstarrte Welt, wie jene in Bromsilbergelatine auf Glasplatten festgehaltenen Szenen, die Vadim bei seinem Nachbarn in Paris, fest an das Okular eines entsprechenden Bildbetrachters gepresst, hat sehen können.

Nur ein vage angedeuteter Weg führt hier durch den Schnee, aber immerhin scheint vor ihnen schon jemand hier gewesen zu sein, ein Mensch oder vielleicht auch nur ein Tier. Vadim fragt sich, woher der Mann weiß, wohin er seine Schritte setzen muss, um nicht auszurutschen, sich den Knöchel zu verdrehen oder mit dem Fuß in ein Loch zu geraten. Hin und wieder wirft er einen Blick über die Schulter nach hinten und vergewissert sich, dass der Tunnel in ihrem Rücken immer kleiner wird. Dahinter liegt Vadims langer, langer Tag – *Chamoni* oder *Chamo-nix*, die Abdrücke seiner Stirn und Fingerspitzen auf beschlagenen Fensterscheiben, der tiefe Schlaf, Tausende von kontrollierten Atemzügen, um durchzuhalten, all die Bahnhöfe, Bahnsteige und Zwischenhalte, die ganze seit Paris zurückgelegte Strecke, die kleine Kammer bei den Dorselles, die verlassene Wohnung seiner Familie. Er ist todmüde. Dies ist das Tal der Bären, wo er von nun an nur noch Vincent heißt.

Sie gehen an den Gleisen entlang, die erst abwärtsführen und dann eine Biegung machen. Man hört das leise Rauschen eines Wasserfalls und den Ruf eines Vogels, der an diesem so still und reglos daliegenden Ort ganz unwirklich klingt. Sie wenden sich nach links, steigen eine Böschung hinauf, stecken bis zu den Hüften im Schnee und setzen ihren Weg dann in einem Gang mit geraden, glatten Wänden fort, die wirken wie mit einer Schaufel gegraben und den Jungen um mehr als das Doppelte überragen. Da schießt ihm plötzlich etwas durch den Kopf – eigentlich kennt er sich mit den heiligen Texten nicht gut aus, aber dieser eine muss ihn wohl beeindruckt haben, oder vielleicht hat er davon auch ein Gemälde gesehen, ein Bild, auf dem das Rote Meer sich vor Moses auftut wie riesige Wände. Schlafwandlerisch geht er weiter, mit eisigen Oberschenkeln, eisigen Knien, eisigen Waden und eisigen Füßen, und stellt sich vor, wie die Wände aus Schnee sich hinter ihnen wieder schließen. Er kämpft gegen die Hand aus Eis, die seine Lider zudrücken will, und blickt zu den grauen Gebilden empor, die dicht unter dem Himmel hängen, es mögen entfernte Felsen oder auch Wälder sein oder Erscheinungen in einem Traum. Er starrt auf den hellen Lichtkreis, den die Lampe auf den Schnee wirft. Jenseits der Mauern erblickt er, stets erst in dem Augenblick, in dem er daran vorübergeht, vom Schnee niedergedrückte Häuser, Lichtstreifen hinter verrammelten Fenstern. Danach gibt es nur noch den Gang und den Schein der Lampe. Er strauchelt. Der Mann dreht sich zu ihm um.

»Zwei Kilometer noch. Hier, iss das. Und schwing deine Arme vor und zurück, so, das regt den Kreislauf an.«

Der Junge beißt in das dunkle Brot und lässt es einfach auf der Zunge liegen, bis es weich wird, kauen wäre zu anstrengend. Sie stapfen die steil aufsteigende Route des Confins hinauf, also sozusagen die Straße am Ende – er weiß nicht, dass die Straße so heißt, aber wenn, dann käme es ihm sicherlich passend vor: Das Ende der Welt kann hier nicht weit sein. Ein Haus, eine Kurve. Und immer wieder der Schein der Lampe. Sie verlassen den Gang und gehen jetzt schräg zur Straße bergauf, folgen einem Pfad im Schnee, der schon wieder halb zugeschneit ist, und wieder sinken ihre Füße ein. Oben dann ein kleiner Weiler, dicht aneinandergedrängte Häuser, deren Umrisse noch dunkler sind als die Nacht. Der Mann bleibt stehen und macht die Lampe aus. Dann schüttelt er seinen Umhang aus, schlägt die Schuhe gegen eine Treppenstufe und stößt eine Tür auf.

Auf einmal steht der Junge im Licht, der Geruch von Feuer, Suppe und Tier dringt in seine Nase. Die Hand, die ihn zurückhält, gehört einer Frau. Alles, was dann passiert, ist verschwommen wie im Traum.

Die Frau sagt: »Klopf zuerst deine Schuhe ab.« Das macht er. Dann: »Na komm, bist ja ganz durchgefroren.«

Er tritt ein, in Mantel und Schuhen, lässt sich durch den Raum schieben und neben einen Ofen setzen. Sie stellt ihm keine Fragen, niemand fragt ihn etwas, nicht der Mann, auch nicht ein weiterer Mann, der dem ersten zum Verwechseln ähnlich sieht, außer dass er humpelt, und ein älterer Mann, der Pfeife raucht, auch nicht. Sie beobachten ihn nur, »Ihm ist kalt«, sagen sie, »das sieht man, und er ist erschöpft, kein Wunder. Morgen wird's ihm schon besser gehen, gib ihm was zu trinken und zu essen«, und die Frau rubbelt seine Haare energisch mit einem Tuch trocken, während er sich in der Maserung des Holzbodens verliert. Aus den Schuhen des Jungen tropft Wasser auf die Dielen, unter seinem Mantel bilden sich kleine Pfützen, seine Schnürsenkel tauen auf. Die Hitze brennt an seinen Händen und Füßen und im Gesicht, bohrt sich in seine Schläfen. Die Frau knöpft seinen Mantel auf und zieht ihn aus. Kniet sich hin, öffnet die Schnürsenkel, zieht ihm vorsichtig die Schuhe und die tropfnassen Socken aus und reibt seine Füße zwischen ihren Händen.

»Hast du Hunger?«

»Nein danke.«

»Hier, nimm das trotzdem.«

Sie hält ihm einen Löffel mit einer goldgelben Masse hin, er schiebt ihn sich in den Mund. Der Honig explodiert unter seinen Geschmacksknospen, viel zu intensiv, er verzieht das Gesicht. Sie kocht Tee, fordert ihn zum Trinken auf. Er trinkt, es schmeckt nach Kräutern und Medizin. Er kann nicht mehr. Er beeilt sich, will nur noch schlafen. Taumelnd folgt er der Frau die Treppe hinauf, stolpert in ein kleines Zimmer hinein, in dem eine Glühbirne unter einem spitzenbesetzten Schirm von der Decke baumelt. Die Frau reicht ihm ein sauberes Hemd.

»Ich warte hinter der Tür, und du gibst mir deine Kleider, damit ich sie zum Trocknen aufhängen kann.«

Mit fahrigen Bewegungen zieht er sich aus, muss sich zusammenreißen, um vor Müdigkeit nicht einfach umzufallen. Er schaudert, als der raue Stoff des Hemdes seine Haut berührt. Dann rauft er seine Kleider zusammen und reicht sie durch den Spalt der halb geschlossenen Tür hindurch.

»Pass auf den Backstein auf, ja?«

Keine Ahnung, was sie meint, er will einfach nur schlafen.

»Ja.«

»Gute Nacht, Vincent!«

»Gute Nacht, Madame!«

»Ich heiße Blanche.«

»Blanche«, wiederholt er stumpf.

Dann krabbelt er unter die Decke, stößt sich die Zehen an einem warmen, festen Gegenstand, hebt das Laken an: der Backstein.

Er schiebt ihn ganz ans Bettende, schleudert das Daunenkissen von sich – keine Federbetten für Asthmatiker – und schließt endlich die Augen. Da tauchen vor ihm die Gesichter seiner Mutter auf, von Jean, von seinem Vater, genau so, wie sie unten im Koffer in dem Medaillon aus Leder eingeschlossen sind. Auf dem Koffer steht der Name *Vincent Dorselles.* Von nun an ist er Vincent.

Dann legt sich Schnee über die Gesichter.

Er wacht auf, als es hell wird. Vielleicht hat ihn auch sein steifer Nacken geweckt, weil er die ganze Nacht in ein und derselben Position verbracht hat, er muss geschlafen haben wie ein Stein. Oder aber die Kälte an seinem Bein, weil er in der Nacht die Decke von sich getreten hat. Vielleicht sind es auch die regelmäßigen Schläge draußen, irgendwer hämmert dort. Oder es sind die Glockenklänge, die durch den Fußboden dringen – nicht das dunkle Dröhnen von Kirchenglocken oder das helle Klingen der Dienstglocke, die seine Mutter bei den Dorselles benutzt, sondern liebliche, unregelmäßige Glockenklänge, die keinerlei Aufforderung beinhalten, so wie der Wind in den Zweigen oder das Rauschen einer Quelle, ein fröhliches Geklimper nur, um das Ohr zu erfreuen. Vielleicht ist es auch der Geruch von Suppe. Oder seine volle Blase. Auf dem Rücken liegend, fühlt er den Druck. Er dreht sich auf der dünnen Matte um. Da spürt er den kalten Backstein an den Füßen. Er streckt sich aus, streicht mit den Fingerspitzen an der eiskalten Wand entlang und erinnert sich. Vallorcine, das Tal der Bären. Sein Blick fällt auf den Kopf einer Katze. Rechts von ihm ist eine warme Stelle, daneben ein runder Sabberfleck. Hat die Katze etwa dort geschlafen, direkt in seiner Atemluft, ohne dass er daran erstickt ist? Er streckt die Finger nach dem Tier aus, normalerweise darf er keine Katzen um sich haben, wegen der Haare. Die Katze weicht zurück und miaut. Vincent steht auf, seine Muskeln schmerzen, und er tritt bibbernd, mit vogelkrallenartig gekrümmten Zehen ans Fenster, sogar seine Fußsohlen schmerzen. Er schiebt den Vorhang ein Stückchen zur Seite. Kratzt an der Eisschicht am Fenster, haucht ein rundes Loch hinein und wischt mit dem Ärmel darüber. Doppelte Fenster, man sieht nichts, nur milchiges Licht.

Er traut sich nicht nach unten, weil er nichts anzuziehen hat. Aber er hat Bauchweh. Als er die Tür einen Spalt öffnet, huscht die Katze hindurch. Auf dem Holzfußboden hinter der Tür liegen seine Kleider, trocken und säuberlich gefaltet. Rasch zieht er sich an. Er hält sich den Bauch und steigt die Treppe Stufe um Stufe hinab, er will nicht, dass sie knarrt, will jetzt nicht auf sich aufmerksam machen mit seiner vollen Blase, kann sich nicht mal mehr an die Gesichter vom Vorabend erinnern. Am Fuß der Treppe sieht er eine Küche, einen Herd, auf dem ein großer, dampfender Topf steht, und ein kleines Fenster, dessen Scheibe komplett eingeschneit ist. Er wirft einen Blick in die Richtung, aus der das Glockengeläut kommt. Da sieht er zwei Kuhhintern mit weiß-rötlichem Fell, echte Kühe im Haus, die sich bewegen und seltsame Kaugeräusche von sich geben. Für einen Moment vergisst er seine Blase, starrt auf die Kruppen und die hin- und herschwingenden Schwänze.

»Du kannst da hinter den Kühen gehen«, sagt der alte Mann, der neben dem Ofen sitzt. Hinter den Kühen? Vincent blickt zu den beiden Tieren, nicht sicher, ob er richtig verstanden hat. »Oder halt draußen«, sagt der Alte und klopft auf seine Pfeife, »aber dann musst du dir erst Schuhe anziehen«.

Mit den Augen sucht Vincent nach seinen Schuhen vom Vortag. Sie stehen vor dem Ofen zum Trocknen. Er findet seinen Mantel an einem Haken hängend, legt seinen Schal um und läuft nach draußen. Das Haus ist komplett von einer Hülle aus Schnee umgeben, nur die Fassade ist frei.

»Da drüben«, vernimmt er eine andere Stimme und erkennt den Mann von gestern wieder, der mit seiner Schaufel auf eine kleine Holzhütte deutet, die der Junge jetzt aufsucht, und die harte, noch unberührte Schneeschicht verrät ihm, dass die anderen offenbar den Stall bevorzugen. Als er mit klappernden Zähnen wieder herauskommt, steht auf einmal vor ihm der Berg.

Es ist das erste Mal, dass er einen Berg sieht. Er ist einfach so vor ihm aufgetaucht, ohne Vorwarnung, in der kurzen Zeit, als er pinkeln war. Von einem Augenblick auf den anderen ist er nur noch das: ein Junge, der einen Berg anschaut. Er sieht eine schwarz-weiße, annähernd dreieckige, asymmetrische Form, die aus einer tiefen Mulde in der Landschaft aufragt und sich vor dem fahlen Himmel abzeichnet, mit einem auf einer Seite abgeschrägten Gipfel, als würde der ganze Fels jeden Moment zur Seite kippen, gezogen von einem unsichtbaren Gewicht. Die Sonne zeigt sich noch nicht, aber man ahnt, dass sie ganz in der Nähe, hinter dem Massiv gerade aufgeht, weil der Berg von einem goldenen Schein überzogen ist. In seinen Schulbüchern hat Vincent wohl mal Radierungen von Bergen gesehen, vielleicht auch ein paar zweifarbige Fotos von Wasserfällen oder Gletschern, aber diese papiernen Landschaften haben keine Spuren in seinem Gedächtnis hinterlassen. Welch ein Glück: So ist der Berg für ihn eine vollkommene Überraschung. Und selbst wenn Vincent sich doch noch vage an irgendein Bild oder eine Zeichnung erinnern könnte, so hätte ihn das mit Sicherheit nicht auf den Anblick dieser riesigen, plumpen, unförmigen Masse vorbereiten können, die kaum etwas mit den schematischen Unterrichtsinhalten gemein hat.

Die Ortsbezeichnungen aus dem Erdkunde-Unterricht haben ihm nichts beigebracht, »Walliser Alpen«, »Grajische Alpen«, »Cottische Alpen« und viele weitere Begriffe sind für ihn bloß bedeutungslose Klangfolgen. Da hat er anhand von Karten voller kalter Darstellungen und Legenden mit Streifen, Schraffierungen und Grau in allen Abstufungen ein ganzes Wörterbuch zur Beschreibung der Erdoberfläche auswendig gelernt, huronische, kaledonische, herzynische Gebirgsfaltungen, und trotzdem kommt ihm jetzt, wo er echte Hänge, echte Schluchten, echte Bergspitzen, echten Schiefer, Granit und Kalkstein vor sich hat, nichts davon bekannt vor. Weil er die Stadt noch nie in seinem Leben verlassen hat, trägt er noch kein Bild eines Berges in sich, hat keinen Roman gelesen, keine Filme gesehen, keine Geschichten gehört, kein Berg hat bisher sein reales Leben oder seine Träume ausgefüllt, sodass sein Hirn noch keine Hypothese aufgestellt hat, und so kommt es, dass die Wirklichkeit, die er nun vor sich hat, mit keiner wie auch immer gearteten, bereits vorhandenen Vorstellung konkurrieren muss. Wenn er die Hände ausstreckt, kann Vincent die ganze Landschaft damit verdecken. Er hat keine Ahnung, wie weit weg und wie hoch das alles ist, was er da vor sich hat. In Paris kennt er einen Berg, den Berg Saint-Geneviève, der ganze 61 Meter über dem Meeresspiegel misst; zwar kennt er diese Zahl nicht, aber er hat Augen, um zu sehen, und während er da wie angewurzelt vor dem Klohäuschen steht, dessen Tür hinter ihm leise ins Schloss fällt, wird ihm klar, dass Worte nichts Feststehendes sind, sondern nur Anhaltspunkte: Der Berg Sainte-Geneviève und das hier, das sind zwei Welten. Eine vollkommen andere Dimension.

Da fällt ihm ein weiterer Berg ein. Ein gemalter Berg in einem Buch, das sein alter Nachbar eines Tages aus dem Regal zog, als der Klebstoffgeruch Vadim mal wieder aus der Wohnung getrieben hatte. Als der Nachbar am Ende ihrer Vorlesestunde sah, wie der Junge eine seiner Bleistiftzeichnungen als Lesezeichen zwischen die Seiten des Romans legte, hatte er gefragt, ob er sie sich ansehen dürfe. Er blickte auf die unzähligen eiförmigen Gebilde auf dem Papier: »Was ist das?« Vielleicht irgendeine Substanz in einer Pfütze, Schimmel an einer Mauer oder ein Rest Suppe im Teller seines Vaters, Vadim wusste es nicht mehr, aber der Nachbar war bereits aufgestanden, hatte ein dickes Buch aus einem Regal gezogen, das er nun aufgeschlagen vor ihn hinlegte. Auf dem Papier waberten verschwommene Umrisse umher. Unvollendete Kreise und Farben auf schwarzem Grund, etwas, das aussah wie Insekten mit Wimpern und Pfoten auf cremefarbener Leinwand, tierische Miniaturgeschöpfe in einem Bad aus Blau, Sphären und schlangenförmige Gebilde, angeordnet in Galaxien, die große Ähnlichkeit mit seinen eigenen Zeichnungen hatten. »Kurios, nicht wahr?«, lachte der Nachbar. Vadim hatte umgeblättert und war auf ein Gemälde gestoßen, das *Moskau* hieß. Bis dahin war die Stadt seines Vaters für ihn nur ein Name gewesen, jetzt blickte er auf die teils schiefen, teils rundlichen Häuser, die sich scheinbar mitten im Himmel auf einem wundersamen Planeten zu unübersichtlichen Landschaften zusammenfügten, ein laut schepperndes Durcheinander, in vielen bunten Farben angestrahlt. Dann schlug er eine andere Seite auf und sah einen Berg, zumindest behauptete das der Titel des Gemäldes, ein dunkelblauer Hügel, eingerahmt von einem roten und einem gelben Baum, davor Pferde. Man musste allerdings zugeben, dass dies ein recht mickriger Berg war, ein beinahe gleichschenkliges Dreieck, das kleiner war als die Bäume. Er hatte weder Moskau noch je in seinem Leben einen Berg gesehen, steckte die flache Hand zwischen die Buchseiten und klappte das

Buch kurz zu, um den Namen zu lesen, der in Großbuchstaben auf dem Buchdeckel stand: KANDINSKY. Am nächsten Morgen hatte der alte Mann Vadim eine Schachtel mit Stiften der Marke *Caran d'Ache* geschenkt – »in Farbe malt es sich viel besser, Kleiner« – und einen Stapel festes Papier mit feiner Körnung, das sich weich anfühlte, und beides hat Vadim heil mit hierhergebracht. Aber Kandinskys Berg und die Radierungen aus den Schulbüchern zerbersten angesichts des Anblicks, der sich Vincent nun bietet.

Nicht weit von ihm entfernt steht der Mann von gestern, stützt sich auf den Stiel seiner Schaufel und betrachtet den Jungen, der den Berg betrachtet. *Als hätte er eine Fee gesehen.* Er dagegen hat nie etwas anderes gesehen. Er ist mit jeder einzelnen Form vertraut, aus denen der Berg zusammengesetzt ist, die Gegenwart des Berges gehört für ihn von Kindesbeinen an ebenso dazu wie die seines Bruders oder des Vaters, ebenso selbstverständlich wie das Fließen des Wassers im Becken vor dem Haus oder der Wald oberhalb von La Villaz. Nur wegen des Jungen hat er jetzt sein Schaufeln unterbrochen und blickt auf den Berg. Seit zweiunddreißig Jahren, seit seinem allerersten Ausflug in der Kiepe seiner Mutter haben tausend Versionen ein und desselben Motivs einander überlagert und sich miteinander vermischt, sodass der allererste Anblick längst von all den darauf folgenden erdrückt worden ist. Selbst wenn er mal ein paar Tage fort war, in Chamonix, Sallanches oder Martigny, hat seine Abwesenheit nie lange genug gedauert, um darüber das Bild des Berges verblassen oder vergessen zu lassen, sodass es ihn bei seiner Rückkehr erneut hätte überraschen können. Ob der Eiffelturm auf ihn die gleiche Wirkung hätte wie der Berg auf diesen Jungen? Ihm fällt kein erstes Mal ein, an das er sich erinnern könnte. Nicht sein erstes Melken. Nicht sein erstes Bad im Fluss. Und auch nicht seine erste Schaufel Schnee, nichts davon hat eine wieder auffindbare Spur in ihm hinterlassen. Er sucht weiter: gut, vielleicht das erste Mal Holz schlagen, der erste Rausch. Doch er ahnt, dass nichts davon dieselbe Tragweite hat wie das, was der Junge empfindet, und vielleicht beneidet er das Kind sogar ein wenig darum. Der Junge kann sich zwar genauso wenig wie er an seinen ersten Schritt, seine erste Silbe, seinen ersten Keks erinnern, aber dafür wird er seinen ersten, mit zwölf Jahren erblickten Berg niemals wieder vergessen. Als er ihn da so stehen sieht, mit schlaff herunterhängenden Armen, geöffnetem Mund und aufgerissenen Augen, weiß er, dass die Ängstlichkeit vom Vortag einer Art Verzauberung gewichen ist.

»Pass mal auf, dass du da nicht festfrierst!«

Der Junge schreckt zusammen.

»Das sind die Aiguilles Rouges«, sagt der Mann.

Die Roten Spitzen? Vincent sieht weder rot noch Spitzen. Doch er nimmt den seltsamen, unpassenden Namen einfach hin, so wie er auch das Hereinbrechen des Berges in seine Existenz hinnimmt. Für ihn wird sowieso alles hier neu und unvorhergesehen sein.

»Schau mal, von da hinten sind wir gestern gekommen«, sagt der Mann und deutet mit dem Stiel der Schaufel in die Richtung. »Der Pass Col des Montets liegt da in der Senke, in einem alten Gletscherriegel. Auf der rechten Seite, vom Wald verdeckt, liegt der Col de

Bérard, da, wo die Sonne untergeht«, erklärt er weiter. »Und da links, wo du die kleine weiße Kerbe siehst, da ist der Mont Blanc.« Vincent ist stumm vor Staunen, diesen ganzen Weg soll er zurückgelegt haben, ohne irgendwas zu sehen? Nicht einmal den Mont Blanc, den höchsten Berg Europas – das immerhin hat er aus dem Unterricht behalten. »Und auf der anderen Seite«, sagt der Mann, also hinter Vincents Rücken, »da liegt die Schweiz.« Vincent dreht sich um und sieht einen weißen Streifen oberhalb einer kleinen Baumgruppe. Der Mann sagt: »Von unten kannst du es besser sehen, die Dents de Morcles kann man nicht verfehlen. In die Schweiz hinüber führt allerdings kein Pass, da sind nur tiefe Schluchten und natürlich Stacheldraht.«

Vincent wiederholt für sich im Stillen; auf der einen Seite also der Pass, auf dem zwölf Meter Schnee liegen, und der von der Lawine verschüttete Tunnel, auf der anderen eine geschlossene Grenze. Vincent sieht nichts als schneebedeckte Hänge, Bäume und ein paar zartlila schimmernde Wolkenlinien vor dem strahlend blauen Himmel; kein Hinweis in der Landschaft lässt ihn erkennen, welcher Fels nun schweizerisch und welcher französisch ist. Er hatte irgendwie angenommen, dass man die Grenze würde *sehen* können, und denkt an die dicken roten Linien auf der Karte, die seine Mutter ausbreitete, mit kleinen Kreuzen darunter wie Spanische Reiter. Sie war mit ihrem Finger über jene dicke Narbe gefahren und hatte mit einem geheimnisvollen Lächeln gesagt: »Das ist die Schweiz.«

»In der Schweiz«, sagt der Mann jetzt leise, »da gibt's Tabak.«

Vincent dreht sich wieder zu den Aiguilles Rouges um. Der Berg erinnert ihn mit seinen gewölbten Hängen an einen Kraken. Vincent hat noch nie von ihm gehört, weil der Berg trotz der Nähe nicht zum Mont-Blanc-Massiv gehört und keine erhabenen Gletscher besitzt, die Victor Hugo als »silberfarbene Mauern« hätte bezeichnen können, keine scharfen Kontraste, sichtbaren Spitzen oder spektakulären Ansichten, die zu literarischen Meisterwerken oder Gemälden anregen – aber von deren Existenz weiß Vincent sowieso nichts. Alles, was er sieht, ist ein Stück Bergmassiv aus kristallinem Schiefer, das älter und runder geformt ist und aus dem das besteht, was die Geografen als »externe Alpen« bezeichnen. Mit anderen Worten, eine Landschaft, die etwas bescheidener daherkommt, zugänglicher. Sicherlich werden eines Tages andere Berge dieses Urerlebnis verändern, Berge von dramatischerem Aussehen, das näher an die Berichte der großen Alpinisten heranreicht; aber keiner von ihnen wird das allererste, klar umrissene Bild dieses Januarmorgens je verdrängen können, das einen so starken Eindruck hinterlässt, dass es einer Initiation gleichkommt. Dieser Anblick der Aiguilles Rouges ist soeben dabei, sich ihm für immer einzuprägen, und jeder weitere Blick auf diesen Berg wird ihn nur noch tiefer in seine Netzhaut drücken. Er wird für Vincent von nun an *der* Berg sein, und alles, was danach kommt, ist nur eine Variation davon.

»Hast du gut geschlafen, Vincent?«

Das war Blanches Stimme, sie ist aus dem Haus getreten und schirmt die Augen mit der Hand ab. »Komm, ich hab dir Kaffee gemacht.« Er folgt der Frau, und hinter ihm geht das rhythmische Schneeschaufeln wieder los. Als Erstes fällt sein Blick auf den Klumpen Butter auf dem Tisch. Ein runder, leuchtend gelber Block, in dessen Mitte ein Messer steckt. Ein riesiger Brocken. Die Frau nimmt ihm gegenüber Platz, reicht ihm eine dampfende Schale und Süßstoff, es riecht nach gerösteter Gerste. Vincent ist von all diesen Gerüchen überwältigt. Der Geruch des Schnees, der mit ihnen ins Haus gelangt ist, eine Mischung aus Flusswasser und Pflanzensäften. Das Holz im Kamin, die Pfeife des alten Mannes, die Kühe, die Suppe, die leicht ranzige Butter, die er auf seinem Brot verstreicht.

»Nimm dir ruhig mehr davon«, sagt die Frau.

Er traut sich aber nicht.

Da nimmt sie das Brot und macht es selbst. »Los, nimm dir ordentlich davon, du musst unbedingt zu Kräften kommen.«

Er beißt kleine Bissen ab und kaut und wagt es nicht, die Frau anzusehen. Hin und wieder schaut er zum Fenster, wo der allgegenwärtige Schnee den Blick auf ein kleines Stück des Berges zulässt.

»Ich weiß noch genau, wie ich die Aiguilles Rouges zum ersten Mal gesehen habe«, sagt die Frau.

Während die Männer hier alle ein bisschen nuscheln, verschluckt Blanche keine einzige Silbe oder Endung, ihre Aussprache ist klar und melodiös.

»In Marseille kann man die Berge nur von Weitem sehen, und der Schnee ist höchstens ein kleiner Fleck auf dem Felsen. Einmal sind die Kinder, um die ich mich in Marseille gekümmert habe, nach Chamonix in die Ferien gefahren ...« Sie sagt *Schamoni*, genau wie die

Schwester. »... und da habe ich Albert kennengelernt. Er hat dort auf einer Baustelle gearbeitet. Er hat versucht, mir auszureden hierherzukommen.«

Die Jahreszeiten seien hier anders, habe er sie gewarnt, und im Winter müsste sie es aushalten, sechs Monate oder länger im Tal eingesperrt zu sein – wer hier lebt, müsse sich selbst genug sein. Im Januar und Februar könne es leicht minus 20 °C werden, der Boden gefriere, und man müsse mit den Beerdigungen der Toten warten. Manchmal würden Kinder, die versuchen, den Raureif vom metallenen Brückengeländer zu lecken, sich dabei die Zunge aufreißen. Die Schneeverwehungen seien zwei Stockwerke hoch, und deswegen komme es immer wieder mal vor, dass Reisende am Dorf vorbeiliefen, ohne es zu sehen, bis ihnen plötzlich auffalle, dass sie mitten auf einem Hausdach stünden. Man müsse zehn Meter lange Tunnel durch den Schnee nach unten graben, um zu den Eingängen der Häuser zu gelangen. Die Dörfer seien dann durch die Lawinenkorridore voneinander abgeschnitten, die Abgänge aus Geröll und aus Schnee überwänden mitunter den Fluss und würden dann bis zum gegenüberliegenden Hang reichen, sie rissen Menschen und Häuser und ganze Wälder mit sich, hin und wieder sogar einen Kirchturm – einmal habe sich das ganze Kirchenschiff mit Schnee gefüllt, bis die Glocken ganz von allein anfingen zu läuten. Das Tal sei von lauter Gipfeln umgeben, von denen keiner niedriger als 2300 Meter sei, und durchweht von unzähligen Winden, was jegliche Landwirtschaft und Viehaufzucht zu einer reinen Glückssache mache. Im Übrigen würden Menschen, die nicht von hier stammten,

Ehefrauen, Priester oder Lehrer, es nie lange im Tal aushalten, und selbst in den einheimischen Familien komme es vor, dass alle in Vallorcine geborenen Geschwister das Tal verließen – denn, so schrieb bereits Charles Nodier, als er ein Jahrhundert zuvor von seiner Reise zurückkehrte: »ob vor einem, hinter einem oder neben einem, überall ist es immer zu Ende. Man lebt dort für sich und abgeschieden wie im Eden der verstoßenen Familie.«

Vincent hat sich vom Berg draußen abgewendet. Die Hand mit dem Brot schwebt über seiner Frühstücksschale, und er starrt nun auf einen anderen Berg – auf den, den Blanche mit ihren flinken Händen in die Luft malt, Gipfel, Hänge, Schneeverwehungen, der Glockenturm, Lawinenbahnen, die Tunnel durch den Schnee. Sie lächelt.

»Ich habe damals schon geahnt, dass er übertreibt. An einem so feindseligen Ort kann man nicht leben. In Wirklichkeit hat er mich auf die Probe gestellt, er wollte wissen, ob ich es wirklich ernst meine.«

Vielleicht hat sie an die Verheißung von leuchtendem Grün gedacht, von lauer Luft nach so großer Kälte, an die flirrende Sonne, die auf so bittere Winter folgen musste, und daran, dass solcherlei Kontraste auch etwas Abenteuerliches an sich hatten. Als sie den Berg dann zum ersten Mal sah, »das schiefe Ding da«, erzählt sie und deutet zum schneebepuderten Fenster, da habe sie gedacht, dass Albert ihm mit seinem Hinkebein und seiner gebeugten Gestalt ähnlich sehe. Diese Kuriosität hatte ihr gefallen.

»Und dir, gefällt er dir auch?«

Vincent weiß nicht, was er darauf antworten soll. Er ist für ihn einfach *der Berg*, nicht mehr und nicht weniger, sein allererster. Trotzdem nickt er, überwältigt vom Strom der Worte nach so viel Schweigen am Vortag und in der Nacht. Er nickt, weil er annimmt, dass er der Frau damit eine Freude macht, außerdem fasziniert es ihn, wie sie den Berg soeben mit ihren bloßen Händen heraufbeschworen hat. Ihm fällt ihr leichtes Schielen auf, die Verengung in ihrem Blick, der ihn fixiert, als hielte sie sein Gesicht zwischen den Handflächen.

Um sich abzulenken, lässt er den Blick über das Regal schweifen, betrachtet die mit leuchtend bunten Blumen verzierten Porzellantöpfe, die der Größe nach dort aufgereiht stehen und auf denen in goldenen Buchstaben die Worte *Mehl, Pfeffer, Zucker, Tee, Kaffee* und *Gewürze* zu lesen sind, und fragt sich, ob sie in Wirklichkeit auch Knöpfe, Fäden und Münzen enthalten wie bei seiner Mutter. Dann beißt er von seinem Brot ab und beugt sich tief über die Kaffeetasse.

»Wenn die erst mal zu reden anfängt, kommt man nicht mehr groß zu Wort, was?«, sagt lächelnd der Alte, der weiter hinten im Raum sitzt und auf seiner Pfeife herumklopft.

»Damit du Bescheid weißt: Louis ist der Vater von Albert und Éloi. Éloi, da draußen, ist Alberts Zwillingsbruder. Und Albert ist mein Mann.«

Die beiden auseinanderzuhalten ist nicht schwer, weil der eine humpelt und der andere nicht.

»Wir gehen gleich runter zum Einkaufen, und heute Abend kannst du baden.«

Zu Beginn ihres Abstiegs hat er die Aiguilles Rouges im Rücken. Da wegen der Lawine kein Zug fährt, gibt es auch keine Post und keine Zeitung, keinen *Petit Dauphinois,* den sie im Winter zusammen mit den Nachbarn abonnieren, um sicherzustellen, dass der Postbote den Weg zu den Häusern freihält, weil der Straßenwärter mit seinen Schneeschuhen stets auf der Straße bleibt. Deshalb reicht ihnen der Schnee bis zu den Knien. Blanche, die in Rock und Wollstrumpfhose unterwegs ist, muss der Schnee kalt in den Bauch beißen. Auf einmal tauchen hinter der Kurve die Aiguilles auf, im goldenen Licht heben sie sich deutlich vom schattigen Tal ab. Weiter unten kommt eine Kirche zum Vorschein, mit einem Turm – das wird der Turm sein, dessen Umriss er schon in der Nacht gesehen hat. Sie setzen ihren Abstieg fort, Turm und Kirche werden immer größer, bis sie ihrerseits den Berg verdecken; der Berg kommt und geht.

»Siehst du die Mauer hinter der Kirche?«, fragt Blanche. Sie streckt die Hand aus und malt einen Pfeil in die Luft: »Den Wall dort, der wie ein V geformt ist?«

Weil er im Schatten liegt und wegen des vielen Schnees sieht man die Umrisse nur undeutlich, aber Blanche formt mit ihren Händen einen Wall, so wie sie eben noch einen Berg geformt hat, und bringt damit die enorme steinerne Erhebung zum Vorschein, die mitten in der Landschaft errichtet wurde.

Blanche sagt: »Das ist der Spaltkeil, er schützt die Kirche vor Lawinen.«

Da fällt ihm die Geschichte mit dem Kirchturm wieder ein, den eine Lawine mit sich gerissen hat.

»Siehst du die breite Lawinenbahn oberhalb der Kirche?«

Vincent hat keine Ahnung, was er sich unter einer Lawinenbahn vorstellen soll, bis Blanches Hände den rechten Hang des Massivs zerteilen. Die helle Spur dort im Wald, das muss es sein. Als sie an der Kirche vorbeigehen, kommt der Berg wieder zum Vorschein.

»Hier darfst du niemals trödeln, denn wenn das hier ins Rutschen gerät, kann man im Schnee ersticken, verstehst du?«

Vincent überlegt einen Moment, ob Blanche wieder übertreibt oder sich über ihn lustig macht. Doch ihr Gesicht ist ganz ernst, und sie blickt ihn mit leicht angehobenem Kinn fest an, sodass er wieder das Gefühl hat, ihr Silberblick würde ihn wie ein Schraubstock fixieren: »Auf keinen Fall stehen bleiben, verstanden?«

»Ja.«

Er mag es, wie sein Schuh erst lautlos durch den Pulverschnee gleitet und gleich darauf den Schnee zum Knirschen bringt, der sich unter seiner Sohle gesammelt hat. Es ist makelloser Schnee, dicht und unberührt und nicht zu vergleichen mit den schmutzigen Klumpen, die sich manchmal auf den Pariser Bürgersteigen formen. Während der Schnee dort nur eine vorübergehende Verzierung ist, hat er der Landschaft hier erst ihre Form verliehen. Jetzt haben sie wieder ebenen Untergrund unter den Füßen, die Schneedecke ist hier nicht ganz so dicht, und das Gehen fällt leichter, obwohl Vincent eiskalte Füße hat. Von hier aus ist der Berg ein richtiger strahlender Hingucker, kein Kraken mehr, sondern ein Leuchtturm, stellt Vincent fest, ein riesiges, halb verfallenes Schloss, eine Burgruine – oder nein, so wie das Sonnenlicht jetzt darauf fällt, ist es die Kuppel eines Palastes.

»Im Tal gibt es zwanzig kleine Weiler, die durch die Lawinenkorridore voneinander getrennt werden, deshalb haben wir hier auch drei Schulen«, fährt Blanche fort, ohne ihre Schritte zu verlangsamen. Während sie voranschreitet, zählt sie die Namen auf, bei jedem Schritt einen, und dabei entweicht feiner Wasserdampf aus ihrem Mund. Vincent versteht nicht viel, sind das jetzt die Namen der Weiler, der Schulen oder der Korridore? Auf jeden Fall gibt es offenbar eine Menge davon, Weiler wie Korridore.

»Rechts von uns, also von Laviyeux, liegt Le Rand und oberhalb der Kirche La Golèzeux«, fährt sie mit ihrer weichen Stimme fort, und Vincent braucht einen Moment, um zu verstehen, dass es an Blanches spezieller Aussprache liegt, dass aus La Villaz Laviyeux wird und aus La Golèze La Golèzeux, »und dann noch ein paar mehr auf dem Weg zum Ort, wo deine Schule ist« – er kann nur vermuten, dass sie immer noch von Lawinenkorridoren redet. Nun gehen sie zwischen einer Ansammlung von Häusern hindurch, und der Berg spiegelt sich in der Oberfläche der Wasserbecken vor den Häusern. Er wundert sich, wie es sein kann, dass fließendes Wasser aus den Brunnen kommt.

»Weiter vorne, auf dem Nordhang, gibt es auch noch eine ganze Menge Korridore«, sagt Blanche, und Vincent sucht mit den Augen nach den lang gezogenen Narben im Gesicht des Waldes, »den von Les Montets, hinter dem Tunnel, hast du ja gestern bereits gesehen.« Er nickt unsicher, eigentlich hat er nichts gesehen außer einem riesigen Haufen Schnee mit schwarzen Krusten.

»Pass gut auf, ja?« Sie bleibt stehen und drückt seine Schulter mit der Hand. Da erst begreift er, dass sie nicht die Fremdenführerin gibt, sondern die Rolle seiner Mutter einnimmt, und dass diese Ortsbegehung dazu da ist, ihn zu warnen.

Er nickt, obwohl ihm schleierhaft ist, wie man sich vor einer Lawine in Acht nehmen soll. Plötzlich ragt aus dem ganzen Weiß ein mehrere Etagen hoher Klotz aus aufeinandergestapeltem Beton und Zement hervor. Es wirkt wie ein Fehler im Bühnenbild, als hätte hier irgendwer versehentlich eine falsche Kulisse abgestellt. *Hôtel du Mont-Blanc* kann Vincent auf der Fassade entziffern.

»Das hier ist der Hauptort. Unser Gemeinschaftsladen, die Schule, das Geschäft, das Rathaus, der Bahnhof, die Hotels …«

Als Blanche *Hauptort* sagt, klingt es wie *Hauptstadt*, obwohl es eigentlich nicht viel zu sehen gibt außer einer Handvoll in der weißen Umgebung verstreuter Gebäude. Vincent entdeckt den Gang vom Vortag wieder, der zweimal so hoch war wie er. Weiter hinten sieht es so aus, als würde der Berg den Weg verstellen. Ein paar mit Körben oder Kiepen beladene Menschen eilen zu Fuß vorbei und grüßen einander in einer Sprache, die Vincent beim besten Willen nicht verstehen kann, aber ohnehin haben die Aiguilles Rouges ihn schon wieder in ihren Bann gezogen; diesmal kann er Tannen darauf erkennen, die eher wie kleine Schornsteinfeger-Bürsten aussehen, hier und da blitzen nackte Felsen auf sowie unzählige Zacken, Einschnitte und Beulen, mit denen der gesamte schiefe Berg überzogen ist.

»*Attenzione!*«, ruft ein Mann, in den Vincent beinahe hineingelaufen wäre.

Vincent stammelt Entschuldigungen, merkt, wie er rot wird, klopft seinen Mantel ab. Die Begegnung dauert gerade so lang, dass er eine kakifarbene Uniform mit weiten Hosen ausmachen kann sowie einen eleganten Hut, an dem eine Feder steckt.

»Diese Italiener ...«, flüstert Blanche im Weitergehen. Er hört nicht richtig hin, weil der Berg ihn so vollkommen vereinnahmt – seine Augen und Ohren, seine Lunge und seine Synapsen; der Berg füllt ihn komplett aus, mit seiner schieren, unfassbaren Größe, mit seiner Fremdheit und Neuartigkeit. Er kann sich einfach nicht davon losreißen, und da begreift er, dass es ihm leichtfallen wird, hier ein anderer zu sein.

Aber in dem Augenblick, als Blanche ihm im Laden den Telefonhörer reicht und er die Stimme am anderen Ende der Leitung in Paris hört, hat er das alles wieder vergessen.

»Hallo, Madame Dorselles«, sagt er, »hier ist Vadim.« Das Telefon funktioniert trotz Lawine.

Blanche reißt die Augen weit auf und formt lautlos mit den Lippen: *Vincent.*

Erst begreift der Junge nicht, und die Stimme aus dem Hörer führt eine kurze Zeit lang Selbstgespräche, während er Blanches Lippen zu lesen versucht.

»Ähm, hier ist ... Vincent, Madame Dorselles«, stammelt er.

Maman ... korrigieren ihn Blanches Lippen. Vincent

beißt sich auf die Wange, jetzt weiß er nicht mehr, was er sagen soll. Die Stimme am Telefon redet weiter.

»Nein, nicht ihr Sohn. Ja, mir geht es gut.«

Mag sein, dass der echte Vincent Dorselles hin und wieder aus seinem Internat in der Normandie anruft, und vielleicht ähneln sich ihre Stimmen ja, so wie ihre Gesichter einander ähneln. Daher hat sie ihn vielleicht wirklich einen Moment lang für ihren Sohn gehalten, obwohl er »Madame Dorselles« zu ihr gesagt hat. Sie erwidert: »Pass gut auf dich auf, ich gebe dir deine Mutter.«

Er hat noch nie mit seiner Mutter telefoniert. Sobald er Sophies Stimme hört, ist er wieder ganz und gar Vadim. Er ist Sophies Sohn, und der Klang ihrer Stimme beschwört ihr Gesicht vor ihm herauf wie eine Luftspiegelung.

»Vadim, mein Liebling«, sagt sie, und er kämpft gegen die Versuchung an, sich den wärmenden Körper seiner Mutter vorzustellen. Er bleibt stumm und nickt nur oder schüttelt den Kopf als Antwort auf ihre Fragen, als könnte sie ihn sehen – er will sich nicht noch einmal vertun, will nichts Falsches sagen. Sie sagt, allen gehe es gut, er müsse sich keine Sorgen machen, sie freue sich, seine Stimme zu hören und dass er gut angekommen sei und dass er sich bei den Leuten bedanken solle, die ihn bei sich aufgenommen haben; als sie sagt, sie umarme ihn, kann er das Parfum in ihrer Halsbeuge riechen und ihre Haarsträhnen an seiner Schläfe spüren, und als er auflegt, fühlt es sich an, als hätte er ein Loch im Bauch.

Blanche bezahlt ihre Einkäufe, reicht die Lebensmittelkarten über den Tresen und verstaut die hölzernen Sohlen, die genau unter seine Schuhe aus Paris passen, ganz unten in der Kiepe. Nachdem sie das Geschäft verlassen haben, rechnet er jeden Moment damit, dass sie anfängt, mit ihm zu schimpfen. Aber sie sagt nur immer wieder leise *Vincent Dorselles, Vincent Dorselles, Vincent Dorselles,* legt besonderen Nachdruck auf jede einzelne Silbe und verschönert den Namen mit ihrem wunderbar weichen Akzent. Am Anfang versteht er nicht, was sie da eigentlich tut, und blickt verständnislos auf ihre Lippenbewegungen. Dann aber dämmert es ihm, und er fällt in den Singsang mit ein, *Vincent Dorselles, Vincent Dorselles, Vincent Dorselles*; den ganzen Heimweg lang geht das so, sie hämmern den Namen sanft in seinen Kopf hinein, und während sie das tun, zieht sich Vadim im Körper des Jungen immer weiter zurück, und auch nachdem sie schon wieder verstummt sind, hört der Name nicht auf, von ganz allein in seinem Kopf umherzukreisen. *Vincent Dorselles, Vincent Dorselles,* während auf der Schweizer Seite wie ein weißer Block der Berg Dents de Morcles auftaucht, der genauso wenig Zähne aufweist wie die Aiguilles Rouges rote Spitzen. *Vincent Dorselles, Vincent Dorselles,* während das Sonnenlicht sich weiter ausbreitet und jetzt auch über den Schnee unterhalb der Kirche schwappt und zugleich weiter oben über die Vorsprünge, die oberhalb des Dorfes aus dem Fels ragen. *Vincent Dorselles, Vincent Dorselles* hat er im Ohr, als sich grelles Licht über ihn ergießt. Das Echo hallt auch dann noch zwischen seinen Schläfen wider, als sie vor dem Hauseingang die Eisbrocken von ihren Schuhen klopfen, während sie den Tisch decken, und als Blanche den Deckel eines Glases anhebt, das nach Essig riecht, und rohe Eier herausnimmt, die sie in die Pfanne schlägt.

Auch noch, als das fette Eigelb die Schleimhaut des Jungen überzieht und seine Kehle hinabfließt – Vadim aus Paris hatte schon vergessen, wie Eier überhaupt schmecken – und als sie zu fünft Suppe essen. Der Name klingt in ihm nach, als er mit Blanche das Geschirr abwäscht, abtrocknet und wegräumt. Auch dann noch, als die Sonne schon wieder hinter den Berg fällt und sie in ihren nassen Schuhen ein weiteres Mal in den Ort hinunterlaufen, um den Lehrer zu treffen. Denn morgen ist Donnerstag, schulfrei, und Vincent soll sich vor dem ersten Unterrichtstag am Freitag einmal bei ihm vorstellen. Und als der Lehrer fragt: »Vincent, nicht wahr?«, da erwidert der Junge mit fester Stimme »Ja, Monsieur, Vincent Dorselles.«

Als sie ins Dorf zurückkehren, ist die Sonne rechts von den Aiguilles wieder zum Vorschein gekommen, nur um gleich darauf in den Pass hinabzusinken; die Grate und Gipfel werden dunkel mit goldenen Rändern. Dann wird das Licht auf einmal spürbar kälter. Blanche bleibt abrupt stehen und dreht sich um: »Sieh mal!«

Die Sonne ist jetzt vollständig verschwunden, und der Berg zeichnet sich dunkel vor dem grünlich gefärbten Himmel ab. *Jetzt ist es keine Palastkuppel mehr,* denkt der Junge, *jetzt ist es eine Insel.* Eine Insel im Schnee. Eine Insel über allen Bergen.

Bis zum Abend kämpft er weiter gegen Vadim an. Vadim ist jetzt zwölf Jahre alt, 4 380 Tage, rechnet er auf die Schnelle aus, indem er die Monate, die ihn noch von seinem dreizehnten Geburtstag trennen, und die Schaltjahre außen vor lässt – Vincent dagegen erst vierundzwanzig Stunden. Und natürlich ist es dann auch wieder Vadim – er kann nicht dagegen an, weil ihm die Atmosphäre dort so vertraut ist –, der die Holzsohlen in die Werkstatt bringt, wo Albert sie an seine Stadtschuhe anpassen soll. Wie gern würde der Junge da erzählen, dass sein Vater Schuster ist, vor allem, als Albert die hohe Qualität seiner Schuhe bemerkt und anerkennend die Lippen spitzt. Aber der Vater von Vincent Dorselles arbeitet für eine Versicherung, und auch wenn er denkt, dass sie hier vermutlich wissen, wer er wirklich ist, will er sich an den neuen Namen gewöhnen; und da ihm hier niemand irgendwelche Fragen über Paris oder über Vadim stellt, scheint das auch in ihrem Sinne zu sein. In dieser Werkstatt riecht es nicht nach Leder und Klebstoff, sondern nach frischem Harz. Hinter der Werkbank stapeln sich Bretter, der Boden ist mit Spänen bedeckt, die sich auch in Alberts Wimpern verfangen. Einige Werkzeuge kommen ihm bekannt vor, Hobel, Hammer, Feilen und Sägen. Aber keine Ambosse, keine Schuhspanner, keine Ahlen und kein Faden. Dafür fallen ihm ein Dutzend Meißel auf, die wie kleine Regenrinnen geformt sind und nebeneinander an Nägeln hängen. Als Albert die Holzsohle glatt schmirgelt, schwebt feiner Staub wie ein Heiligenschein um seine geschickten Hände herum. Der Junge muss an die schwieligen Handflächen seines Vaters denken, an dessen kräftige Finger, die Risse ums Nagelbett herum, die vom Tabak gelb verfärbten Fingernägel im Schein der Lampe.

»Sind Sie Schuster?«, fragt er.

Überrascht hebt Albert den Kopf.

»Wer, ich? Nein, ich bin kein Schuster, ich bin Vallorcin!«

In Alberts Werkstatt ist es für den Jungen besonders schwer, nur noch Vincent zu sein. Leichter fällt es ihm dafür, wenn er nur von Dingen umgeben ist, die allesamt neu für ihn sind. In dieser Landschaft mit dem vielen Schnee ist das zum Glück der Fall. Oder wenn Blanche die Kühe oder die Ziege melkt und er danebensteht und auf ihren Rücken blickt, der ganz leicht dabei zittert, während der für ihn unsichtbare Strahl Milch in den Holzeimer zwischen ihren Beinen trifft und der Urin in die Jaucherille fließt, wenn die Hühner in ihrem winzigen Verschlag glucksen, wenn ein Schaf sich neben dem Trog zusammenrollt – vor seiner Ankunft in Vallorcine hat er niemals Hühner, Ziege, Schaf oder Kuh von Nahem gesehen, nur mit abgezogener Haut und aufgehängt im Schaufenster des Schlachters. Wenn Blanche die Milch aus einem größeren Eimer über die Sahne gießt und wenn sie mit beiden Händen die Käselaiber salzt und wendet – er hat noch nie eine ganze Wanne voller Sahne gesehen oder Käse, der zum Reifen ausliegt. Wenn Blanche das harte Brot mit dem Tischlerhobel schneidet oder ihm als Nachmittags-Imbiss eine Scheibe Kartoffel mit Blaubeermarmelade bestreicht – nichts davon hat es vorher gegeben. Zuerst haben Blanches Hände für ihn einen Berg heraufbeschworen, einen Lawinenkeil, Lawinen mitsamt den dazugehörigen Korridoren, und jetzt nimmt es gar kein Ende, unaufhörlich entfaltet sich diese neue Welt weiter vor ihm. Er blickt auf ihre flinken Finger, die niemals ruhen, sondern jeder Stunde des Tages eine bestimmte Form verleihen und Gegenstände hervorbringen. Während Albert und sein Bruder nebenan in der Werkstatt schleifen, hämmern und sägen, sind sie und Louis damit beschäftigt, aus einem Stück Zirbelkiefer Schachteln herzustellen und mit einem Taschenmesser Rauten und Rosetten hineinzuschnitzen – all das ist komplett neu für den Jungen. Es selbst zu versuchen, indem er ihre Handgriffe nachahmt, kommt ihm nicht in den Sinn, stattdessen beschränkt er sich aufs Lauschen und Zusehen, lässt sich träge hineingleiten in diese neue Umgebung, gibt sich ganz in ihre Hände.

Irgendwann setzt Blanche Wasser zum Kochen auf, gießt es in eine Zinkwanne und zieht einen Vorhang als Sichtschutz quer durch die Küche. Der Junge soll sich waschen. Er gehorcht und wäscht sich ausgiebig, zusammengekauert in der Wanne – er möchte nicht, dass man seinen Umriss im Gegenlicht sieht –, bis er spürt, wie sein Körper durch das warme Wasser ganz matt wird. Er schrubbt sich überall mit der schwarzen Seife ab, bis die Haut davon ganz rot wird, auch Gesicht und Haare, schließlich fährt er sogar noch mit der Kuppe des Zeigefingers über Zahnfleisch und Zähne. Vor dem winzigen Spiegel zieht er oberhalb des rechten Ohrs einen Scheitel durch seine Locken. Das ist Vadims Scheitel. Dann kämmt er sein Haar in die andere Richtung und zieht erneut einen Scheitel, diesmal auf der linken Seite. Drückt mit der Handfläche eine widerspenstige Strähne platt. Vincent Dorselles' Scheitel. Er spielt mit dem Kamm, rechts, links, rechts, links, streicht seine Haare nach hinten. Blanche kippt derweil draußen das Wasser aus.

Vor dem Schlafengehen küsst er das Ledermedaillon, aus dem ihn sein Bruder und seine Eltern anschauen, und lässt es dann zurück in den Koffer neben die Aminophyllin-Tabletten gleiten. Als er unter die Decke schlüpft, streifen seine Zehen den Backstein. Er lauscht auf die für ihn so ungewohnte Stille, sogar die Glocken der Tiere sind jetzt verstummt. Einmal ertönt ein lauter Knall, von einer Lawine oder von brechendem Holz, anschließend wirkt die Stille nur noch tiefer. Er stellt sich den Berg im Dunkeln vor und wie der Mond auf dessen Flanke scheint. Der Berg, der ihn an eine Insel erinnert ... die Insel über allen Bergen.

»Früher war hier das Meer.«

Vincent weiß nicht, ob er Éloi das glauben soll oder ob er ihn auf den Arm nimmt. Er stand wieder wie gestern vor der Tür und starrte reglos, wie gebannt auf die Aiguilles, als Éloi dazukam. Es dämmerte gerade erst, und Éloi wollte soeben zum Tunnel aufbrechen, um den Arbeitern dabei zu helfen, die Gleise freizuschaufeln. »Keine Sorge, die sind morgen auch noch da!«, hat er zu ihm gesagt. Dann hat er plötzlich angefangen, vom Meer zu reden. Viele Millionen Jahre lang sei der Boden hier von Meerwasser bedeckt gewesen, und während dieser langen Zeit hätten sich stetig Schwebeteilchen und Schlamm am Meeresboden abgelagert und über Pflanzen und Meerestiere gelegt. Millionen von Jahren – darunter kann Vincent sich überhaupt nichts vorstellen, alles jenseits dieses Jahrhunderts ist für ihn eine unergründliche Schlucht. Das Älteste, was er kennt, ist die Kirche Notre-Dame, die er mit ihren achthundert Jahren schon fast der Vorzeit zurechnet.

»Als die Kontinente dann später aufeinandertrafen«, fährt Éloi fort, »wurde der Grund des Ozeans bis auf

2000 Meter angehoben, sogar die Strände, an denen vorher noch Dinosaurier spazieren gegangen sind. Deswegen findet man auf den Aiguilles Rouges und den Posettes hin und wieder auch versteinerten Farn oder Fossilien von Unterwasserlebewesen. Einmal habe ich einen Donnerkeil gesehen, das sind die Überbleibsel von Belemniten, das waren wohl so eine Art Tintenfische oder Kraken.«

Ein Krake, der die Form des Berges hat, denkt Vincent.

»Mit kleinen Tentakeln vor dem Maul«, fügt Éloi hinzu und macht komische krabbelnde Bewegungen mit den Fingern unterhalb seiner Nase. Éloi, der noch nie einen Tintenfisch gesehen hat, hat die längliche Versteinerung damals eher an eine Gewehrkugel erinnert. Abgesehen von den Belemniten weiß er nichts über das Meer.

Vincent wünscht sich, dass die Geschichte wahr ist. Dass der Ozean wirklich die Berge bedeckt hat. Er denkt an Muscheln und Meeresinsekten, die in zierlichen dunkelgrauen Schneckenhäusern hausen, eine ganze Fauna und Flora, die dort oben in den Felsspalten vergessen wurde, Botschafter entschwundener Welten. Wer weiß, eines Tages findet man vielleicht sogar gefrorene Mammuts oder Nashörner im Eis? In der Schule oder anderswo hat er von Sternen gehört, die so weit entfernt sind, dass ihre Lichtwellen erst bei den Menschen ankommen, wenn der Stern schon längst erloschen ist. Doch am Himmel von Paris sind kaum Sterne zu sehen. Deshalb erlebt er hier, im Angesicht der Aiguilles mit ihren Fossilien zum ersten Mal, wie Gegenwart und Geschichte aufeinandertreffen und ihn einen Zusammenhang herstellen lassen zwischen dem gegenwärtigen Augenblick und der endlosen Vergangenheit, zwischen sich selbst und so weit zurückliegenden Zeitaltern, dass ihm davon ganz schwindelig wird. Es heißt, der Naturforscher Saussure sei von einer ganz ähnlichen Vision vom Ursprung der Welt erfasst worden, als er zum ersten Mal vor dem Mont Blanc stand. *Oh ja bitte, mach, dass es wahr ist!* Vincent wird ganz aufgeregt, weil es so unvorstellbar und faszinierend zugleich ist. Was, wenn das Meer eines Tages zurückkäme? Und das Tal erneut bedecken würde, bis hoch zum Pass, alles, auch die Grenze, die kleinen Dörfer und den ganzen Schnee, und nur noch die Gipfel würden herausschauen? Fische schwämmen zwischen den Häusern hindurch, in den Schneisen der Lawinenabgänge wüchsen Algen, und die Insel über allen Bergen wäre tatsächlich eine Insel in einem Archipel, von dem nur die Spitze gerade so aus dem Wasser ragt.

»Gar nicht wahr«, grinst Éloi da und bricht einen Eiszapfen vom Dach. »Ich hab ja doch schon mal das Meer gesehen: in Chamonix.«

Das Meer, in Chamonix?

»Da gibt es nämlich ein Eismeer.«

Vincent weiß sehr wohl, dass die Pole von Eis bedeckt sind, aber Chamonix ist doch kein Pol, er war ja vorgestern erst dort. »Das Eismeer ist ein riesiger Gletscher«, sagt Éloi, »voller Spitzen und Furchen, die wie Meereswellen aussehen. Und er bewegt sich auch genau so. Der Gletscher ist die ganze Zeit in Bewegung. Hast du schon mal das Meer gesehen, Vincent?«

»Nein.«

»Ich habe auch schon mal das Eismeer gesehen.«

Hinter ihnen ist plötzlich ein kleines Mädchen aufgetaucht, die Arme mit Wollknäueln beladen.

»Es ist schön, oder? Ist dein Vater schon losgegangen?«

Das Mädchen nickt.

»Dann will ich auch mal los, vielleicht hole ich ihn ja noch ein.«

Éloi stapft durch den Schnee davon, mit der Schaufel auf der Schulter. Vincent dreht sich zu dem Mädchen um, das ihn ernst anschaut. Schwer zu sagen, wie alt sie ist. Sie reicht Vincent nicht mal bis zum Kinn, eine winzige Gestalt unter einem dicken Mantel, deren Finger dicke Wollballen umklammern. Ihre schwarzen Augen liegen tief in den Höhlen, sie hat ausgeprägte Wangenknochen, schmale Lippen und eine spitze Nase. Ein Vogelgesicht, das nicht recht zum Rest des Körpers passen will.

»Du bist der Neue. Ich hab gesehen, wie du gestern mit dem Lehrer gesprochen hast.«

»Ja.«

»Wie heißt du?«

»Vincent.«

»Ich bin Moinette.«

Vincent überlegt, ob *Moinette* vielleicht die weibliche Form von *Moineau* sein könnte, »Spatz«. Offenbar kann sie seine Gedanken lesen:

»Eigentlich heiße ich Annette. Aber als ich klein war, habe ich, wenn die Leute mich nach meinem Namen gefragt haben, immer gesagt ›Moi, Annette‹«, erklärt sie und stupst sich mit dem Zeigefinger vor die Brust. »Und daraus wurde dann Moi-nette. Ist Vincent dein richtiger Name?«

Sein Herz klopft schneller.

»Klar doch«, erwidert er betont selbstsicher.

Das Mädchen runzelt die Stirn.

»In echt?«

Es kommt ihm so vor, als könnte sie direkt in seinen Kopf hineinsehen, und zwar genau dorthin, wo Blanche den neuen Namen festgenagelt hat, indem sie ihn ihm wieder und wieder vorsagte.

»Wenn ich es dir doch sage.«

Das Mädchen seufzt.

»Noch nie gehört. Wie alt bist du?«

»Zwölf. Und du?«

»Zehn. Na dann, ich werd Blanche jetzt mal ihre Wolle bringen.«

Vincent folgt ihr ins Haus. Blanche nimmt Moinette die Wollknäuel ab. Die Wolle stammt von ihrem Schaf, Moinettes Mutter spinnt sie für sie und darf im Austausch dafür ein paar Wollknäuel für sich behalten, »Zwar nicht ganz so weich wie Leinen, aber dafür wärmt sie besser. Hier, fühl mal.«

Seit der Lebensmittelrationierung hat Moinettes Mutter das Spinnrad ihrer Großmutter wieder hervorgeholt.

»Zeigst du ihm nachher das Spinnrad, Moinette?«

»Geht er heute auch zum Katechismus?«

»Natürlich.«

Katechismus? Vincent stutzt einen Augenblick, beschließt dann aber, dass das für ihn von nun an wohl dazugehört.

»Mein Vater meint, dass die Cousse heraufzieht. Spätestens ab Mittag.«

Blanche rührt die Suppe um.

»Ach, du willst dich doch bloß drücken ... Ich hatte gehofft, du könntest Vincent heute mitnehmen und ihn Abbé Payot vorstellen.«

»Das hat auch Zeit bis Sonntag«, hört er Albert in der Werkstatt murmeln.

»Sagst du meiner Mutter dann Bescheid, dass ich mich heute um ihn kümmere?«

»Abbé Payot wird das aber nicht gefallen. Bist du sicher, Moinette, wegen der Cousse?«

»Ja, ganz sicher.«

»Na gut, dann rede ich mit deiner Mutter. Aber dafür zeigst du Vincent alles.«

»Was denn, ›alles‹?«

Blanche zählt auf: »Das Heu, den Misthaufen, das Hühnerfutter, wie man die Käselaiber wendet ...« Moinette runzelt die Stirn.

»Weiß er denn nicht, wie das geht?«

»Vincent«, ruft Blanche, »weißt du, wie das geht?«

»Nein.«

Sie lacht, und er schämt sich. Es gibt tausend Dinge, die er noch nicht kann. Fahrrad fahren, pfeifen, ein Instrument spielen, Englisch sprechen, tanzen, auf den Händen laufen, sich mit der linken Hand die Nägel schneiden, einen Kuchen backen, einen Schuh reparieren – alles Handgriffe, die für einen zwölfjährigen Jungen entweder unpassend, nutzlos oder verfrüht sind, und vermutlich können die Kinder hier in seinem Alter sie auch noch nicht. In Paris allerdings würde sich niemand darüber wundern, wenn er dieser Aufzählung die ganzen Aufgaben hinzufügen würde, die Blanche gerade genannt hat. Moinette kann es trotzdem gar nicht glauben. Sie fragt, ob er Kühe habe. Hühner. Er erwidert, er lebe in einer Wohnung und habe noch nie ein Tier gehabt.

»Noch nicht mal eine Katze?«

»Nein.«

Sie ist skeptisch, ob sie ihm das glauben soll.

»Es stimmt«, versichert Blanche. »Na los, führ ihn mal herum.«

Moinette nimmt Vincent mit zu sich nach Hause. Dort trifft er ihre Mutter, ihre beiden Schwestern – die eine wird bald heiraten, und die andere ist Zimmermädchen im *Hôtel du Mont-Blanc*, ihr älterer Bruder ist mit seinem Vater mitgegangen, um die Gleise freizuräumen. Sie erzählt ihm, dass sie noch sechs weitere Geschwister habe, »obwohl, na ja, eine Schwester ist schon gestorben, ein Bruder ist Tischler in Sallanches, einer ist in der Fabrik in Chedde, zwei sind im Internat in Bonneville ...« Sie nimmt die Finger, um nachzuzählen: »Ach ja, und eine ist im Kloster. Wir sind zu zehnt. Deswegen werde ich auch manchmal ausgeliehen. Und du, wirst du auch ausgeliehen?«

Er weiß nicht, was sie damit meint.

»Du wirst doch auch ausgeliehen, an Blanche, oder nicht?«

»Wie meinst du das, *ausgeliehen*?«

»Na, weil sie doch selbst keine Kinder hat!«

Vincent schüttelt den Kopf.

»Warum bist du dann hier?«

»Weil ich Asthma habe.«

Jetzt ist es an dem Mädchen, ein verständnisloses Gesicht zu machen.

»Ich kann manchmal nicht gut atmen ... Und der Berg ist Medizin für mich.«

»Ach so.«

»Und du, an wen wirst du ... ausgeliehen?«

»Meistens an meine Tante in Le Nant. Sie und ihr Mann haben nämlich keine Kinder. Und manchmal an die Witwe Burnet in Le Mollard. Dann werden Blanche und Albert vielleicht an dich ausgeliehen, ist es das?«

»Aber ich habe doch Eltern.«

»Na gut, dann wird die Luft an dich ausgeliehen.«

»Könnte man so sagen.«

Mit dieser Erklärung gibt Moinette sich schließlich zufrieden. Vincent hört Glockengeläut. Ein Blöken. Auch hier gibt es einen Stall, Kühe, eine Ziege, Hühner, sogar Hasen. Eine Küche mit einem großen Kochtopf, einen Holzofen, das Haus sieht genauso aus wie das von Blanche. Moinette nimmt den Topf mit dem Futter für die Tiere. Er rührt keinen Finger und lässt sich alles von ihr zeigen, so wie Blanche es gesagt hat. Sie trägt den riesigen Topf ganz allein, füttert die Hühner und die Hasen in ihrem Verschlag – »im Stall«, sagt Moinette, *Stall hört sich nach Pferden an*, denkt Vincent, dabei gibt es hier doch gar kein Pferd. Er folgt dem Mädchen überallhin, sieht ihr zu, wie sie ihre Matratze umdreht, die Kühe durch eine Klappe über ihren Köpfen mit frischem Heu versorgt, das rotbraune Fell striegelt, das unter den Bürstenstrichen zuckt, die Eimer draußen an der Quelle vollmacht und einen zu den Kühen und einen in die Jaucherinne kippt. Moinette verrichtet die ihr vertrauten Bewegungen schweigend und wirft ihm hin und wieder einen Seitenblick zu, sie hat diese Gesten verinnerlicht wie eine zeitlose Choreografie, die derart in den Körper eingeschrieben ist, dass man währenddessen nicht nachzudenken braucht. Die Unkenntnis des Jungen ist ihr ein Rätsel, aber noch wagt sie nicht, sich darüber lustig zu machen. Als sie ihm die Kiepe ihres Bruders reicht, damit er ihr hilft, den Mist nach draußen zu schaffen, ist er erleichtert, sich endlich ein wenig nützlich machen zu können.

Er folgt ihr über die Felder bis zu einem Loch im Schnee, wo bereits einige getrocknete Kuhfladen liegen, und dann weiter bis an den Rand des Waldes. Die Kiepe, die Moinette trägt, ist größer als sie selbst. Der Himmel ist weiß, und der Wind frischt allmählich auf.

»Die Cousse zieht herauf«, sagt Moinette, ohne sich zu ihm umzudrehen.

Er hat noch nicht ganz verstanden, was die Cousse ist, nimmt aber an, dass es sich um irgendein Wetterphänomen handelt, vor dem man sich in Acht nehmen muss, da sie ja deswegen nicht zum Katechismus gehen können. Er fragt sich, was wohl die Zeichen sind, an denen Moinette das ablesen kann: der weiße Himmel? Der Wind? Am Waldrand sieht Vincent Bänder aus hart gewordenem Schnee, die sich wie Girlanden um die Äste wickeln. Lärchen, die wie Skelette aus Eis aussehen. Bizarre, leuchtend rote Gebilde, deren Namen er nicht kennt, die sich deutlich von dem rundum herrschenden Weiß abheben und ihn mit ihrer Eleganz verblüffen: lange, nackte Zweige, an deren Unterseite Eis klebt, wilde Hagebutten wie gefrorene Bonbons, Vogelbeeren mit kleinen, hohen Schneedutts obendrauf, wie kleine Lampions, oder der Baum dort mit den herabhängenden Zweigen, wie gefrorenes Feuerwerk. Im Angesicht von so viel Schönheit erscheint ihm die Androhung eines Unwetters wenig glaubwürdig.

Moinette muss so oft stehen bleiben, um auf Vincent zu warten, dass sie irgendwann anfängt, sich darüber lustig zu machen. »Noch nie einen Baum gesehen? Noch nie Schnee gesehen, oder was?«

Als sie sich bücken, um ihre Kiepen wieder aufzusetzen, berühren sich ihre Stirnen. Da fallen Moinette die bläulichen Adern auf, die durch die blasse Haut des Jungen hindurchschimmern, wie Flussdeltas. Sie lässt die Kiepe liegen und nähert sich mit den Fingern Vincents Gesicht. Er rührt sich nicht. Die kalten Finger tänzeln leicht über seine Wange und zeichnen den Verlauf der Adern nach. Dann wandern sie den Hals hinunter, wo unter einer dünnen Hautschicht eine verdickte Stelle puckert. Er sagt nicht: »Noch nie Adern gesehen? Noch nie Haut gesehen? Noch nie einen Hals gesehen?« Stattdessen starrt er auf seine Schuhe und wird unter ihren Händen ganz zahm. »Vampirjunge«, so nennen sie den Asthmatiker in der Baudelaire-Schule, es ist nicht böse gemeint und er hat sich daran gewöhnt, aber angefasst zu werden, daran ist er nicht gewöhnt. Er hat keine Ahnung, wie lange dieser Moment andauert. Schließlich nähern sich Moinettes Finger den schwarzen Locken, aber dort hineinzugreifen traut sie sich nicht. Abrupt zieht sie ihre Hand zurück. Sucht mit den Augen den Himmel ab und scheint irgendetwas daraus abzulesen.

»Wir gehen besser nach Hause.«

Schon kommen die ersten Böen. Sie laufen in der Spur ihrer eigenen Fußstapfen, deren Umrisse in dem Eisregen bereits wieder verschwinden. Kurz darauf wirbelt der Schnee wie Nadeln durch die Luft und sticht sie ins Gesicht. Ein dünnes Tuch senkt sich über das Tal, unter dem alle Kontraste verschwinden, wie ausradiert. Vincent findet sich in einer Welt aus Grautönen wieder und dreht sich langsam um sich selbst. Die Landschaft ist nicht mehr wiederzuerkennen, sie sieht aus wie auf alten Fotos, sein Berg ist verschwunden, vom Nebel verschluckt. Er stellt sich vor, er wäre ein Zeitreisender, der mehrere Jahrhunderte, Jahrtausende oder Millionen von Jahren zurückgereist ist, in eine Zeit noch vor den Aiguilles Rouges, den Posettes und den Dents de Morcles, und stünde nun hier auf einer weiten Ebene inmitten von Formationen, die der Wind geschliffen hat, in einem Land aus reinem, unberührtem Schnee, noch bevor es durch tektonische Zusammenstöße angehoben und vom Meer überflutet werden wird, und er wäre sein Entdecker, das erste Lebewesen, das einen Fuß hierher setzt, wo es weder Vogel noch Regenwurm gäbe, kein einziges Tier, nur ihn als einzigen Zeugen.

»Noch nie die Cousse gesehen?«

Jetzt prasselt der Schnee horizontal durch die Luft, und so langsam dämmert es ihm, warum die Eiszapfen hier so seltsam, wie schräge Stalaktiten, von den Dächern herunterhängen. Sie müssen sich gegen den Wind stemmen, mit gesenkten Köpfen stapfen sie voran, der Wind drückt ihnen die Augen zu und ihre Schultern nach hinten, fährt in die Kiepen hinein und will sie nach hinten reißen. Der Sturm presst die Kleider eng an Moinettes Körper, es fehlte nicht viel und das zierliche Mädchen mit der Kiepe, die höher ragt als sie, würde einfach fortgeweht. Sie machen noch einmal kurz halt, um eine Ladung Holz mitzunehmen, die Splitter können ihren tauben Fingern nichts anhaben.

Zurück im Haus setzt Moinette ihre Runde fort, und Vincent trabt ihr wie gehabt hinterher. Sie legt Holz nach, salzt und wendet den Käse im Keller, dann tippt sie sich plötzlich mit dem Finger an den Mund, taucht einen anderen Finger in die Wanne mit Sahne und hält ihn Vincent hin. *Fleißig wie eine Ameise*, denkt der Junge, während er sich mit der Zunge übers Zahnfleisch fährt. Er muss an die Fabel »Die Grille und die Ameise« von La Fontaine denken; ihm sind zwar ein Puppenhaus und ein kleines Service in Moinettes Zimmer aufgefallen, neben den Nadeln und der angefangenen Strickarbeit auf dem Bett – »meine Socke der Woche«, hat sie ihm sogleich erklärt, »mein Vater verkauft sie in einem kleinen Laden in Chamonix« –, aber Moinette ist kein Kind, das spielt, denn ihr Körper ist stets in Bewegung, voll und ganz von den vielen ihr zugewiesenen Pflichten in Beschlag genommen. Er fragt sich, ob es daran liegt, dass sie Blanche versprochen hat, ihm *alles* zu zeigen, oder ob dies einfach ihr ganz normaler Tagesablauf ist. Er fragt sich, ob das Gleiche auch von ihm erwartet wird, ob er all die Handgriffe, die sie ihm heute zeigt, bald ganz allein in Blanches Haus wird ausführen müssen, ob dies jetzt seine Kinder-Aufgaben sind. Am Nachmittag bringt die Cousse die Fenster und Türen zum Knirschen – man könnte meinen, man sei in einem Boot auf stürmischer

See, zumindest stellt er sich das so vor. Moinettes Mutter setzt sich ans Spinnrad. Das Zusammenspiel aus den altertümlichen Gesten des Spinnens und der komplett in Weiß getauchten Welt draußen zieht Vincent in seinen Bann. Die Hitze des Ofens macht ihn träge. Er sitzt da und döst ein wenig ein, einen Arm um die Knie gelegt und den anderen Moinette hingestreckt, die ihm geduldig die Splitter entfernt.

»Komm«, sagt sie dann, »wir haben noch zu tun.«

Und dann macht Moinette bei Blanche das Gleiche, was sie bei sich zu Hause gemacht hat, abgesehen vom Misthaufen, denn die Cousse ist zu stark; die Luft ist milchig, zum Schneiden dick. Vincent sieht zu, mischt sich nicht ein, will sich jeden Handgriff genau einprägen; nichts davon würde ihm gelingen, alles ist noch zu neu. Langsam wird es dunkel, und bevor Moinette sich auf den Heimweg macht, fragt sie Vincent:

»Was machst du bei dir zu Hause die ganze Zeit, wenn du keine Tiere, keinen Käse und keinen Misthaufen hast?«

Vincent überlegt. Dann sagt er: »Ich mache Hausaufgaben, ich zeichne, ich spiele Murmeln mit Freunden, ich lese, ich helfe meiner Mutter.«

Das Mädchen hört aufmerksam zu. »Was für ein seltsames Leben«, scheinen ihre hochgezogenen Augenbrauen zu sagen. Sie erklärt es sich so, dass dieser Junge wohl von einem fremden Planeten stammt. Paris scheint ihr ein fremder Planet zu sein. Bevor sie geht, will sie ihm noch etwas zeigen. Dazu müssen sie ihre Schuhe wieder anziehen und noch einmal nach draußen gehen, er kann eigentlich nicht mehr, aber Moinette scheint es gar nicht zu stören, schon wieder nass zu werden. Da steht sie im Wind und rollt Schneebälle, die sie mit den Händen zu perfekten, glatten Kugeln formt.

»Los komm, mach auch ein paar Malottes«, sagt sie, und er macht es wie sie und murmelt dabei leise vor sich hin: »Malottes, Malottes«, um durchzuhalten, harte Schneegriesel fliegen ihm in den Kragen und peitschen seine Haut, aber er gehorcht ihr.

»Eine noch«, sagt sie. Dann tunkt sie die Kugeln eine nach der anderen ins Wasserbecken vor dem Haus, lässt sie abtropfen und legt sie dann unter dem Dach an einer geschützten Stelle zwischen Mauer und Schneedecke der Reihe nach ab.

»Wirst sehen, morgen früh sind durchsichtige Eiskugeln daraus geworden.«

Kristallkugeln, denkt er, *wie bei den Wahrsagerinnen, die die Zukunft daraus ablesen können. Die ferne, ungewisse Zukunft.*

»Und was macht man dann damit?«, will er wissen.

»Gar nichts.«

Also ist das Formen der Schneekugeln ihre erste Beschäftigung, die frei von irgendeinem Nutzen ist.

»Dann hast du das also nur für mich gemacht?«

Moinette zuckt bloß mit den Schultern und macht sich auf den Weg, mit tief ins Gesicht gezogener Kapuze verschwindet sie im Nebel.

Am Abend gibt es noch mehr Geschenke. Albert hat aus Holz einen Schulranzen und ein Etui für Stifte gefertigt. Vincent hat schon mal Fahrräder mit Holzrädern oder Schuhsohlen aus Holz gesehen, aber keinen hölzernen Schulranzen. Der Tornister ist glatt, aus mehreren Holzteilen zusammengenäht, mit einem Deckel aus Lärchenholz, das biegsam ist wie Leder, und mit einem Holzknopf und einer Schlaufe als Schließe. Vincent hält den Ranzen in einer und die Schachtel in der anderen Hand und möchte sich bei Albert bedanken, aber die Worte wollen nicht heraus. Er begreift nicht, warum diese Leute das tun. Auch nicht, warum die Dorselles ihm die Ausweispapiere ihres Sohnes überlassen haben. Offenbar erhoffen sie sich irgendwas von ihm, dabei hat er doch gar nichts anzubieten. Deshalb tritt er nur stumm von einem Fuß auf den anderen, den Tornister in der einen und die Schachtel in der anderen Hand. Er kommt sich vor wie ein Dieb. Schließlich verzieht er sich mit seinen Schätzen nach oben in das Zimmer.

Vor dem Einschlafen blättert er durch den Almanach des Jahres 1942, den er im Schrank gefunden hat. Für die chronologische Darstellung des Jahres 1941, die Karten und die Namen der Schlachten interessiert er sich nicht besonders, stattdessen versucht er, die handgeschriebenen Kommentare zu entziffern, die er auf den Kalenderseiten weiter hinten findet – Tierpflege, Frühjahrsarbeiten, Pflanzenaufzucht, Almauftrieb der Kühe, Wetter, Holzarbeiten.

Es gibt also Welten, die nebeneinander bestehen, ohne etwas voneinander zu wissen. Während in Europa der Krieg tobt, wird in Vallorcine eine gewisse *Charmante* zum Stier geführt, und genau an demselben Datum, daran kann Vincent sich noch erinnern, bekommt seine Mutter in Paris den ersten Brief von ihrem Mann, der seit zwei Monaten fort war. Am 18. Juli beginnt in Vallorcine die Heuernte, so steht es da in enger Schrift, und am selben Tag, gleich nach der Razzia vom Winter-Velodrom in Paris, ziehen Vincent und seine Mutter zu den Dorselles. August, Erntezeit hier, Trockenheit und Trägheit der Ferien in Paris, und Vincent spielt wahrscheinlich im Park von Batignolles am See, obwohl Juden sich dort eigentlich nicht mehr aufhalten dürfen, und währenddessen dauert der Krieg an und breitet sich auf der Weltkarte weiter aus. Am 9. Dezember wird das bei La Villaz geschlagene Holz zum Schuppen gebracht, und Vincent überlegt, *was hat er am 9. Dezember gemacht?* Das ist doch noch gar nicht so lange her, das war der Tag nach der Adrenalinspritze, also muss er da bereits gewusst haben, dass er fortgehen würde; wann, wie und wohin genau, hätte er da noch nicht sagen können, doch die Entscheidung war gefallen. Dann stößt er auf eine Notiz, die eine Verbindung zwischen Vadim und Vincent herstellt, zwischen Paris und Vallorcine; da steht etwas über den 20. Februar 1943, und dies ist die einzige Eintragung im Kalender aus dem vergangenen Jahr, die sich auf ein in der Zukunft liegendes Datum bezieht: Das drei Monate zuvor, im November, geschlagene Holz – damals kannte der Junge noch nicht einmal den Namen des Tals – soll bald klein gehackt werden. Aus Neugier sucht er nach der Seite des heutigen Tages, des 22. Januar, genau vor einem Jahr. Und er liest: »Saint-Vincent«. Ausgerechnet heute. Er kann es nicht fassen. Niemand hat es erwähnt. Vielleicht, weil sie wissen, dass er kein echter Vincent ist. Er lässt den Almanach trotzdem in seine Tasche gleiten. Wenn er schon kein echter Vincent ist, kann er Moinette wenigstens beweisen, dass der Vorname Vincent wirklich existiert.

Und weil er den ganzen Tag über Vincent gewesen ist, weil er gut durchgehalten hat, erlaubt er sich nun, ein bisschen Vadim zu sein. Er steht auf, öffnet seinen Koffer und greift nach dem ledernen Medaillon. Er küsst es und legt es wieder zurück. Dann nimmt er es erneut hervor und geht damit ins Bett. Führt die beiden getrennten Welten für einen Augenblick zusammen.

Gleich ist er an der Reihe. Der Lehrer hat alle Schüler nacheinander aufgerufen, was hier folgendermaßen abläuft: Vier oder fünf Nachnamen werden jeweils mehrere Male genannt, bis damit die Anwesenheit der rund dreißig Schüler festgestellt ist. Sein Name, der des Jungen aus Paris, wird nur einmal aufgerufen.

Er hat schon bemerkt, dass er zu den Großen in der Klasse zählt, die vermutlich bald ihre Abschlussprüfung ablegen werden, und dass sein Banknachbar mit den Füßen nicht bis auf den Boden reicht. Moinette sitzt zwei Tische weiter und sieht aus wie ein aufgeplustertes kleines Vögelchen, weil sie eine Hose über ihr Kleid gezogen und den Stoff des Kleides in die Hose gestopft hat, aber der Spott der anderen perlt an ihr ab – sie ist das einzige Mädchen, das eine Hose trägt. In diesem Aufzug hat sie ihn am frühen Morgen auch abgeholt, und offenbar war kurz davor noch versucht worden, sie davon abzubringen, mit diesem dicken Ring aus Wollstoff um den Bauch vor die Tür zu gehen – denn sie kam schnaubend vor der Tür an, machte ein ziemlich stures Gesicht und murmelte etwas davon, sie hätten ja keine Ahnung, wie das sei, den ganzen Tag mit nasser Strumpfhose herumzulaufen. Er tastete nach dem Almanach in seiner

Tasche, mit dem gedruckten Namen Vincent darin, um ihn ihr gleich zu zeigen. Sie waren hintereinander den Weg zur Schule hinabgelaufen, jeder mit einem Holzscheit für den Ofen in der Schultasche, der Schnee lag ziemlich hoch und war nach der Cousse über Nacht fest geworden. Er trug zum ersten Mal seine Schuhe mit den Holzsohlen, deren Ränder für mehr Halt im Schnee mit seltsam geformten Nägeln verziert waren, die Albert als »Fliegenflügel« bezeichnet hatte. »Normalerweise bin ich hier auf Skiern unterwegs«, hatte Moinette gesagt und Vincent damit zu verstehen gegeben, dass sie nur wegen ihm die aufgebauschte Hose über dem Kleid trug, weil er nicht Skifahren konnte. Moinette wurde also auch an ihn *ausgeliehen*.

Von den anderen Kindern hatte er vor dem Unterricht noch nicht viel mehr sehen können als nur vage Gestalten, die sich mit ihren Stöcken abdrückten und dann in der blauen Luft an ihnen vorbeisausten. Außerdem hatten Moinette und er sich beeilt, denn oberhalb vom Pfarrhaus befand sich auch ein Lawinenkorridor, und es hatte ja so viel geschneit in der Nacht. Im Schein eines Kegels aus gelbem Licht waren zwei Jungen aus der Kirche getreten. »Was, du schon wieder?«, hatte Moinette einen der beiden gefragt. »Hör mir auf«, hatte der Junge erwidert, »ich hab langsam echt genug davon, bin jetzt schon seit über einem Monat Messdiener.« Ein paar Schatten kamen mit schaukelndem Gang zu Fuß aus dem nahe gelegenen Dorf angestapft. Andere kamen auf Skiern aus der Kreisstadt; der Hang war hier weniger steil als unterhalb von Blanches Haus, und sie schleuderten sich im Vorbeifahren gegenseitig Schwälle von Schnee ins Gesicht.

»Hast du dir meine Eiskugeln angesehen?«, hatte Moinette sich erkundigt.

Vincent hatte genickt. Das war gelogen, er hatte es komplett vergessen. Er war nervös und hörte es in seinem Bauch gluckern, der voller Kartoffeln und Kaffeeersatz war; das Schlucken fiel ihm schwer. Nicht wegen der Schule, die Schule kannte er schon. Sondern weil er wusste, dass er nicht aus der Rolle fallen durfte, er musste es besser machen als zuvor am Telefon. Im Klassenraum hatte er sich nicht mehr getraut, den Almanach hervorzuholen, aber ihn an seinem Oberschenkel zu spüren, gab ihm Sicherheit. Der Lehrer hatte ihm einen Tisch zugewiesen und ihm mitgeteilt, dass er zuerst die anderen Schüler aufrufen und ihn danach vorstellen würde. Mehrere Schüler fehlten. Einer von ihnen, weil er Frostbeulen an den Füßen habe, er könne nicht laufen und alles sei voller Blut, berichtete ein Mädchen und verzog dabei das Gesicht in einer Mischung aus Faszination und Ekel. Alle mussten lachen, selbst Moinette verzog ein wenig die Lippen und zeigte ein Stück ihrer gezackten Zähne. Vincent hatte keine Ahnung, was Frostbeulen waren, er hatte zuerst »Frost-Eulen« verstanden und sah einen Augenblick lang weiß-bläulich gefiederte Geschöpfe am Bett des Jungen sitzen. Ein Mädchen aus Barberine saß heute auch in der Klasse, sie hatte in Le Sizeray übernachtet, weil es am Vortag nach dem Katechismus wegen der Lawinengefahr für sie zu gefährlich gewesen war, nach Hause zurückzukehren.

Dann blickt der Lehrer in seine Richtung und lächelt aufmunternd, jetzt ist er an der Reihe. Der Junge streicht über den Einband des Almanachs in seiner Tasche, Vincent existiert, Vincent Dorselles, er betritt soeben die Bühne, und der Lehrer schreibt seinen Vornamen an die Tafel. Zuerst ein wunderschön geschwungenes V, das ihm von Vadim her vertraut ist. Dann folgen die anderen Buchstaben und schließlich der Nachname, und danach dreht der Lehrer sich wieder zur Klasse um:

»Ich möchte euch Vincent vorstellen.«

Plötzlich breitet sich ein grüner Fleck auf der Tafel aus. Dunkelgrün, so wie der Wald auf dem sonnenabgewandten Hang, hier in Vallorcine, wo oberhalb des Tals dunkle Tannen emporwachsen. Es ist das Grün von »Vincent«, das ihn förmlich anspringt. Seit jeher steht für ihn jeder Buchstabe des Alphabets mit einer bestimmten Farbe in Verbindung, und so war der Junge auch kein bisschen überrascht, als seine Grundschullehrerin ihn eines Tages aufforderte, das Gedicht »Voyelles« von Rimbaud vorzulesen. Vor seinem inneren Auge stellte sich das Alphabet als durchgehende Linie dar, auf der jeder Buchstabe in seiner eigenen Farbe leuchtete. Die Woche war für ihn eine aus Stoff gelegte Schleife, die abwechselnd dunkelrot, grün, weiß, rosa, knallrot, hellgrau und dunkelgrau war. Das Jahr verlief von Januar bis Dezember als abfallende Kurve, die aus kleinen, farbigen Dreiecken bestand, wobei die ersten Monate eher blass waren, die im Sommer besonders kräftig leuchteten, der Herbst schließlich war grün, und Anfang Dezember ging es langsam in Brauntöne über. Die Zahlen stiegen von 1 bis 10 sanft an, erst in Rot, in das sich dann immer mehr Schwarz mischte, bis sie dann in einem immer dunkler werdenden Grau wieder abfielen bis zur 100, nur um dann in unterschiedlichen metallischen Farbtönen die

1000er-Grenze zu überschreiten und später in Schwarz überzugehen. Es war eine visuelle Erscheinung, bei der die Zahlen und Buchstaben einzeln vor seinem inneren Auge tanzten, rotes V, weißes A, gelbes D, rotes I, schwarzes M. Jetzt erlebt er zum ersten Mal, dass es der Klang ist, der die Farbe vorgibt. Als der Lehrer »Vincent« sagte, verschmolzen die Buchstaben in seinem Kopf zu einem gleichmäßig grünen Farbton, während »Vadim« dort knallrot leuchtete.

»Vincent kommt aus Paris.«

An einem Namen, den der Lehrer an die Tafel geschrieben und dann auch ausgesprochen hat, kann niemand mehr Zweifel haben.

»Wer weiß etwas über Paris, Kinder?«

Vincent lauscht, Paris ist Lila.

»Das ist die Hauptstadt.«

»Das ist weit weg.«

»Pariser haben keinen Mumm«, flüstert ein Junge.

»Pariser haben keine Traute!«

»Was höre ich da?«

»Da gibt es den Eiffelturm.«

Eiffel ist Weiß.

»Was noch?«

»Die Seine!«

Seine, Dunkelblau. In Wirklichkeit ist die Seine grau und der Eiffelturm braun angestrichen, was für ein tiefer Graben zwischen Realität und Klang.

»Émile kennt Paris auch gut«, sagt der Lehrer.

Er deutet auf einen Jungen mit Segelohren, der in der zweiten Reihe sitzt und an seinem Tintenfass herumspielt.

»Nicht wahr, Émile?«

»Ich bin da immer mit meiner Oma ins Kaufhaus La Samaritaine gegangen. Aber das ist schon lange her, ich kann mich eigentlich kaum daran erinnern.«

Der Lehrer erzählt, dass Émile aus der Nähe von Paris stammt. Als der Krieg ausbrach, sei er gerade bei seiner Großmutter in Vallorcine in den Ferien gewesen und deshalb dortgeblieben. Émiles kurze Hose ist noch kürzer als die der anderen Jungen. Seine Socken reichen nicht mal bis über die Knöchel. Und das bei dem Schnee. Seine Schenkel und Waden unter dem Pult sind rot und voller Risse, Vincent kann es sehen. Als der Krieg ausbrach, war Spätsommer, vielleicht hat Émile deshalb nur Sommersachen dabei. Er dagegen hat nur Wintersachen eingepackt. Allerdings Pariser Wintersachen, Stadtkleidung. Eine lange Hose. Er ist der einzige Junge, der eine lange Hose trägt. Er und Moinette.

»Eigentlich kenne ich mich besser in Ivry aus als in Paris, Herr Lehrer«, stammelt Émile unsicher.

Ivry? Als Vincent das hört, fängt das Blut in seinen Ohren an zu rauschen. Ivry, das war doch der Name der Vorstadt, wo der Freund der Familie Dorselles arbeitet. Die Kautschukfabrik in Ivry, hat Frau Dorselles gesagt. Leute, die aus Vallorcine stammen und in Ivry in der Kautschukfabrik arbeiten, gibt's bestimmt nicht wie Sand am Meer. Ihm wird ganz heiß bei dem Gedanken. Es könnte also sein, dass Émile den Mann kennt. Womöglich ist er sogar sein Sohn. Dann weiß er über Vadim Bescheid.

Ein Junge meldet sich: »Ich war 1937 in der Weltausstellung. Da habe ich sogar das Planetarium gesehen. Und den Louvre.«

Louvre, Purpur.

»Mein Onkel ist Hausmeister in einem Gymnasium in Paris, und ich habe eine Postkarte vom Triumphbogen und eine von den Champs-Élysées.«

»Hast du auch schon mal den Triumphbogen gesehen?«

Triumphbogen, Gelborange.

»Ja, ein paarmal«, erwidert Vincent.

Er blickt weiter Émile an, versucht, seinen Gesichtsausdruck zu deuten. Aber Émile hört gar nicht richtig zu, sondern ist mit seinem Zeigefinger beschäftigt, der voller Tinte ist, und reibt mit einem Taschentuch daran herum.

»Warst du schon mal auf dem Eiffelturm?«, will ein Mädchen wissen.

»Nein.«

»Ich schon«, sagt der Junge, der die Weltausstellung besucht hat. »Und ich bin mit der Metro gefahren.«

Vincent war nicht in der Weltausstellung, oder er erinnert sich nicht mehr, er hat weder das Planetarium noch den Louvre besichtigt, kennt die Gebäude aber von außen. Aber die Metro, die kennt er natürlich.

»Was ist das?«

»Ein Zug, der unter der Erde fährt«, erklärt er. »So wie im Montroc-Tunnel, aber die ganze Zeit über.«

Er kennt auch den Park in Batignolles – Batignolles, Blaugrün –, die Avenue de Clichy, die Werkstatt von Monsieur Franck, dem Chef seines Vaters, aber hier ist er nicht der Sohn von Joseph Pavlevitch, sondern der von Jean-Marie Dorselles, Versicherungskaufmann, also hütet er sich davor, die Schusterei zu erwähnen; und all die anderen Geschäfte in der Straße und im Viertel, die Bäckereien, die Lebensmittelläden, die Schneidereien, das Lederwarengeschäft, das Atelier der Konfektionärin, das Papierwarengeschäft, den Vogelhändler und die *École Baudelaire*, den überdachten Markt und das Gewirr der Gleise in der Nähe des Bahnhofs Pont-Cardinet. »Montmartre«, sagt er schließlich, denn das liegt außerhalb des Viertels, dort würde er sonntags spazieren gehen, unterhalb der Kirche Sacré-Cœur, die aussieht wie eine Riesentorte. Die Kathedrale Notre-Dame kennt er auch, verziert mit unzähligen Steinfriesen und Wasserspeiern in Tierform. Er spürt, dass sie eigentlich etwas anderes von ihm erwarten. Sie wollen Erzählungen von der Aussicht auf dem Eiffelturm, von Reisen durchs All im Planetarium oder im Louvre durch die Zeit. Dass er darüber schweigt, muss für sie so ähnlich sein, als wären sie niemals bis zum Pass Col des Montets oder zu den Posettes oder den Aiguilles Rouges gelaufen. Eine Enttäuschung! So werden sie ihn nicht für glaubwürdig halten, sondern denken, dass er sich etwas ausdenkt; dabei ist es doch nur Vincent Dorselles, der hier nicht echt ist, während sein Paris es dagegen sehr wohl ist. Bestimmt glauben sie, dass alles, was er sagt, gelogen sei und dass jemand, der einmal lügt, immer lügt. Weil er sie jetzt unbedingt zum Staunen bringen möchte, erzählt er ohne lange nachzudenken von einer Seine-Brücke, auf der lauter goldene Statuen stehen, und dass er Kähne darunter habe durchfahren sehen, die dreimal so lang seien wie die Kirche von Vallorcine, und drum herum würden überall goldene Kuppeln glitzern. Als er sieht, dass er sie für einen Moment in den Bann gezogen hat, ist er erleichtert, nur leider kann er sich nicht mehr an den Namen der Brücke erinnern.

»Paris ist eine sehr große Stadt«, sagt der Lehrer, »man kann nicht alles kennen.«

Der Lehrer ist auf seiner Seite.

»Wer war schon mal auf der Aiguille du Midi?«

Stille.

»In Sallanches? In Martigny?«

Ein paar Hände gehen nach oben.

»Seht ihr!«

»Ich war schon mal in Lyon, bei meiner Cousine.«

»Und warum bist du jetzt hier?«, will der Junge, der Messdiener ist, von Vincent wissen.

»Weil ich Asthma habe.«

Asthma: fast durchsichtiges Hellgrau. Das mit dem Asthma ist nicht gelogen, auch wenn es nicht der einzige Grund ist. Émile reagiert noch immer nicht, er lutscht lieber an seinem Zeigefinger und hat schon ganz blaue Lippen davon, Moinette muss darüber schmunzeln.

»Was ist denn das, Asthma?«

»Eine Krankheit, bei der einem das Atmen schwerfällt.«

»Kann man daran sterben?«

»Die Berge tun einem dann gut«, beeilt sich der Lehrer zu sagen. »Weil die Luft hier besser ist als in der Stadt.«

Der Lehrer greift nach einem Stift und nimmt sich die Klassenliste noch einmal vor.

»Vincent Dorselles also ... zwischen Solange Burnet und Abel Dunand. Gut.«

Der Lehrer macht die Tafel sauber und schreibt

»Elektrizität«. Émile reibt noch immer an seinem Finger herum. Vincent lässt den Almanach in seinen Schulranzen gleiten. Geschafft, Prüfung bestanden. Seine Hände hören auf zu zittern. Endlich kann er den Blick schweifen lassen und sich von seiner Fantasie forttragen lassen. Die Namen der Gegenstände treffen auf seine Netzhaut, donnern auf beiden Seiten gegen sein Trommelfell, dann kommen die Worte des Lehrers hinzu, »Faden, Glühbirne, Energie, Kreislauf, Thomas Edison«, ein buntes Konzert explodiert in seinem Gehirn, während er von der Tafel abschreibt. Als sein Blick auf den Berg fällt, dessen Anblick von einem Fensterladen zerschnitten wird, muss er an Kandinskys Gemälde denken. Es kann ja sein, dass Kandinsky so wie er selbst bei jedem Klang eine Farbe vor Augen hat. Vincent schließt die Augen und sagt wieder und wieder das Wort »Berg« vor sich hin, so oft, bis es sich von seiner Bedeutung und seinem Aussehen abspaltet und nur noch der pure Klang davon übrig ist: golden. Vincent ist grün, der Berg ist golden.

In der Pause stürmen die Schüler auf den Hang gegenüber der Schule und schnallen sich ihre Ski an die Schuhe. Zwei Mädchen bleiben im Hof und spielen dort, sie kommen aus Le Mollard, erklärt der Lehrer, und da zwischen ihrem Zuhause und der Schule kein Abhang liegt, haben sie nur Langlaufski. Wie Pfeile schießen die Gestalten vor ihnen bergab, kreuzen die Spur der anderen und ziehen schräge Linien durch das Weiß. Helle, fröhliche Rufe erklingen, Arme werden ausgebreitet, die Luft entweicht aus weit geöffneten Mündern. Vincent wäre auch gerne dabei. Der Lehrer zeigt ihm eine Gruppe Gämsen in einer Mulde des Felsens. Er reicht ihm ein Fernglas, und Vincent entdeckt vier Tiere mit schwarzbraunem Fell, dünnen Hörnern, wie mit dem Pinsel gemalten Hufen und mit einem V über dem Maul; wenn er sich konzentriert, klingt »Gämse« rot. Er presst das Fernglas an sein Gesicht und dreht langsam den Kopf, bis ihm der Wald vor die Linsen kommt. Der dunkelgrüne Wald in der Farbe seines Vornamens, durch den Lupeneffekt vergrößert, sodass es ihm scheint, als könnte er mit den Fingern durch die dichten Büschel der Nadeln fahren. In der nächsten Pause steigt er zu den Tannen hoch. Er war noch nie in einem Wald. Zögernd geht er tiefer hinein und beugt erst die Schultern und dann den Nacken, dann dreht er sich um sich selbst und hebt die Arme, um sich ganz schmal zu machen, sodass er genau in die Lücke zwischen den Zweigen passt; er möchte die Landschaft nicht stören in ihrer perfekten Ordnung. Es gibt mehr Schnee als Nadeln, sodass die Zweige fast senkrecht nach unten hängen, wie angelegte Flügel. Er läuft noch ein Stück weiter zwischen den Stämmen und lauscht. Das Grün der Bäume und der Schnee sind so dicht, dass die Schreie der Kinder davon verschluckt werden, man sieht auch keinen Himmel. Hin und wieder gerät irgendwo ein Schneeklumpen ins Rutschen und zerfällt zu Pulver. Dann kehrt die Stille zurück und legt sich wie eine dicke Wolldecke über alles.

»Noch nie einen Wald gesehen?«

Moinette ist hinter ihm. Vincent hätte sich gewünscht, dieser verzauberte Moment der Einsamkeit *in der grünen Welt seines Vornamens* möge noch länger andauern. Jetzt kommt auch der Lehrer hinzu. Er erzählt, dass die Tiere bei Unwettern unter den Tannen Zuflucht suchen und die schweren Zweige um sie herum einen Wall bilden, der sie vor den Windstößen schützt. Vincent sieht eine Kuppel vor sich, die sich über die Gämsen wölbt, ein Iglu aus grünen Zweigen und Schnee, in das Licht hineinscheint, während draußen der Wind peitscht und alles in Eis verwandelt. *Was, wenn die Zweige durch den Frost am Boden festfrieren?*, schießt es ihm durch den Kopf. *Werden die Äste dann zu einem eisigen Käfig, aus dem die Tiere nicht mehr herauskommen?* Später, wenn das Eis schmilzt, würde man die verendeten Tiere darin finden. Er wendet sich an den Lehrer:

»Kann es passieren, dass die Tiere eingeschlossen werden?«

»Wie denn das ...?«

»Weil sie festgefroren sind?«

Der Lehrer muss lächeln:

»Der Wald bietet in der Regel Schutz.«

Der Wald hält den Krieg auf Abstand. Vincent wohnt in diesem Grün, sein Vorname dient ihm als Schutzwall. Hier gibt es keinen Luftalarm, keine angeschlagenen bedrohlichen Schilder mit fetter Schrift darauf: BEKANNTMACHUNG, JÜDISCHES GESCHÄFT, auch keine Erfassungen, keine schweren Stiefelschritte, keine Hunde. Die Gewehre sind hier nur Stöcke aus Holz auf dem Schulhof, die Soldaten flachsen herum, ihr Gewehr im Gürtel und eine Feder am Hut. Zwar wird zweimal die Woche im Hof vor der Flagge gesungen: *Maréchal, nous voilà!*, aber nur so, wie man dem Lehrer beim Betreten der Klasse seine sauberen Hände und gebürsteten Nägel vorzeigt. Es hängt auch ein Porträt von Pétain im Klassenraum, aber daneben hängt ein viel größeres Bild, das einen Skifahrer zeigt, der durch den Pulverschnee saust. Hier gibt es keine gelben Sterne und somit auch keine Unklarheiten. Aus Unsicherheit hat Vadim im letzten Jahr einen Stern geklaut. Seine Cousins auf der mütterlichen Seite trugen den Stern, obwohl sie wussten, dass Menschen wie sie in Zügen weggebracht wurden, und sie waren der Meinung, die Pavlovitchs müssten ihn ebenfalls tragen. Aus dem Grund hatte Vadim, wollte er weiter mit seinem Cousin Paul Murmeln spielen, aus dem Park, wo Juden sich nicht mehr aufhalten durften, auf die Straße ausweichen müssen. Und er hatte sich gefragt, wie es wohl war, Paul zu sein. Eines Tages dann sah er einen losen Stern auf dem Tisch herumliegen, den er sich auf dem Heimweg heimlich an die Jacke heftete. *Nur für fünf Minuten*, hatte er gedacht. Dabei hatte er die ganze Zeit auf seine Schuhe gestarrt. Paul dagegen blickte nie zu Boden. Aber Vadim schämte sich, und zugleich schämte er sich über seine Scham. Er zertrat Blätter, kickte kleine Steine umher. Ein Mann rempelte ihn an, ohne »Entschuldigung« zu sagen, war der Stern der Grund dafür? Als er jemanden deutsch reden hörte, zuckte er zusammen und starrte weiter auf Pfützen und Zigarettenkippen, er zitterte, als hätte er sich irgendwas zuschulden kommen lassen. Er rang nach Luft und hörte sein Asthma unter den Rippen knistern. Schließlich hatte er den Stern wieder abgerissen, nein, er wollte nicht jüdisch sein, nicht einmal für fünf Minuten.

Am Morgen hat Blanche verkündet: Heute fährst du Ski. Er kann an nichts anderes mehr denken. Der Tag zieht sich in die Länge, seit Blanche mit ihrem Zeigefinger verheißungsvoll auf die Bretter aus Eschenholz neben der Eingangstür gedeutet hat:

»Nicht mehr lange ...«

Aber zuerst ging es zur Messe; Louis hatte seine Bartenden mithilfe eines langen, angewärmten Nagels eingerollt, dann hatten sie aus einem besonderen Schrank einen mit Schaffell gefütterten Mantel, Jacken und Hemden geholt, die steif auf Kleiderbügeln hingen, einen Rock, einen mit getrockneten Blumen verzierten Hut und Stadtschuhe. So waren sie zu viert aufgebrochen, Albert blieb zu Hause. Die Leute aus den anderen Dörfern strömten ebenfalls Richtung Kirche. Es gab zwei Messen, eine am Morgen und eine zur Vesper, gefolgt von zwei Stunden Katechismus, die zum Glück in einer Schneeballschlacht endeten. Vincent ließ den Blick über die üppigen Verzierungen schweifen, die Vergoldungen, Flammen und künstlichen Blumen, die Glühbirnen im Kronleuchter, die Abbilder der Heiligen, deren Namen er nicht kannte. Er verlor sich in den Worten, den Formeln und den Heiligen mit seltsam klingenden Vornamen entgegen den Wünschen seines Großvaters mütterlicherseits waren sie selten in den Gottesdienst gegangen, und wenn seine Mutter, sein Bruder und er in den letzten Monaten in Batignolles in der Messe saßen, dann nur, um etwas Abwechslung zu haben. Es vergingen Stunden, in denen er an nichts als ans Skifahren denken konnte. Abbé Payot sprach eine fremde Sprache, in Vincents Ohren klangen die biblischen Geschichten genauso exotisch wie die russischen Märchen, die sein Vater manchmal erzählte; in seiner Benommenheit und im Weihrauchduft schien es ihm, als wohnte Christus ganz nah beim Zar, den sibirischen Prinzessinnen und Prinzen, Baba Yaga und Beelzebub. Er gähnte mit geschlossenem Mund. Dann konzentrierte er sich auf die in einem schräg einfallenden Lichtstrahl schwebenden Staubteilchen. Ein Sonnenstrahl, die Sonne, die draußen auf den Schnee schien, der Schnee, der gleich von den Skiern zur Seite gedrückt werden würde, er musste die ganze Zeit daran denken. Da er mit dem Zeremoniell nicht vertraut war, traf es sich sehr gut, dass er bei den Mädchen saß – die Bank der Jungen war schon voll gewesen –, und Moinette stieß ihn jedes Mal mit dem Ellenbogen an, damit er aufstand, sich wieder hinsetzte oder sich hinkniete. Dass er ihr wie eine Marionette gehorchte, gefiel ihr, aber zugleich brachte dieser Junge, der sich anscheinend mit gar nichts auskannte, sie auch aus der Fassung. Er dagegen beneidete die Männer, die draußen vor der Kirche standen und rauchten. Er beneidete Albert, der wegen seines steifen Beins entschuldigt war und deshalb seit dem frühen Morgen einen Auflauf aus Kartoffeln und mit Schinken umwickeltem Lauch bewachen durfte. Also beschloss er, sich ein lautloses Spektakel zu gönnen, wenn es sich auch nur vor seinen Augen abspielte. Wie in der Schule versetzte er die unscharfen Worte und unbekannten Begriffe aus dem Mund des Paters in Rotation, »Lamm Gottes«, »Apostel«, »Kyrie Eleison«, bis jedes Wort, und sei es noch so gewöhnlich, durch unaufhörliche Wiederholung seine Bedeutung verlor, Kerzenständer, Kerzenständer, Kerzenständer, Kirche, Kirche, Kirche, Kirche ... Die Wiederholung verwandelte sie in reine Klänge und ließ sie zu bunten Flecken werden, zu Pigmenten, die an den Wänden und auf dem Altar explodierten und die tristen Hüte und Mäntel, das Gesicht des Abbés, das Gewand der Messdiener, Blanches Rock und den Chor farbig einfärbten; während sein Körper also Moinettes Befehlen gehorchte, richtete sein Kopf ein Festival aus. Als er dann aber Blanches Blick begegnete, die auf der anderen Seite des Gangs saß, verschwanden die bunten Flecken. Mit einer unauffälligen Geste erneuerte sie ihr Versprechen: die eng aneinandergelegten Finger der rechten Hand glitten an ihrem Rock hinab wie ein flaches Brett einen Hang.

Jetzt stehen sie vor dem Abhang vorm Haus, haben die Sonntagskleider abgelegt, und die zwei Paar Ski liegen im Schnee. Blanche kniet vor Vincent, und er sieht zu, wie sie mit ihren langen Fingern die Riemen um seine Schuhe schlingt. Dann lässt sie von ihm ab.

»Jetzt geh ein bisschen in die Knie.«

Er beugt die Knie.

»Und jetzt verlagere dein Gewicht ein wenig auf deine Schuhspitzen.«

Vincent spürt, wie er losgleitet, und beeilt sich, die Stöcke in den Schnee zu stecken. Dann schnürt Blanche ihre eigenen Riemen und richtet sich auf.

Sie sagt: »Die Oberschenkel machen die Arbeit. Wenn du dich zu weit nach vorne lehnst, fällst du um. Wenn du dich hinsetzt, so, mit dem Po nach hinten, dann fällst du auch um.«

Vincent lauscht und ist wieder einmal fasziniert von ihrer besonderen Aussprache, die ihn einlullt, sodass ihre Warnungen für ihn eher wie Versprechen klingen.

Sie fährt fort und erklärt: »Wenn man die Ski parallel hält, wird man schneller, wenn man sie vorne zusammenführt wie bei einem Dreieck, bremst man und bleibt stehen.« Er hebt seine Ski nacheinander ein Stückchen an und versucht, sie wie ein Dreieck zu platzieren, aber da rutschen ihm die hinteren Enden gleich ganz weg.

»Pass auf, sonst landest du im Spagat! Wenn das nicht klappt«, sagt sie und dreht den Oberkörper, »dann musst du die Schultern nach links drehen, sodass die Bretter nachfolgen, quer zum Hang kommst du auch zum Stehen.«

Er begreift gar nichts. Besser gesagt, die Worte schweben formlos um ihn herum in der Luft, aber er ist unfähig, die Ratschläge in die richtigen Bewegungen umzusetzen. Die Skifahrer auf dem Hang vor der Schule haben so selbstsicher gewirkt, angetrieben allein von ihrem Instinkt und dem reinen Vergnügen, als würden die Berge und das im Schnee geboren Werden den Körper so formen, wie das Leben im Wasser es mit den Fischen tut. Vincent möchte ein Meteorit sein, eine Rakete. Blanche muss lachen.

»Du musst Schwung holen, spann die Oberschenkel an, mach die Augen auf, und zur Not lässt du dich halt hinfallen!«

Damit kann er etwas anfangen.

Sie stößt sich kraftvoll mit den Stöcken ab und gleitet ein Stück den Hang hinunter. Holt noch mal Schwung, und schon teilen ihre Waden den Schnee und hinterlassen dünne Spuren, ihr Rock flattert im Wind. An einer etwas flacheren Stelle drückt sie die Ski wie ein Dreieck nach außen, wird langsamer und dreht ihre Bretter zum Berg.

»Jetzt du!«

Sie ist hier nicht geboren, ihr Körper ist nicht vom Berg geformt, aber sie kommt trotzdem unten an. Er vertraut ihr und stößt sich mit den Stöcken ab. Als er am Rand des Hügels steht, verlagert er sein Gewicht von den Fersen auf die Fußspitzen, und schon geht es bergab. Der Schnee ist hier tiefer als vor der Schule, er drückt sich ab und will noch schneller werden, ans Bremsen und Stehenbleiben denkt er jetzt nicht, nur der Augenblick zählt. Er wird von der Schwerkraft erfasst und saust mit seinem Fliegengewicht übers Feld, an Blanche vorbei, die immer noch auf dem ebeneren Stück des Abhangs steht.

Blanche ruft: »Bremsen, du musst bremsen«, aber er hat vergessen, wie das geht. Und er will auch gar nicht, denn es kommt ihm so vor, als käme ihm der Berg entgegen – er weiß zwar, dass vor dem Massiv noch die Straße und der Fluss liegen, aber die Illusion ist famos. Als er die Dächer von Le Mollard näher kommen sieht, denkt er an ein riesiges Trampolin, das ihn über das ganze Tal katapultiert. Da merkt er, wie seine Beine wackelig werden, und gibt den Befehl: *umfallen*. Er geht zu Boden, die Ski fliegen über seinen Kopf hinweg, weicher Schnee gerät in seinen Kragen und in seinen Mund; ein vollkommen schmerzfreier Sturz. Vincent landet auf dem Rücken, mit ausgebreiteten Armen wie eine soeben frisch aus der weißen Umgebung ausgestochene Figur und starrt in den Himmel. Blanche ruft seinen Namen, sie klingt besorgt. Er lauscht seinem wild klopfenden Herzen, spürt das Blut in seinem Kopf pulsieren, und der Himmel über ihm scheint sich wie ein Muskel zusammenzuziehen. Über ihm schwebt ein Raubvogel mit ausgebreiteten Flügeln und schreit. Mach, dass es noch nicht vorbei ist. Er will gleich noch einmal fahren. Es ist unvernünftig, *wenn seine Mutter das wüsste.* Aber er *will* gar nicht vernünftig sein. Er rappelt sich auf, stellt sich hin, schüttelt den Schnee ab. Blanche zieht eine frische Spur durch das Schneefeld und kommt gleitend bei ihm an.

»Und?«, fragt sie.

»Das war klasse!«

Sie strahlt, als wäre all das ihr Werk – der Hang und auch der Wind, der den Jungen vorwärtsgeschoben hat, und als hätte sie eigenhändig das Massiv auf ihn zubewegt und dann den Himmel umgekippt. Dann steigen sie wieder den Hügel hinauf, setzen die Bretter quer zum Hang in den Schnee, wie Treppenstufen.

»Ganz schön anstrengend, was? In Chamonix, da gibt's Lifte, die einen immer wieder nach oben auf den Hügel befördern ... Wir müssen stapfen, aber wir jammern nicht, außerdem können wir so schneller wieder abfahren. Aber ich will dir trotzdem noch den Schneepflug zeigen, das ist doch einen Tick eleganter als deine Saltos.«

Als sie wieder oben stehen, schiebt sie ihre Ski auseinander, sodass dazwischen eine große Lücke entsteht, drückt sich leicht an ihn und nimmt seine Ski dazwischen. So fahren sie ganz langsam einmal quer über den Hang. Er spürt ihre Hände um seine Taille und ihren ganz leicht gewölbten Bauch an seinem Rücken. Dann stößt sie sich mit den Stöcken ab, und schon ziehen sie eine gemächliche Spur durch den Schnee. »Jetzt«, sagt sie, »musst du ordentlich Druck auf deine Ski ausüben, so, auf der Innenseite«, und gleichzeitig drückt sie auf die Hüften des Jungen. Natürlich fallen sie um, versuchen es erneut, zerschneiden mit langen Zickzacklinien das Feld, während das Licht, wenn sie in Richtung Bérard blicken, immer gelblicher wird. Zehnmal stapfen sie nach oben, der Schweiß durchnässt ihre Hemden und lässt sie frösteln. Vincent ist nicht gut im Anhalten, das steht schon mal fest, aber vielleicht gibt er sich auch gar keine richtige Mühe, weil es so schön ist, sich an Blanche anzulehnen. Durch die Wollsachen hindurch kann er ihren leichten Schweißgeruch und die schwarze Seife riechen. Wenn sie umfallen, spürt er die Weichheit ihres Bauches und ihrer Brust.

Als es dunkel wird, müssen sie wohl oder übel nach Hause gehen. Oben auf dem Hügel steht Moinette und blickt in ihre Richtung, und Éloi zieht an seiner Pfeife. Er hat Vincent lachen und ein ums andere Mal umfallen gesehen, unermüdlich in diesem Alter der endlosen Anfänge und ersten Male. Éloi kann sich natürlich nicht mehr an seine erste Abfahrt erinnern.

»Ich warne dich«, ruft ihm Moinette zu, »ich kann dir morgen nicht so helfen wie Blanche heute, dafür bist du einfach zu groß.«

»Wieso morgen?«

»Na, auf dem Schulweg!«

Sie lassen die Ski vor dem Ofen trocknen. Anschließend wird Albert Bienenwachs auf die Unterseite auftragen, weil frisch gewachste Bretter besser gleiten – *gewachst* ist ein graues, glänzendes Wort.

Am Abend zeigt der Muskelkater, gegen den auch die Arnikasalbe nicht viel ausrichten kann, Vincent, wo in seinem Körper sich Muskeln befinden, von denen er nichts wusste, Schultern, Oberschenkel, Waden. Im Bett tastet er die schmerzenden Stellen ab, drückt sogar ein bisschen, weil er das Ziehen spüren will, und freut sich darüber, dass die Berge nun angefangen haben, Einfluss auf seinen Körper zu nehmen, ihn zu verändern. Danach schickt ebendieser vollkommen erschöpfte Körper aus der Ferne einen Kuss zu dem ledernen Medaillon, in dem seine Eltern und sein Bruder nach wie vor auf ihn warten.

Er macht Fortschritte. Mittlerweile kann er mühelos das Scheppern der verschiedenen Kuhglocken unterscheiden, eine klingt tief und dumpf, die andere schrill und hoch. Er kann die Geräusche zuordnen, die nachts durch die Stille dringen, ja er lauert jetzt regelrecht darauf, sobald er im Bett liegt, denn der Winter hat seine Sinne geschärft: das Knacken im Dach, ein Vogelschrei, Mausepfoten. Er wundert sich nicht mehr, wenn Blanche *Radio Sottens* hört, den Sender für die französischsprachige Schweiz, und dabei lächeln muss oder wenn die Beschreibungen des Moderators sie dazu bringen, ihre Nadelarbeit zu unterbrechen und den Jungen einzubeziehen: »Hörst du das? *Augen wie Lötlampen*! Ein Schädel, *kahl wie eine gebutterte Birne*!« Er freut sich auf den warmen Backstein unter seiner Decke am Abend. Er kennt den Geruch des Schnees, des weichen Holzes, der Holzkohle, den von feuchter Wolle, und er hat sich an den Geruch der Tiere gewöhnt. Die Geschmäcker und Texturen hier sind ihm nicht mehr fremd. Die Lake, in die der Kohl eingelegt ist. Die ranzige Note der Butter aus dem Butterfass. Die Säure der Moosbeeren, Verwandte der Blaubeeren. Das Fleisch aus dem Pökelfass, auf dem er kaut wie auf Gummi.

Die Dinge, die er täglich sieht, überraschen ihn nicht mehr so stark. Da ist zunächst natürlich der Berg, sein Krake, seine Burg, sein Schloss, seine Insel über allen Bergen. Die flatternde Soutane des Abbés, wenn er wie ein großer schwarzer Vogel auf Skiern vorbeirauscht. Der krasse Gegensatz zwischen der schattigen, waldbedeckten Seite und dem Hang auf der rechten, sonnenbeschienenen Seite, wo ihr Dorf liegt, »ihre Côte d'Azur«, wie Albert zu sagen pflegt, ihr kleines Nizza, und an jedem neuen Morgen kann Vincent es kaum erwarten, das faszinierende Zusammenspiel der Kontraste wiederzusehen. Was sich anfangs ungewohnt anfühlte, ist es nicht mehr: Am liebsten streicht er mit den Daumen über das weiche, vier Jahre lang getrocknete und erst dann geschliffene Holz in Alberts Werkstatt, Tannen- oder Lärchenholz, das abseits der Lawinenkorridore oberhalb der Kirche gefällt wurde, da, wo die Stämme nicht unter dem Geröll leiden. Er übernimmt einen Teil der tagtäglichen Aufgaben. Ganz allein erneuert er die Einstreu der Tiere aus Nadeln und Blättern. Schmeißt eine kleine Portion Heu durch die Klappe im Dachboden, sodass es auf die Hörner der Kühe herabrieselt, die man danach erst mal neu frisieren muss. Er striegelt sie sogar, vorsichtig und mit ausgestrecktem Arm, um möglichst großen Abstand zum Tier zu halten, dessen Größe ihn nach wie vor einschüchtert und dessen warme, zitternde Haut ihm ein Eigenleben zu führen scheint. Für Moinette ist es, als würde er die Welt, die sie in- und auswendig kennt, für sie neu zeichnen, deswegen folgt sie ihm wie ein Schatten: Ihr Abenteuer ist er.

Ein paar der täglichen Arbeiten lassen Blanche und Sophie, Paris und das Tal der Bären zuweilen wie Spiegelbilder erscheinen. Hier genauso wie »unten« hilft er mit, die Wäsche im Waschkessel zu drehen. Hier wird sie sogar bei zwanzig Grad unter null im Wasserbecken vor dem Haus gespült, »unten« hingegen in einer Schüssel mit heißem Wasser, aber so oder so wird sie anschließend hier wie dort auf eine Leine gehängt. »Unten« wird sie abgenommen, wenn sie trocken ist, hier wird sie hereingeholt, bevor die Kälte die Fasern zerbrechen lässt, aber dennoch sind die Handgriffe beim Abnehmen die gleichen, das Zusammenfalten, bei dem man einander gegenübersteht, das Bügeln mit dem schweren Eisen, in das Vincent die Kohlen einfüllt. Hier wie »unten« hilft er mit, Kartoffeln zu schälen, den Tisch zu decken und das Geschirr wieder abzuräumen. Er liest Blanche seine Hausaufgaben vor, so wie er das auch bei seiner Mutter tut, und beide lassen ihm nicht den geringsten Fehler durchgehen. Beide Frauen drehen ihr Haar zu einem tief sitzenden Dutt, und beide küssen den Jungen auf die Stirn, wenn er im Bett liegt, aber nur Blanches weicher Mund bringt einen Bienenstock in seinem Bauch zum Summen. So dringt hier und da die alte Welt in die neue.

Doch die Überraschungen prasseln derart auf ihn ein, dass es ihm nicht leichtfällt, Fuß zu fassen. In der Schule misst Vincent zum ersten Mal die herabgefallene Schneemenge mit einem Niederschlagsmesser. Er betrachtet zum ersten Mal Schneeflocken durch eine Lupe, wo jedes Ästchen, sei es noch so klein, stets einen

60-Grad-Winkel bildet. Irgendwann gelingt es ihm endlich, seine ersten Kurven zu fahren, nachdem der Lehrer es ihm gezeigt hat, und er schafft es sogar, mit einem Ei, das auf einem Löffel liegt, über das Feld zu fahren, im Zickzack den Graben hinunter, durch einen aufgehängten Reifen hindurch. Eines Tages schickt Blanche ihn zum Laden der Kooperative, damit er zum ersten Mal die Marken der verstorbenen Großmutter einlöst, Louis' Frau, denn auf Beschluss des Bürgermeisters werden die Toten nicht gemeldet, solange die Rationierung andauert. Eines Tages isst er eine Drossel, deren Leber für ihn zerdrückt und auf eine Scheibe Brot geschmiert wird. Eines Nachts lauern er und Louis bei Vollmond dem Fuchs auf dem Dachboden auf, das Gewehr durch die Fensterluke geschoben; die Gendarmen und die Italiener sind zu weit entfernt, um den Schuss zu hören. Er sieht zum ersten Mal einen Fuchs. Der Fuchs hat dichtes rot-orangefarbenes Fell, der untere Teil der Beine ist schwarz, das Innere der Ohren weiß. Die Blutlache, in der er schließlich liegen bleibt, hinterlässt einen tiefen Eindruck bei Vincent – sein erster Fuchs ist ein toter Fuchs. Louis zieht ihm das Fell ab und spannt die Haut auf ein Brett, um später eine Mütze daraus zu machen. Nur einmal versucht Vincent zu melken, widerwillig, weil er findet, dass die warmen, weichen Zitzen der Kuh sich in seiner Handfläche anfühlen wie Geschlechtsteile. Er sieht zum ersten Mal, wie Kühe hintereinander durch einen tiefen Graben, der beim nächsten Schneegestöber wieder zugedeckt wird, zum Stier geführt werden. Einmal sieht er vom Ort aus, wie auf dem Hang gegenüber eine kurze Lawine abgeht. Ein Überhang bricht ab und rast staubend den Korridor hinunter bis zum Fluss, wo er in einer riesigen, dampfenden Wolke verpufft. Sein Gesicht wird von dem Sprühregen nass, aber seine Angst ist schmerzlos. Zwar zerstört und tötet die Lawine, doch absichtslos. Sie ist kein Feind, denn sie *will* keinen Schaden zufügen. Er hat keine Feinde mehr.

Es ist sein erster Ausflug ohne Moinette. Vincent soll den Mist auf ein weit oben im Dorf gelegenes Feld bringen, wo er noch nie zuvor gewesen ist, da trifft er auf Martin. Er hat schon von ihm gehört, es heißt, er flechte die schönsten Kiepen und könne »mit den Fingerspitzen sehen«. Vincent ist schon wieder auf dem Rückweg, als ihn der blinde Mann ruft, der vor seinem Haus auf einer Bank sitzt. Ihm ist das eigenartige Verhalten des Jungen aufgefallen: »Du bleibst ständig stehen, beobachtest, horchst – daran merkt man, dass du nicht von hier bist. Deine Pausen und dein Schweigen verraten dich.« Er hat recht, seine Art zu gehen könnte effizienter sein, aber die Landschaft lässt ihn eben nicht kalt, jeder Weg ist auch eine Erkundung. Albert hat ihm erzählt, dass man von dem Feld da oben den besten Blick auf den Mont Blanc habe, besser als irgendwo sonst in Vallorcine, und ihm damit ein spannenderes Ziel gegeben als nur das Feld an sich – einmal den Mont Blanc aus diesem einzigartigen Winkel erblicken. Wie versprochen ist er dann auch in der Ferne aufgetaucht, auf der anderen Seite des Passes, optisch verkleinert durch das Massiv von *seinem* Berg im Vordergrund, komplett weiß und von silbrigem Dunst gekrönt. Vincent hat lange dabei zugesehen, wie er verdeckt und wieder sichtbar wurde und dabei unaufhörlich seine Form veränderte. Beim Abstieg – Martin konnte es hören – hat er sich noch mehrmals umgedreht, um zu sehen, wie er immer kleiner wurde. Vincents Blick hat sich verändert. Am Anfang hat ihm das Weiß genügt. Es war so neu für ihn, dieser ständig in Verwandlungen begriffene Stoff, mal hart, mal weich, mal brüchig, mal pudrig, gedämpft, schwer, leicht, kompakt, luftig, gespannt, bucklig, mal beweglich und mal kriechend und unbeständig wie in der Lawine oder reglos im Tal, wo der Schnee das Licht einfängt und reflektiert und alle Nuancen in sich aufnimmt, blau in der Nacht, diamantenglänzend oder matt am Tag, je nach Dichte der Wolken, rosafarben im Sonnenuntergang, grau im Schatten des sonnenabgewandten Hangs und manchmal auch durchsichtig – wie konnte ein einziges Wort nur eine solche Bandbreite an Bildern abdecken? Oft stand er zähneklappernd vor dem Haus und entdeckte immer neue Variationen vom Schnee, bis Blanche ihm befahl hereinzukommen – doch auch dann starrte er ihn durch das Fenster der Stube weiter an und danach durch das Fenster in seinem Zimmer, und erst der Schlaf konnte ihn davon losreißen. Mittlerweile hat er jedoch angefangen, den Schnee zu befragen. Der Winter scheint zwar unbezwingbar, aber nach spätestens sechs Monaten – das hat er sich gemerkt – endet er, und dann muss es Frühling werden. Er fragt sich, wann der Schnee wohl schmelzen wird. Welcher Schnee liegen bleibt und welcher verschwindet. Und wo sich der ewige Schnee befindet. Er fragt sich, was sich unter dem Schnee wohl verbirgt, wie die Landschaft aussieht, wenn der Schnee geschmolzen ist. Ob das Dorf dann nicht verschwindet, so sehr scheint der Schnee das Material zu sein, aus dem hier alles besteht. Er hat gelernt, dass die Farbe Weiß das gesamte Farbenspektrum beinhaltet. In Paris hat er einmal eine Newton-Scheibe in den Farben des Regenbogens gebastelt und sie so schnell im Kreis gedreht, bis man nur noch grau-weiß sah. Aber wenn das Weiß in seine Bestandteile zerfällt, welche Farben kommen dann zum Vorschein? Vincent steht vor dem Berg und wünscht sich, er könnte mit den Augen eine Ecke der weißen Schneedecke anheben wie einen Schleier.

Martin hat einen Hund. Es ist der einzige Hund im ganzen Dorf. Er ist stumm, das heißt, er kündigt sich niemals an, taucht einfach auf. Eines Tages sieht Vincent zu, wie der Hund mit der Schnauze und den Vorderpfoten im Schnee wühlt. Anscheinend erhofft er sich irgendwas von seinem Kampf mit dem alles beherrschenden Weiß. Nach und nach beginnt der Hund einzusinken und hört nicht auf, riesige Schneegarben in die Luft zu schleudern, aber er findet nichts, außer noch mehr Schnee unter dem Schnee. Als er Vincent erblickt, trottet er zu ihm, legt sich hechelnd mit heraushängender Zunge zu seinen Füßen ab, als wollte er sich dafür entschuldigen, dass er nichts gefunden hat. Vincent weiß nicht, was er mit dieser stummen Schnauze machen soll, die sich ihm da entgegenstreckt.

»Was willst du?«, fragt er den Hund, der ihn ebenso ratlos macht wie der Schnee.

Er blickt ihn nur aus großen blauen Augen an. *Was hast du denn?* Da kommen ihm plötzlich die blauen Augen seines Vaters in den Sinn. Und der Polizist bei ihnen im Hof, der jede einzelne Silbe seines Namens extra deutlich ausspricht, »JO-SEPH PAV-LE-VITCH«, und Joseph, der ihm nur mit gurgelnden Geräuschen antwortet, als wäre er unfähig zu sprechen. Aus dem Fenster der Wohnung im zweiten Stock blickt Vadim gebannt auf seinen Vater, aus dessen Gesicht dem Polizisten nichts als Unverständnis entgegenblickt, wenn nicht sogar Schwachsinn: Sein Vater tut so, als hätte er seine Zunge verschluckt, um die Wachmänner in die Irre zu führen. Er war gerade dabei gewesen, draußen im Freien einen Tisch zu bauen, und hatte sie nicht kommen sehen. Als sie ihn fragten, ob Joseph Pavlevitch hier wohne, hatte er nur den Kopf geschüttelt. Sie hatten aber nicht lockergelassen, »PAV-LE-VITCH« hatte der Mann wieder und wieder gesagt, als könnte er den Klang so in die anscheinend verstopften Gehörgänge des Mannes vor ihm pressen. Da hatte Joseph angefangen zu gestikulieren, die Finger vor dem Mund geöffnet und geschlossen und kehlige Laute dabei ausgestoßen. Beinahe hätte Vincent gelacht über den genialen Streich, den sein Vater ihnen spielte, *Also wirklich, ganz schön gewieft, dass er seinen Akzent vor ihnen im Mund eines Gehörlosen versteckt, dass er den Idioten mimt, damit sie von ihm ablassen.* Doch dieser Clown hampelte um sein Leben. Am Morgen nach diesem Pantomime-Auftritt hatte sein Vater die Flucht ergriffen.

Vincent wagt nicht, den Hund zu berühren.

»Wie heißt er?«

»Whisky.«

»Whisky?«

»Hab ihn von einem englischen Touristen.«

»Warum ist er stumm?«

»Keine Ahnung.«

Vincent würde zu gern herausfinden, was für ein Geheimnis sich hinter dem Schweigen des Hundes verbirgt.

Manchmal fordert Martin Vincent auf, sich neben ihn zu setzen. Ein paar einzelne Flocken segeln vom Himmel, es ist bitterkalt. Forschend blickt Vincent auf die milchigen Pupillen, die wie zwei helle Löcher in dem jungen Gesicht aussehen – wie alt mag er wohl sein, fünfundzwanzig vielleicht? Winterpupillen. Das Schweigen des Hundes und des Winters, der unbarmherzige Mantel aus Schnee, der graue Star, der diesen Augen ihr geheimnisvolles Aussehen verleiht – Vincent ist sich sicher, dass Martin von unsichtbaren Welten berührt wird. Er muss plötzlich an seinen Vater denken, wie viel würde er darum geben, jetzt zu wissen, wo er ist.

»Welcher ist dein Lieblingsberg?«, fragt Martin.

»Die Aiguilles Rouges.«

»Warum?«

»Das war der erste Berg, den ich je gesehen habe.«

»Ich mag die Posettes am liebsten.«

»Weißt du denn, wie sie aussehen?«

»Von dort kommt doch die Sonne, wenn sie morgens aufgeht, oder?«

»Kannst du die Sonne denn sehen?«

Er kann ihre Wärme spüren. Im Winter kann er die Sonne nur durch eine Scheibe spüren, und die Nacht erkennt er allein an der dichteren Stille und den Rufen der Eule, den Tag am Gesang des Schwarzspechts, des Tannenhähers und der Meisen. Ab März, erklärt er, erhebt sich die Sonne senkrecht über die Bergmassive, wandert dann in einem elliptischen Bogen über die Aiguilles

Rouges hinweg und verschwindet erst am Abend wieder. Vincent denkt an die Sonnenstrahlen, die seit ein paar Tagen bis in die Klasse hineinreichen und kurz vor der Pause warm auf seinen rechten Arm treffen, es ist fast März.

»Und oberhalb der Posettes, dort auf der linken Seite, da geht morgens die Sonne auf«, sagt Martin und streckt den Arm aus.

An schönen Tagen wärmt einen die Sonne, dann ist es leicht, Tagesanbruch, Mittag und Nacht zu bestimmen. Zuerst spürt er sie wie eine lauwarme Welle sich von seiner linken Wange bis zur linken Schulter und der linken Hüfte ausbreiten, dann erreicht sie irgendwann seine Stirn und schließlich das ganze Gesicht, den Brustkorb, bis zu jenem Punkt in der Mitte, heißt der nicht sogar »Solarplexus«?, und dann kommt der Nachmittag. Aber im Winter ist das Licht kalt, und der Lauf der Sonne ist nur eine Erinnerung. Dennoch mag er die Posettes am liebsten. *Martin wird die Berge niemals sehen*, denkt Vincent. *Um ihn herum ist immer alles weiß*. Martin weiß weniger über die Landschaft als er, obwohl er sie seit seiner Geburt vor sich hat, er weiß nicht, wie die Gipfel verlaufen, wie die schroffen Grate sich am Himmel abzeichnen, kennt nicht die verschiedenen Gesichter des Schnees. Abgesehen von der Wärme der Sonne, weiß er nichts über den Frühling.

»Woran denkst du?«

»Ich frage mich, wie es ist, wenn der Schnee schmilzt. Aber du kannst nicht mal den Schnee sehen.«

Martin strubbelt dem Hund durchs Fell.

»Im Moment sind die Aiguilles Rouges mit Schnee

bedeckt, dazwischen ab und an bewaldete Streifen, die aussehen wie dunkle Bänder. Von hier aus wirkt der untere Teil asymmetrisch, und der Gipfel neigt sich so schräg zum Pass hin, als könnte er jeden Moment abbrechen.«

Vincent traut seinen Ohren nicht.

»Die Posettes sind mit immergrünen Tannen bewachsen und mit Lärchen, die jetzt kahl sind. Die Aiguilles sehen aus wie Finger oder eher wie Fingerstummel. Bei gutem Wetter sieht man in der Ferne, hinter den Aiguilles Rouges, die Gletscher in der Sonne glänzen. Die Sonne geht im Talkessel von Bérard unter, und bei gutem Wetter leuchtet der Himmel dann rot und rosa. Sonst liegt, wenn der Abend dämmert, nur so etwas wie ein mattgrauer Heiligenschein über dem Pass. Und überall liegt Schnee, Weiß hat also die Oberhand, Weiß in allen denkbaren Nuancen.«

Martin kichert.

»Hab ich alles auswendig gelernt. Wie in der Schule.«

Vincent kann es nicht glauben.

»Schon als ich klein war, hab ich immer genau zugehört, was meine Mutter und mein Vater und all die anderen Leute so sagen und mir die Beschreibungen aus Romanen und Zeitungen gemerkt, weißt du, ich bin sehr gut im Auswendiglernen. Ich könnte dich durch die Sixtinische Kapelle im Vatikan führen, obwohl ich niemals dort war, weil alles im *Guide bleu* steht, den meine Schwester mir hundertmal vorgelesen hat, die Arme, sogar die einzelnen Fresken sind dort beschrieben. Was ich über Farben weiß: Baumstämme sind entweder braun oder weiß, Blätter sind grün, das Dach der Kirche ist schwarz. Die Farbe des Wassers variiert, je nachdem, wie das Licht ist und wie tief und wie der Untergrund beschaffen ist; blau, grün oder bräunlich, je nach der Farbe des Sandes oder der Steine oder der Algen oder des Schlamms, aber wenn du hineinspringst, wird es durchsichtig. Habe ich recht?«

»Und Whiskys Fell?«

»Schwarz-weiß.«

»Und deine Jacke?«

»Dunkelgrün.«

»Kartoffeln?«

»Gelb. Der Schnee ist weiß, der Himmel bei schlechtem Wetter auch, wenn es regnet, wird er grau, bei Gewitter manchmal violett. Murmeltiere sind ... welche Farbe haben die noch mal?«

»Ich habe noch nie welche gesehen.«

»Der Fuchs ist orange oder schwarz.«

»Louis hat neulich einen erschossen.«

»Rindfleisch ist rot, Blut ist rot, die Glut ist rot.«

»Und Himbeeren.«

»Aber für mich spielt das alles keine Rolle. Mir ist nur wichtig, dass die Himbeere nach Himbeere schmeckt, sich wie eine Himbeere anfühlt, dass sie Kerne hat, die knirschen, wenn man draufbeißt. ›Rot‹ ist für mich nur ein Klang, abgesehen davon hat es keinen Sinn.«

In seiner *Farbenlehre* fragt Goethe, ob ein Kleid immer noch rot ist, wenn man aufhört, es anzusehen. Rot für Martin, das ist wie »jüdisch« für die Pavlevitchs, nichts als eine willkürliche Bezeichnung.

»Aber ich habe mir ein paar Kniffe angeeignet, mit denen ich trotzdem was sehen kann ...«

Er orientiert sich an kleinen geometrischen Formen. Er weiß, was ein Dreieck ist – »zum Beispiel dieser Stein hier«, den er aus der Tasche zieht –, eine Diagonale, eine Kugel; er hat unzählige Gegenstände ertastet, aus denen sich die Welt als reduziertes Modell darstellen lässt, und kann sie in Gedanken vergrößern, sodass er eine Ahnung davon bekommt, wie die Umgebung zusammengesetzt ist. Hinzu kommt, dass seine Füße sehr genau wissen, was ein Höhenunterschied ist, weil er zusammen mit seinem Hund jeden Hang hier hinaufgestiegen ist, er kennt die Beschaffenheit der Böden und der Steine. Sich die unterschiedlichen Höhen vorzustellen ist schwierig, also behilft er sich mit Vergleichen. Die Höhe des Mont Blanc zum Beispiel lässt sich mit der Anzahl der Schritte vergleichen, die man machen muss, um das Tal von einem zum anderen Ende zu durchschreiten. Und vor allem sammelt Martin Geräusche, Gerüche und Texturen, er trägt einen ganzen Katalog davon mit sich herum und leitet daraus die jeweilige Landschaft ab. Im Winter ist das allerdings schwieriger, wegen des ganzen Schnees und der Stille und der allgemeinen Erstarrung der Dinge. *In Paris wäre das anders*, denkt Vincent.

»Verstehst du?«

»Ich glaube schon.«

Die Landschaft ist für Martin etwas, das man *ermittelt*.

»Das heißt, obwohl du die Farben nicht sehen kannst, weißt du, wie der Frühling ist?«

»Ja.«

»Und wie ist er?«

»Ha, willst du jetzt etwa Unterricht? Ausgerechnet du, der keine fünf Schritte macht, ohne sich ausgiebig umzusehen! Mach deine Beobachtungen, und dann stell es dir vor. Irgendwann ist es zu spät, dann bist du schon der Gefangene deines Blickes.«

Und ob er sich den Frühling vorstellen kann! Sich das Unsichtbare ausmalen. Irgendwo in dem Buch, in dem er die Gemälde von Kandinsky entdeckt hat, steht (das weiß Vincent aber nicht), dass die Farbe Weiß sich anhört wie Stille, ein Nichts, bevor alles seinen Anfang nimmt.

Es schneit und schneit. So viel, dass man bald weder Tal noch Hänge, noch Berge mehr ausmachen kann. Das Haus ist eine Insel, eine unerschütterliche, unveränderliche Bastion mitten in dem ganzen Weiß. Es schneit seit Tagen ohne Pause, anstelle der Landschaft sieht man nur noch eine matte Nebelwand. Nachts, wenn etwas Licht durch die Ritzen der Gardinen nach draußen fällt, zieht es diagonale Striche durch die weiße Luft. Es sieht aus wie die schrägen, übernatürlichen Strahlen, die die Stiche von Gustave Doré zerschneiden. Es schneit am Tag, es schneit in der Nacht. Jeden Tag muss Éloi viermal Schnee schaufeln, damit der Weg zur Tür frei bleibt. Abgesehen vom Hacken und Schlagen der Schaufel dringt kein Laut durch die gedämpfte Stille. Hin und wieder vernimmt man die körperlosen Stimmen von Menschen, weil die Körper im Nebel verschwinden, allein die Schaufelgeräusche lassen vermuten, dass irgendwo Arme sind, breit aufgestellte Beine, vor lauter Anstrengung gekrümmte Rücken, vielleicht ist es Moinettes Vater oder einer ihrer Brüder oder irgendjemand anders, der da gerade Schnee schippt. Aus den Fenstern des Wohnzimmers blickt Vincent hinaus in den fallenden Schnee und lauscht, wie die Menschen gegen das Verschüttet-Werden ankämpfen. In Le Sizeray stecken ein paar Häuser nach einem Abbruch so hoch im Schnee, dass man durch die Fenster im ersten Stock klettern muss, wenn man herauswill; das hat Abel Dunand Vincent bei der Morgenandacht berichtet: »Also bin ich einfach aus meinem Zimmerfenster gestiegen …« Heute keine Vespermesse, hat Abbé Payot beschlossen, es wäre zu gefährlich für sie, noch einmal den Weg zur Kirche zurückzulegen. Dann wird Vincent, wenn er wieder zum Dorf hinaufstapft, wo der Kartoffelauflauf schon im Ofen backt, zum letzten Mal an diesem Tag nass bis auf die Haut werden. Heute also keine Schneeballschlachten, kein Skifahren auf dem Nordhang, keine Sprünge in zwei Meter hohen Pulverschnee von der Mauer hinter der Kirche. Moinette pflückte kleine Eisstücke von ihrer Strumpfhose und schimpfte leise vor sich hin: »Ich will auch am Sonntag Hosen anziehen, lasst mich endlich in Ruhe mit diesen blöden Kleidern.«

Das Herabfallen der wirbelnden Flocken zieht Vincent in seinen Bann. So viel Bewegung hinter der Fensterscheibe. Er lässt nur davon ab, um am Becken vor dem Haus den Eimer für die Kühe aufzufüllen oder um in dem kleinen Häuschen pinkeln zu gehen. Er ertappt sich bei dem Gedanken, dass der Stall auch kein schlechtes WC abgeben würde. Er fragt sich, wie es sein kann, dass der Himmel einen derartigen Vorrat an Schnee vorhält. Welcher Ozean muss verdampfen, um solche dichten Wolken hervorzubringen, die sich zudem unaufhörlich erneuern, in welchem Land ziehen diese Nebelmassen ihr Wasser, um es dann hierherzubringen und über Tage hinweg ohne Unterlass herabfallen zu lassen? Und wozu soll das überhaupt gut sein, ein solches Übermaß an Schnee? Blanche weiß es auch nicht. »Komm, hilf mir Kartoffeln schälen.«

Es gibt aber einen Grund. Louis sagt, es würde das Gras schützen und damit für gutes Heu sorgen. Vincent denkt an die lange Pause der Pflanzen im Winter. Er weiß, dass auch Murmeltiere Winterschlaf halten müssen. Es ist aber trotzdem schade mit dem ganzen vielen Schnee hier, wo es doch Wüsten gibt, die all das Wasser dringend brauchen könnten. Blanche muss lächeln und wirft ihm einen ihrer Blicke zu, bei denen er immer das Gefühl hat, als würde sie sanft sein Gesicht halten. Und eigentlich sind ihm die Wüsten auch egal, wenn das der Preis für diesen märchenhaften Schnee ist. Je länger es andauert, umso dicker wird die Schneedecke und umso tiefer versinkt der Boden darunter mit all den Pflanzen und kleinen geduckten Tieren, während gleichzeitig die Fantasien darüber, was im Frühjahr wohl alles zum Vorschein kommen wird, anschwellen.

An diesem Sonntag holt Vincent aus seinem Koffer das Zeichenpapier und das kleine Kästchen mit den Buntstiften hervor, das er von seinem Pariser Nachbarn geschenkt bekommen hat. Er hat noch nie in Farbe gezeichnet. Seit seiner Ankunft hier hat er überhaupt noch kein einziges Mal gezeichnet, weil die Welt draußen mit ihren für ihn so ungewohnten Dimensionen ihn vollkommen vereinnahmt hatte. Er setzt sich in das graue Licht am Fenster und konzentriert sich auf das Bild von *seinem* Berg hinter seinen Lidern, der jetzt verschwunden ist. Dann zieht er nur aus dem Gedächtnis seinen merkwürdigen Umriss nach, mit den Buckeln, Spitzen und Zacken, dem schräg zur Seite geneigten Gipfel – eher ein Gespenst als ein Berg. Er ruft sich Élois Worte in Erinnerung, als er von dem Meer gesprochen hat, das vor dem ganzen Weiß da war, das Meer mit dem zerklüfteten Grund. Dann zeichnet er den Berg, bevor er Berg wurde und als noch bunte Fische über seine Hänge zogen, rundliche, mit Schuppen bedeckte Leiber, Wasserschlangen, Seesterne, Meerjungfrauen. Kraken, Mollusken, nur einen Spaltbreit geöffnete Muscheln, all das entspringt vielleicht vagen Erinnerungen an Jules Vernes Tierwelt, Belemniten, deren Überreste man in den Aiguilles gefunden hat, wie Éloi ihm erzählt hat, seltsame, wie Gewehrgeschosse geformte Wesen mit beweglichen Tentakeln unter dem Maul. Ein Dinosaurier – ein Tyrannosaurus, beschließt er. Am Fuß des Berges zeichnet er Lärchen und denkt dabei nicht an das französische Wort *mélezes*, Lärchen, sondern an das Wort *larzes*, wie die Bäume hier heißen. Ein anderes Wort kennt Vincent für diese Bäume auch gar nicht, und *larzes* stellt er sich rot vor – aber nicht wegen des Klanges, »larzes« ist eigentlich ein gelbes Wort. Rot wegen der Bretter, die Albert ihm im Atelier gezeigt hat, eine Art Schindeln, die aus riesigen Baumscheiben geschnitten werden und deren rötliche Färbung auf den reinen Klang des Wortes Einfluss nimmt. Die Ringe in der Mitte sind ganz eng und werden zum Rand hin breiter, daran kann man ablesen, dass der Baum lange vor sich hin gekümmert hat und dann plötzlich stark gewachsen ist, so hat es Albert ihm erklärt, die Gründe für dieses spät einsetzende Wachstum aber kenne man nicht – vielleicht das Klima, der Boden oder Lawinen. Da musste Vincent an die Markierungen im Türrahmen der Wohnung in Paris denken, an denen man das Wachstum von ihm und seinem Bruder ablesen konnte. Wenn man die Ringe zählen würde, käme man wahrscheinlich auf knapp vierhundert, und wenn man die äußeren entfernte, stieße man im Inneren auf den ganz jungen Baum. Vierhundert Ringe = vierhundert Jahre. Vierhundert Jahre, wie viel ist das? Mit dem Stift im Mund rechnet er nach. Zehnmal so alt wie seine Mutter. Zehn mal vierzig Jahre. Zehn Frauen über seiner Mutter, ein riesiger Stammbaum. Eine riesige Lärche. Rote Lärchen wachsen am Fuße seines Berges, unter Wasser. Ihre feuerroten Zweige vermischen sich mit denen der Erlen, deren dürre Stämme er im Schnee gesehen hat. Er macht blaue, biegsame Algen daraus, die jenen Meerespflanzen ähneln, die man Rotalgen nennt und deren türkisfarbenes Schillern man oft auf den Kieseln, Felsen und kleinen Steinen im Watt sehen kann.

»Was ist das denn?«, fragt Blanche, die sich nun über seine Schulter beugt, erstaunt über das Durcheinander der Farben und Formen.

»Vallorcine«, erwidert Vincent. Vallorcine in seiner urzeitlichen Form. Und Blanche wundert sich nicht, denn sie weiß, dass es Vallorcine nicht gibt, genauso wenig wie Paris oder Marseille oder irgendeinen anderen Ort auf der Welt; alles, was existiert, ist der Blick.

Er weiß nicht, was er fühlen soll. Eigentlich müsste er sich freuen, denkt er. Denn man freut sich, wenn man einen Brief von seiner Mutter bekommt. Vor allem, wenn man zum ersten Mal von ihr getrennt ist. Vor allem, wenn man nicht weiß, für wie lange. Émile freut sich bestimmt, wenn er Briefe aus Ivry bekommt. Außerdem hält Blanche ihm den Umschlag mit beiden Händen hin wie ein Geschenk. Er möchte nicht undankbar erscheinen. Er steht neben dem Ofen, seine Wollhose dampft vor lauter Schnee. Er schiebt seine Schuhe mit der Holzsohle an die warme Wand des Ofens und trocknet die feuchten Hände an seinem Pullover ab, um keine Flecken auf den Umschlag zu machen. Dann blickt er auf die sepiafarbenen, geschwungenen Buchstaben, *Vincent Dorselles, bei Albert Ancey, la Villaz, Vallorcine.*

»La Villaz, wo ist das?«, erkundigt er sich.

Blanche schnalzt mit der Zunge. »Na, hier! Aber wir sagen La Viyeux.«

Dies ist sein allererster Brief. In Paris haben sie einmal einen Brief von seinem Vater bekommen, aber dieser hier ist nur für ihn. Er bemüht sich, das aufgestempelte Datum zu entziffern. Der Brief wurde vor zehn Tagen aufgegeben.

»Der kommt aus Argentière«, verkündet Blanche stolz, als wäre sie persönlich dort gewesen, um ihn abzuholen. »Wegen der Lawinen musste der Briefträger zu Fuß durch den Tunnel und zurück. Also wurde der Weg heute Morgen nur für dich freigeschaufelt.« Der Zug kommt wieder einmal nicht durch. Von oben betrachtet sieht er aus wie ein Spielzeug, das ein Kind an einem kalten Tag draußen liegen gelassen hat, drei unbewegliche Waggons unten im Tal, halb zugedeckt unter einem Haufen Schnee. Dadurch ist der Brief noch kostbarer geworden, und Vincent fühlt sich zu noch größerer Freude verpflichtet. Es fühlt sich an, als wäre es nicht er, der den Brief hält, sondern als würde der Brief ihn halten.

Blanche reicht ihm einen Brieföffner. Er reißt den Umschlag auf, faltet das Papier bedächtig auseinander, und sogleich legt sich der Brief um ihn wie ein Mantel.

Mein lieber Schatz, liest er. *Ich hoffe, dass es dir gut geht. Ich hoffe, du isst gut, schläfst gut, kannst gut atmen und hast gute Noten. Deinem Bruder und mir geht es gut, deinem Vater auch.*

Seinem Vater? Was jetzt, hat seine Mutter ein Lebenszeichen von ihm erhalten, oder schreibt sie das nur, weil sie die Rolle von Madame Dorselles einnimmt, deren Ehemann nichts zu befürchten hat? Dann schreibt sie über den Regen, das eintönige Wetter, der Großvater habe seinen siebzigsten Geburtstag gefeiert – jetzt meint sie Papy Pierre, das Alter stimmt nämlich –, und über den Winter, der kein richtiger Winter ist. Sophies Sätze sind unsichtbare, streichelnde Girlanden, die sich sanft um seine Hände, Arme und Schultern winden. Sie schreibt, dass er ihr fehlt. Diese Worte lügen nicht, es sind die seiner richtigen Mutter. Je länger er auf die runde Schrift blickt, umso runder fühlt er sich selbst werden. Seine Schultern und sein Kopf sinken nach vorn. *Gibt es dort viel Schnee? Sind die Berge hoch? Gibt es dort Tannen?* Sie fordert ihn auf, ihr alles zu beschreiben und zu erzählen, und er hält es kaum aus, wie ihre Hände ihn durch das Papier hindurch drücken und liebkosen. Bei den Pavlevitchs sind Berührungen nicht an der Tagesordnung. Nur nachts, wenn es niemand sieht, betrachtet die Mutter ihr Kind ausgiebig, betastet sein Gesicht, um sich alles an ihm einzuprägen, weil sie immer Angst hat, er könnte sich in Luft auflösen. Oft ist der Junge dann noch wach, tut aber so, als ob er schliefe, und dann legt sie ihr Ohr auf seinen Brustkorb. Die notwendigen Berührungen erlaubt sie sich: fühlen, ob die Stirn fiebrig ist, den warmen Wickel auf die eingefallene Brust legen, den Rücken waschen, dem Jungen die Haare kämmen, seine Fingernägel schrubben. Und den Gutenachtkuss.

Ihm kann man nichts vormachen, der Brief ist eine List, um ihren Sohn in die Arme zu schließen, wie sie es sich sonst niemals gestatten würde. Abbé Payot behauptet, vor Gott könne man nichts verbergen, denn Gott könne bis auf den Grund der Seelen blicken. Vincent schämt sich für das, was Gott, falls er existiert, in ihm zu sehen bekommt. Er würde sich gerne von dem Brief erweichen lassen, aber er wehrt sich dagegen: Seine Mutter, das ist Paris, und Paris bedeutet Vadim, und bisweilen reicht ein einziger Blick zurück aus, um zu versteinern. Er faltet den Brief wieder zusammen. Blanche bietet ihm an, seinen Antwortbrief für ihn zur Post zu bringen, wenn er das möchte. Sie wird einen Umschlag und eine Briefmarke für ihn kaufen.

Später träumt er von Sophie. Ihr Gesicht schwebt am Himmel und dreht sich um sich selbst, sie ist das Auge eines Wirbelsturms. Er möchte ihr Gesicht einfangen wie einen mit Helium gefüllten Ballon und streckt schon den Arm nach dem verwickelten Faden über seinem

Kopf aus, als er plötzlich zögert, aus Angst mitgerissen zu werden. Gleichzeitig wird Sophies Gesicht immer kleiner und entfernt sich unaufhaltsam. Irgendwann ist es dann zu spät, es ist nur noch ein Stecknadelkopf zu sehen, der unter den Gewitterwolken schwebt. Er hat nicht nach dem Faden gegriffen. Stattdessen hat er zugelassen, dass seine Mutter sich auflöst. Im Traum sind seine Hände verbrannt.

Er versucht, einen Brief zu schreiben. Er weiß nicht, was er schreiben soll. Dabei muss er doch nur ihre Fragen beantworten. Sie möchte wissen, ob es ihm gut geht: *Es geht mir gut.* Ob er gut isst: *ich esse gut*, ob er gut schläft: *ich schlafe gut*, ob er gut atmen kann, *ich kann gut atmen*. Und er hat gute Noten, das auch. Und dann sitzt er vor dem fast leeren Blatt. Blanche schlägt ihm vor, zu erzählen, was er heute gemacht hat. Er beugt sich hinunter: *Ich bin mit Moinette auf Skiern zur Schule gefahren, ich habe Holz in den Ofen gelegt, ich habe Kartoffelsuppe gegessen, ich habe den Kühen Heu gegeben, ich habe ein Gedicht auswendig gelernt, ich habe Suppe und ein Ei gegessen, ich habe einen Heidelbeerrechen gebaut.* Und gestern? *Ich bin auf Skiern mit Moinette und Jules zur Schule gefahren, ich habe eine Karte von Frankreich mit den Städtenamen gezeichnet, in der Pause bin ich Ski gefahren, ich habe Kartoffeln und Käse gegessen, ich habe dem Lehrer geholfen, die Pulte zu bohnern, ich habe mit Éloi Schnee geschippt, ich habe Suppe und Fleisch gegessen, ich habe den Kühen Heu gegeben, ich habe in der* Cœurs Vaillants *geblättert.* Und morgen? *Morgen bringe ich den Mist raus, ich treffe Martin, ich spiele mit Whisky, ich gehe zur Messe, ich werde Kartoffelauflauf mit Speck essen, dann gehe ich zum Vespergottes-*

dienst und zum Katechismus, dann springe ich von der Lawinenmauer, dann fahre ich Ski, dann gibt es noch mal Kartoffelauflauf, dann sage ich Blanche meine gelernte Lektion auf. Das genügt.

Sophie stellt noch weitere Fragen, bei denen er aber nicht weiß, wie er sie beantworten soll. Sie fragt, ob die Berge hoch sind. Ob es schön ist. Was soll er ihr darauf antworten? Wie könnte er ihr die Berge beschreiben? Ihr ungeheures Ausmaß. Ihre vollkommene Andersartigkeit. Auf den Bildern der ersten Alpenmaler sieht man eine verzerrte Darstellung der Realität, sie gaben die Formen übertrieben wieder und überbetonten die Höhenunterschiede, um den Schock wiederzugeben, der sie angesichts der Berge überkommen hatte; so zum Beispiel auf den fantastisch anmutenden Gemälden von Caspar Wolf. Turner, der England nie zuvor verlassen hatte und nichts anderes kannte als den dortigen *Fog*, setzte ein Übermaß an Licht und Kontrasten ein, um seinem Staunen Ausdruck zu verleihen. Und auch die Sprache versagt vor solch spektakulären Anblicken – Saussure, Victor Hugo und eine ganze Reihe weiterer Schriftsteller ergingen sich in Metaphern, Allegorien, poetischen Annäherungen und endlosen Beschreibungen bei dem Versuch, ihre ersten Eindrücke wiederherzustellen. Vincent kaut an seinem Stift herum. Was er bräuchte, wären durchsichtige, gefrorene Worte, unmittelbar aus dem Gebirge entnommen. Worte, die noch nie benutzt worden sind. Oder aber man müsste blind sein wie Martin, um einer Person, die sie nie gesehen hat, die Berge zu beschreiben.

Da kommt ihm eine Idee. Zunächst zeichnet er den Umriss der Insel über allen Bergen auf, ähnlich einem

Elektrokardiogramm. Dann geht er nach draußen in die Sonne, presst einen Moment lang die Fäuste fest auf die Augen und öffnet sie dann abrupt wieder. Er sieht den roten und gelben Flecken zu, die vor seinen geblendeten Augen tanzen. Dann bringt er sie zu Papier. Fertig, das ist seine Antwort, entziffere sie, wer kann: Seit er hier ist, möchte er am liebsten die Augen nie mehr schließen.

Bei seinen Besuchen bittet Vincent Martin manchmal um eine Liste. Eine Ansammlung von Wörtern, die beschreiben, was unter dem Schnee ist, wenn er schmilzt. Eine Liste für den Wald. Eine für das Tal. Eine für den Berg.

Martin sagt: »Rhododendron, Weidenröschen, Alpenampfer, Löwenzahn, Alpendost.« Oder »Fichtenzapfen, Kirschbaum, Eichhörnchen, Torfmoos«. Oder »Plateau, Findling von Bovi, Enzian, Sperber«. Worte, die für Vincent keinen Sinn ergeben, so wie »rot« für Martin keine Bedeutung hat; er lauscht einfach nur auf ihren reinen Klang. Vincent notiert sich die Wörter auf dem unteren Rand eines Blattes. Er lauscht, und in jedem Laut schwingt eine Farbe mit, und die Farben explodieren in seinem Kopf. Er hat keine Ahnung, ob sie Blumen oder Pflanzen bezeichnen, Bäume oder Tiere, bewegliche, laufende, fliegende, kriechende oder statische Dinge, winzige oder riesengroße, aufrechte, liegende, furchterregende oder schöne Dinge, anziehende, abstoßende, seltene oder verbreitete, er hat keine Bilder dazu, nicht einmal Anhaltspunkte. Aber er versucht auch gar nicht zu raten, sondern konzentriert sich lieber ganz auf den Klang, der ihm seine Farbpalette vorgibt, und beim

Zeichnen entkleidet er den Berg. Er zeichnet imaginäre Vögel dazu, die Blumennamen haben. Imaginäre Blumen, die Baumnamen haben. Imaginäre Bäume mit Vogelnamen. Vögel mit Vogelnamen, Blumen mit Blumennamen, Bäume mit Baumnamen, er hat keine Ahnung, wann er mit seinen Annahmen richtigliegt und wann nicht. Es sind reine Behauptungen, die er aufstellt und die von der Wirklichkeit nicht widerlegt werden.

»Wenn du redest, klingt es, als würdest du singen.«

Moinette spricht mit leiser Stimme und blickt Vincent im Licht der fahlen Glühbirne ins Gesicht. Sie stehen im Keller vor den Einmachgläsern, den riesigen Kartoffelkisten, den Möhren im Sandlager, dem Tomme-Käse auf dem Vrêt, und werfen monströse Schatten in den Raum. Ganz leise sind sie die Treppe hinuntergeschlichen, um die Alte nicht zu wecken, die oben in ihrem Sessel eingedöst ist. Vorher haben sie aufgeräumt und das Geschirr gespült, denn Moinette wird an die Witwe in Le Mollard *ausgeliehen,* weil sie auch eine Cousine ihrer Mutter ist und niemanden hat, der ihr hilft. Sie hatte Vincent gefragt, ob er sie begleiten würde – der hatte eigentlich keine große Lust gehabt, Alberts Werkstatt zu verlassen, um das Haus einer alten Dame zu putzen, aber da hatte Moinette seine Hand genommen: »Ich will dir was zeigen.« Sie waren auf dem Schlitten über alten Schnee hinabgefahren, März-Schnee, der nachts gefriert und dadurch hart und glatt und ein bisschen brüchig wird. Moinette hatte vorne Platz genommen, sodass ihr Rücken an seinem Bauch war und sie ihn warm hielt – so war es auch schon am Vortag gewesen, als die

Kinder von La Villaz bei Vollmond die Ausgangssperre Ausgangssperre sein ließen und stumme Rutschpartien absolvierten, während die Erwachsenen hinter den verbarrikadierten Fenstern Karten spielten. Damit die Gendarmen sie nicht hörten, hüteten sich die Kinder, dabei zu lachen oder sich etwas zuzurufen, und so waren die einzigen Geräusche das Scharren der Schlittenkufen auf dem Eis und das Aufbrechen der Kruste, wenn ihre Fersen unten am Hang in den Schnee einsanken. An diesem Morgen ging es wieder genauso los, Moinette saß vorne und wärmte Vincents Brustkorb, und er konnte den feinen Bogen ihrer Wirbelsäule spüren und die Dehnung ihrer Wirbel beim Atmen. Nachdem die Alte eingeschlafen war, hatte Moinette die Tür zu einem Raum geöffnet, in dem sich offenbar eine Werkstatt befand. Eine verlassene Werkstatt. Nirgendwo verstreute Späne, Holzsplitter oder herumliegendes Werkzeug. Beinahe ein Museum, in dem alle Werkzeuge der Größe nach an Nägeln aufgehängt waren und glänzten, der Boden sauber. Und auf der Werkbank lagen drei Geigen. Poliert und lackiert, wie neu. Die Bögen lagen daneben.

»Schon mal eine Geige gesehen?«

Moinette schien davon auszugehen, dass er verneinen würde, also schüttelte er den Kopf, um ihr die Überraschung nicht zu verderben. Da leuchtete Moinettes Gesicht freudig auf.

»Die hat ihr Mann gemacht. Er konnte auch darauf spielen, obwohl seine Finger total verformt waren, ich weiß es noch genau, dabei ist es schon ziemlich lange her. Die Gelenke an seinen Fingern waren so dick wie Meiseneier. Hier, zupf mal an den Saiten.«

Vincent gehorchte, und die Noten fielen wie Tropfen herab.

»Wenn ich groß bin, will ich Geige spielen«, verkündete Moinette mit großem Ernst. »Irgendwann wird sie mir eine schenken, weil ich ja so oft hierherkomme. Und dann bringe ich die Leute zum Tanzen und zum Weinen, wie Ambroise. Aber sag's keinem weiter.«

Vincent hatte genickt.

»Einmal habe ich einen Bogen mit nach Hause genommen. Du darfst es aber keinem sagen!«

»In Ordnung.«

»Ich habe ihn ja auch wieder zurückgebracht. Aber vorher habe ich damit in meinem Zimmer in der Luft Geige gespielt, so.«

Moinette griff sich den Bogen von der Werkbank, neigte den Kopf und strich mit dem Bogen langsam oberhalb ihrer Schulter durch die Luft.

»Sag's keinem!«

»Nein.«

»Ich war sogar ziemlich gut, weißt du.«

Moinette knetete ihre Hände und zerknüllte den Stoff ihres Rockes darin. Dann blickte sie sich um und sagte:

»Komm mit.«

Er war ihr in den Keller gefolgt. Unten hatte sie in eine dunkle Ecke gedeutet.

»Sieh mal«, sagte sie und schaltete ohne Vorwarnung das Licht an.

Aus einer Kiste mit schwarzer Erde ragten Chicorée-Knospen hervor. Zehn kleine, weiße, granatenförmige Pflänzchen mit blassgelben Spitzen prangten dort aufrecht im Halbdunkel, wie Schmuckstücke. Jung und glatt und perfekt gleichmäßig gewachsen, identisch geformte Ovale. Er hatte nicht gewusst, dass man Chicorée im Keller züchten kann. Auch nicht, dass das bleiche Gemüse, wenn es noch in der Erde steckt, so schön aussehen konnte.

»Schon mal Chicorée gegessen?«

Moinette fuhr mit ihren winzigen Fingern in die Erde, grub einmal um die Wurzel herum, holte ihr Taschenmesser hervor und trennte die Knospe vom unteren Teil ab. Dann biss sie unvermittelt von der Seite her hinein, sodass die Blätter knackten, und saugte den Saft ein. Die intakte Spitze hielt sie Vincent hin.

»Das ist der beste Teil.«

Vincent blickte auf die kleine, erdige Hand, die schwarzen Fingernägel, den Abdruck der Schneidezähne im matten Chicorée, der nur an der Stelle glänzte, wo Moinette abgebissen hatte. Dann aß er die Spitze. Er hatte Chicorée schon mal als Gemüse gegessen, aber nicht auf diese Weise, roh und frisch von der Wurzel geschnitten. Es schmeckte bitter und fühlte sich genauso frisch an wie das Wasser im Becken vor dem Haus. Das war mal etwas anderes als Dosenessen oder eingekochtes Gemüse. Moinette biss noch einmal ab, dann wieder er, dann wieder sie, dann er, bis nur noch der Strunk übrig war und sie sich den Saft vom Mund wischten. Die Wurzel ließ sie in ihrer Tasche verschwinden, das Loch in der Erde deckte sie zu.

»Sie zählt niemals nach … aber sag's keinem.«

»Versprochen.«

Sie blickte ihn lange forschend an, um herauszufinden, ob sie sich wohl auf ihn verlassen konnte.

Dann sagte sie diesen Satz:

»Wenn du redest, klingt es, als würdest du singen.«

Er ist unsicher, ob das als Kompliment gemeint ist. Ob ein zwölfjähriger Junge sich darüber freuen darf, eine melodiöse Stimme zu haben. Aber die gelbe Glühbirne tanzt in Moinettes Pupillen wie lauter kleine Festlaternen; er schließt daraus, dass ihr seine Stimme wohl gefällt.

»Das würde gut zu der Geige passen.«

»Was?«

»Na ja, Musiker brauchen doch jemanden, der dazu singt.«

Oben schnarcht die alte Frau noch immer. Bei jedem Atemzug erscheint zwischen ihren Lippen eine kleine Spuckeblase, schwillt an und zerplatzt. Sie zählen mit: eins, zwei, drei Blasen, aber bevor sie ihr Lachen nicht mehr halten können, flüchten sie in die Küche. Durch das kleine Fensterchen dort kann man in der Ferne die Kirche sehen.

»Im Kirchturm, da leben Menschen«, sagt Moinette leise.

»Was?«

»Da sind Leute im Kirchturm. «

»Was redest du da ...«

»Sie bleiben niemals lange dort. Sie verstecken sich da.«

»Woher weißt du das? Warum verstecken sie sich?«

»Ich bin ziemlich klein, und keiner achtet auf mich. Deswegen kriege ich einiges mit. Aber sag's keinem.«

Wer sich versteckt, der hat Angst. So wie Joseph Pavlevitch. Vincent hat schon mal die Glocken zur Messe geläutet; zusammen mit Félicien, dem dicksten Jungen der Klasse, hat er am Seil gehangen, um die Kolosse von 115, 235 und 480 kg in Schwingungen zu versetzen. Wenn man von unten in den Turm hinaufblickt, ist da niemand.

»Das hast du dir ausgedacht.«

»Das habe ich mir nicht ausgedacht.«

»Hast du die Leute denn gesehen?«

»Ich weiß es einfach, das ist alles. Sag's keinem.«

Moinette ist doch nicht die weibliche Form von »moineau«, Spatz, Moinette ist eine Miniatur-Eule, ein Nachtvogel, der als kleines Mädchen verkleidet draußen herumschleicht, wenn alle anderen schlafen, ihre Pupillen weitet und Dinge sieht, die den anderen verborgen bleiben. Entweder das, oder sie lügt. Auf jeden Fall will sie ihn auf diese Weise wissen lassen, dass sie ihn ernst nimmt, ihm vertraut. Das Teilen von Geheimnissen kann eine Art Auszeichnung sein. Und dann gleich so viele. Er weiß nicht recht, was er damit anfangen soll. Was sie im Gegenzug von ihm erwartet, dieses Mädchen, das Geheimnisse hervorbringt, ja das regelrecht aus Geheimnissen besteht, und wenn er auf dem Schlitten nicht ihre Wirbelsäule an seinem Bauch gespürt hätte, wäre er versucht, sie für eine andere Art zu halten, ein Wesen voller Träume und Visionen und verschwiegener Worte, durch das man einfach so mit der Hand fahren kann. Dann nimmt er ihr Profil in Augenschein. Betrachtet die kleinen, gezackten, schimmernden Zähne, die feinen schwarzen Wimpern, das winzige Grübchen in der linken Wange. Sie ist doch echt.

»Wenn du willst, kann ich dir sogar noch mehr Geheimnisse verraten.«

»Madame Simone!«, hören sie plötzlich jemanden draußen vor der Tür rufen. »Madame Simone!«

»Pssst«, macht Moinette zu Vincent und hält den Finger vor den Mund. »Madame Simone!« Die Person, der die Stimme gehört, lässt aber nicht locker. Jetzt wird auch noch an die Tür geklopft. Die Alte könnte aufwachen. Moinette öffnet, und da steht ein schnurrbärtiger Italiener, der sich energisch die Hände reibt. Er möchte sich die Hände am Ofen wärmen. Moinette lässt ihn herein, in ihren Augen zieht ein Gewitter auf. Vorsichtig macht er ein paar Schritte, dann deutet er auf die Alte in ihrem Sessel.

»Meine Mamma: Genau so!«, flüstert er und kneift die Nasenlöcher zusammen, um das Schnarchen anzudeuten.

Sie warten ein Weilchen, bis der Italiener sich aufgewärmt hat. Moinette wird ungeduldig. Schließlich beschließt sie: »Komm, wir gehen nach Hause.«

Sie gehen, und dem Italiener bleibt nichts anderes übrig, als mit ihnen das Haus zu verlassen. Ein paar einzelne Flocken wirbeln umher wie Staub, der Himmel ist weiß, und es dämmert bereits. Kein Wetter, um draußen zu verweilen. Wenigstens sind sie jetzt wieder unter sich. Sie ziehen den Schlitten hinter sich her.

»Haben dir die Geigen gefallen?«

»Ja.«

»Und der Chicorée?«

»Ja.«

»Verrätst du mir auch ein Geheimnis?«

Er weiß nicht, was er sagen soll. Sie hat ja keine Ahnung ... Schnell, irgendein Geheimnis, das man teilen kann. Seine Gedanken rasen, irgendwas muss ihm doch einfallen. Zur Not muss er sich eben was ausdenken. Doch in seinem Hirn herrscht Nebel. Er könnte ihr erzählen, dass er Klänge als Farben sieht, und ihr seine Zeichnung von der Insel über allen Bergen zeigen. Aber das sind keine echten Geheimnisse.

Émile erlöst ihn. Émile aus Ivry wohnt in Le Mollard. Er winkt ihnen durchs Fenster zu, von der anderen Seite des freigeschaufelten Weges, und im nächsten Augenblick steht er vor ihnen: Seine Großmutter möchte sie zum Tee einladen. Moinette schmollt. Erst bekommt sie ihr Geheimnis nicht, und jetzt wird ihr auch noch Vincent weggeschnappt.

»Lass mir den Schlitten hier, ich bringe ihn dir später zurück«, sagt Vincent.

Aber sie schüttelt den Kopf und geht davon und zieht den Schlitten hinter sich her; es sieht aus wie ein Zwerg, der einen kleinen Leichenwagen hinter sich herzieht.

»Ich komme!«, ruft Vincent Émile zu, der schon wieder ins Haus läuft und flucht: »Mein Gott, man friert sich ja wirklich alles ab!«

Vincent blickt der immer kleiner werdenden Moinette hinterher. Das merkt sie natürlich, schließlich können ihre Augen auch nach hinten sehen. Sie dreht sich um. Starrt ihn aus der Ferne an. Da bleibt er doch lieber bei Émile, um diesem Blick zu entkommen, ihrem Wunsch nach geteilten Geheimnissen und seiner trägen Fantasie. Er ist sich nicht ganz sicher, meint aber zu sehen, wie sie ihm eine angedeutete Kusshand zuwirft.

Bei Émile verbrennt er sich den Mund an den heißen Kartoffeln, die die Großmutter ihnen auftischt. Sie essen schweigend, ausgehungert, während sie die Kartoffeln lutscht, als wären es Bonbons. Als die alte Dame den Raum verlässt, leckt Émile den fettigen Teller ab.

»Los, kannste auch machen!«, fordert er Vincent auf.

Vincent fährt mit der Zunge über die glänzende Butter. Der Schlägel der dicken Uhr schlägt fünf Uhr. Es ist ein merkwürdiges Haus. Émiles Großmutter hat keine Tiere, kein einziges. Deshalb riecht es weder nach Tier noch nach Mist, noch nach Käse oder ranziger Butter oder Heu auf dem Dachboden, die Dame ist zu alt, um sich noch um Tiere zu kümmern. Es riecht nur nach Bratkartoffeln, nach getrockneten Kräutern, nach Holz. Émile lässt seine Füße unter dem Stuhl hin und her baumeln.

»Du bist also schon eine ganze Weile hier«, stellt Vincent fest.

Émile nickt.

»Seit wann hast du deine Mutter nicht mehr gesehen?«

»Meine Mutter ist tot«, erwidert Émile, »ich kann mich gar nicht an sie erinnern.«

Vincent blickt starr auf seine Ohrmuscheln, die so dünn sind, dass das Licht durch sie hindurchscheint. Das eine Ohr ist so orange wie eine Aprikose. »Ohr«, wiederholt er bei sich, »Ohr« ist hellrot. Er fragt sich, ob es schlimmer ist, eine tote Mutter zu haben oder einen untergetauchten Vater, von dem man nichts mehr hört.

»Und deinen Vater?«, fragt Vincent schließlich. »Seit wann hast du den nicht mehr gesehen?«

»Seit dreieinhalb Jahren«, sagt Émile und tupft mit der Kuppe des Zeigefingers Salzkörnchen auf.

»Schreibt er dir?«

»Er schreibt meiner Oma.«

»Und du … schreibst du ihm?«

»Nein. Doch, an Weihnachten.«

Vincent wüsste gern, ob Émile seinen Vater vermisst. Dann wüsste er, ob er Sophie, seine Mutter, ausreichend vermisst. Sehr leise sagt er: »Fehlt er dir, dein Vater?«

Émile zuckt mit den Schultern. Seine Lider flattern. Er kratzt eine Wunde auf seinem Handrücken auf, saugt das Blut auf, das hervorquillt. »Manchmal.«

Sei's drum. Auf dem Rückweg nach La Villaz beeilt sich Vincent, rutscht beinahe aus auf dem Schnee, der in der freigeschaufelten Spur spiegelglatt geworden ist und drum herum eine Kruste bekommen hat wie ein Biskuit. Er geht direkt in sein Zimmer, wühlt in seinem Koffer und läuft dann rüber zu Moinette.

»Ich muss dir auch was zeigen«, sagt er, ganz außer Atem.

Er öffnet die Hand. Sie greift nach dem Medaillon, in dem wie immer dicht beieinander die Gesichter seines Bruders und seiner Eltern warten. Sie blickt vom Medaillon zu Vincent, von Vincent zum Medaillon.

»Dein Bruder sieht dir ähnlich. Wie heißen sie alle?«

»Victor«, sagt er und zeigt auf Jean. »Françoise, Jean-Marie.« Bei jedem Namen, den er aufzählt, fällt der Name, den er verschweigt, in einen Brunnen. »Victor«, wiederholt Moinette. »Françoise. Jean-Marie.«

»Hast du es irgendwem hier gezeigt?«

»Das Medaillon? Nein.«

»Dann ist es also ein Geheimnis?«

Wenn du wüsstest, Moinette …

»Ja, es ist ein Geheimnis.«

Dann fügt er leise hinzu, um auch ihre letzten Zweifel zu zerstreuen: »Sag's niemandem!«

An dem Abend skizziert Vincent auf einem Blatt das Gesicht seines Vaters in Magenta und verleiht ihm die Konturen seines Berges. Auch Vincent hütet verborgene Welten.

Den Schnee hochheben und den Kirchturm gleich mit, Vincent will sehen. Sehen, was verborgen ist. Er wünscht sich ein riesiges Teleskop herbei, um seinen Vater aufzuspüren. Will das Kalb sehen, das im Bauch der schwarzen Kuh Charmante heranwächst, ganz eng zusammengerollt zu einer Kugel aus Fell und Haut, bis irgendetwas platzt. Will unter Blanches helle Baumwollbluse sehen.

Will unter das Tuch sehen, das in der Küche aufgespannt wird, wenn sie sich wäscht – normalerweise wartet sie mit dem Baden, bis er zum Katechismus oder zu Moinette gegangen ist oder schläft, er hat niemals gesehen, wie sie sich gewaschen hat, so wie er es sonntags tut, hat niemals den Schatten ihres Körpers auf dem Tuch gesehen wie die Schatten der Männer. An einem Tag aber denkt sie, er wäre schon losgegangen, doch er versteckt sich auf der Treppe, während sich ihr weicher Umriss auf dem Vorhang abzeichnet, die nach innen gewölbten Bereiche: Taille und Hals, und die Brüste, die ähnlich geformt sind wie die Chicoree-Sprossen, nur runder, er stellt sie sich weiß mit hellrosa Spitzen vor;

pummelige, mit Haut überzogene Chicorée-Pflanzen. Er schämt sich ein wenig. Der Bauch wölbt sich leicht über die Schenkel hinaus, und der Nabel in der Mitte des Bauches steht ein bisschen hervor.

Da Vincent weder Schwester noch Cousine hat, hat er noch nie den Körper einer Frau gesehen. Er hat sich auch noch nie einen ausgemalt, denn dazu hätte er sich den nackten Körper seiner Mutter vorstellen müssen, und davor hütete er sich. Jetzt aber ist er im Kino. Blanche in Großaufnahme auf der Leinwand. Blanche, um sie sich auszumalen, anhand der reinen schwarzen Form ihres Umrisses; hier hat er nur das Schwarz, während der Berg für ihn nur Weiß hat.

Er muss immerzu daran denken. Blanches Hände sind Hinweise. Er beobachtet sie beim Kochen, Nähen, Melken. Die rosige, weiche Haut auf dem Handrücken lässt auf den Rest der Haut schließen. Die eckigen Nägel, die fest auf den Fingerkuppen sitzen, lassen die Form der Zehen erahnen. Die hervortretenden Sehnen versprechen wohl konturierte Hüften, Schultern, zierliche Knöchel. Das leichte Schimmern der Innenseite der Handgelenke lässt sich übertragen auf die Armbeugen und Kniekehlen, die vermutlich genauso schimmern und sich bestimmt ganz weich anfühlen.

Er blickt auf ihre Finger, wenn sie Marquise damit melkt. Wenn er sich konzentriert, schlägt das Weiß der Hände auf dem weißen Euter in Farbigkeit um. »Hand« ist rot. »Euter« ist blau. Reines Rot und reines Blau, die zusammen flimmerndes Violett ergeben. Rasch fertigt er eine Zeichnung davon an, das blaue Euter, die rote Hand, nicht nötig, die Farben zu mischen oder den violetten Buntstift zu benutzen, die Farbtöne gehen auch so an den Grenzen der Formen eine Verbindung ein.

Er sieht zu, als sie der Katze eine Maus aus dem Maul nimmt. Eine kleine graue Maus, deren Kopf hin und her baumelt, mit dichtem Fell, der Bauch ist zerbissen, drum herum aber ist sie unversehrt, so wie die Chicorée-Köpfe im Keller in Le Mollard. Lebt sie noch? Er würde sie gerne anfassen, fühlen, ob der Körper warm ist. Er stellt sich die Reißzähne der Katze vor, die wie dünne Dolche im Fleisch stecken. Er folgt der Katze, die die Maus quer durchs Haus schleift und hier und da Blutstropfen verteilt.

»Entweder du isst sie, oder du lässt sie laufen ... entscheide dich, Katzenvieh!«, schimpft Blanche, während sie die roten Sprenkel von den Dielen wischt.

Schließlich greift sie nach der Maus und schiebt der Katze gleichzeitig ihre Finger ins Maul. »Halt sie fest«, weist sie Vincent an. Das kleine, weiche Bündel plumpst in Blanches Handfläche. Da, wo Fell und Haut zusammentreffen, flirrt ein rosafarbener Schimmer.

Einmal kommt er ihrem Hals ganz nah. Es ist Abend, und *Radio Sottens* sendet einen Walzer.

»Wollen wir tanzen, Albert?«, ruft Blanche ihm quer durch den Raum zu, während sie ihre Hände an der Schürze abwischt – »Schürze«: schwarz, Schwarz und Rot ergeben flimmerndes Weinrot. Ein mit lauter Sägespäne bedeckter Albert tanzt mit Blanche. Natürlich hinkt er weiterhin, und sie passt sich an seine ungleichen Schritte an, sie drehen sich in vollkommener Synchronie umeinander. Es ist ein einzigartiger Walzer, geschmeidig und abgehackt zugleich. Sie drehen sich langsam, unaufhörlich wie ein Kreisel um sich selbst, jedes im letzten Moment ausgeglichene Ungleichgewicht ein kleiner Triumph, so sollte Tanz immer sein, ein stetiges Austarieren.

»Los, Vincent, jetzt bist du an der Reihe!«, ruft Louis von seinem Sessel aus.

Er kann sowieso nicht tanzen, aber jetzt ist er auch noch von Blanche und Alberts Ringen mit der Schwerkraft eingeschüchtert, von ihrem Tanz, der in seiner Anmut alle anderen übertrifft. Irgendwann lässt Blanche Alberts Arme los, greift nach Vincents Hand und drückt sich mit ihren hellrosa Brustwarzen und dem nach außen gewölbten Bauchnabel an ihn, er kann an nichts anderes denken. Auf Höhe seiner Augen schimmert die Haut oberhalb der Schlüsselbeine. Der Bienenstock in seinem Bauch fängt an zu summen.

»Mein Vater hat mir das Walzertanzen beigebracht. Er hat gesagt, wenn du dich ganz gerade hältst, kann man einen kleinen Kerzenständer auf deiner Schulter abstellen, ohne dass er herunterfällt.«

Er sieht die Muskeln und Bänder unter dem freiliegenden Stück Haut.

»Einen Kerzenständer, kannst du dir das vorstellen? Mit brennender Flamme natürlich, die nicht erlöschen darf.«

Eine Flamme, die ihr flackerndes Licht auf Blanches Haut wirft, während sie Walzer tanzt. Übertreibt sie schon wieder? Er lässt sich führen, tritt ihr auf die Zehen, sie lacht und schiebt ihn von sich. »Jetzt bringen wir mal ein bisschen Abstand zwischen uns, junger Mann!« Danach nimmt der Tanz groteske Züge an, mit einer Lücke zwischen ihnen, die dafür sorgt, dass das erregende

Stück Haut von ihm abrückt und der Bienenschwarm verstummt. Als Blanche plötzlich ihre Hand wegzieht, um sie auf ihren Bauch zu legen, ist er erleichtert, dass es aufhört.

»Mein kleiner Cerdan ...«, sagt sie und beugt sich weit vor. »Er findet Boxen anscheinend besser als Tanzen!«

Blanches Hand auf ihrem Kleid. Rote Hand, rotes Kleid. Er kann es nicht glauben, soll das etwa heißen, dass Blanche ein Junges erwartet, wie Charmante?

Unter der Schneedecke das Unbekannte. Unter den Aiguilles das verborgene Meer. Im Kirchturm die Gespenster. Unter dem dicken Bauch der Kuh das Kalb und in Blanches Bauch das Kind. Der in der Stille der Nacht verschwundene Vater. Unter Vincent Vadim. Überall lauern Geheimnisse, die ganze Zeit.

»Vincent! Vincent, steh auf!«, hört er Blanche sagen.

Er reibt sich die Augen.

»Zieh dich an, Charmante bekommt ihr Kalb!«

Bleiches Licht fällt durch den Vorhang. Entweder es schneit, oder es ist noch sehr früh. In der Nacht hat er im Stall dumpfe Schläge gehört, merkwürdiges Muhen, und hat diese Geräusche für die akustische Untermalung seiner Träume gehalten. Dann kam das also von dem Kalb. Er denkt, dass das Kalb schon da sei, und stellt sich eine Kuh im Kleinformat vor – er hat noch nie ein Kalb gesehen, alles, was er von Kälbern kennt, ist ein Gericht: Kalbskopf mit Vinaigrette. Gähnend schlüpft er in seine Kleider und tapst nach unten. Er versteht nicht, was er dort sieht. Charmante liegt im Stroh, ihre Flanke hebt und senkt sich. Unterhalb des Schwanzes ragen zwei graue Pfeile aus ihrer Haut hervor. Aber sie muht nicht. Sie atmet nur, und es scheint ihr viel Mühe zu bereiten. Vincent kennt das, dieses Ringen nach Luft. Aber der Atem der Kuh pfeift nicht. »Komm schon, meine Schöne«, sagt Albert leise, der vor der offenen Wunde kniet, die nicht blutet. Vincent starrt auf die Pfeile, die im Bauch stecken.

»Siehst du, gleich kommt das Kalb.«

Er sieht überhaupt nichts. Es sei denn, das Kalb steckt im Inneren, aufgespießt von den Pfeilen. Albert knotet Seile daran fest, dann steht er auf, stemmt die Beine in den Boden und zieht mit voller Kraft, die Arme zum Zerreißen gespannt! Ein lautes, saugendes Geräusch erklingt, und dann kommt ein Kopf zum Vorschein. Das, was Vincent gesehen hat, waren Beine mit Hufen daran, hell wie Fingernägel, und oben drauf ist der Kopf eines Kalbs geklebt. Dann löst sich der feuchte, klebrig aussehende Kopf; die Zunge hängt heraus. Es ist ein grauenhaftes, kubistisches Gemälde, willkürlich aneinandergeklebte Körperteile, ein Monster, eine Schimäre. Schließlich gleitet das Hinterteil des Kalbes in einem Rutsch aus der Kuh heraus. Danach herrscht eine nie gehörte Stille. Als die Hinterbeine aus dem Loch gerutscht sind, das Kalb unbeweglich und stumm im Stroh liegt und die beiden Tiere als zwei klar voneinander getrennte Wesen erkennbar sind, ist es die Wunde, von der Vincent nicht den Blick wenden kann. Hände greifen ins Stroh und reiben damit das Kalb ab, jemand lacht. Er blickt auf die Kuh, die innerlich zerrissen daliegt. Das rote Loch, aus dem das Kalb gerutscht ist.

»Es ist schön, nicht wahr?«, hört er Blanche sagen. »Wie willst du es nennen?«

Er sieht, wie Éloi der Kuh auf den Rücken klopft, »Steh auf«, sagt er, und langsam und schwerfällig erhebt sie sich mitsamt dem Loch und ihrem geschundenen Bauch und fängt an, Blut und Flüssigkeiten von dem Kalb zu lecken, ausgiebig und gründlich, als wäre nichts gewesen, als hätte sie ihre eigenen Schmerzen schon vergessen.

»Wie wär's mit Rouquine? Schau, ihr Fell ist genauso rötlich wie das ihrer Mutter!«

Schließlich steht das Kalb auf, noch ganz zittrig. Seine Knie brechen durch, wie bei jenen aus einzelnen Gliedern zusammengesetzten Spielzeugfiguren, deren Gelenke einknicken, wenn man einen Knopf unter dem Sockel eindrückt. Es taumelt, fällt hin, versucht es erneut, und Vincent ist einen Moment gebannt von dem zerbrechlichen, zarten Anblick, bevor er sich wieder der Kuh zuwendet.

»Rouquine, einverstanden?«

Er nickt, er muss an Blanches Bauch denken, an das Kleine, das sie erwartet, an die Pfeile, die sie dann durchbohren werden. An dem Tag kann er es nicht abwarten, sie zu zeichnen, und benutzt dafür seine Erinnerung an den Schatten, den sie an jenem Abend beim Baden gegen das Tuch geworfen hat. Er weiß nicht, wann das Kind zur Welt kommen soll, und hat es eilig, ihren Anblick zu bewahren, sie vor dem Ruin noch einmal festzuhalten.

»Fink«, sagt Martin. »Sterndolde, Distelfalter. Wollgras,

Frauenfarn, Schafstelze, Steinschmätzer.« Er macht sich einen Spaß daraus, die Spuren zu verwischen, wirft mit Wörtern um sich, die Vincent nicht verstehen kann und aus denen er sich unermüdlich den Frühling zusammenbastelt: Peristyl, Palindrom, Nimbus. Fügt gänzlich erfundene Wörter hinzu, die einfach nur wie Musik klingen, denn das ist es doch, was diesen klang- und farbbesessenen Jungen bewegt: »Mollinarque, Étemble, Embrèque und Gentilène und Ombaline und Protis«, das die Farbe Grün hervorruft, und »Japrette«, das sonnengelb klingt, und »Garamole«, was sich anhört wie Ultramarinblau. »Garamole, Garamole, Garamole.«

Zwar bemühen sie sich, leise zu sprechen, aber er hört dennoch, wie Albert und Blanche unten in der Stube gedämpft miteinander diskutieren. Hin und wieder scheint sich das Gespräch zuzuspitzen, mal wogt es heftig, dann flaut es wieder ab. Die angespannten, mühsam unterdrückten Stimmen versetzen Vincent in die kleine Wohnung in Batignolles zurück, in den Herbst der Niederlage, als die Pavlevitchs nicht mehr wussten, wer sie waren.

»Jetzt haben sie Félix seine Werkstatt weggenommen«, hatte Joseph bei seiner Rückkehr aus der Schusterei verkündet, und an diesem Abend begannen die Zweifel. Er beschrieb das leuchtend rote Schild, das plötzlich an der Scheibe geklebt hatte, so eine Schweinerei, Félix würde sein Geschäft aufgeben müssen. Félix hatte sich gleich zu Beginn erfassen lassen. Vadim dachte an die Plakate, auf denen Juden dazu aufgefordert wurden; da hatte er das Wort »Erfassung« gelernt. Joseph tigerte in der engen Kammer auf und ab und drehte dabei ein Stück Draht zwischen den Fingern. Er verstand nicht, weshalb Félix sich hatte registrieren lassen, und hatte ihm das auch gesagt. Félix hatte nur den Kopf geschüttelt, als hätte Joseph eine dumme Bemerkung gemacht. Er wiederum fand es unverständlich, weshalb Joseph es nicht getan hatte. Joseph fühlte sich schlicht nicht gemeint: Sein Vater war fünfzehn Jahre zuvor gestorben und hatte das Familiengedächtnis mit ins Grab genommen, und Sophie und die Kinder waren getauft, wenn sie auch nicht in die Messe gingen. »Stolz darauf, jüdisch zu sein, und stolz darauf, französisch zu sein«, hatte Félix gesagt und ihm seine Ausweiskarte mit dem gestempelten roten J gezeigt.

»Na ja«, hatte Sophie gesagt, »wenn er eben einer ist …«

Ihre Cousins Marc und Paul, welche später den Stern tragen würden, waren ebenfalls erfasst worden.

»Siehst du, wohin das führt, Sonetchka?« Vadim verstand gar nichts mehr. Warum sollte Félix lügen? Warum wollte er, dass die Pavlevitchs sich meldeten?

Joseph erklärte: »Siehst du, Félix ist wie der Klassenclown, der denkt, die Eselsmütze wäre eine Auszeichnung und kein Schandmal.«

Vadim wusste nicht, was ein Schandmal ist. Fest stand nur, dass Félix, obwohl man ihm seine Werkstatt weggenommen hatte, nichts bereute und weiterhin dazu drängte, dass die Pavlevitchs sich ebenfalls registrierten. Joseph zog den Draht in seiner Hand wieder glatt: »Aber wir sind doch gar keine Juden!« Am Ende verwirrte es Vadim genauso sehr wie seine Mutter, dass weder Félix noch Sophies Cousins ihnen das abkauften. Jean sagte nichts und blickte nur seinen Vater an.

Ein anderes Mal hatte Joseph erzählt, was Félix ihm über das Formular berichtet hatte, das er auf der Polizeiwache hatte ausfüllen müssen. Das Formular gab vor: Wer drei jüdische Großeltern hat, oder zwei und einen jüdischen Ehepartner, der ist Jude, egal, was man selbst darüber denkt. »Das bedeutet, dass du, Joseph, Jude bist, und deine Frau ist Jüdin, und deine Kinder sind auch Juden.« Joseph hatte gelacht: Félix brauchte also ein Formular, um herauszufinden, ob er jüdisch war oder nicht! Allerdings hatte Félix bereits beschlossen, sich erfassen zu lassen, bevor er das Formular kannte, rief Joseph ihnen in Erinnerung. Also wozu sollte das Formular dann gut sein?

»Wer von uns beiden hat nun recht, Vadim?«

Sophie zuckte zusammen.

»Lass ihn, Jo.«

Vadim hatte Angst, das Falsche zu sagen.

»Du, Papa.«

Sicher war er sich nicht.

»Und was, wenn sie Bescheid wissen, Jo ...?«, hatte Sophie gemurmelt. »Über meine Mutter, meine Großeltern? Über deine Eltern?«

»Woher sollten sie das wissen?«

Sie hatte gesagt: »Joseph, sieh mich an! Dein Vater heißt Jacob. Deine Mutter heißt Rachel, das steht auf deinem Ausweis. Meine Mutter heißt Myriam, Mädchenname Simon.«

»Tja, Sonetchka ...«

Joseph hatte gelacht. Es würde doch wohl niemand

auf den Vorstadt-Friedhof gehen und nachschauen, ob sich auf dem Grab von Myriam Bonnet, geborene Simon ein Kreuz befindet oder nicht. Es würde niemand nach Moskau fahren und überprüfen, ob die Großeltern Pavlevitch einen siebenarmigen Kerzenständer anzündeten und ob Joseph in einem früheren Leben womöglich Yossef geheißen hatte. Sophie lachte nicht. Danach hatte es nicht mehr viele ruhige Nächte gegeben.

Von einem Tag auf den anderen hatte Joseph beschlossen, seine Werkstatt in die Wohnung zu holen. Wegen Platzmangels in der Schusterei, hatte er gesagt, außerdem würde ihm das ermöglichen zu arbeiten, wann immer er wollte. Sophie hatte ihm das nicht abgenommen: »Entweder du erklärst es mir, oder ich spreche mit deinem Chef.«

Joseph hatte nachgegeben, und seine Antwort bewies, dass das Formular sich vielleicht doch nicht irrte oder aber dass es mächtiger war als er. Ein Polizist hatte am Mittag in der Schusterei nach ihm gefragt. Da er gerade im Hinterzimmer saß und aß, hatte der Chef, ein vorsichtiger Mann, verneinen können, nein, der sei hier nicht angestellt. Aber sobald der Polizist verschwunden war, hatte er gesagt: »Joseph, ich will keinen Ärger.« Er würde ihm seine Werkstatt nicht wie vereinbart zum Ende des Jahres überlassen, es tue ihm leid, aber er könne nicht zulassen, dass damit das Gleiche passiert wie mit Félix' Laden. Er hatte gesagt:

»Joseph, du hast einen Akzent. Du heißt Pavlevitch.«

»Ein russischer Akzent und ein russischer Nachname«, hatte Joseph eingewendet.

Darauf der Chef: »Ich habe deinen Vater doch gekannt, alle im Viertel kannten ihn, der war nicht nur russisch.«

Darauf Joseph: »Aber ich bin seit dreißig Jahren in Frankreich, und ich bin nicht nur der Sohn meines Vaters.«

»Das kannst nur du allein wissen.«

Der Chef willigte ein, Joseph weiter anzustellen, unter der Bedingung, dass er zu Hause blieb und sich ganz still verhielt. Von diesem Tag an würde er keinen Joseph Pavlevitch mehr kennen. Diese Worte wiederholte Joseph, den Kopf in die Hände gestützt, und stammelte: »Kannst du dir das vorstellen, Sonetchka, und ich habe mich auch noch bei ihm dafür bedankt.«

So waren die Klebstoffe und Lösungsmittel bei ihnen eingezogen. Das Asthma hatte Vadims Bronchien noch fester in den Griff genommen, und die leisen Diskussionen der Eltern störten seinen Schlaf. Er schnappte Fetzen ihrer gedämpften Auseinandersetzungen auf und setzte sie wie Puzzleteile zusammen. Seine Eltern waren unschlüssig, ob sie nun jüdisch waren oder nicht, beziehungsweise hegte seine Mutter die Befürchtung, dass sie es sich, wegen ihrer Großeltern, wegen Félix und Marc und wegen des Formulars, nicht einfach aussuchen konnten, und fragte sich, ob es nicht besser wäre, der Anweisung zu folgen und sich erfassen zu lassen, anstatt später für ihren Regelbruch zu bezahlen.

»Wir würden sofort dafür bezahlen!«, sagte Joseph.

Wovon redeten sie da? Was bezahlen, wie? Jean, der bis dahin geschwiegen hatte, sagte schließlich: »Ich würde mich im Zweifelsfall lieber erfassen lassen.« Aber Joseph hatte es ihm verboten.

Eines Tages hatte Félix dann bei ihnen geklopft: Er war entlassen worden. Der neue Geschäftsführer seines eigenen Ladens hatte ihn vor die Tür gesetzt, sodass er mit einem Schlag mittellos geworden war. »Er ist zu einer Zielscheibe geworden«, hatte Joseph seiner Frau später ins Ohr geflüstert, aber Vadim hatte den Satz trotzdem gehört und sah Félix mit einem auf die Brust tätowierten Kreuz vor sich. Wenn Joseph einverstanden sei, würde Félix ihm gerne zur Hand gehen. »Ein Phantomschuster«, hatte er mit traurigem Lächeln gesagt. Félix stand mit seiner Mütze in der Hand auf der Türschwelle. *Ein Bettler*, hatte Vadim bei sich gedacht, während er den ehemaligen Chef von DER GOLDENE SCHUH – REPARATUR UND MASSANFERTIGUNGEN ansah, den besten Schuster im ganzen Arrondissement. Die nächtlichen Diskussionen nahmen kein Ende: »Wir müssen es tun«, flehte Sophie. »Wir müssen uns erfassen lassen.« »Auf keinen Fall«, erwiderte Joseph stur. Ihre Auseinandersetzungen bis in die frühen Morgenstunden zerrissen die Nächte, ließen Vadims Bettlaken klamm werden, nahmen ihm die Luft zum Atmen.

Juden verschwanden, wurden in Zügen abtransportiert, waren plötzlich verschwunden. Marc zum Glück nicht. Zum Glück auch nicht Félix. Alle, die abgeholt wurden, waren Ausländer. Außerdem hörte man von Russen, die ins Gefängnis kamen, weil die Sowjetunion nicht länger auf der Seite der Deutschen stand. Das war der Grund dafür, dass Joseph, als die Polizisten sich nach ihm erkundigt hatten, so getan hatte, als könnte er nicht sprechen – weil er da bereits wusste, dass sein Akzent ihm Probleme bereiten würde. Vadim lernte daraus: Es zählt nicht, wer du bist, sondern für wen man dich hält. Noch am Abend des Tages, an dem er seinen Namen verleugnet hatte, war Joseph geflohen. Ein Jahr später war dann Vadim an der Reihe gewesen, denn mittlerweile hatten sie damit begonnen, auch die französischen Kinder ausländischer Juden aufzugreifen.

Jetzt bildet das nächtliche Gemurmel von Albert und Blanche das Netz, in dem Vincent wie ein Insekt gefangen ist. Irgendetwas Klebriges hindert die Luft, unter seinen Rippen hindurchzufließen. Er schiebt die fauchende Katze von sich. Dann wirft er die Decken zur Seite, steht auf, schnappt nach Luft, öffnet den Mund weit, wirft den Kopf nach hinten und kratzt wütend an seinem Hals. Er geht nach unten in die Stube, schlüpft in seine Schuhe. Er hört, dass Blanche nach ihm ruft, aber da ist er schon draußen, denn er weiß, dass sich die Kälte um seine Bronchien legen wird, und will die Kälte benutzen, um sie wieder freizubekommen. Also saugt er die eisige Luft in sich hinein, will sich ganz mit Kälte ausfüllen. Dann taucht er sein Gesicht in das Wasserbecken und trinkt das eisige Wasser. Die flüssige Kälte breitet sich in den Höhlen seines Körpers aus, bis er fühlt, wie eine Hand seinen Kopf aus dem Wasser zieht. Blanche steht schlotternd im Schnee, unter dem Nachthemd wölbt sich ihr Bauch weit nach vorne.

»Vincent, was ist los?«

Sie schüttelt ihn an den Schultern, vielleicht denkt sie, dass er einen Albtraum hatte oder dass sie ihn geweckt haben oder dass er schlafwandelt, dann aber hört sie, wie er nach Luft ringt, er würde sich am liebsten die Haut vom Hals reißen, kratzt sich bis aufs Blut. Sie zwingt ihn ins Haus, »Komm mit!«, er erinnert sich an dieselben Worte am Tag seiner Ankunft, als sie seine Haare trocken rubbelte, ihm die Füße wärmte, seine Kleider trocknete. Und wie damals gehorcht er auch diesmal, trinkt die Schale aus, die sie ihm bringt, und schluckt die Aminophyllin-Tabletten. Sie ordnet an, dass er unten weiterschläft, und wacht die ganze Nacht über seinen Atem.

Am Morgen sagt sie: »Mein kleiner Bruder ist mit dreizehn Jahren gestorben. Er hieß Vincent. Wirklich. Eine Wespe hatte ihn in den Hals gestochen. Der Hals schwoll an, und er ist im Gras vor meinen Augen erstickt, und ich konnte nichts tun.

Aber du wirst nicht sterben.«

Er will nicht sterben. Aber er ist ja auch nur eine Fiktion, und Fiktionen sterben nicht.

Weiche Schneeflocken rieseln hinter dem Fenster herab und hellen den schon leicht vergilbten Mantel des Berges wieder ein wenig auf. Vincent blickt zum Himmel.

»Ihr habt euch gestritten«, traut er sich schließlich.

»Hast du uns gehört? Albert will, dass das Baby in Chamonix zur Welt kommt, er glaubt, das wäre sicherer, weil es dort Ärzte gibt. Dann müsste ich aber für längere Zeit hier weg. Das möchte ich nicht. Wir sind unterschiedlicher Meinung.«

Darum ging es also! Vincent sieht zu, wie der Schnee den Berg bedeckt, ihn erneut mit Winter überzieht. Der verblüffenden Schönheit des Schnees gelingt es, ihn ins Hier und Jetzt zurückzuholen und die Nacht zu vertreiben. Noch ahnt er nicht, dass es bald Föhn geben wird und dass damit die Schmelze beginnt. Im Moment hat der Schnee noch die Oberhand, der Schnee von Vallorcine, der den Pass verriegelt und die Welt auf Distanz hält, ihr Echo verschluckt. Beim Katechismus am nächsten Tag lernt er, dass ein Berg den Überlebenden der Sintflut Zuflucht gab. Er kennt das Wort »Flut« und denkt dabei an die Regenmassen, die auf Paris niedergehen, bis die Seine über ihre Ufer tritt und Bäume mitten aus dem Fluss ragen. Aber die biblische Flut ist eine Apokalypse, vierzig Tage und vierzig Nächte lang ununterbrochener Regen, der die Erde überzieht und alles Leben auslöscht bis auf die Vertreter der Arten, die in der Arche Noah versammelt sind, Tauben, Giraffen, Pferde, Elefanten, Stachelschweine, Schwäne, Panther, Einhörner, Hunde, Dromedare, Schafe, Hirsche, Jaguare. Auf dem Druck, den Abbé Payot mitgebracht hat, versucht er, mit der Lupe weitere unbekannte Arten zu identifizieren. Die gestrandete Arche auf dem Gipfel des Berges Ararat, der durch die Süßwassermassen zu einer Insel geworden ist. Der Berg, eine rettende Insel. Der Himmel im Hintergrund ist wolkenlos. Auf Hebräisch bedeutet Ararat offenbar »Der Fluch ist aufgehoben«. Der Abbé übersetzt es so: Das Unglück ist besiegt.

2
grün

5°, 8°, 10°, liest Vincent vom Thermometer in der Schule ab. Dann fällt es wieder unter null. Dann steigt das Quecksilber wieder. Er wird erneut vor Lawinen gewarnt, zum Ende des Winters hin seien sie besonders gefährlich. Sie schießen nicht schnell und gut erkennbar als Puderwolke den Hang hinunter, sondern kriechen heimtückisch und langsam hinab wie zäher Klebstoff.

»Wie Sérac, weißt du?«

Nein, weiß er natürlich nicht. *Sérac* ist ein milder, krümeliger Käse, der aus Molke gemacht wird, ähnlich wie Ricotta. Er kennt weder Ricotta noch Sérac. Später wird er mithelfen, Sérac herzustellen, nachdem er Alpenampfer zur Milchgerinnung gesammelt hat, und er wird ihn sogar essen – aber bis dahin wird er Blanches Vergleich längst vergessen haben. Dass die Frühlingslawine den Korridor hinabkriecht, ist wirklich wahr, er bekommt es einmal zu sehen, wie sie kompakt und beinah lautlos über die Felswände quillt, Bäume in Zeitlupe entwurzelt und Gestein und Erdbrocken mit sich reißt, bis sich alles zu einem schmutzigen Klumpen vermischt. »Im Inneren der Lawine«, hat Blanche ihm vorher eingeschärft, »gibt es keine Luft zum Atmen. Man-kriegt-dort-kei-ne-Luft«, wiederholt sie und verbindet die Silben zu einem zähen Teig; sie will nicht, dass er stirbt. Jetzt nicht unvorsichtig werden, noch nicht. Nicht einmal nach dem 6. April, als der Lehrer mit dem Finger auf einen Vogel mit graublauem Kopf deutet, der auf dem Fensterbrett herumhüpft:

»Ein Buchfink!«, und daraufhin verkündet: »Der Frühling ist da.« Das Wort dafür schreibt er an die Tafel. Was der Lehrer an die Tafel schreibt, gilt.

Doch auch wenn der Lehrer es verkündet hat, ist es noch schwer zu glauben. Am 21. März hat er nichts gesagt, dem eigentlichen Tag der Sonnenwende, auf den Vincent sehnsüchtig gewartet hatte, weil er sich den Frühling so sehr herbeiwünschte. Nachdem er mittlerweile mit dem Weiß vertraut ist, will er wissen, was danach kommt, will hinter das Rätsel blicken. Am 21. März jedoch schneite es Flocken groß wie Federn; man musste nur die Zunge herausstrecken, um sie wie eine Hostie zu empfangen und dann am Gaumen schmelzen zu lassen – »der Leib Christi«, murmelte Moinette, als sie gemeinsam nach La Villaz hinaufstiegen, »Amen«, erwiderte Vincent.

Vadims Frühling war immer zartgrün gewesen und ein bisschen feucht, mit Wolken aus Blütenpollen. Mit blassen Blüten an den Zweigen, Osterglocken am Fuß der Platanen und ganz viel Aminophyllin. Die Sohlen fühlen sich auf dem Asphalt nicht mehr ganz so kalt an, und vor den Toren vom Parc des Batignolles beziehen wieder die Akkordeonspieler Quartier. Im Park summen Bienen. Sophie holt die Kästen mit den Geranien hervor, die im Winter zum Schutz vor Frost hereingeholt werden. Sie klopft auf dem Balkon die Kissen aus. Manchmal legt sie einen Hauch Rouge auf. »Zieh dir eine andere Hose an, schieb die Strümpfe nach unten, setz die Mütze richtig auf.« Jean spielt auf dem Platz Fußball. Joseph trinkt seinen Kaffee im Hof unter dem Kastanienbaum. Er stutzt seinen Bart. Hier liegt noch immer Schnee, und nachts frieren die Scheiben zu, die Spannung hält also noch an. Morgens säumen tropfenförmige Eisstücke den oberen Fensterrand. Der Frühling lässt auf sich warten. Oder der Frühling ist nur eine mildere Version des Winters.

Vincent beobachtet, wie sich die Landschaft allmählich verwandelt. Die Schneeschicht wird dünner. Sie wird grau, hier und da sogar so durchsichtig, dass brauner Matsch hindurchschimmert. Auf einmal bekommt der Schnee dunkle Löcher – Erde, aufgetauter Kuhmist, verbranntes Gras –, die langsam größer werden, während das Weiß sich zurückzieht; es sieht aus wie das Fell von Marquise, aber die Flecken ändern sich ständig. Martin beteuert, der Frühling sei die beste Jahreszeit, wenn die Sonne auf ihrer Wanderung die Posettes erwärmt und er endlich auf der Haut fühlen kann, wie viel Uhr es gerade ist. Er macht sich ein wenig über Vincents Ungeduld lustig, seinen Frust darüber, dass das Weiß einfach nicht verschwinden will. »Zeichne«, rät er ihm, »ein bisschen Zeit bleibt dir noch.« So oder so, die Zeit der Cousse ist vorüber und schon fast vergessen. Stattdessen wird die Schneedecke von Schauern aus schwerem, nassem Schneeregen aufgeweicht, ohne sie jedoch ganz schmelzen zu lassen. Dann fällt wieder ein wenig Schnee, leicht wie Blütenstaub, der für ein paar Stunden oder höchstens einen Tag die angefangene Skizze aus Brauntönen wieder verschwinden lässt. Vor den ersten Sonnenstrahlen lässt der morgendliche Frost vorübergehend an eine Rückkehr des Winters glauben, und dort, wo die Sonne nicht hinkommt – auf der Nordseite der Häuser, in Bodensenken, im Schatten der Bäume, der Wasserbecken und der Kreuze –, überdauert der Schnee und schert sich nicht ums Datum. Was für eine merkwürdige Verwandlung: Das Weiß verschwindet, doch nicht überall, und zum Vorschein kommt stattdessen nichts als Braun und Schwarz. Es taut, dann schneit es wieder, dann taut es erneut, als würde eine unentschlossene Hand den Film immer wieder zurückspulen, denkt Vincent, und fühlt sich wie gefangen in einer Blase, in der die Zeit abwechselnd vorwärts- und rückwärtsläuft, mehr Weiß, weniger Weiß, mehr Weiß, weniger Weiß.

Und doch, nach und nach richten sich im Wald gegenüber der Schule die von der Last befreiten Tannenzweige wieder auf und strecken sich in Bögen gen Himmel wie Tänzerinnen ihre Arme. Nach und nach blitzt hier und da an den Hängen der Fels auf. Die Oberfläche ist rau und mit Flechten überzogen, die hier hellgrünes Feuerwerk und dort fantastische, rötlich schwarze Landkarten zeichnen, auf denen Kontinente, Inseln und Meere erscheinen.

Nach und nach öffnet sich das Tal und zeigt endlich sein Gesicht. Bis dahin ist Vallorcine nur eine Ansammlung von Silben, ein imaginäres Gebiet durchzogen von unsichtbaren Weilern und Lawinenkorridoren gewesen. Er kennt nur La Villaz und Le Clos, den Flecken, wo die Kirche und das Pfarrhaus sind, Le Mollard, wo Émile wohnt und die alte Dame, an die Moinette ausgeliehen wird, und dann noch Le Crot und Le Sizeray, die auf dem Weg zur Schule liegen; aber in Le Crot oder Le Sizeray hat er bisher noch nie haltgemacht, daher sind es für ihn nur Wegmarken, Ansichten dicht beieinanderstehender, von lauter Weiß umgebener Häuser. Außerdem kennt er natürlich den Ort, weil dort ja die Schule und der Gemeinschaftsladen sind, mit dem Bahnhof und der Brücke über den Fluss Eau Noire. Alles, was sich hinter dem Gemeinschaftsladen befindet, ist für ihn *Terra incognita*. Auf der einen Seite bildet der lebensgefährliche Korridor Le Rand so etwas wie eine Grenze, auf der anderen gibt es eine Handvoll leerer Hotels. Er war noch nie in Barberine, das im Norden liegt, an der Grenze zur Schweiz. Er war auch noch nie im südlichen Teil des Tals, das sich über fast fünf Kilometer Länge zum Pass Col des Montets hinauf erstreckt und in dem sich vierzehn Weiler und eine Schule für die Kinder aus den darüberliegenden Häusern befinden, außer an jenem Tag im Januar, als er zu Fuß den Tunnel durchquerte und anschließend bis zu den Hüften im Schnee versank, aber damals hat er überhaupt nichts gesehen.

Solange der Schnee ihm bis zu den Schenkeln reicht, erstreckt sich Vincents Winter höchstens über acht Quadratkilometer. Im Frühling ist es viermal so viel.

Einmal begleitet Vincent Moinette hinauf zu ihrer Tante nach Le Nant auf der anderen Seite des Tals. Er wähnt sich auf einer Expedition, endlich kann er die Umgebung erkunden. Sie gehen die Straße entlang. Die Spur für die Schneeschuhe wird nicht länger gebraucht, der durch den Schnee gegrabene Gang, der ihn im Januar noch um das Doppelte überragte, ist nur noch in Resten knapp über dem Boden vorhanden. Vincent hat seine Augen überall und stolpert ein ums andere Mal: Es gibt einfach so viel zu sehen. Das Tal entfaltet sich nach und nach; während er von La Villaz nur die Straße sehen konnte, die durchs Tal führt, zeigt sich ihm die Umgebung nun hinter jeder Kurve von einer neuen Seite. Je näher man dem Pass kommt, umso härter wird der

Schnee, und als sie den Bergbach überqueren, geraten sie am anderen Ufer förmlich in eine andere Jahreszeit. Da der Hang so ausgerichtet ist, dass das Sonnenlicht dort selten hinfällt, arbeiten Nachtfrost und Schatten hier zusammen, um den Schnee zu erhalten und am Abschmelzen zu hindern, und in den Senken bilden sich türkisfarbene Eisbahnen, auf denen man sich leicht die Knie zertrümmert. Auf dieser Seite des Tals herrscht immerzu Winter, auch wenn der Föhn – *Föhn*: blassgelb – das Weiß angreift und Tag für Tag eine dünne Schicht davon fortnimmt. Wenn in La Villaz der Schnee bereits komplett verschwunden sein wird, werden in Richtung Les Montets immer noch Schneeverwehungen überdauert haben. Als Vincent den Blick weiter nach oben richtet, über den fast schwarzen Wald, sieht er dort den sich hartnäckig haltenden Schnee und stellt ihn sich sehr tief vor, perfekt für Lawinen. Hier und da schimmert er leicht rötlich, rosa- oder orangefarben – oder ist das eine optische Täuschung? Vincent war von Anfang an klar, dass das Wort Schnee nicht weiß ist. Nun erfährt er, dass aufgrund des Meeres, das einst alles bedeckt hat, die Felsen noch immer von verschiedenfarbigen Algen überzogen sind.

Gebäude tauchen auf, die er vorher nicht kannte. Ein mit Wasserkraft betriebenes Sägewerk am Fluss. Weiter oben eine Mühle, eine Schmiede. Eine Kapelle in Le Nant. Und die Gendarmerie, die neben der Kapelle im Hotel Belvédère untergebracht ist, genau in der Mitte des Tals. Von La Villaz aus konnte man sie nicht sehen, erst der Frühling hat sie hervorgebracht. Seit seiner Ankunft ist er keinem Polizisten begegnet, jetzt aber erstarrt er stocksteif vor einem, der in Cape und Mütze gekleidet rauchend in der Sonne steht. Moinette zieht ihn am Arm.

»Noch nie Polizisten gesehen?« Vincent senkt den Blick, als der Mann in seine Richtung blickt. Jedes Mal, wenn er am *Belvédère* vorbeikommt, wird er nach unten blicken, als wäre sein Schnürsenkel aufgegangen oder als hätte er sein Taschentuch verloren, oder er kickt beflissen nach einem Kieselstein und beschleunigt seinen Schritt. In der übrigen Zeit setzt er seine Reise durch dieses Tal fort, dessen Abbildung im schönsten Atlas nicht länger ist als ein Fingernagel. Nie gesehene Berge zerschneiden den Himmel. Je näher man dem Pass kommt, umso größer werden die Gipfel gegenüber von den Posettes mit ihren sich stetig verändernden Formen – als würde man in ein Kaleidoskop blicken. Vielleicht wird Vincent ihre Namen später erfahren, vielleicht auch nicht, für ihn gibt es keinen Grund, danach zu fragen, es sind Nadeln, Zacken, Hörner, Kuppen, was schert es ihn, ob sie Loriaz oder Vouille Mousse genannt werden, so oder so ist es unglaublich zu sehen, wie sie je nach Standpunkt ihre Form verändern. Sogar sein Berg verändert sich, die Aiguilles Rouges, der Gipfel wird immer spitzer und die Flanken symmetrischer. Seit sie Le Nant verlassen haben, ist daraus ein beinahe gleichschenkliges Dreieck geworden, getreu den Abbildungen in den Schulbüchern. Aber zum Glück ändert das nichts, es ist zu spät, der Abdruck des Kraken ist bereits zu fest in sein Gehirn geprägt, nicht mal ein Erdbeben könnte daran etwas ändern; der Anblick von Le Nant aus ist Vincent egal, er hält an seiner ursprünglichen Version fest. In der Kerbe des Passes tauchen Berge auf, die man von La Villaz aus nicht sieht. Den Mont Blanc kann er nicht mehr erkennen, entweder weil die Perspektive seinen Umriss so sehr verändert oder weil er verdeckt wird, dafür tritt an dessen Stelle ein Riese mit kleinen blauen Beulen darauf: Das sind die Drus, die auf die Aiguille Verte aufgepfropft sind. Ihren Namen, Les Drus, wird er sich merken, denn nach dem Besuch bei ihrer Tante nimmt Moinette ihn mit nach Le Laÿ, wo sie in Serpentinen bis ganz nach oben, zu dem am höchsten gelegenen Haus im höchstgelegenen Weiler hochlaufen, von wo aus die Aiguilles Rouges zu ihrer Rechten nicht mehr auszumachen sind.

»Das ist mein Lieblingsausblick«, verkündet sie, auf einem Eisklumpen lutschend. »Die Drus. Aber sag's keinem.«

Was für einen Unterschied würde es überhaupt machen, wenn er es doch jemandem sagte? Er begreift nicht, was Moinette tut, dass sie dabei ist, eine Hütte für sie zu bauen. Ein kleines Nest nur für sie beide, das sie mit Schätzen füllt, mit Worten, Eindrücken, Bildern; das ist der Grund, weshalb sie der Welt an jenem Morgen die Drus entwendet, um sie Vincent zum Geschenk zu machen, Vincent und sich selbst; sie ist zehn Jahre alt, sie sind ganz allein dort oben auf dem Hang, und die Landschaft vor ihren Augen hat sich soeben nur ihnen zuliebe formiert.

Zusammen mit der Schneeschmelze lässt auch das hereinbrechende Licht den Raum wachsen. Die Tage werden unaufhaltsam länger, unabhängig davon, wie zögerlich sich das Wetter ändert. Denn diese Entwicklung spielt sich auf einer anderen Ebene ab, weiter oben im

Sonnensystem, ist eine Frage von Achsen, von Rotationen und Neigungen, die kein Mensch anhalten kann. Der Lehrer hat es ihnen mithilfe von mehreren farbigen, auf einem eisernen Gestell montierten Kugeln demonstriert: Komme, was wolle, das Licht wird mehr und setzt der langen Zeit des Drinnenbleibens ein Ende.

Wie sich von da an der Himmel weitet, muss man mit eigenen Augen gesehen haben. In Paris gab es da diesen flirrenden Fleck von der Größe einer Münze an der Küchenwand, ein schräges Oval, das vom Winter zum Sommer hin größer wurde, Abbild vom Lauf der Sonne, dem Vincent mit den Augen folgte, bis er seinen Platz oben in einer Zimmerecke fand. Eine Weile blieb er als Sonnenspinne unter dem Balken hocken, bis die Tage wieder kürzer wurden und das Tierchen vertrieben. Hier dagegen fließt das Licht großzügig herab auf ein ganzes Tal, taucht einen Weiler nach dem anderen in Helligkeit, je nach Höhenlage, dem Relief des Berges und der Achse der Gipfel. Das Licht wird immer verschwenderischer, immer goldener, bis es schließlich in willkürlicher Reihenfolge die Dörfer wieder dunkel werden lässt, allein durch die Launen und die Beschaffenheit der Umgebung bestimmt. Heraus kommt ein flackerndes Gebirge im ständig wechselnden Licht von der Dämmerung bis zum Abend.

Zugleich führt die Rückkehr des Lichts zu einer Art Umkrempeln des Tals, das Innere wird nach außen gekehrt: Wäsche trocknet als helle Flecken auf den Leinen, Laken, Lappen, Tischtücher, Hemden stellen für alle Augen sichtbar den Inhalt der Betten und Schränke aus. Das Licht scheucht auch die Körper nach draußen, wo sie zu arbeiten beginnen, sodass aus der Menge, die sich sonntags in der Kirche drängt, endlich einzelne Gesichter und voneinander unterscheidbare Gestalten zutage treten. Männer, die Vincent noch nie zuvor wahrgenommen hat, erneuern Fassadenputze. Manche sägen und bauen einen neuen Dachstuhl, ein paar Italiener kommen dazu und führen routiniert die gleichen Handgriffe aus wie die Dorfbewohner, man erkennt sie von Weitem an ihren mit einer Feder geschmückten Hüten. In den frühen Morgenstunden klettern die Männer aufs Dach und tauschen die vermoosten Schindeln gegen neue aus; und man könnte ihre schwarzen Umrisse im Dunst des Morgennebels für Teufel halten oder für Götter. Vincent, der auf dem neu zum Vorschein gekommenen Geflecht der Pfade das ganze Tal durchstreift, kann die versetzt angeordneten Muster aus grauen und rosafarbenen Holzstücken erkennen. Bald ziehen ganze Haushalte von einem Dorf ins andere um, und Vincent sieht dabei zu, wie diese lichtwendigen Familien mitsamt Vieh und Vorräten die schlammige Straße entlang nach Le Sizeray, Le Nant oder Les Granges ziehen, wo die Weiden besser sind, ein fröhlicher Mini-Exodus.

Der Frühling treibt auch die Kinder an die Arbeit. Moinette nimmt wieder ihre Rolle als Erklärerin ein, die Vincent alles zeigt.

Die Arbeit der Kinder beginnt am Boden. Donnerstags und nach der Schule begibt sich die Dorfjugend auf die Felder, Dutzende von ihnen sind dann im ganzen Tal anzutreffen, weil jede Familie Felder im Norden und im Süden besitzt, im Schatten und in der Sonne, am

Fluss und am Waldrand. Es sind kleine Parzellen mit unklaren Begrenzungen, weil es keine sichtbaren Grenzen zwischen den Feldern gibt, oder falls doch, würden sie im Schnee unsichtbar werden, aber die Kinder wissen instinktiv, wo sich ihr Gebiet befindet. Sie sind da zum Steinesammeln, und zwar tonnenweise.

»Warum macht ihr das?«, möchte Vincent wissen.

»Na, weil unter den ganzen Steinen doch nichts wachsen kann!«, seufzt Moinette entnervt.

Moinette sammelt nicht nur Steine auf, sondern auch Federn, die aus dem Schnee ragen, lange dunkle, kurze gestreifte, die an Tigerfell erinnern, watteweiche Daunen, und fügt sie ihrer Sammlung hinzu, die auf ihrem Nachttisch in einem Einmachglas steckt. »Für meine Hüte, wenn ich groß bin«, hatte sie Vincent erklärt, den jedoch eher der Gedanke beschäftigte, dass er die dazugehörigen Vögel noch nie gesehen hat.

Die Steine werfen sie über die Schulter in ihre Kiepen. Da der Berg so alt ist wie die dunkle Vorzeit, lasten Abermillionen von Jahren auf ihren Rücken. Aus jener dunklen Vorzeit bilden sie anschließend lange Reihen aus lose aufgehäuften Steinen, die senkrecht auf den Hängen liegen bleiben. »Murgers«, sagt Moinette dazu: »Schau, du schüttest die Kiepe über dem Murger aus, und dann geht's wieder von vorne los.« Nun, da er ausnahmsweise die ganze Zeit auf die Erde starrt, fallen ihm endlich die ersten Blumen ins Auge. Am Anfang wagt er gar nicht, sie als Blumen zu bezeichnen, weil sie so winzig sind. So fein wie die Pinsel der Miniaturisten in Montmartre, die Paris auf Leinwände bannen, die nicht größer sind als ein Taschenspiegel. Helllilafarbene und weiße Tupfen: die ersten Krokusse. Und kümmerliche goldgelbe Kügelchen, die er mit der Kuppe des Zeigefingers zu öffnen versucht.

»Noch nie Himmelsschlüssel gesehen?«

Die kleinen, sonnenförmigen Blüten des Huflattichs.

»Noch nie Huflattich gesehen?«

Er trödelt beim Steinesammeln. Nein, er hat noch nie Krokusse, Himmelsschlüssel oder Huflattich gesehen. Genauso wenig wie jene merkwürdigen grünlich weißlichen Stummel, welche auch durch die Erde brechen, mit dem unschönen Namen Pestwurz. Er hat noch nie die flauschigen Weidenkätzchen gesehen, aus denen Moinette flink kleine Sträuße windet – »Zuerst die Steine«, erwidert sie, als er ihr seine Hilfe anbietet –, und noch nie die Knospen der Esche – Albert sagt, dass sie wie Rehhufe aussähen, und er glaubt ihm aufs Wort. Er hat auch noch nie Löwenzahn gegessen. Bevor sie nach La Villaz zurückkehren, schneidet Moinette mit dem Taschenmesser einen ganzen Büschel knapp über der Schneedecke ab, gezackte Triebe mit fast weißem Inneren, die später zu Salat verarbeitet werden. Ein anderes Mal fallen Vincent weiche Kügelchen auf, die in den gerade erst wieder aufgetauten Pfützen treiben. Wie Tausende kleine Trauben oder Augen treiben sie unbeweglich auf der Wasseroberfläche.

»Schaut mal her«, ruft Émile, eine Kröte sitzt auf seiner Handfläche, »ich hab die Mutter gefunden!«

Moinette fischt eine Handvoll von der gallertartigen Masse aus dem Wasser und hält sie Vincent hin. Er nimmt die wabbelige, durchsichtige, kalte Masse von ihr entgegen.

»Guten Appetit!«

»Kann man das essen?«

Sie erwidert kess:

»Noch nie Kröteneier gegessen?«

Zitternd liegen die Eier auf Vincents Handfläche.

»Los, nicht so feige ... Mach schon, wir sind noch nicht fertig mit Steinesammeln.«

Langsam bewegt Moinette ihre eigenen Finger zum Mund. Vincent macht es ihr nach, kämpft gegen den Abscheu, der ihm die Kehle zuschnürt, schließt die Augen und lässt die Eier auf seine Zunge rutschen. Doch im nächsten Moment muss er sich am ganzen Körper schütteln und spuckt die Eier direkt wieder aus.

»Ich hab auch noch nie Kröteneier gegessen!«, feixt Moinette und schleudert die restlichen Eier weit von sich.

Es schneit noch immer, der Frühling zieht sich wieder unter ein vier Zentimeter dickes Tuch zurück, das sich auf einmal wieder der Formen und Farben bemächtigt. Doch am nächsten Morgen schmilzt es dahin, und der Frühling kehrt zurück. *Noch mal*, denkt Vincent und wünscht sich nicht etwa, dass es nun endgültig Frühling wird, sondern dass dieser Wandel aus Verlust und Neugeburt immer weitergeht, aus scheinbarem Absterben, jedes Mal gefolgt vom Triumph über den Tod. Die Schmelze und das erneute vorübergehende Einschneien, Vincent kann sich einfach nicht daran sattsehen.

Er kommt nicht recht voran mit den Steinen. Zu oft lässt er den Blick schweifen. *Noch nie einen Bach gesehen?* Nicht solche unzähligen Rinnsale aus lauter verborgenen Quellen, Schmelzwasser, das in feinen Strichen die

Hänge hinunterläuft und selbst nachts noch leise murmelt. *Noch nie Vögel singen gehört?* Nicht ein solches Konzert aus ineinander verflochtenen Gesängen, Moinette, es ist, als würde man zum ersten Mal eine Symphonie hören, bei der sich die Instrumente zu einem einzigen Klangteppich verbinden, sodass Vincent unfähig ist, die Meise vom Birkhahn zu unterscheiden, die Amsel vom Tannenhäher; und wenn der Specht klopft, winden sich die Melodien umeinander, verflechten sich zu einem klingenden Zopf und füllen das Tal von einem Ende bis zum anderen aus. Vincent ist und bleibt der Junge, der alles Mögliche noch nie gesehen, noch nie gehört, noch nie probiert, noch nie gefühlt, noch nie berührt hat, ein wenig wie die ersten Tage vom Frühlingserwachen, ein verschwommener Umriss, der sich nur durch das definiert, was er *nicht* ist – *nicht* der Winter. Es erinnert Vincent an seine letzten Monate in Paris. An beiden Orten haftet Vincent etwas Fremdes an, nur dass es ihn in der Stadt zum Außenseiter machte, während es hier sein Glück ist.

»He, die Steine! Du hast ja noch nicht mal eine Kiepe vollgemacht …«

Er fragt sich, was ein zweiter Winter in Vallorcine mit ihm machen würde. Ein zweiter Frühling. Ob er sich allmählich an alles gewöhnen würde. Ob er dann aufhören würde, fremd zu sein. Was er dann noch Neues dazugewönne, was ihm verloren ginge.

Ausgeschlossen ist es ja nicht: ein zweiter Winter, ein zweiter Frühling, denkt er sich an seinem Geburtstag. Louis schenkt ihm eine von ihm selbst geflochtene Kiepe, die genau an seine Körpergröße und die Breite seiner Schultern angepasst ist, Vincent hat der Entstehung beigewohnt, erst musste das Holz vorbereitet werden, gefolgt von sieben Tagen Flechtarbeit von acht Uhr morgens bis acht Uhr abends. Und als der Junge die Daumen unter die Riemen aus Leder schiebt und spürt, wie die Wölbung der Kiepe gegen die Wölbung seiner Wirbelsäule drückt, sagt Louis leise: »Du kannst auch Pépé zu mir sagen.«

Vincent wagt kaum, sich zu rühren. Louis hat keine Enkelkinder. Vincent wundert sich, dass er, anstatt auf Blanches Baby zu warten, offenbar beschlossen hat, ihm, dem fremden Jungen aus Paris mit der erfundenen Identität zu erlauben, ihn zum Großvater zu machen – zu einem erfundenen Großvater.

»Vielleicht hast du auch schon einen Pépé?«

»Ja«, gibt Vincent zurück, während er zärtlich über die dünnen Stäbe aus Lärchenholz streicht. »Na ja, nicht ganz: einen Papy.«

»Dann ist es doch gut. Dann bin ich jetzt dein Pépé.«

Wenn Louis sich für Vincent entscheidet, könnte das ein Anzeichen dafür sein, dass er noch eine Weile bei ihnen bleiben wird. Blanche näht, Éloi wirft Scheite ins Feuer, Albert putzt seine Pfeife, alle gehen ihren alltäglichen Verrichtungen nach, und niemand findet Louis' Angebot unangebracht. Der Junge wundert sich, dass er von seiner Mutter keinen Brief zum Geburtstag erhalten hat – andererseits war es auch bloß *Vincents* Geburtstag. So wird er zu einem Ancey. Vincent Ancey. Seine Mutter macht sich rar, und Louis möchte sein Großvater werden. Alles fügt sich so, dass er hier seinen Platz findet und sein altes Leben ablegt. Dieses Wort in Vincents Mund, *Pépé,* würde den Pass fester hinter ihm verschließen als jede Lawine. Wie lange wird er wohl in diesem Haus leben? So lange wie Émile, der seit vier Jahren bei seiner Großmutter ist? Émile ist wegen des Krieges dortgeblieben, wird er also erst nach Kriegsende zurückkehren? Wann endet der Krieg? Endet er überhaupt irgendwann? Manchmal entsteht »Zukunft« erst im Nachhinein, nachdem ein Datum das Ende der Geschichte besiegelt hat. Hier und jetzt, in der Stube dieses Hauses, in dem kleinen Weiler La Villaz, an jenem Abend des 10. April 1943, ist *morgen,* genauso wie *woanders,* ein Nebel, im besten Fall eine Hypothese. Das Ende des Krieges existiert nicht, noch nicht einmal der Frühling scheint unausweichlich – im Übrigen wirbeln die Flocken draußen noch immer, Sonnenwende hin oder her. Für sein erfundenes Leben als Vincent ist kein Ende vorgesehen, eine Rückkehr nach Paris steht in den Sternen, der Krieg und der Winter können hundert Jahre dauern oder tausend, und vielleicht bleibt Vincent für immer hier.

»Du bist ein Träumer«, stellt Louis lächelnd fest, »genau wie Albert. Der hat auch immer in die Luft geguckt, und deswegen ist er dann auch zehn Meter tief die Felsen hinabgestürzt und hat sich den Fuß gebrochen, nicht wahr, Albert? Schade, du warst so ein guter Jäger!« Louis hat Vincent dabei beobachtet, wie er stundenlang den Berg, die Wolken, den fallenden Schnee betrachtet; er glaubt nicht, dass er selbst zu solcher Verzückung in der Lage wäre, wie auch immer, auf jeden Fall ist er selbst niemand, der vor sich hin träumt.

»Meine Frau hat immer gesagt, Albert sei ein Glückspilz. Er war immer gleichzeitig hier und ganz woanders, so wie du.« Wer so verständnisvoll ist, den nennt Vincent gern Pépé.

Die Kinder sind nicht nur wegen der Steine draußen, irgendwann haben sie sie alle auf die Murger gebracht. Auch nicht nur, um dort Murmeln zu spielen, wo unter dem Sand, den der Straßenarbeiter nun mit der Schaufel verteilt, der Untergrund wieder zum Vorschein kommt. Sobald die ersten Grasflecken auftauchen, sind sie es, die die Tiere nach draußen bringen. Die Ziegen, Schafe, Kühe, Kälber, sogar die Hühner, die auf dem Hof bleiben; dies ist nach der Schule und manchmal auch schon davor ihre Aufgabe, und Schande denjenigen, die in der Schule nachsitzen müssen und den Erwachsenen dadurch noch mehr Mühen aufbürden, die ohnehin schon bis in die Nacht hinein schuften – die kurze Pause vom Winter muss unbedingt genutzt werden, um Häuser und Zäune auszubessern sowie die Wasserleitungen und Wasserbecken vor den Häusern. In Vallorcine gibt es nur das, was sie mit ihren Händen erschaffen, man könnte sagen, ihre Hände sind ihr Kapital, im Frühjahr noch mehr als in jeder anderen Jahreszeit. Auf jeden Fall tun die Kinder alles, um nicht nachsitzen zu müssen, außerdem haben sie den Frühling doch so sehr herbeigesehnt, das Einstürzen der Mauern, das sie von den ständigen Blicken der Erwachsenen erlöst und ihren Raum um das Zehnfache ausdehnt. Die Schule hält sie täglich sieben Stunden lang fest und hindert sie daran, ins Freie zu stürmen, obwohl ihre Haut, ihre Muskeln, ihre Nerven jeden Moment darauf aus sind, sich loszureißen.

Auch du, Vincent, büxt ohne das Wissen des Lehrers

aus der Schule aus. Da sitzt zwar jemand an deinem Pult in dem kleinen Klassenraum und hat soeben, als du aufgerufen wurdest, mechanisch geantwortet, atmet an deiner Stelle den Kreidestaub ein und schreibt unbedeutende Sätze von der Tafel ab; doch dieser Jemand ist nur ein Stellvertreter von dir, den du dort platziert hast, damit er den Schein wahrt und sich unauffällig verhält, während du die ganze Zeit über auf der anderen Seite vom Fenster umherrennst. Der Lehrer aber hat nichts gesehen, denn er nimmt ja an, dass das wirklich du seist, der da brav vor ihm sitzt, dabei sind es nur deine Knochen, während du durch den weichen Schnee stiebst, durch den Schlamm und die Pfützen aus Sonnenlicht, deine Hand im eisigen Wasserfall kühlst, Wasseramseln beobachtest, bizarr aussehende Blumen pflückst, die vielleicht gar keine Blumen sind, und als der Lehrer dich drannimmt, bringst du deinen Körper, deine Zunge, deine Augen vorübergehend zu deinem Gerippe ans Pult zurück, um stammelnd irgendeine dumme Antwort hervorzubringen. Du beneidest die Kinder aus Barberine: Ihr Lehrer hält sich nämlich in den Bergen versteckt, damit er nicht zum Arbeitsdienst nach Deutschland muss – Moinette behauptet, die Italiener würden überall nach ihm suchen. Deshalb sind die Kinder aus Barberine von allen Fesseln befreit; der Frühling gehört ihnen ganz allein, ohne Einschränkung. So gesehen ist es keine Überraschung, dass du dich dagegen entscheidest, jetzt schon an der Prüfung für das »Certificat d'études« teilzunehmen: Dafür müsstest du noch mehr Zeit in der Schule verbringen. Donnerstags und abends mit dem Lehrer und den drei anderen Prüflingen länger in der

Klasse bleiben, um dich vorzubereiten, sodass dein Frühling ein Stück zusammenschrumpfen würde. Der Lehrer dringt darauf: »Vincent wird mit Sicherheit bestehen, und was für ein Geschenk für seine Eltern!« Aber da ist dieser Sog, der dich nach draußen zieht. Und weder Blanche noch Louis, noch Albert oder Éloi versuchen, den Jungen umzustimmen: Dafür ist im kommenden Jahr doch auch noch Zeit.

Es versteht sich von selbst, dass Vincent und Moinette gemeinsam auf die Tiere aufpassen. Sie halten nach dem Wiesel Ausschau, nach dem Fuchs, dem Sperber, die andernfalls die Hühner und die goldgelben, gerade erst geschlüpften Küken reißen. Hindern die Tiere daran, die *Chouée* zu verlassen, das Stück Weide, das Albert ihnen zugeteilt hat – nur dass die Tiere sich nicht darum scheren, was Albert zuteilt. Geblendet und verwirrt torkeln sie umher; nachdem sie seit Oktober im Dunkeln gelebt haben, ist da auf einmal zu viel Licht, und die Kinder ahmen sie nach, laufen schief und ziellos umher, mit nach innen gedrehten Knien, stoßen überall an und lachen sich kaputt. Wenn sie von der Sonne gestochen werden, fangen die Kühe an herumzuspringen, und die Ziegen bäumen sich auf. Roquine, die noch nie die Sonne gesehen hat, weder Gras noch Schnee kennt, flüchtet sich in den Schatten ihrer Mutter. Moinette möchte sie striegeln, ihr Salz zu lecken geben, sie mit einem kleinen Kamm frisieren wie eine Puppe, aber Vincent nimmt die Bürste und die Salzdose wieder an sich; bald bekommt Moinette ja ihr eigenes Kalb, außerdem hat sie jedes Jahr eins, deswegen möchte er Roquine für sich haben. Das sagt er ihr auch. Er hat Moinette bereits bewiesen, dass sie zählt, als er ihr versprochen hat, mit seiner Erstkommunion auf sie zu warten, obwohl er eigentlich alt genug ist und Abbé Payot es ihm angeboten hat. Lieber im nächsten Jahr, hat er entgegnet, denn im Jahr darauf könnte es ein Erinnerungsfoto mit zwei Engeln geben – mittlerweile hat er angefangen, ebenfalls an das zu glauben, was Moinette bereits vor sich sieht – sie an seiner Seite, in der in bleiches Morgenlicht getauchten Kirche, fast schon wie eine kleine Braut. Deswegen bleibt er, als es um das Kalb geht, hart.

Dieses Kalb, das noch weniger einheimisch im Tal ist als er, muss sich mit allem erst vertraut machen, nachdem es sein bisheriges Leben im Stall verbracht hat. Es erlebt seinen allerersten April. Seinen ersten Frühling. Seinen ersten Berg. Es hat noch nie Himmelsschlüssel, Pestwurz oder einen Bach gesehen, hat noch nie den Schnee gespürt. Rouquine ist wie er, nur neuer, sie ist beinahe er. Moinette sieht zu, wie Vincent die kleinen Ohren berührt, die sich außen ganz weich und innen wie Gummi anfühlen. Das kurze Fell. Die raue Zunge. Das winzige Euter, das nur aus kleinen Knöpfen besteht, kein Vergleich mit dem ihrer Mutter; er traut sich nicht, länger hinzusehen. Rouquine leckt das Salz von Vincents Handfläche, reibt ihr Maul an seiner Wange und hinterlässt eine feuchte Spur darauf, die er nicht fortwischt. Er ist es, der ihr zu trinken gibt, indem er den Eimer so hält, wie Blanche es ihm zeigt, und seine Finger erst durch die Milch und dann ins Maul des Kalbes gleiten lässt, um es zum Schlabbern zu animieren. Da er keine jüngeren Geschwister hat und nicht mal ein Haustier, ist es das erste Mal, dass er sich um ein anderes Wesen kümmert. Manchmal hat er dem Nachbarn in Paris etwas vorgelesen, und einmal hat er versucht, eine Raupe aufzuziehen, die dann in einer Streichholzschachtel vertrocknet ist. Pépé hat außer ihm keine anderen Enkelkinder, daher ist dieses Kalb ganz allein seines, und er will es mit niemandem teilen. Und es stimmt ja, Moinette wird auch bald eins haben. Sie ist nicht eifersüchtig auf Vincent. Sie ist eifersüchtig auf das Kalb. Das Kalb, das von dem Jungen mit der flachen Hand gestreichelt wird, wie zärtlich er mit ihm umgeht, zerreißt ihr das Herz. Er fährt über die langen weißen Wimpern, den Umriss des hellen Flecks unter seinem Auge, und ist so vertieft, dass er gar nicht merkt, wie Moinette sich langsam entfernt, aus der Landschaft verschwindet und die unsichtbare Hütte mit sich fortnimmt, in die er nicht eingetreten ist.

Auf seinem Weg zum Stall kommt Vincent jedes Mal an Martins Haus vorbei und krault Whisky den Kopf, der erst wieder von der Leine darf, wenn die Tiere drinnen sind. Dann wirft er mit dem Hund Stöckchen bis zur Erschöpfung, weil der Hund den Stock nicht zurückbringt, sondern daneben stehen bleibt und mit dem Schwanz wedelt, in der Erwartung, dass Vincent zu ihm kommt und das Spiel von vorne beginnt. Sie trinken beide aus dem Wasserbecken, der Junge und der Hund, und das Wasser ist so kalt, dass ein eisiger Schmerz durchs Zahnfleisch schießt. Vincent kuschelt sich an den Hund, schließt die Augen, fährt mit den Fingern durch das warme Fell und versucht zu fühlen, wo das Fell weiß und wo es schwarz ist. Er ist jedes Mal enttäuscht, wenn er die Augen wieder aufmacht und auf die in seiner Hand verbliebenen Haare blickt, wie macht Martin das nur?

Martin sitzt auf der Bank, ein dickes Buch auf den Knien. Ein seltsames Buch mit leeren Seiten.

»Was ist das?«

»Ein Roman. *Der Graf von Monte Christo*, kennst du den?«

Vincent interessiert sich nur für den Gegenstand, nicht für den Inhalt.

»Aber die Seiten sind ja leer ...«

»Ich kann darauf das ›Château d'If‹, das toskanische Meer und den Schatz der Spada sehen.«

Er lacht.

»Das ist Braille-Schrift. Ich kann die Buchstaben anhand dieser Punkte ertasten, und die Buchstaben bilden Wörter, und die wiederum Sätze.«

Vincent beugt sich über das Buch.

»Wo hast du das gelernt?«

»Mit einem Pfarrer zusammen. Der, der vor Abbé Payot da war. Wir haben es uns zusammen erarbeitet, er konnte es vorher auch nicht. Später hat er mich dann in eine Blindenschule geschickt.«

Martin erzählt, dass er sich Bücher aus Paris kommen lässt, aus dem Katalog einer Spezialbibliothek. Sie werden ihm unentgeltlich mit dem Zug bis nach Vallorcine geliefert.

»Und was machen deine Zeichnungen?«

Nichts, aber das traut Vincent sich nicht zu sagen. Der Frühling ist schuld, das allmähliche Schmelzen des Schnees. Er sieht sehr wohl, dass es darunter nach und nach grün wird und anfängt zu blühen, nicht genug, um seinen Träumereien gänzlich ein Ende zu setzen, aber ausreichend, um seine Fantasiewelten hinwegzufegen.

Die Algen, die Fische, die Kraken zum Beispiel hat er bereits in sorgfältigen Päckchen auf dem Dachboden seiner Vorstellungskraft verstaut.

»Ich komme in letzter Zeit gar nicht mehr dazu.«

»Verstehe.«

»Ich schaffe es ja kaum, meine Hausaufgaben zu machen!«

»Schade. Dein Berg hat mir gut gefallen … Und wenn ich Frauenmantel sage, Alpendohle, Enzian? Ritterling? Mauersegler?«

Vincent lauscht auf die Klänge. Ja, da entstehen Farben. Aber dann verblassen sie wieder. Das Rot und das Grün verlieren an Intensität, das Gelb wird heller, das Rosa verwässert, die begrenzte Farbpalette des April hat Einfluss auf sein inneres Repertoire. Wenn er ehrlich ist, zählen die Farben im Moment für ihn weniger als die beständige Verwandlung der Landschaft. Davon geht der stärkste Zauber aus, mit dem keine Zeichnung, kein fertiges Bild es aufnehmen kann. Höchstens das Kino, möglicherweise. Nachdem er die Tiere hereingeholt hat, versucht er sich trotzdem an einer Skizze des sich wandelnden Berges, mit einem Weiß, das von der linken zur rechten Seite des Blattes immer brauner und grüner wird, ein immer schwächer werdender Winter im Frühling; braune, grünliche und gelbe Blumen erobern die Zeichnung, bis sie das gesamte rechte Drittel bedecken. Die Momentaufnahme einer Welt in Bewegung. Ganz an den Rand malt er ein großes Fragezeichen.

Anfang Mai verkündet Éloi:

»Die letzte Lawine ist abgegangen. Morgen wird der Pass geöffnet.«

Vincent versteht, dass die Leute hier erst richtig an den Frühling glauben, wenn der Col des Montets passierbar ist. In dem Almanach vom letzten Jahr wurde das Datum der Öffnung des Passes in schwarzer Schrift eingetragen und dreimal unterstrichen. Éloi rührt pfeifend die Suppe um. Er freut sich. Worüber? Was ändert sich, wenn der Pass wieder offen ist? Vincent denkt nach: *Jetzt kannst du zu Fuß rüber. Aber zu Fuß bist du vorher auch schon gegangen, durch den Eisenbahntunnel, der Weg über den Pass ist sogar weiter.* Jetzt können Autos zu ihnen kommen. Was für Autos? Hier gibt es gar keine Autos, abgesehen von den Fahrzeugen der Italiener, jedenfalls hat er noch keine gesehen. Wer sonst würde hierherkommen? Zu welchem Zweck? Gleich hinter Barberine ist man doch schon wieder an der Grenze angelangt. Wer von den Bewohnern aus Vallorcine wird wohl den Pass überqueren und wozu, mit all den Tieren, die gefüttert und gemolken werden müssen, den Arbeiten an den Häusern, dem Bestellen der Felder ...? Der Briefträger? Er kann auch den Zug nehmen oder den Tunnel. Der Lehrer, donnerstags und sonntags? Auch er hat den Zug und den Tunnel. Nun wird keine Lawine mehr den Zugverkehr behindern.

»Wenn du willst, kannst du mitkommen«, schlägt Éloi vor.

Morgen ist Donnerstag, deshalb könnte er am Vormittag, vor dem Katechismus, mitkommen.

»Und was gibt es dort zu tun?«

»Schaufeln!«

Dort oben liege, anders als im Tal, noch jede Menge Schnee, erklärt Éloi, und weil dort mehrere Korridore zusammenlaufen, kann das auch noch eine Weile so bleiben. Vincent ist gespannt. Irgendetwas Lustiges kündigt sich an, ist er überzeugt, ganz bestimmt, denn warum sonst würden die Stimmen plötzlich heller klingen, die Bewegungen flinker werden, könnte man die Vorfreude auf den morgigen Tag beinahe greifen? Ihm ist klar, dass seine mageren Arme schlecht zum Schaufeln taugen, und er weiß, dass Éloi das auch weiß, aber trotzdem fordert er ihn auf mitzukommen. Also hat er hier vielleicht nicht nur einen Pépé, sondern auch einen Onkel.

Sie brechen in der Frühe auf, die Schaufel über der Schulter. Aus allen Dörfern strömen Männer nach unten zur Straße, überall sieht man sie über die Felder kommen, auf denen Asche ausgestreut wurde, damit der Schnee schneller schmilzt, und Vincent freut sich, dabei zu sein. Ein paar Italiener folgen ihnen mit ein wenig Abstand. Moinette sieht zu, wie Vincent loszieht, bitter enttäuscht, weil ihr Vater ihr verboten hat mitzukommen. Jemand muss sich um die Tiere kümmern, sagt er, und außerdem ist der Pass Männerarbeit. Was für ein Unsinn, natürlich würde Moinette, die ganz allein schwere Kessel hochhebt, Käselaiber, Kiepen voller Steine und Holzscheite für den Ofen, zehnmal besser schaufeln als Vincent. Nie geht es darum, wer du bist, sondern immer nur darum, für wen du gehalten wirst.

»Ich bringe dir Schnee mit«, flüstert er ihr ins Ohr. *Schnee vom Pass.*

Für die Leute im Tal ist der Pass das Ende ihrer Welt, und diese Auffassung übernimmt er jetzt von ihnen. Er hat den Pass noch nie gesehen, nicht mal vom Zug aus, der ihn durch den Schneesturm hierherbrachte, Éloi deutete damals am Bahnhof von Argentière bloß in die Richtung. Der Schnee vom Pass soll sein Gold sein, seine Seide oder seine Gewürze aus China. Moinette zuckt nur mit den Schultern: Schnee vom Pass, was soll das denn für ein Trost sein?

Sie graben schweigend, der Schweiß rinnt in Strömen herab, und man hört nichts außer das gedämpfte Knirschen der metallenen Schaufeln, während sich die Arme dieser Mensch-Maschine unaufhörlich heben und senken wie Mühlenflügel. Vincent hatte sich ausgemalt, hier eine besondere Art von Schnee vorzufinden. Doch es ist derselbe Schnee wie in den Senken des Hanges, weich, schwer und nass. Ganz gewöhnlicher Schnee. Mit dem einzigen Unterschied, dass es hier mehr davon gibt. Vincent hebt ein paarmal den Kopf, um zu sehen, wie sie mit ihrer Schneise vorankommen. Er hat verstanden, dass der Schnee ein handfestes Hindernis darstellt, welches das Durchkommen unmöglich macht, aber er hatte doch angenommen, dass die Masse durch das beginnende Abschmelzen und dic Asche zumindest angetaut sei, nicht mehr ganz so dicht, und dass sie nur noch wie eine Art Zugbrücke über dem Pass liegen würde. Er hatte sich vorgestellt, dass das Öffnen des Passes so ähnlich vonstattengehen würde, wie wenn ein Schloss aufspringt, mit einem Mal und durch Krafteinwirkung. Bei dem Pass handelt es sich jedoch um einen schwer abzugrenzenden Bereich. Er beginnt auf Höhe der Straße, hinter dem Bahnhof von Buet, direkt lotrecht oberhalb des Tunnels, oder vielmehr hat der Straßenwärter beschlossen, dass er an der Stelle beginnt, indem er seine Schaufel dort hineinschob, um den Beginn der Arbeiten zu kennzeichnen. Dann zieht er sich weiter nach oben, steigt in breiten Windungen sanft an, kein Ende in Sicht. Sie graben. Es wird noch unzählige Schaufeln brauchen, bis der ganze Bereich bis hoch zu jener undefinierten Stelle frei ist, die man den Pass nennt, auf 1461 Metern Höhe, wie Éloi gesagt hat. Und möglicherweise befindet sich auf der anderen Seite ein ähnlicher Hang, der das freizuschaufelnde Territorium noch weiter vergrößert. Heute wird Vincent jedenfalls nichts mehr sehen. Er blickt auf seine Füße, auf die Schaufel, auf den Schnee und seine durchnässten Schuhe mit den Holzsohlen. Er versucht, sich Élois Tempo anzupassen, aber Éloi schuftet ohne Pause, als wäre die Schaufel mit seinem Arm verwachsen; ganz so wie er jeden Winter seines Lebens geschaufelt hat, und die einzigen Spuren der Anstrengung sind der dumpfe Laut, den er dabei ausstößt, und die Falte auf seiner Stirn. Als Vincents Sehnen sich so anfühlen, als würden sie jeden Moment reißen, sein Hals brennt und sein Rücken so schmerzt, als würden Adlerklauen seine Taille anfallen, richtet er sich auf, verzieht das Gesicht und stützt sich auf den Griff seiner Schaufel. Er schaut sich um und sieht nichts als eine schmale Schneise, die nach und nach größer wird. Da fühlt er Élois Hand auf seiner Schulter.

»Ist gut, kannst gehen. Musst ja noch was essen vor dem Unterricht.«

Er hatte sich mehr erhofft. Hatte es sich irgendwie einzigartiger, grandioser, bizarrer vorgestellt; stattdessen kehrt er mit leeren Händen zurück und hat nichts zu berichten. Vincent hebt eine Handvoll Schnee auf. Er fragt sich, ob es überhaupt der Mühe wert ist, ihn mitzunehmen. Moinette wird sich nichts daraus machen, aber er hat es ihr schließlich versprochen, also presst er ihn zusammen, bis so etwas wie eine Kugel entsteht, und macht sich dann mit schmerzenden Gliedern auf den Weg. Die Schaufel drückt auf seine Schulter, sie zu tragen fühlt sich schwerer an, als sie zu schwingen. Als der Schnee in seiner freien Hand schmilzt, beschließt er zu schummeln und kratzt einen Rest Schnee vom Straßenrand zusammen. Zehnmal formt er einen neuen Ball, der ihm jedes Mal wegschmilzt. Schnee vom Hügel, Schnee vom Dach in großen Kristallen, Schattenschnee. In La Villaz angekommen, kann er Moinette nur noch Wasser übergeben. Er lässt es von seinen Fingern in ihre kleine Handfläche tropfen. Ein Tropfen fließt von seinem Zeigefinger wie von der Spitze eines Eiszapfens. Ein weiterer Tropfen nimmt den ersten in sich auf. Dann noch einer.

»Hast nichts verpasst«, murmelt er leise.

Moinette blickt einen Moment lang auf den Miniatur-See in der Mulde ihrer warmen Haut, dann leckt sie einmal darüber, und fort ist er.

Er will den offenen Pass sehen. Will wissen, was dahinter zum Vorschein kommt. Eines Tages, als Moinette ihre Tante in Le Nant besucht, rennt er hinauf. »Ich beeil mich«, ruft er. »Aber es ist nicht so nah, wie du denkst«, brüllt Moinette, woraufhin er versichert: »Ich bin zurück, bevor du mit der Wäsche fertig bist.«

Sie schüttelt nur den Kopf: »Es gibt da keinen Drachen. Und auch keine Fee!«

Er rennt einfach drauflos, obwohl er keine Ahnung

hat, wie weit es ist. Rennend durchquert er Le Buet und folgt dann der niedrigen, gewundenen Schneise bis zu einer Art Plateau. Da ist es: COL DES MONTETS steht auf dem rechteckigen Schild. Er schnappt nach Luft. Er betrachtet die Landschaft auf der anderen Seite des Passes, die er nun vor sich hat. Er sieht Berge. Die Aiguille Verte und die Drus, von hier aus sehen sie ein bisschen anders aus als der Anblick, den er von Le Laÿ aus hatte, sind aber doch wiederzuerkennen. Zu seiner Rechten unbekanntes Terrain, das ihn an eng aneinandergepresste Finger einer Hand erinnert. Unterhalb davon ist eine himmelblau reflektierende Wasseroberfläche im Auftauen begriffen. Es scheint auf der anderen Seite kein Tal zu geben, oder es ist von hier nicht zu sehen. Und doch ist er im Januar mit dem Zug durch ein Tal gefahren. Das Licht ist dasselbe wie auf der Seite von Vallorcine. Die Farben sind dieselben, verschiedene Nuancen von Braun- und Schwarztönen, Dunkelgrün mit weißen Flecken. Er hatte mit irgendetwas Besonderem gerechnet, wegen des dreimal unterstrichenen Datums im Almanach, wegen der allgemeinen Aufregung im Haus, wegen Élois Einladung und wegen seiner Odyssee im Januar, als der Pass angeblich unüberwindbar war. Er hebt einen Kieselstein auf, wirft ihn ins Wasser und sieht zu, wie sich die Kreise an der Oberfläche ausbreiten, den Himmel verquirlen, und betrachtet die verkehrt herum stehenden Bäume. Er sieht wieder Élois konzentrierten Ausdruck vor sich und den der anderen Männer, als sie mit ihren unermüdlich hintereinander platzierten Schaufelhieben schließlich einen Weg durch all das Weiß gebahnt haben. Er erinnert sich an Élois Schwung, als er aufbrach, um mitten im Winter mit Moinettes Vater zusammen die Gleise freizubekommen oder um den Gang in der Mitte der Straße wieder herzurichten oder um gemeinsam mit einem Nachbarn einen neuen Gang zu graben, damit eine Kuh zum Stier geführt werden konnte. Da hatte ein Leuchten in seinem Blick gelegen, und heute Morgen wieder, ein Leuchten, das nicht da war, wenn er nur Schnee ums Haus herum schaufelte. Das Haus freischaufeln war einfach eine Sache, die erledigt werden musste. Aber mit zehn oder zwanzig Leuten kann man Gleise ausgraben, einen Tunnel in den Schnee schlagen, einen Pass öffnen. Schließlich fragt er Moinette:

»Warum wolltest du mitkommen zum Schneeschaufeln, obwohl es da gar nichts zu sehen gibt?«

»Weil ich das noch nie gemacht habe.«

»Und warum findest du es gut, wenn der Pass offen ist?«

»Möchtest du lieber, dass er geschlossen bleibt?«

Er stellt Blanche die gleiche Frage:

»Was ändert sich eigentlich, wenn der Pass geöffnet wird?«

Sie überlegt. »Dann kommen die *Monchus*!«

Er weiß nicht, wer die *Monchus* sind.

»Monchus, so nennen wir die feinen Leute aus der Stadt«, erklärt sie ihm und unterbricht so lange das Kneten des Teiges. »Sie nennen sich gegenseitig ›Monsieur‹, das klingt bei ihnen manchmal schon wie ›Môchieu‹, und wenn man dann noch eine kleine Prise Dialekt mit reinmischt, ist man bei ›Monchu‹: Die Monchus, das sind die Touristen. Aber es ist ja Krieg, da kommen nicht so viele von ihnen.«

Am Abend nehmen sie im ganzen Haus die doppelten Fensterscheiben weg. Alles, was sie jetzt noch von der Welt draußen trennt, ist nunmehr zwei Millimeter dünnes Glas. Als er im Bett liegt, denkt er an den Pass, während die Nacht an sein Fenster klopft, nur dass sie jetzt weder Raureif noch Nebel hervorbringt, und die Fledermäuse wirbeln wie fantastische Schatten unter den Dachbalken umher. Jetzt gibt es eine Verbindung zwischen Vallorcine und der Außenwelt. Und nach Chamonix. Und nach Paris.

Da fällt ihm siedend heiß ein: also auch zu den Deutschen. Die Deutschen haben Autos, flüstern die Fledermäuse. Kraftstoff. Panzer. Sie haben die Ardennen überquert und diese grüne Festung mühelos mit ihren Ketten überrollt, was sollte sie davon abhalten, eine Gebirgsstraße hochzufahren, auf der sich der Winter ein bisschen zu lange hält? Er will, dass die Fledermäuse still sind. Andererseits, hält er ihnen entgegen, hätte der zugeschneite Pass sie doch auch nicht aufgehalten, wenn sie beschlossen hätten, das Tal einzunehmen; und sie sind schließlich nicht gekommen. – Aber diese Bresche, die die Leute aus Vallorcine nun selbst eröffnet haben, pfeifen die Nachtvögel, diese bereitwillig entfernte Sperre kommt ja beinahe einer Einladung gleich. Als er einschläft, sind Vincents Träume voll von zerstörten Wäldern, Panzern, Hunden und von Türen, die im Sturm hin und her schlagen.

»Ja, ich bin mir ganz sicher, es geht los«, hört er, als er gerade nach unten gehen will, um zu pinkeln.

Es dämmert noch nicht. Die Stimme von Moinettes Mutter dringt bis in sein Zimmer:

»Ich habe doch selbst neun bekommen, ich weiß, wovon ich rede. Es ist schon im Gange, verstehst du?«

Er reibt sich die Augen und lauscht. Was geht los? Müssen sie schon wieder irgendwo etwas freischaufeln? Haben die anderen ohne sie angefangen? Was redet Marie da?

»Wir müssen sie ins Krankenhaus bringen, es ist noch viel zu früh.«

»Wie sollen wir sie da hinbekommen? «, antwortet Albert mit erstickter Stimme. »Der Zug fährt erst heute Nachmittag.«

»Mit dem Schlitten. Das hat auch meine Schwägerin gerettet.«

»Gerettet«. Wer von Rettung spricht, meint Gefahr.

»Der Pass ist frei, aber es gibt trotzdem noch genug Schnee für einen Schlitten.«

»Bis nach Chamonix?«

»In Argentière ist auch ein Arzt.«

»Éloi, kannst du das machen?«

Vincent traut sich nicht, nach unten zu gehen. Er hat die Worte »Krankenhaus« und »Arzt« gehört und die Angst in Alberts Stimme. Aber weil seine Blase ihn plagt, bleibt ihm nichts anderes übrig, also tippelt er auf Zehenspitzen los. Marie beachtet ihn gar nicht, sie redet mit Albert und weist ihn an, Proviant einzupacken, sie haben keine Zeit zu verlieren. Sie wird Éloi begleiten, es sollte eine Frau bei Blanche sein. Aus dem Bett in der Stube kommen ächzende Geräusche. Vincent späht im halbdunklen Zimmer umher. Er sieht den Umriss von Blanches Körper, ihren kugelrunden Bauch unter dem Nachthemd, als hätte sie einen Ball verschluckt. Er hat noch nie solch einen riesigen Bauch gesehen, weil ihr Kleid den gesamten Umfang bisher nur erahnen ließ. Dafür sah er, wie der Stoff ihrer Bluse über den Brüsten spannte.

»Steh hier nicht rum«, herrscht Marie ihn an, »geh wieder nach oben in dein Zimmer. Wir rufen dich, wenn du wieder runterkommen darfst.«

Er fragt sich, ob es mit dem Baby zu tun hat. Er muss an die Kuh denken und die Pfeile, die sie durchbohrt haben, an ihren aufgeblähten Bauch, der sich in Wellen hob und senkte, die Flüssigkeiten und das Blut.

»Los, ab mit dir!«

Er beeilt sich, wieder nach oben zu gelangen. Die Tür macht er nicht zu, er will hören, was vor sich geht. Aber niemand sagt mehr etwas. Schritte, Schubladen, die geöffnet und wieder geschlossen werden, schreckliches Knirschen und Stöhnen, Geräusche. Er zieht den Bauch ein, spannt alle Muskeln in seinem Unterleib an, atmet ein, atmet aus. Trotzdem rinnt Urin in gelben Rinnsalen seine Schenkel hinunter und bildet eine Pfütze zu seinen Füßen. Irgendwann ebben die Klagelaute ab und das Hin-und-her-Räumen lässt nach. Die Stimmen sind jetzt draußen zu hören, aber obwohl sie nur noch die einfachen Fenster haben, kann er nicht verstehen, was gesprochen wird, und als er nach draußen blickt, sieht er nur die blauen Felder, die Bäume und ein Stück vom Himmel. Er wischt das Pipi mit seinem Hemd auf und legt es zusammengerollt in die Ecke. Trocknet seine Beine mit der Decke ab. Dann setzt er sich auf die Bettkante. Wartet. Horcht. Er hört die Stimmen der Nachbarn. Moinette, die nach ihm ruft und an die Tür klopft, aber niemand macht ihr auf. Sie will ihn sicherlich abholen, damit sie zusammen zur Schule gehen. Sie haben ihn vergessen. Er muss wieder an Blanches unförmigen Bauch denken. Er fragt sich, ob der Bauch seiner Mutter auch so ausgesehen hat. Seine Mutter, deren Gesicht für ihn jetzt ein helllila Farbklecks ist, weil das die Farbe ihres Vornamens Sophie ist.

Es ist Albert, der schließlich nach ihm ruft: »Vincent?«

»Ja ...«

»Komm mal her.«

Er riecht nach Pisse, und er hat kein Hemd mehr.

»Blanche musste zum Arzt. Das Baby kommt früher, als wir dachten.«

»Ist sie mit dem Schlitten gefahren?«

»Ja. Früher ist der Arzt aus der Schweiz hierhergekommen. Aber jetzt haben wir da ja diese verdammte Grenze ...«

Nun weiß er, wozu die Öffnung des Passes gut ist: damit Blanche mit dem Schlitten runter nach Argentière gebracht werden kann. Er ist sich nicht sicher, ob ihn das beruhigt, ob der Gedanke weniger bedrohlich ist als das Schreckgespenst der Deutschen. Blanche hatte ihm doch gesagt, dass sie das Baby in Vallorcine bekommen wollte.

»Wann kommt sie zurück?«

»Das weiß ich nicht. Auf jeden Fall sind wir jetzt erst mal eine Weile unter uns Männern. Falls du Hunger hast, da ist noch Suppe von gestern auf dem Herd.«

Als Éloi am Abend zurückkehrt, erzählt er, dass ein Junge auf die Welt gekommen sei. Und dass er lebt. Aber sehr winzig sei er, nicht einmal so lang wie seine beiden

Handflächen hintereinander. Albert blickt auf seine eigenen Hände, die breit und kurz sind. Er blinzelt.

»Das ist nicht viel. Und Blanche?«

»Schwach.«

Vincent traut sich nicht zu fragen, ob das Kind einen Namen hat. Einem so kleinen Baby gibt man vielleicht keinen Namen. In der Kirche wird für den Jungen und seine Mutter gebetet, sogar Albert faltet die Hände. Dann nimmt Albert den Zug, um bei seiner Frau zu sein. Vincent begleitet ihn in den Ort und trägt seine Tasche, wegen des steifen Beins. Auf dem Rückweg tut er das, was Albert ihm aufgetragen hat, bevor der Straßenwärter mit der Teerkanne kommt, um die Löcher in der Straße wieder aufzufüllen: Er sammelt die Nägel ein, die im Winter von den Holzschuhen abgefallen und mit der Schmelze wieder zum Vorschein gekommen sind, denn sie wären sonst verschwendet. Wenn er bis La Villaz zehn Nägel eingesammelt hat, beschließt er, wird Blanche wieder gesund.

Mittlerweile sind nur doch die Gipfel der Aiguilles Rouges von Schnee bedeckt. Sie sehen aus wie Schwarzwälder-Torte, die ihn an längst vergangene Feste erinnert. Im Tal bilden jetzt die federartigen Samen der Pestwurz und des Löwenzahns einen Schneeersatz, zusammen mit den unzähligen spitz zulaufenden hellen Blütenblättern auf den Wiesen und den blühenden Kirschbäumen, die auf den Steinmauern wachsen.

»Hast du noch nie Poutys gesehen?«, fragt Moinette und steckt das Ende eines Astes in Vincents Locken. »Du bist so traurig. Dabei hast du doch Glück, einen kleinen Bruder zu haben.«

»Er ist nicht mein Bruder.«

Im Moment ist das Baby ein durchsichtiges Ding, das noch keine rechte Form angenommen hat, es hat keinen Namen, also denkt er nicht daran. Aber um Blanche macht er sich Sorgen. Er fragt sich, ob ihr Bauch wieder kleiner geworden ist. Er denkt an einen Ball ohne Luft und stellt sich Blanche so vor, mit einem schlaffen Bauch, wenn die Wunde wieder verheilt ist. Er ist froh, dass er keine Frau ist. Den Bauch seiner Mutter hat er nie gesehen, möglicherweise hat Sophie auch einen schlaffen Ballon anstelle des Bauches, mit einem tiefen Einschnitt darin. Rot im Hellila. Er denkt daran, dass Moinette eines Tages eine Frau sein wird. Als sie gemeinsam die Tiere hereinholen, blickt er auf ihre kleinen Puppenhände und ihre Zähne, deren Kanten noch ganz scharf und fein gezackt sind, und kann es nicht glauben. Auch sie wird diesen Bauch bekommen, mit dem Einschnitt darin und dann den Pfeilen. Da kriegt er mit einem Mal Mitleid mit Moinette. Am liebsten würde er irgendwas dagegen tun, dass sie erwachsen wird. In China werden den kleinen Mädchen die Füße zusammengebunden, damit es Kinderfüße bleiben, hat er gehört. Schon sieht er Moinette vor sich, deren ganzer Körper in Stoff gewickelt ist, eine kleine Zwangsjacke, um ihr das Schlimmste zu ersparen, das ihm ansonsten ihr unausweichliches Schicksal zu sein scheint.

»Komm, du Trauerkloß, wir gehen jetzt Frösche sammeln.«

Ganz offensichtlich weiß sie nichts von ihrem Schicksal. Oder sie hat sich damit abgefunden. Er kann nicht fassen, dass es ihr nichts ausmacht, dass sie so etwas wie eine Froschjagd vorschlägt, obwohl sie doch weiß, was sie erwartet. Dass sie trotzdem lachen und von federgeschmückten Hüten träumen und sich darauf freuen kann, eines Tages eine Dame zu sein, bereit, sich den Bauch durchbohren zu lassen.

»Los, wir laden Émile und Jeanne ein, und dann machen wir ein riesengroßes Frosch-Ragout!«

Seine Beklommenheit wird durch aufsteigenden Ekel verdrängt, und er verzieht das Gesicht.

»Oh nein, du hast noch nie Frösche gegessen ...«

»Wenn das schon wieder so ein dummer Witz von dir ist wie mit den Eiern, dann binde ich dir die Arme zusammen und zwinge dich, den Frosch roh zu essen, samt Augen!«

Eigentlich würde er sie am liebsten zeichnen, jetzt gleich, wie sie da in der Sonne steht, dürr und unversehrt, um sie so festzuhalten. Er prägt sich ihren Anblick ein wie ein Foto, und am Abend vor dem Schlafengehen wird er ihre Gestalt aus dem Gedächtnis heraus zeichnen, zwischen lauter blühenden Zweigen der Poutys.

Sie finden die Frösche in der Nähe der Pfützen, im Schlamm, unter den Steinen bei den Bächen und am Flussufer, wo man extra laut sprechen muss, um das Rauschen des Wassers zu übertönen, und da, wo das Gras besonders grün ist. Es ist kein Spiel, sondern Arbeit, genauso wie die Steine und das Vieh, es geht um Nahrungssuche.

»Pass auf, dass du das Gras nicht zerdrückst«, ermahnt ihn Moinette, während sie mit dem Beutel über der Schulter einen Fuß vor den anderen setzt wie eine Seiltänzerin. »Sonst ist es vergeudet.«

Dann zeigt sie ihm, wie man die Frösche an den Hinterbeinen hochhebt, denn sonst flutschen sie einem durch die Finger wie kleine Seifenstücke.

Solange sie den Sack mit Amphibien füllen, hat er keine Angst um Blanche. Der Stoff legt sich eng um die weiche, bewegliche Masse und klumpt die Frösche zu einer unbestimmten Form mit hundert quakenden Mäulern zusammen. Man könnte fast meinen, sie wüssten um ihr Schicksal und flehten um Gnade. Als sie wieder in La Villaz sind, hilft einer von Moinettes Brüdern ihnen dabei, Nadeln in den Rückenmarkskanal der Wirbelsäule zu stechen, sodass die Tiere ihre vier Beine sternförmig von sich strecken.

»Meine Spezialmethode«, erklärt Moinettes Bruder, »so machen es die Tierpräparatoren auch. Jetzt muss man sie nur noch hier längs aufschneiden, und dann einmal rechts, einmal links ziehen« – er zieht auf jeder Seite einmal die Haut weg –, »und so häutest du sie.«

Es ist furchtbar. Solange er damit beschäftigt ist, die Köpfe vom Körper zu trennen, hat er keine Angst um Blanche; ein Haufen glibberiger Köpfe fällt nach unten in einen Holzeimer. Er macht sich auch keine Sorgen um sie, während er den kleinen, schlaffen Körpern die Haut abzieht. Ihm wird davon übel, aber er will auch nicht als Angsthase dastehen. *Es sind bloß Frösche, die sterben.* Wenn er durchhält, bis der Sack leer ist, wird Blanche wieder gesund. Am Abend beißt er in die heißen, in der Pfanne braun gebratenen Schenkel, die außen knusprig und innen ganz zart sind, es schmeckt so köstlich, dass ihm das Massaker gerechtfertigt erscheint – und er hat durchgehalten.

Der Frühling schreitet weiter voran. Überall setzt sich das Grün durch, alle Arten von Grün. Das Licht zerteilt das Tal, und die Hänge nehmen die verschiedensten Grüntöne an, goldgrüne und smaragdfarbene Bänder hier, woanders fast schwarz, und alles ist fortwährend im Wandel begriffen, je nach dem Stand der Sonne. Vincent kann sich nicht sattsehen an dieser fließenden Farbpalette, die nacheinander die Grate, Gipfel und Wolken strahlen lässt oder verdunkelt. Die neuen Triebe der Lärchen sind heller als die der Tannen. An den Enden der Tannenzweige sprießen Knospen, die beinahe gelb aussehen. Minzgrüne Brennnesseln schießen massenweise um die Misthaufen herum aus dem Boden, und bald schon wimmelt es darauf nur so von Raupen. Das Gras schillert hier und da in bläulichen Reflexen und wird alle zwei oder drei Tage von ergiebigem Regen erfrischt. »Das gibt gutes Heu«, sagt Louis, wenn Vincent mal wieder klitschnass von der Schule oder von den Feldern zurückkehrt. Vincent kommt es seltsam vor, dass das Jahr einfach weiter seinen Lauf nimmt, obwohl Blanche nicht da ist. Warum wartet es nicht auf sie. Vallorcine ohne Blanche, das hat es vorher nicht gegeben, und für Vincent hat die Umgebung seitdem eine Lücke. Goldgelbe Sumpfdotterblumen wachsen in Wassernähe in dichten Matten, als wäre nichts. Blaubeerbüsche bringen rosafarbene Beeren hervor, die Wasserbecken sind auf einmal von lauter Vergissmeinnicht umgeben, die Rouquine sich mit einem Happs einverleibt. Die Krokusse bekommen Blätter, die Pestwurz bekommt Blätter, die Weiden bekommen Blätter, jede Pflanze in ihrem eigenen Grünton. Die Haare der Gräser wogen fast weiß, fast grau, fast lilafarben, es sind Süßgräser, Knäuelgras, Schwingel, Honiggras und Lieschgras, natürlich kennt er die Namen nicht, aber er spürt das lästige Kitzeln an den Beinen.

Eines Tages, kurz vor dem Pflügen der Felder, nimmt Louis Vincent mit, um unterhalb vom Haus Blätter zu sammeln. Grünes in runder, länglicher oder gezackter Form, Schafgarbe, Frauenmantel, Sauerampfer, scharf umrissene Blätter des Wiesen-Bärenklaus, die nach Zitrone, nach Spinat oder nach Spargel schmecken, »Labkraut«, sagt Louis und reicht ihm den Stängel zum Knabbern. Daraus machen sie dann einen Wildkräuter-Salat und werfen noch eine Handvoll Pilze mit wabenartigen Löchern hinein, die Louis »Morcheln« nennt – *Bronchien-Salat*, denkt Vincent.

»Männerküche, Kleiner. Man muss fast nichts machen: ein Spiegelei drüber, und fertig.«

Nicht das Eigelb in der Pfanne zerdrücken!, fleht Vincent innerlich, *wenn sie heile bleiben, wird Blanche bald wieder gesund.*

Im Wald bringen pelzige Pflanzen, deren Aussehen an Seepferdchen erinnert, ihre leuchtend grünen, gefiederten Blätter hervor. Vielleicht sind das ja Überbleibsel aus der Zeit, als das Meer hier alles bedeckte, Pflanzen gewordene Fossilien von Meerestieren. Wenn die Farne, die vor dem Schulhaus wachsen, morgen ihre ersten Blätter entrollen, wird Blanche wieder gesund.

Blanche ist auch noch nicht zurückgekehrt, als sie anfangen, die Erde umzugraben, das Kartoffelfeld vorzubereiten, und braune Furchen durch das alles beherrschende Grün ziehen. Die Kinder treten die Maulwurfshügel platt, klauben die vielen kleinen Steine heraus und schütten sie auf die Mauern am Feldrand. Vincent sieht zum ersten Mal Maulwürfe. Kleine, schlaffe Körper, glatt und pelzig, er fragt sich, ob sie platzen würden wie ein Ballon, wenn man auf sie drauftritt. Er sieht, wie die Erde in Bahnen geschnitten wird und grasbewachsene Rechtecke wie Teppiche von den unteren Feldern auf die weiter oben gelegt werden, wo die Erdschicht wegen der Erosion auf der abschüssigen Fläche zu dünn geworden ist. Keine Maschine, kein Pflug, keine Zugtiere. Nur Arme und Hände, die Werkzeuge halten und in einem kleinen Radius präzise Handgriffe unablässig wiederholen. *Die Felder hier werden so sorgfältig gepflegt wie Gärten*, denkt Vincent, und ihm fällt der fleißige Gärtner wieder ein, der sich auf dem Square des Batignolles über die Beete beugte. Mit dem Unterschied, dass man hier immer darauf achten muss, die Füße auf dem abschüssigen Untergrund richtig zu platzieren, weil der steile Hang fortwährend das Gleichgewicht der Menschen auf die Probe stellt. Die Vallorcins, die Einheimischen, sind allesamt Tänzer.

Vincent verteilt zusammen mit den anderen Kindern den Mist. An Louis' Seite bearbeitet er die Erde mit einem Solevieu, und als er nach einer Weile ein Brennen im Kreuz spürt, denkt er, dass sich genau so auch der von den Zinken aufgerissene Boden fühlen muss. Kurz zuvor hat Moinette büschelweise blaue Blumen ausgerissen und die Wurzeln in ihre Kiepe gelegt: »Rapunzel-Glockenblumen«, erklärt sie, »die schmecken besser als Bocksbart.« Die Arbeit auf den Feldern entblößt die Arme bis zu den Ellenbogen, unter aufgerollten Ärmeln wird verborgene Haut sichtbar. Vincent betrachtet eingehend Albert und Éloi, die sich, abgesehen von Alberts Humpeln, so sehr ähneln. Nach langem Hinsehen ist ihm jedoch der sanftere Schwung von Alberts linker Augenbraue aufgefallen und die kleineren Nasenlöcher von Éloi. Élois Zähne sind kürzer. Albert zieht jedes Mal leicht die Oberlippe nach oben, wenn er ein Wort mit »J« ausspricht. Er hat ein kleines Büschel aus weißen Haaren am Haaransatz über der Stirn. Jetzt kommen Leberflecken und Narben dazu, anhand derer man die beiden unterscheiden kann, ein »Finde die Unterschiede«-Spiel, dessen Liste von Moinette und ihm unaufhörlich erweitert wird.

»Éloi hat ein sternförmiges Muttermal unter dem rechten Ellenbogen.«

»Und der Knochen da, der so raussteht, der kleine runde unterm Hals.«

»Er hat so trockene Haut an den Ellenbogen, es sieht aus wie Kreide.«

»Albert ist ein bisschen blasser.«

»Seine Knöchel sind dicker.«

»Das kommt von dem Sturz.«

»Glaubst du? Er hat auch dicke Knoten aus Adern, wie Würmer sieht das aus ...«

»Éloi hat Haare, da, wo der Kragen von seinem Hemd ist.«

»Und solche Unterarmmuskeln.«

Mit Schwung werfen sie die Knollen aufs Feld.

»Hol dir auch einen Capion.«

Vincent macht es wie Moinette, die den Boden mit den beiden langen Reißzähnen der Spitzhacke öffnet, um die Knollen hineinzustecken. Er zählt, *Wenn ich bei dreißig vier eingesetzt habe, kommt Blanche bald zurück.*

Sie ist auch noch nicht zurückgekehrt, als sie den Lein aussäen, um die Kartoffelkäfer fernzuhalten.

Auch als die Schweine mit dem Zug ankommen, ist sie noch nicht zurück; er geht mit Éloi zum Bahnhof, um ihr Ferkel abzuholen. Vorher hat Éloi noch im Kalender nachgesehen, wer heute Namenstag hat – auch wenn bereits feststeht, dass ihm an Weihnachten sein Stündlein schlagen wird, soll das Würste-Depot einen Namen bekommen.

»Darf ich dich mit Justin bekannt machen?«, fragte er mit dem Schwein auf dem Arm. Moinette hat auch ein Schwein. Es heißt *Schwein*, so wie jedes Mal. *Schwein Nr. 24*, ergänzt sie, so lange sind ihre Eltern schon miteinander verheiratet. Also haben die Schweine einen Namen, Blanches Baby aber nicht, das macht es schwierig, an dieses Kind zu glauben. Sie bauen einen Verschlag für das Schwein, Vincent nagelt die Bretter dafür eigenhändig zusammen, es wohnt in einer Wohngemeinschaft mit den Kühen, mit Rouquine, den Hühnern und dem Schaf. Moinettes Mutter kocht ihm seine Grütze, Vincent bringt ihm Ulmenblätter, und es bekommt das Abwaschwasser, in dem extra keine Seife drin ist. Blanche ist auch dann noch nicht zurück, als das erste Murmeltier auftaucht. Es ist soeben erst dem Winter entkommen, während dem es monatelang zwölf Meter unter der Erde verharrte, mit nur fünf Herzschlägen pro Minute, und jetzt ganz abgemagert, als würde es einen viel zu großen Pyjama tragen. Man würde es noch nicht jagen, dafür ist es noch nicht fett genug, aber Éloi hat es verletzt mit blutiger Pfote aufgefunden und dann getötet. »Frisches Fleisch«, sagt er und kaut auf dem Fleisch herum, das einen schlammigen Geschmack hat, »gibt es schließlich nicht alle Tage.«

Auch als Moinettes Bruder die ersten Forellen aus dem Fluss fischt, ist sie noch nicht wieder da. In Blanches Haus mag niemand Forellen. Sie sagen dazu auch nicht Forelle, sie sagen Fisch, weil es der einzige Fisch ist, den sie kennen, und Blanche ist die Einzige, die das Meer kennt.

Mitte Mai, als das Maiglöckchen zu blühen anfängt, ist Blanche immer noch nicht wieder da.

»Sperbereule, Seidelbast, Goldrute«, sagt Martin leise. Vincent wartet, bis die Farben in seinem Inneren auftauchen. Aber jene, die der Landschaft entspringen und direkt auf seine Pupillen treffen, löschen die anderen, inneren Farben aus. Es ist nicht ein Rest Schnee auf den Bergen zurückgeblieben, nirgendwo mehr Weiß. Der Schnee barg das Geheimnis, das mit dem Weiß verschwunden ist. Das Weiße war die Leinwand. Nun hat sich die Leinwand in ein Gemälde verwandelt.

»Drosselrohrsänger, Knabenkraut, Rotschwanz ...«

Er weiß nun, dass die Felsen der Saix Blancs nicht weiß sind, die Aiguilles Rouges nicht rot, die Aiguille Verte nicht grün, die Eau Noire nicht schwarz. Er kennt die echten Farben und Formen, die Proportionen und Ausdehnungen. Innerhalb von wenigen Wochen hat er Tausende erste Male erlebt, tausend erste Blumen, Bäume, Blätter, Farne, tausend erste Flechten, Vögel oder unterirdisch lebende Tiere, Beschaffenheiten der

Felsen, Farben, Schattierungen und Reflexe, so viele Momente der Erkenntnis, die über Vermutungen triumphierten, dass jetzt nichts mehr zu raten übrig ist. Wozu malen, was jeder sehen kann? Tag für Tag gewinnt die Landschaft an Präzision und beantwortet alle Fragen, selbst jene, die er sich gar nicht gestellt hat.

»Weißt du, Martin, jetzt sehe ich einfach zu viel.«

Zu erfahren, dass Gebirgsmaler so häufig Schneemaler sind, würde Vincent nun nicht mehr verwundern. Im Sommer, im vollen Licht, lösen die Landschaften alle Rätsel auf. Es war der vieldeutige Schnee, der Vincent so in Erregung versetzt hat. Es heißt, dass Klimt seine Figuren, sobald ein Gemälde fertiggestellt war, in goldfarbene Kleider und Mäntel hüllte, damit es dem Betrachter überlassen war, sie zu entkleiden, sich die verborgenen Formen und Geschichten vorzustellen. Der Schnee war das Kleid des Berges, oder sein Mantel.

Natürlich ist der Winter nicht komplett aus Vincents Leben verschwunden. Er weiß nicht, wo sein Vater ist. Er weiß nicht, wo Jean ist. Er hat schon länger nichts von seiner Mutter gehört. Er weiß nicht, ob Blanche wieder zu Kräften kommt. Er weiß nicht, ob es das Baby wirklich gibt. Aber in dieses Weiß wagt er sich nicht hinein, aus Angst, der darin liegenden Tragik nicht wieder entkommen zu können. Außerdem harmoniert der Frühling so gut mit der Kindheit – alles neu, alles in Bewegung –, das hält den Tod auf Abstand. Vincent passt sich der Leichtigkeit des Frühlings an.

»Kennst du Teiresias?«, fragt Martin.

»Nein.«

Martin erzählt. Teiresias überrascht die Göttin

Athene, als sie nackt in einer Quelle badet. Zur Strafe lässt sie ihn erblinden. Später hat sie Mitleid mit ihm und schenkt ihm ein so feines Gehör, dass er die Sprache der Vögel verstehen kann, und gibt ihm einen Stock aus dem Holz der Kornelkirsche, dank dem er wieder so laufen kann wie die Sehenden. Dazu eine hoch empfindsame Haut – das steht so nicht in der Sage, aber Martin glaubt daran – und einen besonders feinen Geruchssinn.

»Du musst sehen wie ein Blinder. Mit deiner Haut, deinen Ohren, deiner Nase, deiner Zunge. Zeichne wie ein Blinder. Zeichne die Weichheit des Grases, gib ihr eine Farbe. Die Bitterkeit des Löwenzahns. Die Kälte des Flusses. Den Geruch des Misthaufens.«

Das Sehen mit der Haut gelingt ihm bereits, er kann die Landschaft daran ablesen. Der Geruch der Koniferen ändert sich, je nachdem, wie nah die Felsen sind, wie sonnig es ist. Eine gewisse Frische in der Luft hängt mit der Anwesenheit von Wasser zusammen oder mit der Tageszeit. Feuchter Stein sagt Regen voraus. Die Beschaffenheit des Bodens unter seinen Sohlen zeigt den Fluss, das Feld oder einen Pfad an. Das Knistern der Insekten und Piepsen der Vögel zeigt den Morgen oder den Einbruch der Nacht an. Während Steine und Felsen die Klänge wie einen Bumerang zurückwerfen, werden sie von der Vegetation verschluckt. Geruch, Intensität der Sonne, Wärme, Feuchtigkeit schillern schüchtern in seinem Hirn, violett, blitzblau, blaugrün, rosa, was sollte man anderes daraus machen als einzelne Farbkleckse. Die Empfindung in eine Zeichnung übertragen, dazu hat er keine Lust. Sie verlöre dann nur an Intensität. Nichts ist erstrebenswerter, lustvoller als das unmittelbare Empfinden.

»Ich hab sowieso fast keine Farben mehr übrig.«

Das ist wahr, der Winter hat sie aufgebraucht. Martin wirkt enttäuscht. Die Starre seiner vom grauen Star getrübten Augäpfel verleiht ihm ein Aussehen wie nicht von dieser Welt. Die Traurigkeit ist in den ausgeprägten Furchen um Mund und Augen abzulesen. Er denkt, dass der Frühling Vincent beraubt, indem er das Tal zum Vorschein kommen lässt und seine inneren Lider verschließt. Vincent dagegen gefällt der Einfall in seine innere Welt, dieser Raub ist für ihn der reinste Hochgenuss. Er vermisst seine Stifte nicht. Er ist aus Lehm. Wollte man diesen Körper, der nicht mehr nur kindlich ist, wie ein Blinder erfassen, und würde die gesamte Masse tastend in voneinander getrennte Formen aufteilen, so stellte man fest, dass der Berg daran bereits seine Spuren hinterlassen hat. Wegen der Höhenunterschiede und der gewundenen Wege zwischen den weit auseinanderliegenden Feldern hat er mittlerweile Muskeln an den Waden, die die Form kleiner Brote haben. Durch das Springen und Rennen haben sich auch die Schenkel verändert, neue Ausbuchtungen zeigen sich dort. Die Armmuskeln haben sich herausgebildet und verändern unter der Haut fortwährend ihre Form, die Schultern sind vom Tragen der Kiepe breiter geworden, vom Aufsammeln der Steine und der Feldarbeit. Hier und da zeichnen sich dünne, haarfeine Kratzer und die gelben Überbleibsel einst blauer Flecken auf der Haut ab, die Knie sind vernarbt, kleine Steine haben sich in die Haut gedrückt, Splitter hineingebohrt. In der Spiegelscherbe über der Spüle sieht er blond gewordene Locken, die ihm in die Stirn hängen. Gebräunte Haut, wo die Sonne die Adergeflechte zum Verschwinden gebracht hat. Die dunkel gefärbten Lippen. Am Halsansatz hat mit einem V-förmigen Bereich weißer Haut noch eine letzte Verbindung zu dem früheren Körper überdauert, zu dem anderen Leben. Aus dem Maler ist ein Gemälde geworden.

Blanche ist immer noch nicht wieder da, als der Auftrieb der Ziegen und Schafe des Tals nach La Poya stattfindet – eine Handvoll Ställe oberhalb vom Bahnhof von Le Buet, wo die Tiere bis zum Herbst bleiben werden. Auf der Alm wird er Olga begegnen, aber das weiß er noch nicht.

Die Ziegen traben voran und bewegen die Hörner hin und her, wie hektische kleine alte Damen, denkt Vincent, mit Haaren am Kinn, nervös mahlenden Kiefern, brüchiger Stimme, und ihre Glocken klimpern wie Halsketten unter dem allgemeinen Pfeifen und Zungenschnalzen. Die Schafe bilden weiche Flecken in der Herde. Moinette fordert mit der Gerte Blanches Schaf und Ziege, ihre eigene Ziege Seguine und die Ziege ihrer Tante zum Weitergehen auf, als es sie zu den Blaubeersträuchern hinzieht.

Mit La Poya hat die neue Umgebung, die er insgeheim bei sich manchmal die Insel über allen Bergen nennt, erneut an Ausdehnung dazugewonnen. Hier wächst das Gras besonders dicht, es gibt weder Felder noch Gärten. Die immer noch weißen Berge im Hintergrund beschwören noch einmal den Winter herauf. Oben am Hang glaubt Vincent eine Spalte im Fels zu erkennen, eine kaum sichtbare, kleine Vertiefung, durch die sich ein Gebirgsbach schlängelt. Vielleicht eine Schlucht. Und wenn man die Ohren spitzt, hört man neben dem Wind aus Bérard einen Wasserfall rauschen. Wasserfall: ein glänzendes Schwarz.

»Das da hinten ist der Mont Blanc des Dames«, sagt Moinette und deutet mit ihrem Stab in eine Richtung.

»Da hinten« ist zu vage, um eine bestimmte Erhebung auszumachen. Dennoch taucht vor seinem inneren Auge sogleich die skizzenhafte Zeichnung einer weiblichen Seilschaft in dem ganzen Weiß auf, die weiten schwarzen Röcke blähen sich im Wind, eine Ameisenstraße, die sich aufmacht, den Berg zu erobern.

»Warum denn der Damen?«

Moinette zuckt mit den Schultern.

»Von hier aus kannst du ihn sowieso nicht sehen.«

Die ganze Jugend ist auf der Alm. Die jüngsten Hirten auf La Poya sind sechs, sieben Jahre alt. Manche Mädchen sehen schon aus wie richtige Frauen. Jungen mit dunklem Flaum auf der Oberlippe, die Vincent zu den »Halbstarken« zählt. Als er so um sich blickt, hat Vincent plötzlich den Eindruck, vor der Krippe in der Kirche von Batignolles zu stehen, wo die Figuren auf einem aus knittrigem Papier nachgebildeten Fels- und Wiesenuntergrund platziert sind. Mit dem Unterschied, dass sich hier alle bewegen, angestiftet von den Tieren, die ganz aus dem Häuschen sind, auf einmal so viel Platz zu haben: das silbrig schimmernde Gras, die pollengesättigte Luft, die Körper der Kinder, die hüpfen und kullern und Tieren hinterherjagen; dazu das vielfache Echo der Stimmen, des Gelächters, des Wassers, das Mäh und das Muh.

Ein Mädchen sitzt etwas abseits. Summend und vollkommen unberührt von der allgemeinen Aufregung ist sie damit beschäftigt, mit einem Taschenmesser das Ende eines Stabs anzuspitzen. In der Lücke zwischen ihren Schneidezähnen steckt ein langer lilafarbener Halm, der bei jedem Abziehen der Klinge erzittert. Das Zittern erreicht sogar einige dunkle Haarsträhnen, die ihr ins Gesicht hängen. Auch der nahezu durchsichtige Leinenstoff ihrer Bluse erzittert und das winzige Kreuz an ihrem Hals.

»Die Italienerin, die Italienerin ...«, murmelt irgendwer, oder vielleicht ist es auch nur der Wind.

Das Mädchen reagiert jedenfalls nicht. Sie pustet auf ihren Stab, und Holzstaub stiebt in die Luft. Dann testet sie die Spitze. Ein Blutstropfen erscheint auf der Kuppe ihres Zeigefingers. Als Nächstes wirft sie den Stab wie einen Speer, und er bleibt aufrecht im Boden stecken.

»Was?«, fragt sie und blickt Vincent an, der reglos vor ihr steht.

Er deutet auf den Stab.

»Wofür ist der?«

»Forellen fangen.«

Sie zieht den Halm zwischen ihren Zähnen hervor, schiebt ihn nachdenklich wieder zurück, wendet sich von Vincent ab. Dann steht sie auf, holt den Stab aus dem Erdhaufen und fängt an, sorgfältig die Rinde abzuziehen.

»Die Italienerin, die Italienerin ...«, flüstert erneut ein Junge.

»Warum die Italienerin?«, möchte Vincent wissen.

»Rate mal!«, ruft der Junge und rennt davon.

Das Mädchen lässt sich nicht beirren. Moinette reißt

Vincent aus seiner Erstarrung, sie ist sauer, weil Seguine zwischen den Felsen abhaut.

»Los, hilf mit!«

Er folgt ihr, kann den Blick aber noch nicht ganz abwenden. »Na, die ist halt schon groß«, brummt Moinette. »Und sie bringt den Italienern im *Hôtel du Mont-Blanc* Milch. Hast du sie noch nie gesehen? Die Milch von den Kühen ihres Vaters.« Sie haben Seguine aufgestöbert, und das Mädchen verschwindet aus seinem Blick. Aber jeden Tag nach der Schule ist sie wieder da, einen Halm zwischen den Zähnen und schnitzt inmitten der Ziegen an ihrem Stab. Manchmal nähern sich Kinder und wollen mit dem Finger die Sterne und Blüten berühren, die sie ins Holz schnitzt.

»Hab gehört, du kommst aus Paris«, sagt sie.

»Das stimmt.«

»Und wie ist Paris so?«

»Ziemlich weit weg.«

Sie blickt zu ihm hoch.

»Da leben viel mehr Menschen, oder?«

»Ja, sehr viele.«

Sie entfernt einen Splitter aus ihrem Daumen.

»Man kann dort also unerkannt leben.«

»Ja.«

»Sich verlaufen.«

»Natürlich.«

»Verschwinden. Einfach so, wann immer einem danach ist ...«

Verschwinden, das nicht. Wenn das möglich wäre, hätten weder sein Vater noch er fortgehen müssen.

Von Weitem macht Moinette ihm ein Zeichen, dass

sie auf ihn wartet, sie will nach La Villaz zurück. Er ruft ihr zu, dass er noch bleibt.

Moinette blinzelt, die Haarsträhne, die quer über ihrer Stirn liegt, lässt sie ein wenig wie eine wilde Piratin aussehen.

»Aber es ist schon spät«, erinnert sie ihn und hält die Gerte wie einen Säbel vor ihr Herz.

»Ich weiß«, erwidert er. Langsam wendet sie sich ab. Mit ihren Ohren kann sie hören, was er verschweigt, außerdem hat sie ihre Eulenaugen.

»Das muss schön sein, nicht erkannt zu werden«, fährt das Mädchen fort. »Du kannst das nicht verstehen …«

Sie spielt mit der Zungenspitze an ihrem Grashalm herum.

»Unerkannt zwischen lauter Unbekannten leben.«

Plötzlich springt sie auf.

»Pépite!«, ruft sie, »Pépite!«, und läuft zu der Ziege, die sich in Richtung der Bahngleise bewegt. »Hör auf, dich mit Elektroschocks umzubringen!«

Er blickt ihr entgegen, als sie mit der Ziege auf dem Arm zurückkommt, sie ist mindestens einen Kopf größer als er. Sie hat weder Moinettes Ecken und Kanten, die spitzen Ellenbogen und Knie, Schulterblätter wie mit der Schere geschnitten, noch hat sie Kurven wie Blanche, deren Taille deutlich schmaler ist als die Hüften und deren Brüste nicht zu übersehen sind. Als eine Brise ihre Bluse an den Körper drückt, kann er auf Höhe der Rippen weiche Bereiche in der Größe von Teetassen erahnen, der Anblick lässt seinen Mund trocken werden. Sie ist bereits zur Hälfte Blanche, denkt er, ihr Körper verändert sich, noch in der Kindheit, aber schon auf der Kippe. Ganz La Poya scheint auf der Kippe zu stehen, und er hofft, auf derselben Seite zu landen wie das Mädchen. Seltsamerweise denkt er jetzt nicht an die unausweichliche Zerstörung, an den Schmerz der Frauen, der in ihrem Bauch heranwächst. Ihn interessiert nur die Verheißung der Formen, Blanche, bevor sie Blanche war, auf dem Weg, Blanche zu werden, die fast vollendete Verwandlung, er fühlt sich wie ein Eingeweihter.

»Olga!«, ruft ein Mann.

Das Mädchen dreht sich um.

»Du sollst auf dem Nachhauseweg noch bei Mémé vorbeigehen.«

»Olga«, wiederholt er leise.

»Olga Ancey.«

Noch eine Ancey.

»Wer du bist, weiß jeder. Wie ist es bei dir zu Hause, in Paris?«

Er muss an ihre Wohnung denken, das enge Treppenhaus, in dem es nach Bohnerwachs und Urin riecht, den lose verlegten grauen Teppich, in dem sich seine Füße verfangen, die Kästen mit den leuchtend roten Geranien vor den Fenstern, genau oberhalb der Eingangstür des Wohnhauses, die jeden Tag hundertmal ins Schloss fällt, die mit Decken ausgepolsterte Zinkwanne, in die er sich zum Zeichnen zurückzieht. Aber stattdessen beschreibt er natürlich die Wohnung der Dorselles, den karminroten Teppich, der säuberlich die Stufen bis in den sechsten Stock bedeckt, das glänzend polierte Geländer, die hohen Fenster im Wohnzimmer, vor denen sich die Baumkrone einer Platane ausbreitet, die Bibliothek, eine Badewanne aus Emaille, die in der Mitte eines gefliesten Badezimmers prangt.

»Und dein Vater?«

Vor seinem inneren Auge taucht die Schusterwerkstatt auf, während er einen Vater beschreibt, der Versicherungen verkauft. Wahrscheinlich hat Joseph niemals Schuhe mit Tricouni-Beschlag gesehen, wie Albert sie herstellt, denkt er, die hätten ihm sicherlich gefallen: die Sohle ist mit Eisenteilen verstärkt, damit man damit Murmeltiere bis in felsiges Gelände oder auf den Firnschnee verfolgen kann, aber sein offizieller Vater arbeitet in einem Büro, trägt Anzug und Krawatte, fährt Auto und ist nur selten zu Hause, weil er oft geschäftlich unterwegs ist – das nimmt er jedenfalls an.

»Und deine Mutter?«

Er hat eine Mutter, eine, die flüstert, zweifelt, zusehends älter wird, mit grauen Schläfen und schlaffen Lidern. Eine Mutter, die schlecht schläft, weil sie nicht weiß, ob sie einen Stern an ihre Jacken nähen muss oder nicht. Stattdessen beschreibt er Françoise, eine kerzengerade Frau, die Harfe spielen kann – die Harfe denkt er sich aus, mitgerissen von seiner eigenen Erzählung, und da lassen Olgas Finger von dem Messer ab, um imaginäre Saiten zu zupfen. »Prinz Vincent Dorselles des Batignolles«, das ist die Rolle, in die er schlüpft, eine seiner eigenen Vorstellungskraft entsprungene Karikatur.

Moinette lässt ihnen keine Ruhe. »Du musst dich um deine Tiere kümmern. Hilf mir, Seguine zu suchen. Das Schaf steckt zwischen den Ästen fest.« Sie spießt Käsestücke auf dünne Zweige und erwärmt sie über einem kleinen Feuer. »Komm«, lädt sie Vincent mit sanfter Stimme ein, »wir teilen.« Sie baut weiter unbeirrt an ihrer Hütte, in der nur sie beide Platz haben und die er, angezogen von dem anderen Mädchen, immer wieder verlässt.

»Irgendwann nimmst du mich mit in die großen Geschäfte, ja?«, bittet Olga.

Im vergangenen Sommer haben Touristen ihr eine Porzellanpuppe vom Rathausmarkt geschenkt. Eine echte, mit blassem Teint, rosigen Wangen, blonden Korkenzieherlocken. Vincent kennt nur die *Galeries Lafayette* und das *Printemps,* wo die Dorselles ihn manchmal hinschicken, damit er dort irgendetwas Bestimmtes für sie besorgt, dann wandelt er dort umher, als wäre er im Theater. Er beschreibt die einander überlagernden Balkone vom Boden bis zur Kuppel, die farbigen Fenster, aus denen buntes Licht auf einen herabregnet. Olga hört auf, an ihrem Stab zu schnitzen, und blickt auf die Wiese, wo sie vermutlich so etwas wie einen Palast erblickt. Er verschweigt, dass die Fenster wegen des Krieges entfernt wurden, und fügt noch Marmor und Vergoldungen hinzu, zuckrige Düfte und teures Parfum.

»Gibt es in Paris keine Ausgangssperre?«

»Doch, natürlich.«

Er kann sich kaum noch an die Zeit vor dem Krieg erinnern, aber als Olga etwas von der »Stadt der Lichter« sagt, lässt er an einem ganz normalen Abend Tausende von Laternen, Scheinwerfern, Fackeln und Kronleuchtern in den Fenstern der Wohnungen erstrahlen, bis die Straßen so leuchten, wie sie es sich erträumt. »Der Italiener und seine Italienerin«, kichert Émile, als er sich auf den Weg nach Le Mollard macht.

Er soll ihr vom Kino erzählen. Sie war noch nie im Kino. Eine Filmvorführung im Pfarrhaus, das ist kein richtiges Kino, oder? Er weiß nicht, was er sagen soll, zählt ein paar Filmtitel auf, von denen sie noch nie gehört hat. Wie groß ist die Leinwand? Er breitet die Arme aus und geht fünf Schritte. Und wo kommt der Film raus? Wie viele Plätze gibt es? Und wie lange dauert ein Film? Kann man den so oft sehen, wie man will? *Die Frau des Brunnenbauers* hat er am ersten Tag viermal gesehen, an einem anderen Tag wieder viermal und dann noch drei weitere Male, den kennt er also auswendig – wenn sie möchte, kann er ihr den Film nachspielen, mitsamt den Dialogen, alles. Vincent ist kaum noch zu stoppen, gerät in einen Rausch, als er merkt, was er mit seiner bloßen Stimme vermag. Er bringt dieses Mädchen genau dorthin, wo sie hinmöchte, er ist ihr fliegender Teppich.

»Worüber redet ihr?«, will Moinette schließlich wissen und lässt ihre Gerte durch die Luft sausen.

»Über Paris.«

Über Paris? Na, wenn das so ist! Sofort fängt sie an, Vincent ebenfalls Fragen zu stellen, um ihm zu gefallen; er soll ihr alles beschreiben, sein Zimmer, seine Schule, seine Mutter, seinen Vater, seinen Bruder, sein Viertel, sie lädt sich sozusagen bei ihm ein. Sie will unbedingt noch mehr Fragen stellen als Olga, will ihr mit ihren Fragen zuvorkommen, keine einzige auslassen. Er denkt nur, dass Moinette ja wirklich noch klein ist. Ihre Fragen sind langweilig, beschränkt. Er antwortet kurz angebunden, bis sie irgendwann aufgibt, weil ihr nichts mehr einfällt.

»Hat sie dir Geheimnisse verraten?«

»Was für Geheimnisse?«

»Ich weiß nicht … Aus dem *Hôtel du Mont-Blanc*. Oder über die Italiener.«

»Nein.«

»Und du, verrätst du ihr welche?«

Er schüttelt den Kopf.

»Hast du ihr dein Medaillon gezeigt?«

»Nein!«

Sie glaubt ihm nicht. Woher sonst soll die Glut in seinen Augen kommen? Wie können ihre kläglichen Mädchen-Geheimnisse mit den Mysterien eines großen Mädchens mithalten?

Sie will sie übertrumpfen. Erzählt ihm von der Farinet-Höhle oberhalb des Wasserfalls von Bérard und von dem »Robin Hood der Berge«, der sich eine Zeit lang dort versteckt hielt und falsche Münzen an die Armen verteilte, bis er beschloss, lieber in den Abgrund zu springen, als sich der Polizei auszuliefern. Führt ihn zum Schäferstein und zeigt ihm die eingeritzten Namen und Daten, von denen manche noch aus dem vorherigen Jahrhundert stammen. Aber all das sind keine echten Geheimnisse, denn Vincent ist bewusst, dass außer ihm hier jeder davon weiß. Sie geht noch weiter und fängt an, von der Nacht, von Gespenstern und Toten zu reden. Das ist ihr Territoire, hier ist sie ohne Konkurrenz. Sie wird wieder zur Eule, die sieht, ohne gesehen zu werden. Im Dunkeln, erzählt sie, würden Schatten im Mondlicht aus den Bergen von Balme und von Barberine herabsteigen, in die Häuser gehen, mit Kiepen voller Vorräte wieder herauskommen und dann wieder verschwinden. Sie erzählt, dass ein Mann, der in der Schweiz Schokolade und

Tabak habe kaufen wollen, bei Bérard durch den Wald gelaufen sei. Er wurde niemals wiedergesehen.

»Das denkst du dir aus.«

»Das war mein Cousin, das denke ich mir nicht aus. Aber sag's keinem weiter.«

Sie redet von einer Frau, die ihr Vater dort oben bei Emosson gefunden habe, direkt oberhalb von Barberine, barfuß und stumm. Sie blieb drei Tage bei ihnen, um zu schlafen und zu essen, dann verschwand sie wieder.

»Das ist nicht wahr, Moinette, die hätte ich doch gesehen.«

»Du hast sie aber nicht gesehen.«

Am Pass oberhalb von Barberine hat sich ein Mann von einem Felsen gestürzt, aus Angst, vom Zoll aufgegriffen zu werden. Ein anderer wurde tot auf den Steinen gefunden. In der Gegend um Barberine wurden diesen Winter die gefrorenen Leichen von mehreren unbekannten Menschen gefunden. Er runzelt die Stirn, zu der Zeit war er doch auch schon hier.

»Sag's keinem.«

Er weiß nichts über Barberine, das siebenhundert Meter Luftlinie von La Villaz entfernt liegt, an der Schwelle zu einer Welt ohne Krieg. Er war niemals dort. Er weiß nur, dass der Weiler aufgrund des gefährlichsten der Lawinenkorridore, le Rand genannt, im Winter vom Rest des Dorfes abgeschnitten ist und dass es dort deswegen eine eigene Schule gibt, für nur vier Kinder. Ein einziges Mal geht er nicht mit auf die Alm, lässt er sich La Poya und auch Olga entgehen, wegen Barberine, denn Abbé Payot hat ihn gebeten, ihn dorthin zu begleiten, um einer Kranken die Kommunion zu spenden, und

Moinettes Erzählungen haben ihn neugierig gemacht. Außerdem erinnert er sich an die Worte von Marie-Marthe, einem Mädchen aus Barberine, als der Abbé sie einmal aufforderte: »Berichtet von einem wunderbaren Augenblick.« Vincent hatte nicht gewusst, was er sagen sollte, sein Leben war noch so neu: Als Vadim hätte er den Tag genommen, als der Nachbar ihm die Buntstifte schenkte, oder Rosch Haschana, den einzigen jüdischen Feiertag, der bei den Pavlevitchs halbherzig begangen wurde, nicht der Riten zuliebe, sondern im Andenken an Großvater Jacob, der an einem Neujahrstag gestorben war. Deswegen singt sein Vater an dem Tag in einer vergessenen Sprache, zündet Kerzen an, taucht einen Apfel in Honig. Aber weil er jetzt ja Vincent ist, entschied er sich für den ersten Tag auf Skiern, als er an Blanches Bauch gelehnt das Feld hinunterglitt. Sie, das Mädchen aus Barberine, hatte geantwortet: »Wenn meine Mutter ihre Schürze abnimmt.« Offenbar tat die Frau das mit einer ganz einzigartigen Anmut, oder warum sonst erwählte Marie-Marthe ausgerechnet diesen Moment zu ihrem wunderbaren Augenblick?

»... weil ich weiß, dass wir dann die Cousins in Le Sizeray besuchen gehen.«

Le Sizeray war das Schönste, was sie kannte, wegen des unverstellten Blicks, den man von dort auf die Bergspitzen habe, während Barberine von Schluchten umgeben in einer Mulde lag, fast erdrückt von dem massiven Berg Bel Oiseau. Daher rührte die Verzauberung. Nicht von dem gelösten Schürzenknoten, sondern von der Verheißung des baldigen Aufbruchs. Barberine verlassen. Endlich wieder den Himmel sehen.

Auf dem Weg zur Grenze denkt er wieder an die Schürze. Bei jedem Schritt scheint es ihm, als würde er den Knoten im Rücken der Frau fester zurren – oder in seinem eigenen Rücken? Ein beklommenes Gefühl überkommt ihn.

»Geht es dir gut, Vincent? Lebst du dich gut in Vallorcine ein?«

»Ja, ich denke schon.«

»Hast du mal wieder etwas von deinen Eltern gehört?«

Er weiß nicht, was der Abbé weiß, welche Eltern er meint. Auf jeden Fall kennt er Schwester Cécile, die Cousine der Dorselles, die mit Vincent zusammen die Reise von Paris antrat und ihn gebeten hatte, den Abbé von ihr zu grüßen.

»Ja, ich habe einen Brief bekommen.«

»Wie schön.«

Auf einmal stoßen sie auf riesige, ausgerissene Baumwurzeln. Sie queren den Rant, ein bis hinunter ins Tal reichendes Wirrwarr aus umgestürzten, zerborstenen Baumstämmen, sodass überall riesige Splitter umherliegen, Beweise für die Kraft der Abgänge. Sie erreichen den Weiler, der nicht mehr als eine Gruppe eng aneinandergedrängter Häuser ist. Vincent denkt an die Toten und die Gespenster, Barberine ist dunkelrot, umgeben von dichtem Wald. Er sieht einen Fluss. Eine kleine Brücke, in deren Mitte eine Sperre aus Stacheldraht errichtet wurde. Ein Stück Stacheldraht, etwa einen Meter breit, in der Mitte eines schmalen Wasserlaufs, das leicht zu umgehen ist. »Die Grenze«, sagt der Abbé. Vincent möchte am liebsten loslachen, er kann es nicht glauben. Das soll die Grenze sein? Das Spukgebiet aus Moinettes Erzählungen? Wohl eher die vergessene Ruine einer Grenze auf einer veralteten Landkarte. Lächerlich. Direkt daneben kann man ungehindert auf die andere Seite gelangen, und zwischen den beiden Ufern stehen schwebende Libellen in der Luft.

Der Abbé grüßt einen Mann, der am Ufer sitzt. Der Mann springt auf einen Stein und überquert den Fluss, ohne die Brücke flussabwärts eines Blickes zu würdigen.

»Pierre, was machst du da?«, will der Abbé wissen.

»Die Sonne ist weitergezogen.«

»Aber das ist die Schweiz. Komm zurück.«

»Machen Sie sich mal keine Sorgen, ich will nicht abhauen, hab ja gar keinen Grund dazu; für den Dienst in Deutschland bin ich zu alt, außerdem bin ich katholisch!«

»Komm sofort zurück.«

»Leider geht die Sonne nach fünf Uhr zu den Schweizern … Man wird mich doch wohl nicht festnehmen, weil ich ein paar Sonnenstrahlen geklaut habe, oder?«

Mit einem Zipfel seiner Soutane putzt der Abbé bedächtig die Brille, aber seine Hände zittern.

»Komm, ich warte.«

Vincent lässt den Blick schweifen, versucht, so viel wie möglich von dem zu sehen, was hinter dem einen Meter Stacheldraht ist. Er kann weder Soldaten noch Autos entdecken, nichts als Berge und Wald am anderen Ende einer mickrigen Brücke. Dennoch verraten die angespannten Kiefermuskeln des Abbé, dass er Angst hat. Der Mann am gegenüberliegenden Ufer steht widerwillig auf und rückt seine Mütze zurecht.

»Nur Ihnen zuliebe mache ich das, Monsieur Abbé. Tschüss, liebe Sonne!«

Der Abbé sieht zu, wie er den Fluss erneut überquert, die Schuhe in der Hand, und wieder in den Schatten eintaucht; fast scheint es, als wäre er durch ein unsichtbares Band mit dem Mann verbunden und zöge ihn eigenhändig aus dem Wasser, denn er lässt ihn keinen Moment aus den Augen. »Sei nicht albern«, sagt er zu dem Mann, als der dabei ist, seine Schuhbänder zuzuknoten, »für dich macht die Grenze doch gar keinen Unterschied.«

Für wen macht es dann einen Unterschied, auf welcher Seite der Grenze er ist, fragt sich Vincent, *abgesehen von denen, die sich vor dem Arbeitsdienst in Deutschland drücken wollen. Ist der ehemalige Lehrer aus Barberine auch in die Schweiz abgehauen?*

Dann setzen sie ihren Weg fort, wenden sich wieder den Schatten zu, schweigend, umzingelt von Trollen und namenlosen Gefahren, und der Gebirgsbach gurgelt bedrohlich. Die sterbende Frau erhält ihre Kommunion, und sie brechen wieder auf.

Auf dem Rückweg platzt es plötzlich aus Vincent heraus: »Haben Sie vielleicht in letzter Zeit etwas von meinen Eltern gehört?«

Der Abbé bleibt stehen.

»Nicht mehr als du. Hör zu, wenn es dir einmal nicht gut geht, dann weißt du ja, wo du mich findest.«

Als Le Mollard in Sicht kommt, spuken Vincent Hexenworte durch den Kopf, *Barberine – Barbaren – Blaubart – Baba Yaga*. Er kann es kaum erwarten, nach La Poya zurückzukehren. Auf die Alm, zu Olga. Zur Sonne.

Er beeilt sich, obwohl es in Strömen regnet. Es regnet so sehr, dass es scheint, als wäre die Luft flüssig geworden und man könnte sie trinken. Sie sind nass bis auf die Knochen, die nutzlos gewordenen Kapuzen ärgern sie zusätzlich, weil daraus unablässig Wasser auf ihre gesenkten Stirnen tropft. Wie kleine Mönche sehen sie aus. Aber da die Tiere nun mal fressen müssen, kommt Sichdrücken nicht infrage. Den Schafen macht der Schauer nichts aus, ihr dichtes Fell hält sie trocken. Die Ziegen aber suchen zitternd Schutz unter den Bäumen, »ihr Fell ist ja so dünn«, sagt Olga und fährt sich mit den Fingern durch die am Kopf klebenden Strähnen. Das Blöde am Regen ist, dass man dann weder Feuer machen noch einen Speer schnitzen noch Knöchelchen werfen spielen kann. Man lässt die Tiere weiter grasen und wartet, den Blick auf die Rinnsale und Pfützen geheftet, in denen sich der weiße Himmel spiegelt, und hofft auf ein Aufklaren. Warten, sonst nichts. Das Wasser läuft ihnen in den Nacken, tränkt ihre Kleider, bis die Schuhspitzen dunkel werden und die Finger aussehen wie gealtert. Es regnet ohne Ende. Mit einem Mal schüttet es noch mehr, so sehr, dass es nur so auf ihre Rücken prasselt und sie die Augen zusammenkneifen. Die Ziegen flüchten sich in die Ställe, die Kinder hinterdrein. Ein paar der Kinder, die auch Schafe in ihrer Obhut haben, harren noch aus, darunter Olga, Moinette, Vincent, winzige Erhebungen am Hang der Alm. Tosender Lärm trommelt gegen ihre Schläfen. Olga sagt etwas, das nicht zu verstehen ist.

»Was hast du gesagt?«, fragt Vincent.

Ihr reicht's, sie geht in den Stall. »Ich nicht«, sagt Moinette zu Vincent, ohne den Kopf zu heben, »ich lasse dein Schaf nicht allein.« Er hört heraus *Du willst dich drücken.*

»Wir müssen das Schaf doch nur nach oben bringen?«

»Aber es muss ja fressen«, gibt sie zurück, »und wir müssen es hüten.« Stur starrt sie auf den Boden.

»Wir dürfen es halt nur nicht allein lassen, das ist alles.«

Lass mich nicht allein, hört er. Er wirft einen Blick Richtung Ställe. Schon hat sich Olgas Gestalt im Regen aufgelöst. Er steht auf.

»Los, komm mit!«

Moinette schüttelt den Kopf.

»Komm schon!«

Dann eben nicht. Er rennt so schnell er kann zu den Ställen. Als er sich umdreht, hat das Grau Moinette verschluckt. Zurück bleibt nur die Vorstellung eines Mädchens, das mit den Wassermassen eins geworden ist. Ob sie irgendwann wohl doch noch nachkommt?

Unter dem schmalen Dachstreifen drückt Jeanne sich an Vincent, der sich an Olga drückt. Es ist gar nicht so kalt, die Kleider der Kinder, die dort eng aneinandergedrängt auf das Ende des Unwetters warten, dampfen. Die zierliche Moinette muss unter solchen Wassermassen doch zusammenbrechen. Er sieht sie vor sich als kleines Häuflein, ein zu Boden gedrücktes Mädchen auf dem Hang neben einem vollkommen ungerührten Schaf. Eigentlich müsste er wieder nach unten gehen. Sie dazu bringen, sich doch endlich unterzustellen. Aber er bleibt, und schuld daran ist Olgas Schulter. Einmal berühren sich sogar ihre Hände. Vincent erbebt, und jegliche Schuldgefühle fallen von ihm ab. Er muss jetzt hier sein, weil es hier diese Hand gibt. Deswegen ist der Regen so stark geworden, deshalb haben die Tiere Zuflucht gesucht, ihre Hirten hinterdrein, und schließlich auch Olga, und schließlich auch er, anstatt bei Moinette zu bleiben; das ist der Grund, weshalb die anderen Kinder sich von beiden Seiten so eng an sie drängen. Auf diese Hand zu verzichten, ist unmöglich, wo solch eine vollkommene Verkettung der Umstände sie direkt neben seine platziert hat. Er will sich nicht rühren, atmet kaum noch, aus Angst, dass Olga sie sonst wegnehmen könnte. Er möchte mit der Umgebung verschmelzen, möchte das Holz in ihrem Rücken sein, die Erde unter ihren Füßen, die Luft, die sie atmet. Haut an Haut, Sehne an Sehne, Gelenk an Gelenk, er ist ihre Haut, ihre Sehne, ihr Knochen, sie soll ihn gar nicht bemerken.

Ein paar Kinder spielen Schere, Stein, Papier. Vertreiben sich mit Rätseln die Zeit. Schniefen. Beißen in Stullen. Er wünscht sich, der Regen möge andauern. Er starrt auf den Vorhang aus Regen, der zu seinem Verbündeten geworden ist, weil er dafür sorgt, dass sie dort reglos nebeneinanderstehen, Handrücken an Handrücken. Er muss an Blanches Hand denken, an den Anblick dieses kleinen Hautareals, das ihm den Rest des Körpers offenbarte. Blanche ist jetzt Mutter, am Anfang hat er sich noch ihre Kurven vorgestellt, das wagt er nun nicht mehr. Er beschließt, Olga zu sehen wie ein Blinder. Olga ist auch Teil seiner neuen Welt, also nutzt er alle seine Sinne. Er lauscht auf ihre nach dem Rennen unregelmäßige Atmung, stellt sich vor, wie der Atem in Böen an den Lungenflügeln vorbeifließt wie der Wind aus Bérard an den Berghängen. Er riecht den strengen Geruch der Tiere, die sie melkt, den Schweiß, ihren nassen Umhang, oder ist es seiner, in Wahrheit riecht jeder unter diesem Dach nach den Tieren und dem Regen, nach allen Tieren und all dem Regen. Also strengt er sich an, um ihren ganz speziellen Duft auszumachen. Ihm scheint, dass es ihm gelingt, er nimmt die Wärme des zersägten Holzes wahr, den Staub der Rinden. Den milchwarmen Geruch, wenn sie den Kopf zur Seite neigt, um ihr Haar zu glätten. Kann sein, dass er sich diese Gerüche nur ausdenkt und sich dafür an irgendeiner Erinnerung oder einem Bild bedient, weil so ein zarter Duft sich doch angesichts solcher Wassermassen verflüchtigt.

Er stellt sich den Wassertropfen vor, der soeben vom Dach getropft ist und nun nach unten rinnt zu ihrem Mund, das genaue Spiegelbild des Tropfens, der auf seiner Oberlippe perlt, ihr Mund schmeckt nach Holz und nach Regen; er leckt sich über die Lippen. Er konzentriert sich auf die Haut ihrer Hand, die winzige Hautstelle, die ihn zu all der anderen Haut hinführt, zu den Wölbungen, Senken und Vertiefungen, zu ihrer Textur und geheimen Gerüchen, eine warme, schmerzende Welle bricht sich in seinem Unterleib und breitet sich aus wie Tinte auf dem Löschblatt. Er könnte Olga als Landschaft zeichnen, den Mund aus Regen, ihren Körper als Wald, den Nacken aus Milch, die Rippen als winddurchwehtes Tal. Jetzt, da der Schnee geschmolzen ist und alles zum Vorschein gekommen ist, ist Olga der Schnee, das Feld der Träume, und er will sie zeichnen, das hat er sich fest vorgenommen, und es macht nichts, falls es ihm nicht gelingt wiederzugeben, was er für fest oder nachgiebig hält, für rau oder weich, warm oder kühl.

Er sieht Moinette nicht gleich, als sie, kleine schwarze Elfe im Gefolge ihres Schafs, aus dem Regen heraustritt. Er ist nicht bei sich, denn er steckt in Olgas Haut und spürt dem Geheimnis nach. Moinette kommt näher, erblickt ihre Hände, den entrückten Gesichtsausdruck des Jungen, der sie an die Heiligenbilder in der Kirche erinnert. Sie hatte sich gefragt, worin Olgas Macht besteht. Wollte mit ihr gleichziehen, sie übertrumpfen. Aber es ist hoffnungslos, denn soeben hat sie mit einem Schlag begriffen: *Olga sein* genügt.

Sie gibt aber nicht auf, und Vincent, der nicht begreift, worum es eigentlich geht, lässt es sich gefallen. Sie schenkt ihm ein frisch gelegtes Ei zum Aussaugen, das sie der Henne stibitzt hat; wenn ihr Vater das wüsste, gäbe das ein Donnerwetter. Er hat noch nie ein Ei einfach so verschlungen. Sie bohrt mit einer Nadel ein Loch hinein, drückt seinen Mund an das Ei und fordert ihn auf zu saugen. Danach hält er die leere Schale zwischen Daumen und Zeigefinger, so leicht und zerbrechlich und beinahe durchsichtig, dass er sie ohne Weiteres in seiner Faust zerdrücken könnte. Im Keller zeigt sie ihm den grauen Bart, der auf dem Ziegenkäse gewachsen ist, die langen, samtigen Haare, bei denen es sich in Wirklichkeit um eine Art Schimmel handelt, die aber wie ein Fell aussehen, »schau, wenn du sie berührst, zerfallen sie zu Staub«. Moinette rasiert sie mit einer raschen Bewegung mit dem Messer ab, bevor sie einen Löffel in den Käse taucht.

»Probier mal.«

Immer zielt sie auf den Mund ab. Im Nachhinein wird er bei sich denken: Sie nahm Anlauf. Eines Morgens, als Vincent soeben das Haus verlässt, drückt Moinette, die sich hinter der Tür versteckt hat, ihre Lippen auf seine Zähne. Er weicht zurück, wischt sich unwillkürlich über den Mund, als hätte ihn eine Wespe gestochen.

»Noch nie ein Mädchen geküsst?«

Sie blickt ihn gelangweilt an, als hätte er ihr soeben eröffnet, zum ersten Mal mit warmem Wasser in Kontakt gekommen zu sein. Schon läuft sie zum Feld, als wäre nichts passiert. Vincent steht stocksteif da. Warum weiß sie stets so genau über seine Unerfahrenheit Bescheid? Sogar was die Küsse angeht? Einmal hätte Moinette ihn fast dazu gebracht, Kröteneier zu essen, erinnert er sich, obwohl man die nicht essen kann, vielleicht schwindelt sie beim Küssen erneut. Bei den Eiern hat sie allerdings nur so getan als ob, und sie, nachdem sie ihn reingelegt hatte, von sich geschleudert, während sie das mit dem Kuss durchgezogen hat. Flüchtig und abrupt hat sie ihm ihren trockenen Mund aufgedrückt, mehr ein Klaps als ein Kuss, aber sie hat es getan. Ohne sich danach den Mund abzuwischen. Ohne zu lachen. Ohne sich zu entschuldigen.

»Beeil dich, sonst kommen wir zu spät!«

Es kommt nicht noch einmal vor. Es bleibt bei einem einzigen Kuss, als wäre es eben an der Zeit gewesen, einfach eine weitere selbstverständliche Stufe in ihrer gemeinsamen Geschichte, eine Art Besiegelung. Oft, wenn er an diesen Kuss denkt, tauscht er Moinette gegen Olga ein. Dann läuft ihm das Wasser im Mund zusammen, als würde er an ein Stück Zucker denken.

Muttertag. Am Tag zuvor haben sie in der Schule Pflanzenbilder in Lärchenholzbretter gekratzt. Émile sagte, er wolle das nicht machen, er habe schließlich keine Mutter. Der Lehrer antwortete: »Dann gibst du dein Brett eben deiner Oma, die ist ja auch ein bisschen deine Mutter.« Daraufhin fragte Vincent, wem er denn seines schenken solle. Keiner weiß, dass er zwei Mütter hat, eine falsche und eine echte, aber sie sind sowieso beide weit weg. Theoretisch gibt es zwar im Haus in La Villaz eine Mutter, aber es ist nicht seine Mutter, egal ob echt oder falsch, außerdem ist sie schon seit einem Monat fort. Dann gibt es bei ihnen also keine Oma? Abbé Payot sagt, die Heilige Jungfrau sei unser aller Mutter, und lobt die Geduld und Freigebigkeit der Mütter, aber Vincent wird sein Brett sicher nicht der Heiligen Jungfrau schenken. In dem Moment fühlt er sich zum ersten Mal wie ein Waisenkind. Es sind fast vier Monate vergangen, seit er zum letzten Mal von seiner Mutter gehört hat, seiner einzigen, Sophie Pavlevitch, geborene Bonnet. Kein Brief. Jedenfalls nicht, dass er wüsste, und am Schnee kann es nicht mehr liegen. Weil ihm nichts Besseres einfällt, ritzt er unten in sein Brett *Für Blanche* hinein und gibt es Albert mit, der mit dem Zug nach Argentière fährt.

An jenem Abend ist Éloi beim Abendessen nicht da, er habe noch zu tun, hat er gesagt. Deshalb schaltet Louis *Radio Sottens* ein, und Musik erfüllt die leere Stube. Ein Lied erklingt, irgendwas mit »Une petite java«, etwas ungewohnt in diesem Raum, in dem es nach Suppe riecht, nach den Tieren und nach Feuer. Vincent fällt eine Narbe am Knöchel des alten Mannes auf. Louis zieht sein Hosenbein hoch, wenn er sich für so was interessiere, habe er eine ganze Kollektion davon. Alte Verletzungen aus dem Schützengraben. »Am besten«, sagt er und zieht am Stoff, finde er »diesen Granatsplitter. Der Splitter ist sogar noch da, sieh mal«, und er bringt sein Bein näher an die Lampe heran. Da ist er, ins Fleisch eingewachsen, immer da. Louis streckt die Ferse nach vorn, dann die Zehenspitzen, und die sich scharf abzeichnende Form bewegt sich unter der Haut auf und ab, als wäre sie lebendig. Er lacht. Eigentlich sollte ihm das Bein amputiert werden, aber als das Lazarett bombardiert wurde, mussten die Verletzten verlegt werden. Irgendwann ist die Haut darüber wieder zusammengewachsen, und danach wurde das Bein nicht mehr angerührt. Kein Wundbrand, nichts.

»Man kann also sagen, dass ich ein Andenken an die Deutschen mit mir herumtrage, weil da noch cin Stück *Boche* in meiner Wade steckt. War dein Opa auch im Krieg?«

Vincent schüttelt den Kopf: zu alt. Er sagt einfach, was ihm als Erstes in den Kopf kommt. In Wahrheit wurde Papy Pierre als einziger Ernährer der Familie freigestellt, und Jacob, der Russe war, hat ein Jahr lang unter russischer Flagge an der Seite der Franzosen gekämpft. Was mit dem Großvater der Dorselles ist, weiß er nicht.

»Wir mussten alle in den Krieg ziehen, meine vier Brüder und ich.«

»Wo sind deine Brüder jetzt?«

»Auf dem Friedhof. Schon seit Jahren. Ich bin der Jüngste. Zwei sind in Vallorcine begraben, einer in Sallanches. Und der vierte, tja, der wird immer zwanzig Jahre alt sein – nach dem Waffenstillstand wurde er nie wieder gesehen.«

Wie kann er sich sicher sein, dass dieser Bruder tot ist?

»Nie wieder was von ihm gehört! Entweder er hat ins Gras gebissen, oder er wollte, dass wir das glauben. Beides kommt aufs Gleiche raus, für uns ist er gestorben, ob mit oder ohne Leiche.«

Éloi ist auch zur Sperrstunde noch nicht zurück. So vertilgen sie heute ihre Suppe in einer seltsamen, melancholischen Atmosphäre, als würde irgendwo eine Feier ohne sie stattfinden, oder ein Ball, den nur die Toten besuchen. Im Licht einer einzigen Lampe erzählt Louis Geschichten aus dem Krieg und wie er sich seine Verletzungen zugezogen hat; seine Söhne wollen das alles nicht mehr hören, aber Vincent, du schon, hm? Und aus dem Dunkel der Wohnstube tauchen Krater auf, es regnet Feuer und Erde, und Lucienne, Louis' Frau, schickt ihm Briefe. Vincent denkt an die, die woanders sind, an sein Medaillon. Er wünscht sich, dass sie am Leben sind.

Am nächsten Tag fragt er Émile, ob sein Vater ihm geschrieben habe. Wann er seinen letzten Brief bekommen habe. Émile überlegt, wirft seinen Murmelbeutel in die Luft und fängt ihn wieder auf. Er weiß es nicht mehr. Letzten Monat oder den Monat davor; er weiß noch, dass er in seinem Antwortbrief sein Zeugnis abgeschrieben hat. Er scheint sich keine Sorgen zu machen.

»Woher weißt du, dass er nicht tot ist?«

»Wer?«

»Na dein Vater!«

Émile zieht die Augenbrauen zusammen und schließt den Murmelbeutel in seine Faust ein. Der Fußball rollt ihnen vor die Füße, und Vincent kickt ihn zurück in die Mitte des Schulhofs.

»Warum sollte er tot sein?«

»Warum nicht?«

Émile schüttelt den Kopf.

»Du bist komisch.«

Dann springt er davon.

»Ich geh spielen!«

Vincent ruft ihm noch etwas hinterher, aber die Frage erreicht ihn schon nicht mehr:

»Wie kannst du sicher sein, wenn du nichts von ihm gehört hast?«

Es ist mittlerweile Juni geworden, und Blanche ist noch immer nicht zurück. Sie bereiten die Gärten vor, die an den Häusern, bis hinunter zum Fluss, und die weiter oben, oberhalb des Weilers, wo es felsig wird und der Sonnenschein sich länger hält. Sie hinken dem Sommer, wie er außerhalb von Vallorcine existiert, immer ein Stück hinterher: Hier wird noch gepflügt, anderswo beginnt schon die Ernte. Es ist ein geiziger Boden, der sich nur widerwillig kultivieren lässt, zu sandig, zu steinig, zu kalt, zu abschüssig, der Bauernkalender der Ebene oder der weiten Hochtäler hilft ihnen hier kaum. Sie werfen Karottensamen aus. Kohl- und Lauchsetzlinge kommen mit dem Zug aus Chamonix und aus Annemasse. Dann pflanzen sie Rote Bete, Erbsen im Kreis um Kartoffeln herum, Bohnen. Der Garten ist normalerweise Blanches Domäne, deswegen sind sie nicht ganz sicher, ob sie alles richtig machen, aber Moinettes Mutter hat von fern einen Blick auf alles. Vincent betrachtet die tiefschwarze umgegrabene Erde und das Tal, das sich in ein Schachbrett verwandelt. Dass darunter brütende Samen liegen, beeindruckt ihn. Er hat bisher nur Linsen auf einem Stück Watte keimen lassen, Schnittlauch in einem Blumenkasten angepflanzt oder eine Tulpenzwiebel, die sein Nachbar ihm aus Holland mitgebracht hatte. Gemüse und Obst kennt er nur im fertigen Stadium, abgesehen von ein paar grünen Brombeeren, die sich im August erst rot und dann schwarz verfärben, an den wenigen Brombeerbüschen entlang der Bahngleise zu Hause in Batignolles. Hier ist er von Anfang an dabei.

Die Felder haben nicht auf Blanche gewartet und stehen voller Blumen. Es sieht aus wie ein pointillistisches Gemälde, so eng sitzen die Köpfe nebeneinander, und aus der Ferne verschwimmen die Pigmente zu undeutlichen Farbklecksen, je nachdem, wie dicht die Arten beieinander wachsen: rot, wo die Malven sind, rosarote Nelken, rötlich violette Kratzdisteln, lila Glockenblumen, hellrosa Wiesenknöterich; gelb aufseiten der Goldruten, Hahnenfuß, Augentrost, Johanniskraut und Margeriten. Männertreu, Knabenkraut, Klee, Ackerveilchen und Quendel ergeben zwischen den zartgrünen Rechtecken der Blätter der Kartoffelpflanzen eine beinahe überladen wirkende Farbpalette. Und wenn man sich ihnen nähert, weichen die Gräser und Halme auseinander und geben den Blick frei auf schaumige Blütenherzen, gezackte Blütenblätter, Zylinder, Kappen und

Glocken mit den zartesten Umrissen, die wunderbarste pflanzliche Ziselierkunst.

Moinette nennt jede Blume, die sie pflückt und deren Blütenblätter sie in einem kleinen Korb sammelt, den Vincent für sie hält, beim Namen – »Merk sie dir, ja?« Eigentlich sind es die Mädchen, die die Blumenkörbe für die Fronleichnamsfeier vorbereiten, aber Vincent liebt diesen Farbenreichtum. Es kommt ihm vor, als wandelte er durch ein Gemälde, und wenn er taufrische Blütenblätter streift, als wäre es zarte Mädchenhaut. Moinette hat nichts dagegen, dass er brav an ihrer Seite ist, als einziger Junge zwischen all den Mädchen, ihr kleiner »Kavalier«. Wenn die Blütenblätter groß genug sind, sagt er leise den Spruch auf, »sie liebt mich, ein wenig, sehr«, so wie sein Vater es mit den abgebrochenen Köpfen der Geranien in Sophies Handfläche zu tun pflegte. Wenn er nicht achtgibt, werfen die Ungewissheit und die Menschen, die ihm fehlen, ihre Schatten auf die Umgebung; dann wieder lässt er sich überwältigt von so viel Sanftheit fürs Auge vom Licht davontragen. Er beschließt, Olga zu küssen. Moinettes Kuss ist daran schuld, dass er sich das zutraut. Von Anfang an war sie seine Lehrerin, die ihm so vieles ermöglichte, fortwährend ahmt er sie nach. *Küss sie,* flüstert ihr Kuss ihm zu, und ihre Verwunderung, dass er noch nie ein Mädchen geküsst haben soll, tut ein Übriges. Zumindest will er glauben, dass es so ist.

Heute geht Moinette nach der Schule zu der alten Dame nach Le Mollard, also bleibt sie heute La Poya fern. Deswegen ist Vincent für die Ziegen und das Schaf verantwortlich. Er hütet die Tiere zusammen mit Émile, der seiner Oma das Feuerzeug stibitzt hat, und sie rauchen gerollte Egi-Blätter und husten sich die Lunge aus dem Leib. Danach versuchen sie es vergeblich auch mit anderen Blättern, aber die sind zu grün, um Feuer zu fangen, und mit hohlen Halmen, von denen sie aber auch nur husten müssen. »Komm, wir lassen das Schaf auch mal rauchen!«, schlägt Émile vor. Aber das Schaf nimmt Reißaus, als es den scharfen Rauch riecht. Vincent hält den Halm vor Seguines Nüstern, die davon niesen muss. Er hat noch nie eine Ziege niesen gesehen oder irgendein anderes Tier, sie erbebt und niest dann mit dem ganzen Körper, dass ihr die Ohren um den Kopf tanzen, als wären es Zöpfe, und sie müssen lachen. »Jetzt die andere, Émile!« Und die Ziege aus Le Nant fängt auch an zu niesen, vom Schwanz bis zu den Ohren. Moinette hätte das nicht lustig gefunden.

Sie machen ein kleines Feuer zwischen den Steinen, lassen ihre Mittagsbrote, die schon steinhart geworden sind, darin ankohlen, sodass Vincent beim Kauen den Geschmack des Feuers im Mund hat. Dann muss Émile zurück nach Hause zu seiner Großmutter, und Vincent ist mit den Tieren allein. Es ist das erste Mal. Er weiß nicht, ob er das hinbekommt. Er sucht die Alm nach Olga ab. Vielleicht ist sie im Stall. Mit der Gerte in der Hand geht er den Hang hinauf, Moinette kann viel besser damit umgehen. Seine kleine Herde haut in alle Richtungen ab, sodass er doppelt so viel laufen muss wie die Tiere, um sie wieder zusammenzutreiben, und pfeifen kann er auch nicht. Moinette legt einfach nur zwei Finger in den Mund, ein Murmeltier in Mädchengestalt. Er findet Olga im Stall, wo sie gerade dabei ist, ihre Ziege zu melken. Um sie herum sind mehrere Kinder mit Melken beschäftigt, und die Milch, die im Strahl in den Eimern landet, ergibt ein komisches Konzert.

»Ich bin heute lieber im Schatten geblieben«, sagt sie und zieht dabei weiter am Euter. »Zu viel Sonne heute.«

Sie hat nicht einmal nach Vincent Ausschau gehalten.

»Ich mag die Sonne.«

»Ja, genau wie alle Pariser. Wirst sehen, wenn im Sommer die Monchus hier ankommen, sind die so ausgehungert nach Sonne, dass sie die Arme weit von sich strecken und einfach nur daliegen, um braun zu werden … Dabei finde ich blasse Haut viel schöner. Am liebsten hätte ich die gleiche Haut wie sie, wenn sie hier ankommen, so hell, dass sie fast durchsichtig aussieht. Wie die Puppe vom Rathausmarkt.«

Dann schweigt sie, blickt träumerisch drein, und die Milch schießt weiter in hartem Strahl in den Eimer.

»Melkst du deine nicht?«

»Ich weiß nicht, wie das geht. Normalerweise macht das Moinette.«

»Und wer macht es jetzt?«

»Alberts Cousin.«

Mit einem Klaps auf den Hintern entlässt Olga ihre Ziege. Dann schnalzt sie mit der Zunge und führt Seguine in den Stall.

»Heute übernimmst du das Melken.«

Sie zieht einen zweiten Hocker heran, stellt ihn dicht neben ihren und bedeutet ihm, sich hinzusetzen. Sie sagt, »zuerst lässt du rechts und links ein wenig Milch rausfließen, so, damit die Milch, die dann rauskommt, sauber ist. Und dann machst du es wie bei einem Spritzbeutel.« Er weiß nicht, ob er so ein Backwerkzeug schon mal in der Hand hatte, vielleicht hat er es auch vergessen. »Erst drückst du oben, damit sich das Euter füllt, und dann leerst du es in den Eimer, indem du die Finger zusammendrückst, immer abwechselnd, rechts, links, rechts, links.« Es sieht einfach aus, und die Ziege hat auch nur zwei Zitzen anstatt vier wie eine Kuh, noch dazu sind sie kleiner. Trotzdem hat er mehr Angst davor, die Ziege zu melken, als davor, Olga zu küssen, gemolken hat er noch nie, er könnte scheitern, einen Huftritt abkriegen, sie enttäuschen, während bei einem Kuss kaum etwas schiefgehen kann: Man muss nur richtig zielen. Er versucht es. Die Ziege wird unruhig. »Du drückst zu fest«, sagt Olga, »so kann die Milch nicht heraus; wenn du Pech hast, steigt sie sogar wieder nach oben.« Die länger werdenden Schatten und die Körper der Ziegen schirmen sie vor den Blicken der anderen ab.

»Vorsichtig. Du musst die Faust oben zusammendrücken. Stell dir vor, was im Inneren passiert.«

Sich das Unsichtbare vorstellen, das kann er. Sie spricht von einer großen Tasche voller Milch, von Milch, die in die Zitze hineinläuft, und davon, dass man die Zitze zusammendrückt, damit die Milch herausfließt. Er sieht einen Querschnitt des Euters vor sich, füllt es mit Weiß und setzt dann mit seinen Händen das Bild in Bewegung. »Schon besser. Noch mal.« Er strengt sich an, stellt sich den Weg der Milch vor, wie die Flüssigkeit in dem Chemielabor aus seinem Naturwissenschaftsbuch, die nacheinander durch alle Behälter, Röhren und Schläuche fließt. Diesmal kommt Milch heraus. Jetzt links. Er braucht zwei Anläufe. Links, rechts, um ihm zu helfen, legt sie ihre Hände um seine, und schon sieht er andere Bilder vor sich, ob er will oder nicht, Olgas Bluse pocht sehr nah an seinem Hemd. Dann löst sie die Umklammerung seiner Finger, lässt ihre noch einen Augenblick über Vincents Händen schweben. Er starrt auf den sehr weißen Schaum, der im Eimer langsam nach oben steigt. Die Mulde zwischen Daumen und Zeigefinger tut ihm weh. Er reibt die Handflächen aneinander.

»Warte, du bist hier noch nicht fertig.«

Mittlerweile sind die Ställe fast leer. Es muss schon spät sein. An der Tür zum Stall steht Alberts Cousin und macht ihm Zeichen. »Bist du Vincent? Wo sind deine Ziegen?«

»Ist schon gut«, sagt Vincent, »ich kümmere mich drum.«

»Sicher?«

»Sicher.«

Olga massiert das Euter langsam, als würde sie Teig kneten, damit die ganze Milch nach unten läuft.

»Wenn du jetzt aufhörst, gibt sie beim nächsten Mal weniger Milch. Wenn du einen Rest zurücklässt, denkt sie, dass du nicht alles brauchst. Das merkt sie sich dann.«

Sie melkt Seguine, bis kein Tropfen mehr übrig ist. Er ist nur zehn Zentimeter von ihrem Mund entfernt. Als sie von dem Tier ablässt und ihre Hände an der Schürze abwischt, hat er den unwiderstehlichen Drang, ihr den Halm zwischen den Schneidezähnen zu stibitzen. Er wagt es.

»He …«

Sie nimmt ihm den Halm wieder ab, und bevor sie

Zeit hat, ihn zurück an seine alte Stelle zu stecken, küsst er sie, ganz kurz nur, ein Augenzwinkern lang. Sie weicht zurück.

»Was fällt dir ein?«

Das durfte er nicht. Moinette, du kleines Biest. Er senkt den Kopf.

»Tut mir leid.«

Sie lässt den Blick durch den Stall schweifen. »Hör mal.« Vincent hört nichts, außer einem Konzert aus Glockengeläut und dem Trommeln seines Herzens. Er will nur noch fort. Er ist drauf und dran abzuhauen, aber da nimmt sie sein Gesicht zwischen ihre Hände, und er fragt sich, ob sie ihm wehtun will.

»Du stellst dich nicht sehr geschickt an.«

Er starrt auf ihre Pupillen, die verschwimmen, als sie ihm noch näher kommt. Da fühlt er plötzlich, wie ihre Zunge versucht, zwischen seine Lippen zu gelangen. Wie ein nasses kleines Tier. Es fühlt sich zu gut an.

»Ich muss los ...«, presst er hervor.

»Dann hau ab, Junge!«, sagt sie, rückt von ihm ab und fängt an zu lachen. »Los, *Dzeurbe*.«

Er rennt. Die Sonne färbt das Gras nun fast gelb. Das ist das Licht, das er jetzt im Juni durchs Fenster in der Stube sieht, wenn es bereits Abend wird und sie die Suppe essen, er müsste also längst zu Hause sein. Sein gesamter Abstieg durchs Tal wird begleitet von diesem goldenen Licht, das Pfützen, Schlammlöcher und Wasserbecken in Brand setzt. Und obwohl es schon so spät ist, folgt er dem Weg, den ihm dieses Leuchten aufzeigt, ringt ihm Schleifen und unzählige winzige Umwege abseits der Pfade ab und schert sich nicht darum, wie viel

Zeit ihn das kostet. Während er von einer in Flammen stehenden Pfütze zur nächsten springt, schlägt er Libellen und Wasserläufer in die Flucht, aber er hat die ganze Zeit über nur einen Gedanken: *Ich laufe durch den Himmel.* Olgas Spucke auf seinem Mund ist mittlerweile getrocknet, zurück bleibt nur ein dünner Film, unsichtbar für den Rest der Welt. Er muss wohl einen Tropfen davon getrunken haben, eine winzige Menge nur, oder woher sonst kommt dieses Gefühl, als hätte er die Sonne verschluckt? Nach und nach legt sich Schatten auf die Dörfer, eine träge blaue Welle besiegt das Feuer, Vincent fröstelt. Auf dem Anstieg zwischen Le Clos und La Villaz rennt er atemlos den letzten Strahlen entgegen, seine Muskeln werden heiß, er verausgabt sich völlig, weil ihm genau das jetzt guttut. Da erblickt er das Haus und die Schnörkel aus Rauch über dem Dach. Er hat schon eine plausible Ausrede parat: Seguine sei mal wieder ausgebüxt; sie sucht sich ja ständig die gefährlichsten Hänge zum Fressen aus. Gut, dass ihm diese kleine, naheliegende Lüge eingefallen ist, er hat nichts zu befürchten. Aber als er der Ziege dann auf der Türschwelle die Schuld zuschiebt, noch ganz außer Atem, da fällt Éloi ihm ins Wort: »Das musst du nicht mir erklären, sondern Moinette.«

Er hält inne.

»Sie hat in Le Mollard auf dich gewartet. Sie war hier und hat nach dir gefragt.«

Das hat er komplett vergessen. Ihre Verabredung. Die Beignets. Und das nachträgliche Geburtstagsgeschenk, das sie mit dem Einverständnis der Alten für ihn vorbereitet hat: ein Lied auf der Geige. Es zu lernen war eine ziemliche Herausforderung für sie gewesen, weil sie die Tonleiter nicht beherrscht, denn im Flötenunterricht des Lehrers hat sie nicht gelernt, Noten zu lesen. Die Alte hatte nur unter der Bedingung zugestimmt, dass das Vorspiel bei ihr zu Hause stattfindet, die Geige also nicht das Haus verlässt, und dass sie dabei zuhört. Moinette hatte das Ganze nicht als Überraschung geplant, sondern sich mit Vincent extra dazu verabredet, um ganz sicher zu sein, dass er auch wirklich kommt. Aber dann war da das Melken. Olgas Mund. Ihre Spucke auf seinem Mund. Da hat er alles andere vergessen.

Er klopft bei Moinette. Ihre Mutter macht ihm die Tür auf. Er geht nach oben in ihr Zimmer, und mit jeder Stufe, die er erklimmt, versinkt er ein Stück tiefer in seiner Scham. Moinette erwartet ihn auf dem Treppenabsatz. Ein kleines Mädchen, aber uralt.

»Seguine ist mal wieder abgehauen ...«, stammelt er.

Moinette sagt nichts. Lässt ihn sich in seinem eigenen Lügennetz verfangen.

»Ich musste sie suchen, verstehst du ...?«

Man sieht ihr an, dass sie ihm nicht glaubt, er glüht noch immer innerlich von dem soeben Erlebten.

»Wollen wir morgen zusammen nach Le Mollard gehen?«

»Die Beignets sind alle«, sagt sie eisig. »Hab die Reste der Katze gegeben.«

»Und die Geige?«

Moinettes Hand greift nach der Türklinke, offenbar möchte sie, dass er geht. In ihrem Mundwinkel sieht er Zuckerkristalle glitzern. Sie hat sogar Beignets mit echtem Zucker gemacht, und am liebsten würde er die

Krümel, die ihn nun anklagen, mit dem Finger fortwischen. Da sieht er, wie Moinette das Gesicht verzieht. Gleich wird ihr Gesicht auseinanderfallen, die Augäpfel, die Stirnplatte, die Wangenknochen, der Strich des Mundes, das Dreieck der Nase, die Rundung des Kinns; Vincent hat die abstruse Vorstellung, ihr Gesicht wäre ihr abhandengekommen und durch eine Ansammlung aus dürftig zusammengeschweißten Formen ersetzt worden, die jeden Moment auseinanderfallen. Derartigen Kummer hat er nie zuvor gesehen. Er hat nicht einmal gewusst, dass so etwas existiert. Nicht einmal, als er seine Mutter verlassen musste. Er bekommt Angst. Er leidet mit ihr, und wie. Er möchte dieses Gesicht wieder zusammenpuzzeln; das Leid, das er sieht, kommt ihm viel zu groß vor für so ein kleines Mädchen. Moinettes Kinn zittert. *Gleich wird sie entweder in Tränen ausbrechen oder zerfallen,* denkt er, förmlich dahinschmelzen, aber nicht vor Zuneigung, sondern vor Enttäuschung, und der Anblick ist ihm unerträglich.

Moinette ist eine Eule, eine Fee, ein Kobold, Moinette zeigt, überrascht, witzelt herum, lacht, prahlt, weist ihn auch mal zurecht, aber immer wohlwollend. Sie hat ihm alles hier eröffnet, ihm alles geschenkt, obwohl sie nichts über ihn wusste, und ohne dafür etwas von ihm zu verlangen; alles, was er tun musste, war, sich an ein Versprechen zu halten. Ein mickriges Versprechen. Stumm fleht er *Weine nicht*. Er sagt: »Weine nicht.« Von Anfang an war sie seine Verbündete, hat stets zu ihm gehalten, er kann ihren Blick einer Ertrinkenden nicht ertragen. Diese Untröstlichkeit ist sein Verdienst. Er möchte sagen: »Lächle«, möchte Moinettes Mund über ihre Wangen ziehen, die Zähne freilegen, er möchte sagen: »Rede, lache«, beinahe nimmt er es ihr übel, dass sie ihm den Anblick seiner Scham nicht erspart. Doch sein Mund ist wie aus Gips. Er flieht, damit er ihr Gesicht, das ihn anklagt, nicht mehr sehen muss. Und um seinem eigenen Gesicht zu entkommen.

Er schnappt sich die Stummel, die von seinen Buntstiften noch übrig sind, und fängt fiebrig an, sich selbst zu zeichnen, ohne einen Blick in den winzigen Spiegel zu werfen, der an einem Nagel über der Spüle hängt; er weiß ja, wie er aussieht. Es ist ein Selbstporträt seines Inneren, wie Moinette ihn darstellen würde, auf dem das Dunkelgrün seines Vornamens ins Schwarze spielt. Ein wüstes Durcheinander verkohlter Stämme. Vadim hat nie ein Mädchen geküsst, er zeichnete wie mit der Lupe vergrößerte Blütenblätter, die Maserung des Holzes, die Spiegelungen in einem Wassertropfen, stets auf die allerkleinste Stufe beschränkt, seine Fantasie entsprach seinen verengten Bronchien. Mag sein, dass Vadims Gedanken asthmatisch und seine Träume und Bewegungen eng waren – aber dafür hat er niemandem wehgetan. Er war nicht schuldig. Er war nicht hässlich.

Auf dem Schulweg sind sie beide, Moinette und er, darauf bedacht, einander nicht zu nahe zu kommen. Im Klassenraum, während des Katechismus wendet Vincent den Kopf ab, um ihrem Blick auszuweichen. In La Poya hält er sich an Émile, kommt ihr nicht in die Quere, und auch von Olga hält er sich fern, obwohl er ihr so gerne wieder nah sein würde, aber er verbietet es sich, zur Strafe. Er würde es gern wiedergutmachen; am liebsten würde er die

Ereignisse zurückdrehen und alle Spuren auslöschen: so wie es die Jahreszeiten in Vallorcine vermögen, wenn sie mitten im Frühling noch zwanzigmal Winter spielen. Die versäumte Verabredung und das versäumte Lied auf der Geige rückgängig machen, aber es gibt keinen Weg, um die Katastrophe im Nachhinein zu verhindern.

Dann erfährt er, dass sie Moinette das Kalb weggenommen haben. Die Italiener haben es beschlagnahmt. Ein erst wenige Monate altes Kalb mit einer Locke auf der Stirn. Dass er für diesen Kummer nichts kann, lässt ihn eine seltsame Erleichterung verspüren. Irgendwer anders übernimmt einen Teil der Schuld und der Hässlichkeit, sodass er nicht mehr allein ist mit dieser Last. Nun, da sie ihm nicht mehr ganz so schwer erscheint, kann er versuchen, sich freizukaufen. Er hofft auf Freispruch. Um wieder schön zu werden.

Aber nicht irgendwie. Er darf es sich nicht zu leicht machen. Er kann ihr zum Beispiel nicht bloß sein Medaillon schenken, seinen kostbarsten Schatz: das wäre zu einfach. Er muss irgendeine kühne Tat vollbringen. Um wenigstens Gleiches mit Gleichem zu vergelten, noch besser wäre aber eine Wiedergutmachung von höherem Wert als das, was verloren gegangen ist.

Als er den kleinen Trupp Italiener auf dem Platz vor der Kirche sieht, weiß Vincent, was er tun wird. Sechs Soldaten stehen nach der Messe dort herum und rauchen, aufgereiht wie die Orgelpfeifen, ihre Uniformen blitzen zwischen den sich allmählich zerstreuenden Leuten hindurch, und über ihren Köpfen schillern die Federn, die sie sich an die Hüte gesteckt haben. Das sind keine einfachen Bauernhof-Federn. Auch keine Nest-Federn. Solch eine Feder kann man sich weder im Dorfladen kaufen noch im Wald oder Hühnerstall auflesen oder am Frühlingsanfang plötzlich im schmelzenden Schnee finden. Es sind ganz besondere Federn. Das wäre eine seltene Feder für Moinettes Sammlung, und zwei Fliegen mit einer Klappe: Erstens wird sie ihm verzeihen, und zweitens rächt er sich damit in ihrem Namen für das Kalb. Und wird zum Helden.

Zunächst nimmt er die Federn der Italiener genau unter die Lupe. Auf jedem Hut sitzt eine, und Hüte gibt es Dutzende. Bevor er sich entscheidet, will er sich einen Überblick verschaffen, auf keinen Fall wird er einfach irgendeine nehmen. Die meisten sind schwarz und um die dreißig Zentimeter lang, und er würde fast so weit gehen zu vermuten, dass sie nicht allein dekorativen Zwecken dienen: Manche sehen aus wie Antennen. Rabenfedern wahrscheinlich. Eine schillert bläulich. Eine andere spielt ins Braune. Mit Federn kennt er sich noch nicht besonders gut aus, er hat gerade erst gelernt, die von Bachstelzen, Meisen, Rotschwänzchen, Mauerseglern, Spechten, Birkhühnern und Buchfink zuzuordnen. Er kann nicht bestimmen, von welchem Vogel diese braune Feder wohl stammen mag, auch im Buch des Lehrers kann er sie nicht wiederfinden. Es handelt sich offenbar um eine Schwungfeder, also entweder um eine von den längeren Schwanzfedern, den *Steuerfedern*, oder vom Flügel – eine *Hand-* oder *Armfeder.* Fest steht, dass sie einzigartig ist und dass sie eine andere Feder ersetzt, die ursprünglich dort gesessen hat, aber das ist auch gleichzeitig ihr Manko: Er braucht ein Exemplar, bei dem unzweifelhaft klar ist, dass es von einem Alpini stammt.

Also eine ordnungsgemäße Feder, die hundertprozentig den Vorgaben entspricht. Er sucht weiter, noch hat er nicht alles gesehen. Louis meint, die hohen Ränge hätten ein Anrecht darauf, Adlerfedern zu tragen. Eine Adlerfeder – das wäre was!

Doch leider sind die Anführer der Alpini nur selten anzutreffen. Sie spielen nicht mit den Kindern, legen nicht wie die einfachen Soldaten hin und wieder ihre Kopfbedeckung ab, um den Kindern zu zeigen, wie man mit Pfeil und Bogen schießt, kaufen kein Briefpapier im Laden und lüpfen zur Begrüßung den Hut, um ihn dann auf der Theke abzulegen, während sie mit ihrem Kleingeld beschäftigt sind oder von der neu eingetroffenen Ware in den Regalen abgelenkt werden. Sie stehen nicht rauchend in der Sonne, den Hut zu ihren Füßen auf dem Boden abgelegt, machen keine Siesta mit dem Hut überm Gesicht oder auf der Brust, die Hände im Nacken verschränkt. Sie steigen nicht auf die Dächer, um mit unbedecktem Kopf beim Ausbessern eines Dachstuhls oder mit den Schindeln zu helfen, sondern behalten ihren Hut stets auf dem Kopf, als wäre er dort angewachsen: Die Köpfe der Truppe halten sich – und ihre Köpfe – eher bedeckt. Dafür wimmelt es in den beschlagnahmten Hotels nur so von Anführern. Im *Edelweiss* und im *Le Mont-Blanc*, dort, wohin Olga ihre Milch liefert. Kurz denkt Vincent darüber nach, sie zu seiner Komplizin zu machen, entscheidet sich dann aber dagegen. Teils aus Feigheit und teils, weil er es ohne fremde Hilfe schaffen will. Ohne zu tricksen. Es ist seine Mission. Also soll es eine einfache schwarze Feder sein, eine wie alle anderen, dafür aber die schönste von allen.

Jede der Federn passt zu ihrem jeweiligen Besitzer. Die mit den am säuberlichsten gestutzten Schnurrbärten und den glattesten Wangen tragen Federn zur Schau, deren Äste eng beieinanderliegen, äußerst dicht und elegant, und die Fingernägel dieser Soldaten passen auch dazu, kurz geschnitten und gefeilt, so penibel sauber und gepflegt, dass selbst der Lehrer daran nichts auszusetzen hätte. Man könnte meinen, sie hätten sie poliert, so silbrig glänzen sie in der Sonne. Während bei jenen, deren Bärte zu den Rändern hin etwas ausfransen oder stellenweise unansehnlich zusammenklumpen, unregelmäßig wie die Fellbüschel einer streunenden Katze, die Federn leicht fettig oder glanzlos Hüte verzieren, die in entsprechend schlechterem Zustand sind, weil sie öfter mal gegen Türrahmen stoßen oder im Straßenstaub vergessen werden, wodurch sie in Verbindung mit nachlässig rasierter Haut, strubbeligen Haaren und Schmutzrändern unter den Nägeln ein einheitliches Bild ergeben.

Auf dem Rückweg von der Schule fällt ihm ein geeignetes Exemplar ins Auge. Da der Soldat gemächlichen Schrittes Richtung Ort vor ihm hergeht, kann Vincent dessen Feder in aller Ruhe in Augenschein nehmen. Sie ist wundervoll abgeschrägt und üppig und nicht ganz symmetrisch zum Kiel in der Mitte geformt, wie ein Segel, wenn man schräg von der Seite darauf blickt – so hat er es auf der einen oder anderen Abbildung in *Robinson Crusoe* gesehen. Vincent lässt Émile stehen, um dem Soldaten zu folgen, »Muss noch was erledigen«. Zweifelsfrei eine Rabenfeder, eine echte. Noch ganz neu. Glänzend und trocken schimmert sie im Licht. Genau das, wonach er gesucht hat – unter all den Alpini-Federn wohl das schillerndste Exemplar. Als jemand nach ihm ruft, dreht der Soldat sich um. Vincent nutzt den Moment, um mit gesenktem Kopf den Mann zu überholen. Noch hat er ihm nicht ins Gesicht blicken können. Er muss es aber sehen, das ist Teil seines Plans: sich das Gesicht merken, um die Feder später wiederzufinden und zu stehlen. Also dreht er sich um. Blickt dem Mann ins Gesicht, gegen das Sonnenlicht. Hoch konzentriert kneift er die Augen zusammen wie ein Cowboy. Er hat genau fünf Sekunden. Entweder hat er den Soldaten noch nie zuvor gesehen, oder er erinnert sich nicht daran. Da das Gesicht im Schatten liegt, merkt er sich vor allem den Schnurrbart. Der ist recht speziell, nämlich so dünn, dass das Wort »Bart« eigentlich schon nicht mehr zutreffend ist. Eine schmale Schlange, die auf seiner Oberlippe tanzt.

»Er heißt Lucien.«

Das Köpfchen auf dem weißen Laken sieht rot aus. Er hat überhaupt keine Ähnlichkeit mit einem kleinen Jungen. Eigentlich sieht er nicht mal aus wie ein Mensch. Weil an der Stelle der Augen diese kleinen schwarzen Murmeln sind, die flink hin und her huschen, hat er eher was von einem Insekt. Der Mund ist zahnlos wie bei einem alten Mann. Der Schädel sieht ein bisschen eingedrückt aus. »Nicht anfassen, Vincent, das ist die Fontanelle, die muss noch fest werden, im Moment ist sie noch weich wie Pudding!« Blanches melodische Sprechweise hat ihm gefehlt. Er weiß nicht, ob das normal ist, so ein unfertiges Baby. Statt Haaren hat es einen weichen Flaum wie ein Vogelbaby. Die runzligen

Händchen sind ständig in Bewegung, als versuchte es, unsichtbare Dinge zu erhaschen.

»Lucien wie Lucienne, meine Frau«, sagt Louis. Lucien hat noch nie einen Berg gesehen, hat Vallorcine noch nicht gesehen. Er kennt weder den Himmel über Bérard bei Sonnenuntergang noch den Gesang des Buchfinken, den Duft der blühenden Kirschbäume, die Kühle des Schnees. Er ist noch unwissender und zerbrechlicher als Rouquine nach ihrer Geburt, sie hatte einen festen Schädel, richtiges Fell und konnte gleich nach der Geburt auf ihren Füßen stehen. Lucien ist das verwundbarste Wesen, das es gibt. *Blanches Arme können eine Wiege formen oder ein Grab*, denkt er, und ihm wird schwindlig davon, wie nah Leben und Tod beieinanderliegen.

»Lucien Vincent Daniel.«

Vincent? Hat er richtig gehört?

»Vincent wie mein Bruder. Und wie du. Eigentlich wollten wir ihn sogar mit erstem Namen Vincent nennen, aber zwei Vincents unter einem Dach, das wäre zu viel gewesen. Danke für das Holzbrett, übrigens …«

»Aber … Daniel?«, wundert sich Louis. »Warum Daniel? Klingt das nicht ein bisschen jüdisch?«

»Daniel war mein Großvater«, sagt Blanche sanft. »Und der war nicht jüdisch.«

»Ah.«

Es ist das erste Mal, dass Vincent das Wort »jüdisch« in diesem Haus vernimmt. Dinge, über die man nicht spricht, sind einem entweder gleichgültig, oder man ärgert sich über sie. Aber Louis hat jüdisch gesagt ohne jedes Zögern. Da ist kein Ärger. Keine Abscheu. Als hätte er gesagt »Klingt dieser Vorname nicht ein bisschen spanisch?«, wenn er spanisch geklungen hätte, oder bretonisch, wenn er bretonisch geklungen hätte, so wie Antonio, Vincents Freund in der Baudelaire-Schule oder Pierrick, der Freund von Papy Pierre. Vincent hat keine Ahnung, was oder wie viel sie über seine Herkunft wissen, sie alle hier. Außerdem ist er ja gar nicht jüdisch. Trotzdem spürt er, seit das Wort im Raum gefallen ist, ein Brennen unter den Rippen, dasselbe heiße Gefühl wie damals, als die Alarmsirene in Paris anfing zu heulen und die Menschen aufforderte, die Schutzräume aufzusuchen. Das Baby hat schaumigen Sabber vorm Mund. Es fängt an zu weinen.

»Ist das alles, was du sagen kannst, Lucien? Na, dann kann es ja noch eine Weile dauern, bis er Pépé zu mir sagen wird, was?«, lacht Louis und strubbelt Vincent durchs Haar.

»Na, hier braucht wohl jemand dringend mal wieder einen Haarschnitt ...« Blanche steht auf, geht zum Bett hinüber und setzt sich mit dem Rücken zu ihnen hin. Saugende Geräusche lösen das Weinen ab. Vincent möchte gerne wissen, ob Blanche und das Baby jetzt hierbleiben.

»Weißt du, Lucien ist jetzt so alt, wie er eigentlich bei seiner Geburt hätte sein sollen, nämlich neun Monate«, erklärt ihm Albert, »und auf diesen Moment haben wir gewartet. Wir wollten sichergehen, dass sich alles am richtigen Platz befindet. Die Lungen, die Nieren, der Magen, das Herz.«

Vincent fragt sich, ob in Blanches Körper auch alles wieder an seinem Platz ist. Oder ob die Pfeile, die sie durchbohrt haben, nicht dauerhafte Löcher in ihrer Lunge, den Nieren, dem Magen und dem Herzen hinterlassen haben. Sie ist so dürr, dass ihre Organe eigentlich nicht mehr viel Platz haben können. Sie hat immer noch einen kleinen Bauch, obwohl der doch jetzt leer ist, das kann er trotz des Kleides sehen.

Am Tag nach der Taufe bekommt er einen Brief von seiner Mutter. Hastig reißt er ihn mit ungeschickten Fingern auf. Sie schreibt: »Allen, die du liebst, geht es gut«, aber das ist zu rätselhaft, woher soll er wissen, wen sie damit meint? Seinen Vater auf jeden Fall, beschließt er, und Jean und Papy Pierre. Und Sophie selbst natürlich. Doch er liebt auch seinen Cousin, der den gelben Stern trägt, oder er glaubt es zumindest, jedenfalls wenn mit dem Wort lieben dieser Stich in der Brust gemeint ist, wenn er an Paul und an ihre Spiele denkt und daran, dass die Deutschen ihm womöglich wehgetan haben, ihm oder seiner kleinen Schwester Geneviève oder auch Marc, seinem Onkel, und dessen Frau. Und ein bisschen, wenn auch nicht ganz so intensiv, pikt es dort auch, wenn er an Félix denkt, den Freund seines Vaters, der ebenfalls Schuster ist und dem man den Laden und seine Arbeit weggenommen hat und über dessen Verbleib er nichts weiß. All diese potenziellen Toten, stumm, aus den Augen verschwunden, so wie der dritte Bruder von Louis, der niemals aus dem Krieg zurückkehrte. Er denkt an Henri und an Bouboule, seine Klassenkameraden, die nicht jüdisch sind und die er gerne mochte, und spürt immer noch dieses Stechen in der Brust, während ihre Gesichter allmählich aus dem Nebel auftauchen. An seinen alten Nachbarn mit dem Buch über Kandinsky und den Buntstiften – der ist ebenfalls nicht jüdisch. An Molosse, den Malteser der Concierge, obwohl der nur ein Hund ist. Ob er seinen Nachbarn liebt, weiß er nicht so genau, und was er für Molosse empfindet, kann doch auch keine Liebe sein. Dennoch spürt er immer noch ein Piksen im Hals, unterhalb der Mandeln, nur nicht mehr ganz so stark, wenn er an den alten Mann und den Hund denkt. Es ist das erste Mal, dass er sein Herz wieder für Paris öffnet. Er weiß nicht, dass das Gefühl, das sich einstellt, Nostalgie heißt. Und dass es mit dem Ende der Kindheit zu tun hat, ist ihm auch nicht bewusst. Er hat bisher lediglich eine Ahnung davon, was für ein köstliches Gift diese Empfindung sein kann. Er bringt den Mut auf, sie zu verjagen, kann sich aber nicht davon abhalten, gleich darauf zu Émile zu laufen.

»Meine Mutter ist auch nicht tot!«, verkündet er, außer Atem.

Émile steht in der Türschwelle, seine Katze auf dem Arm, und blickt ihn fest an.

»Ah …«

»Sie hat mir geschrieben, also ist sie nicht tot. So wie dein Vater!«

Er will ihm nicht sagen, dass der Brief im Mai datiert ist und dass man sehr wohl im Laufe eines Monats sterben kann, selbst ein Tag oder eine Stunde würde ausreichen. Émile nickt nur.

»Da freue ich mich aber für dich.«

Er nennt ihn den Dünnen, den Italiener mit der vollkommenen Feder. Er beschattet ihn, lauert auf den Augenblick, wenn er endlich mal den Hut abnimmt, schmiedet seinen Plan. Während der Messe setzt der Dünne seinen Hut kein einziges Mal ab. Draußen fürchtet er offenbar die Sonne und hat den Hut tief ins Gesicht gezogen, und dabei geht es offenbar nicht darum, das Auge zu schützen, das das Ziel anvisiert – Louis hat ihm einmal erklärt, dass die Hutkrempe verhindert, dass man geblendet wird und so besseres Zielen ermöglicht –, sondern damit sich tatsächlich der Großteil seines Gesichts im Schatten befindet. Da er unter der Hitze leidet, benutzt er den Hut zwischendurch auch als Fächer, aber gerade nur so lang, dass Vincent einen Blick auf das kleine Dreieck gebräunter Haut erhaschen kann, wo die Sonne dennoch hingelangt ist, und seinen tadellosen Haarschnitt: schnurgerader Scheitel, ausrasierte Schläfen. Nicht die Frisur eines Träumers. Der Anblick von so viel Disziplin entmutigt ihn – einen Moment lang überlegt er sogar, sich vielleicht doch lieber ein anderes Opfer zu suchen.

Er schielt nach anderen, schlechter gepflegten und schlechter bewachten Hüten, und hin und wieder könnte er im Gras, am Ufer des Flusses oder auf einem Bistrotisch beinahe das Abzeichen aus dem mit Goldfaden aufgestickten Adler berühren, mit den zwei Jagdhörnern und den beiden gekreuzten Gewehren vorne, und die an der Seite aufgestickten Zacken sowie die kleine ovale Scheibe, wo die Feder eingesteckt wird. Doch es ist die Feder vom Dünnen, auf die er es abgesehen hat. Moinette und er sprechen nun schon seit zehn Tagen nicht mehr miteinander, weil er sich geschworen hat, zuerst die Feder zu besorgen. Als er in der Nacht von

Luciens Weinen geweckt wird – an die Kuhglocken, die Geräusche der Tiere und die Laute der Vögel ist er gewöhnt, aber dieser ungewohnte Klang stört seinen Schlaf –, da merkt er, dass er randvoll ist mit Bildern von verloren gegangenen Hüten und Raben, die im Flug eine Feder nach der anderen verlieren wie Bäume im Herbst ihre Blätter, und er wirbelt die Federn im Laufen mit dem Fuß auf, ganze Wolkenberge aus leicht verfügbaren Federn, doch sobald er eine davon berührt, zerfällt sie zwischen seinen Fingern. Olga kommt auch in seinen Träumen vor, der Mond hat ihr Gesicht, aber dann wird er immer weniger, bis nur noch eine ganz schmale Sichel zurückbleibt und schließlich nur noch Dunkelheit – oder wird er vielleicht nur vorübergehend von irgendwas verdeckt, er weiß es nicht. Er ist überzeugt, dass allein Moinettes Vergebung dieses Gesicht vom völligen Verschwinden abhalten kann.

Dass am Ende der Wind zu seinem Komplizen wird, kann Vincent nicht ahnen. Der Wind, jene launische Macht des Himmels, zusammen mit einer glücklichen Fügung, die von niemandem planvoll auf diese Weise hätte herbeigeführt werden können. Zunächst brauchte es diesen Wind aus Richtung von Bérard, der stets schlechtes Wetter ankündigt, jene wirbelnden Böen, welche die Lärchen zu Boden drücken, die Hühner verrückt machen, die Menschen blinzeln lassen. Dann muss der Dünne sich genau in der Achse des heraufziehenden Unwetters befinden; auf seinem Rundgang von dem plötzlichen Umschwung überrascht, ohne verfügbaren Unterstand, stemmt er sich dagegen und nimmt eine leicht schräge Haltung ein. Außerdem will es der Zufall, dass Vincent in dem Moment allein ist, sodass keine andere Person dabei ist, die eingreifen und seine Rolle übernehmen könnte. Es braucht diesen einen Augenblick, in dem alles stimmt: der Winkel, in dem der Oberkörper des Soldaten sich zur Erde stellt, der Winkel seiner Hutkrempe, der Druck der Stirn gegen das innere Band aus Leder, der den Hut mehr oder weniger fest auf dem Kopf hält, jener Druck, der größer wird, je tiefer er den Hut ins Gesicht zieht; aber da die Sonne verdeckt ist, hat der Dünne ihn nur so aufgesetzt, zu dekorativen Zwecken und nicht, weil er sich Schatten auf seinem Gesicht wünscht, ein Schnipsen würde daher genügen, um ihn herunterzuschubsen. Die Windstärke spielt ebenso eine Rolle wie die Haltung der Hände des Soldaten, nämlich tief in die Hosentaschen geschoben, wo er gerade in dem Augenblick, als die Böe ihn erfasst, irgendetwas sucht, seinen Tabak oder sein Feuerzeug, weshalb er nicht verhindern kann, dass sie ihm den Hut vom Kopf fegt.

Vincents Position spielt auch eine Rolle: In der Sekunde, als der Hut herunterpurzelt, befindet er sich zwanzig Meter hinter dem Dünnen, genau in der Richtung, in die der Wind weht, und ohne ein Hindernis zwischen ihnen, sodass die Flugbahn des Hutes ihn exakt auf seine Schulterhöhe transportiert; was für eine unerwartete Fügung des Schicksals. Er ist schon seit Tagen mehr als bereit für diesen Moment, alle Sinne sind geschärft. Er fängt den Hut auf wie eine Frisbee, presst ihn dann aber an seinen Bauch und tut so, als müsste er ihm nachjagen, und wendet dabei dem Soldaten den Rücken zu, der ihm zuruft: *»Il mio capello!«*

Dann geht er in die Knie, die Hände schweben knapp über dem Boden, und er zieht an der Feder, aber etwas hält sie fest, seien es Fäden, Leder oder das Metall, und der Dünne kommt näher, jetzt ist Vincent fast so weit, ein kräftiger Ruck noch, und er hat die Feder in seiner Hand. Schnell stopft er sie sich unters Hemd, fährt herum und hält dem Mann den Hut hin. Der Dünne greift danach, »*Grazie!*«. Er dreht und wendet ihn und blickt verärgert umher.

»*La mia piuma ... Dov'è la mia piuma?*«

Vincent tut so, als würde er sich ebenfalls nach der Feder umsehen.

»*E incredibile!*«, sagt der Dünne wieder und wieder, während er sich kopfschüttelnd um sich selbst dreht, Unglaublich!

Schließlich macht er misstrauisch einen Schritt auf Vincent zu.

»*Dov'è lei?* Wo ist sie? *Dov'è?*«

Die Feder pikst Vincent in den Bauch.

»*Dov'è lei!*« Der Italiener wird jetzt ärgerlich.

Vincent zuckt mit den Schultern. Dann entfernt er sich mit langsamen Schritten, den Blick fest nach vorne auf die Dents de Morcles gerichtet. Sobald er an Le Sizeray vorbei ist, rennt er bis nach La Villaz. Die anschließenden Verzögerungen sind die reine Marter, erst Holz im Ofen nachlegen, weil Blanche ihn darum gebeten hat, dem Schwein das Abwaschwasser geben, die Suppe umrühren und das frisch gewaschene Laken falten, das soeben trocken geworden ist, während die Feder gegen seine Haut reibt: Er will sie endlich sehen und berühren. Mit zitternden Fingern hebt er die Scheite hoch, spürt nicht die Splitter, die sich unter seine Haut schieben, nicht das Brennen des heißen Metalls. Dann kann er endlich nach oben in sein Zimmer gehen und die Tür hinter sich schließen. Hastig knöpft er sein Hemd auf. Der Schweiß hat die Feder an seinen Bauch geklebt. Mit Daumen und Zeigefinger löst er sie ab und blickt ungläubig darauf. Es ist die hässlichste Feder im ganzen Tal. Feucht geworden, hängen die einzelnen Äste nur noch in wirren Büscheln zusammen. Die alte Feder eines altersschwachen Raben. Behutsam zieht er sie glättend zwischen Daumen und Zeigefinger hindurch, von unten nach oben, als würde er ein verletztes Tier streicheln. Er versucht, die Äste wieder zusammenzubringen, damit die Feder wieder wie ein Segel aussieht. Vergeblich. Er pustet darauf, dann legt er sie unter sein Kopfkissen, in der Hoffnung, die Äste so wenigstens wieder in die richtige Richtung zu bringen. Er starrt eine Weile auf das Kissen. Bitte, fleht er. Bitte. Für einen Moment setzt er sich sogar auf das Kissen drauf.

Dann holt er aus seinem Koffer ein Blatt Papier, einen schwarzen und einen lilafarbenen Buntstift. Eilig zeichnet er die wunderschöne Feder des Alpengendarms, lang und schmal und kompakt, tiefschwarz mit violetten Reflexen, um sie zu bewahren. Auch sie bekommt einen Platz in seinem Koffer, in seinem kleinen Archiv, wo schon seine Fantasiewelten und die »bewahrten« Körper von Blanche und Moinette lagern. Wenigstens hier kann sie auf diese Weise weiterexistieren.

Dann hält er inne und überlegt: Soll er ihr die Zeichnung schenken oder die Feder? Die Zeichnung ist perfekt, dafür ist die Feder echt. Sie erzählt eine Geschichte, welche die Zeichnung verschweigt, oft ist es genau andersherum, denkt er, während er Olgas Porträt und sein Selbstporträt mit den verkohlten Stämmen betrachtet, denn oft ist es die Zeichnung, die die Wahrheit sagt. Er zieht die Geschichte dem Bild vor und beschließt, die Feder zu überreichen.

Er tut sich schwer damit, Moinette die Feder kommentarlos zu übergeben, zunächst ohne deren ursprüngliche Schönheit zu erwähnen und damit das Risiko einzugehen, dass Moinette nicht versteht, was sie mit solch einem schäbigen Geschenk anfangen soll: Für wen hält er sich denn, zu glauben, dies könnte genügen, damit sie ihm verzeiht? Doch dann macht Moinette sich gar nicht darüber lustig. Fasziniert hält sie die verhunzte Feder in der Hand, die jetzt sogar nicht mehr ganz so zerrupft aussieht, weil die getrocknete Spucke einen Teil der Äste wieder zusammengeklebt hat und das Kissen seiner Aufgabe als Feder-Presse ganz gut nachgekommen ist.

»Was ist das?«

»Eine Feder für deine Sammlung. Ich bin mir sicher, dass du so eine noch nicht hast.«

Moinette rollt den Schaft zwischen den Fingern.

»Ein Rabe vielleicht. Oder eine Krähe oder Dohle. Eigentlich habe ich schon Federn von Raben und Krähen und Dohlen. Aber dieses Lila ...«

Vincent schüttelt den Kopf.

»Ich geb's auf, kann's nicht erraten.«

»Die ist von einem Italiener.«

»Wie bitte?«

»Eine Alpini-Feder.«

Mit hochgezogenen Augenbrauen betrachtet Moinette die Feder erneut.

»Wo hast du die gefunden?«

»Ich habe sie geklaut.«

»Nein …«

»Doch.«

»Dann schwör!«

»Ich schwöre!«

Mit einem Mal ist die Feder schön geworden, schöner, als irgendein Bild es sein könnte.

»Wie hast du das angestellt?«

Es ist ein glorreicher Moment für sie beide, für ihn, der ihr von seinem Fang berichtet, und für sie, die gebannt seiner Erzählung lauscht. In dieser ist natürlich nicht von dem idealen Zusammentreffen der Umstände die Rede, von den Achsen, Winkeln und der Windrichtung, stattdessen spießt Vincent, der dem Zufall nicht die ganze Ehre zuteilwerden lassen will, den Hut auf einen Kirschbaum, verlagert die Verfolgungsjagd auf die Weide zwischen die Kühe und lässt die Feder auch noch über dem Wasser der Eau Noire durch die Luft trudeln, aber Moinette will ihm alles glauben. Ihr Gesicht leuchtet vor Freude und Stolz: Sie ist der Grund für das alles, und Vincent sonnt sich in der Bewunderung, die in ihrem strahlenden Blick liegt. Dies ist ihr Moment, in dem durch wundersame Symmetrie beide durch die jeweils andere Person schön sind.

»Ist es, weil Olga fortgeht, dass du auf einmal wieder nett zu mir bist?«

Er weiß nicht, wovon sie spricht. Was hat Olga denn mit der Feder zu tun?

»Wo geht sie denn hin?«

»Eine Saison im Hotel in Chamonix arbeiten. Mit meiner Schwester zusammen.«

Moinette beobachtet Vincent genau, während das Gift langsam einsickert. Verzeihen allein reicht nicht, sie müssen quitt sein. Wer wollte ihr das verübeln?

»Das wusste ich nicht.«

Es fühlt sich so an, als würde er ertrinken.

»Bin ich die Einzige, die eine Alpini-Feder hat?«

»Ja.«

Moinette jubiliert, dann steht sie auf. Sie streckt den Rücken durch und steckt die Feder in die Mitte ihrer Sammlung.

»Dreiundzwanzig! Das wird ein prächtiger Sioux-Federschmuck.«

»Eine Saison, wie lange dauert die?«

»Drei Monate. Den Sommer über halt ...«

Vincent nickt nachdenklich. Da sagt sie ganz sanft zu ihm:

»Danke für die Feder ... Sie ist wirklich die schönste von allen.«

Moinette strahlt, es ist die pure Freude, denn Vincent ist endlich in ihre Hütte eingetreten und hat dort einen Schatz versteckt. Zur gleichen Zeit fließen in Vincents Innerem Kummer und Erleichterung zusammen wie an der Mündung eines Flusses ins Meer.

»Komm!«, hat sie gesagt, als er sie fragte: »Stimmt es, dass du weggehst?« Die Ziegen waren gemolken, und sie machte ihm geheimnisvolle Zeichen, ihr zu folgen. Sie verließen die Alm und stiegen weiter hinauf. Moinette hatte ihre Feder bekommen, und Olga würde tatsächlich, auch wenn seine Träume ihm etwas anderes vorgespielt hatten, fortgehen. Somit gab es keinen Grund mehr für ihn, sich von ihr fernzuhalten. Sie stiegen den Berg hinauf, Richtung Pass.

»Beeil dich, ich hab nicht viel Zeit.«

»Das ist der Stein der Frauen«, sagte sie und deutete auf einen riesigen Felsen am Wegrand, den sie einmal halb umrundeten, bis man sie dahinter nicht mehr sehen konnte. Dann schob sie ihre Ärmel hoch, strich sich die Haare erst hinter die Ohren und schlang sie dann im Nacken zu einem Knoten zusammen. Er war ihr gefolgt, ohne zu wissen, wozu diese Vorbereitungen dienen sollten. Sie hatte sich hingesetzt und aufs Moos geklopft.

»Worauf wartest du?«

Also hatte er sich auch hingesetzt. Sie wischte sich die Hände an ihrem Rock ab.

»Ich war zwar noch nie in Paris, aber dafür kenne ich ein paar andere Sachen.«

Sie hatte den Halm aus dem Mund genommen, ihre Hände auf Vincents Schultern gelegt und sich über ihn gebeugt, sodass sie die Sonne verdeckte. Diesmal öffnete sich sein Mund ganz von allein. Olgas Zunge glitt hinein wie eine kleine, glatte, wendige Amphibie, und zuerst bekam er einen Schreck. Sie fing an, in seinem Mund herumzuschwimmen, und schließlich fing er an, seine Zunge ebenfalls zögernd zu bewegen, und die weiche und gleichzeitig feste Konsistenz gefiel ihm. Er erkundete Ober- und Unterseite ihrer Zunge, spürte die Adern, das dünne Zungenbändchen, die harten Zähne. Olgas Zunge schmeckte nach Pfifferlingen. Es gab nichts anderes mehr, nur noch ihre Zunge, und er ahnte, dass sich eine Welt für ihn auftat, aus der er nicht mehr zurückkehren würde.

Es dauerte eine Weile, bis er wieder die Schreie der Vögel, das Pfeifen des Windes und das Flüstern der Eau Noire vernahm. Als er den Specht und die Dohle hörte und den Wind und das Rauschen des Wasserfalls wieder an seine Ohren drang, wusste er, dass das, was geschah, real war. Am liebsten hätte er seinen Oberkörper an Olgas Brust gedrückt und seinen Bauch an ihren, er spürte einen zuvor unbekannten Hunger in seinem Inneren. Aber er hielt sich zurück, aus Angst, alles kaputt zu machen, wenn er zu viel will; der Augenblick war perfekt, also machte er einfach bis an die Schmerzgrenze geduldig weiter mit der Arbeit der Zunge, mit der alles angefangen hatte.

Durchhalten, nicht nachlassen. Es zieht in seinem Nacken, es zieht in seinem Kiefer, und die Zunge wird langsam müde davon, sich pausenlos um die andere Zunge zu winden, also entspannt er sich und lässt sie machen, nun erforscht sie seinen Mund und tastet seine Schleimhäute ab, und er passt nur auf, seine Lippen tunlichst nicht zu schließen, denn er will nicht, dass es aufhört. Sein Hemd haftet am Felsen, der Stein drückt sich wie winzige Prägestempel in die Haut an seinem Rücken und hinterlässt dort vergängliche Sternbilder. Später werden ihm diese Empfindungen, die jetzt eher nebensächlich sind, helfen, sich an die ganze Szene zu erinnern, der raue Stein, der gegen seine Schulterblätter drückt, kühl im Gegensatz zur Wärme der Arme, an denen er sich festhält, damit er äußerlich nicht auch so ins

Wanken gerät wie innerlich; stachelige Disteln, die über seinen Knöchel reiben und durch den Kontrast das Samtige der Zunge noch verstärken; das nervenaufreibende Kitzeln einer Haarsträhne, die der Wind immer wieder über seine Wange streichen lässt, doch würde er sie zurückstreichen, fürchtete er, etwas zu zerbrechen, das Erlebnis zu beenden. Er achtet darauf, sich nicht zu bewegen, und konzentriert sich auf seinen Mund. Er schmilzt innerlich.

»Für einen Asthmatiker hast du aber einen ziemlich langen Atem!«, sagt Olga und wischt sich mit dem Ärmel den Mund ab.

Sie hat ihre Lippen zu schnell wieder geschlossen, sodass er ihr nun mit offenem Mund entgegenblickt und sich lächerlich vorkommt. Er trocknet sich ebenfalls den Mund ab.

»Mein Vater hat nämlich Asthma, und der pfeift wie ein Schornstein. Du aber nicht. Du kannst bestimmt gut die Luft anhalten!«

Wozu sollte er die Luft anhalten? Er möchte, dass sie weitermacht, sich wieder an ihn schmiegt und die Geräusche und Bilder ringsum ausschaltet. Er will zurück in die warme, weiche Mundhöhle, zu dem Wässrigen, den unterirdischen Flüssen.

»Hast du wirklich Asthma?«

Er nickt.

»Tja, irgendeinen Grund muss es ja haben, dass du jetzt hier bist ... Tun die Berge dir gut?«

»Ja.«

»Mein Vater ist hier geboren, und du kannst ja selber sehen, wie viel ihm das bringt.«

Ihm wird plötzlich heiß. Sie ahnt etwas. Aber auch wenn es noch andere Gründe für sein Hiersein geben mag, ist sein Asthma doch keine Erfindung. Was hat sie nur im Sinn? Sie kennt doch die Italiener. Sie sind zwar nicht die Deutschen und auch nicht die Gendarmes, aber wer weiß, was sie mit ihm machen würden, wenn sie irgendwelche Zweifel daran hätten, dass er wirklich an Asthma leidet.

»Asthma hat man sein ganzes Leben lang, oder? Wie wenn man schielt oder einen Klumpfuß hat.«

»Mag sein ...«

Er hat noch immer ihren leicht erdigen Geschmack im Mund. Er behält seine Spucke im Mund, damit er nicht verschwindet. Sie lacht:

»Dann bleibst du also für immer hier!«

Er möchte vor diesem Mädchen keine Angst haben. Sie steht auf, streicht ihren Rock glatt, pflückt einen Halm Lieschgras ab und steckt ihn sich zwischen die Zähne.

»Ich muss jetzt los. Warte kurz, damit uns keiner zusammen sieht.«

Zum Abschied fährt sie ihm einmal durch das kurz geschnittene Haar; die Locken mussten weg, damit sich keine Läuse einnisten, und Louis findet, dass er jetzt aussieht wie ein Mann.

»Danke«, sagt er leise. Zum Glück ist seine Stimme so dünn, dass sie ihn gar nicht gehört hat.

»Was?«

»Ach nichts.«

Dann sieht er zu, wie sie hinter dem Stein verschwindet, obwohl er sie zugleich mit tausend erträumten Händen zurückzuhalten versucht. Kurz bevor sie aus seinem Blickfeld verschwindet, prägt er sich den Augenblick noch einmal ein: ein Stück von ihrem Rock, das im orangefarbenen Licht aufleuchtet, der orangefarbene Schimmer in ihren nun wieder offenen Haaren, der orangefarbene Moosteppich um den Felsen herum, die orangefarbenen Tannen oberhalb des Weges, das sich allmählich ebenfalls orange färbende Blau des Himmels – ein Vorzeichen für gutes Wetter –, die Bahn eines Raubvogels, dessen scharfer schwarzer Umriss soeben über den Pass fliegt, das getrocknete Moos an der Stelle, wo sich seine Finger in die Erde wühlen, das Kribbeln in den angewinkelten Beinen, das Quaken eines Grasfroschs, das Salz in seinem Rachen. Er tut gut daran, denn er wird sie nicht mehr wiedersehen.

Am nächsten Tag ist ein Neffe von Olga da, um auf ihre Ziegen aufzupassen. »Die Italienerin ist nicht mehr da!«, hört man hier und da jemanden sagen. Sie ist fort, die holde Olga Ancey.

3
gelb

Es ist ein bernsteinfarbener Morgen, sanftes Sonnenlicht, gelber Himmel. Leichter Wachsgeruch kündigt einen heißen Tag an. Die Schultasche schon auf dem Rücken, steht Vincent reglos vor dem Haus, vollkommen gebannt von der wie mit Honig überzogenen Landschaft, und hat das merkwürdige Gefühl, die Umgebung mit jeder noch so kleinen Bewegung zerstören zu können, als wäre es die Leinwand eines gemalten Bühnenbildes. Da geht auf einmal ein Zittern durch die Wiesen. Es ist allein das Gras, das wogt, während die Luft darüber steht. Irgendetwas geht vom Boden aus, von unten. Als wäre das Panorama in der Mitte horizontal gespalten worden, in einen unbeweglichen Streifen oben und einen beweglichen Streifen unten. Vincent starrt auf das Grün, das durch irgendeine unsichtbare Strömung aufgewühlt wird. Moinette kommt dazu, stellt sich dicht neben ihn und schaut ebenfalls zu. Um ihre Lippen spielt ein wissendes Lächeln.

»Wirst gleich sehen ...«

Noch weiß sie nicht, dass auch ihr eine Überraschung bevorsteht. Sie weiß zwar, was geschehen wird, doch hat es heuer ein gänzlich anderes Ausmaß. Im Gegensatz zu Moinette denkt Vincent nicht an die Verwandlung, die im Moos, am Waldrand, in den Blättern der Bäume und der Brennnesseln seit dem Verschwinden der Raupen im Gange ist. Ihm ist im Übrigen nicht einmal aufgefallen, dass sie verschwunden sind, so wie ihr plötzliches Auftauchen im Frühling ihn auch nicht besonders interessiert hat, Raupen sind ihm egal. Er weiß, dass sie sich in Schmetterlinge verwandeln und dass sich das bei schönem Wetter in einem seidigen Ko-

kon abspielt, so viel hat er immerhin aus dem Sachkunde-Unterricht mitgenommen, aber wann und auf welche Weise es passiert – keine Ahnung. Deshalb bekommt er auch von den Anzeichen des unmittelbar bevorstehenden Schlüpfens nichts mit, genauso wenig wie von der Cousse im Winter, einfach weil er das zuvor noch nie erlebt hat. Moinette kennt den Moment, in dem irgendein stummer Befehl den Schmetterlingen mitteilt, raus aus der Verpuppung, und das tun sie dann zu Hunderten, dort in den wogenden Halmen. Vincent sieht nur, dass die Wiesen plötzlich von irgendwas bewegt werden, obwohl es windstill ist.

Da steigt auf einmal ein riesiger Schwarm aus Weißlingen daraus empor. Niemand kennt das Geheimnis dieser perfekten Synchronie, oder vielleicht will man es auch gar nicht wissen, um den Zauber nicht zu zerstören. Von Nahem erinnern ihre beinahe durchsichtigen, von schwarzen Linien durchzogenen Flügel an blasse Kirchenfenster, aber von Weitem und in Summe sehen sie eher aus wie Schnee, der vom Boden gen Himmel steigt. Gazé nennt man sie im Tal, und wie ein weißer Nebel schieben sie sich jetzt vor die Sonne. »Pieridae« ist das Wort für die Lexika.

Moinette lässt ihre Schultasche fallen, so viele Weißlinge auf einmal hat sie auch noch nie gesehen. Ihr schwebender Schatten wabert über die Wiesen hinweg, gleich einem Wetterphänomen. Gefolgt von einem rot gefärbten Schauer, der nur ein Augenzwinkern lang anhält. Kleine, stecknadelkopfgroße Tröpfchen fallen herab, so fein, dass man ihr Auftreffen nicht spürt. Ein dunkler Fleck zieht sich über Vincents Handrücken. Einer über Moinettes Gesicht. Über die Laken und Tücher, die zum Trocknen draußen hängen. Schon entfernt sich der Schwarm. Als unten in Le Clos die Glocke läutet, blinzelt Moinette, und der Zauber ist gebrochen. Sie taucht ihre Hand in das Wasserbecken und wäscht sich das Gesicht. Dann wäscht sie auch Vincents Gesicht ab, der stocksteif dasteht. Sie blickt auf die leere Stelle, wo eben noch die Weißlinge gezittert haben, und sagt, als wäre sie soeben aus einem Traum erwacht:

»Das ist der Sommer ...«

Die Wiesen bewegen sich nicht mehr. Hätten sie nicht diese dunkelrote Spur hinterlassen, könnte man glauben, die vielen weißen Schmetterlinge wären nur eine Einbildung gewesen.

Kurz darauf wird Vincent aus dem Mund des Lehrers – die anderen wissen es bereits – erfahren, dass sich die Schmetterlinge im Augenblick ihres Auffliegens um eine konzentrierte Substanz erleichtern, die sich während der Verpuppung in ihren Eingeweiden angesammelt hat. Nur das Ausmaß dieses Schauers ist heuer unerwartet groß ausgefallen.

»Woran liegt das?«, fragt ein Mädchen.

»Das ist eine Strafe des Himmels, hat meine Oma gesagt«, gibt ein anderes zurück.

Strafe wofür, fragt sich Vincent.

Der Lehrer klopft mit dem Lineal auf seinen Schreibtisch, um für Ruhe zu sorgen, Gott habe mit diesen Wundern der Natur nichts zu tun.

»Aber wer hat denn dann die Schuld, Herr Lehrer?«

Dass er darauf keine Antwort hat, beeindruckt seine Schüler, wo er doch sonst alle Antworten kennt. Dass er noch nicht mal eine Vermutung parat hat, zeigt doch, dass man Gott nicht komplett von der Liste der möglichen Ursachen streichen kann, denkt sich sogar Vincent, dem der Himmel eigentlich egal ist; außerdem wissen alle, dass der Lehrer Atheist ist. Demnach muss es sich doch wohl mindestens um ein schlechtes Vorzeichen handeln. Jeanne wedelt mit ihrem fleckigen Taschentuch vor der Nase ihrer Sitznachbarin herum.

»Gott – oder der Teufel?«

Moinette kratzt düster-verträumt an ihrem Heftumschlag herum.

Émile deutet auf sein rot geflecktes Hemd:

»Vampire!«, flüstert er mit gekrümmten Fingern und schiebt die Eckzähne über die Unterlippe.

Das bringt ihm zwanzig Zeilen Strafarbeit ein, die aber auch nicht zur Auflösung des Rätsels beitragen.

Im Katechismus wischt Abbé Payot die Vermutung der göttlichen Wut beiseite, schließlich gebe es doch ganz andere Dinge, mit denen Gott sich befassen müsse, anstatt mit ihrem kleinen Tal und dessen Bewohnern.

So oder so, fest steht, dass sie nie zuvor so viele Flügel auf einmal gesehen haben. Und noch nie einen solchen Schauer. Der Juli wird also von blutigem Regen eingeläutet.

Nun tauchen sie alle auf, die Schmetterlinge des Sommers, ein märchenhaftes Fest in Orange. Distelfalter aus Afrika, deren Gattung den lateinischen Namen »Vanessa« trägt, Kleine Füchse, Landkärtchen mit spinnennetzartigen Mustern, Tagpfauenaugen, deren große Flecken aussehen wie weit aufgerissene Augen, und vor allem Vincents Lieblingssorte: Dukatenfalter, deren Flügel leuchten wie orangefarbene Flammen, als wären sie soeben aus dem Feuer einer Schmiede gezogen worden. Der Lehrer hat sie eine Aufgabe wählen lassen: entweder ein Herbarium oder eine Schmetterlingssammlung anzulegen. Vincent hat sich sofort für die Lepidopteren entschieden. Er sucht nach toten oder zu Boden gefallenen Exemplaren mit zerrissenem Flügel, die sowieso nicht mehr fliegen werden, so hat man ihm versichert, sperrt sie in ein Glas und bringt sie mit alkoholischen Dämpfen zur Strecke. Auch wenn der Lehrer behauptet, die Betäubung würde schmerzlos ablaufen, hält Vincent ihre Tötung – vielleicht, weil sie so schön, zart, und harmlos aussehen – für eine folgenschwere Entscheidung. Das ist schlimmer, als einen Frosch zu häuten, einem Murmeltier das Fell abzuziehen oder einem Huhn die Kehle durchzuschneiden. Ein kleiner Mord. Der schillernde Friedhof an der Wand des Klassenzimmers bietet einen betörenden und zugleich schmerzhaften Anblick. Deshalb beschließt er, unterhalb der von ihm aufgespießten Körper ihre lateinischen Namen ins Holz zu ritzen, VANESSA CARDUI, AGLAIS URTICAE, AGLAIS IO, ARASCHNIA LEVANA, LYCAENA VIRGAUREAE, das hat etwas Tröstliches, findet er, weil es so feierlich klingt. Als letzte Ehrerbietung benutzt er noch den Puder aus Feuer und Asche an seinen Fingern, um ihn Moinette als Lidschatten über die Augen zu streichen, sodass sie, deren Finger bereits mit unzähligen kleinen smaragdgrünen Käfern geschmückt sind, wie eine kleine Diva aussieht.

Die Schmetterlinge laben sich am Überfluss der unzähligen blühenden Blumen. Anfang Juli ist der Höhepunkt, das Gras steht bis dahin kniehoch, und Halme und Blütenblätter ergeben ein bunt gemischtes Wirrwarr. Dass das alles irgendwann enden soll, ist jetzt und hier unvorstellbar: kein Welken oder sichtbarer Zerfall wie in den Beeten im Parc des Batignolles, den Blumenkästen auf dem Balkon, den gläsernen Vasen bei den Dorselles, wo die Köpfe allmählich immer tiefer herabsinken, die Blütenblätter knittrig und braun werden, die Blumen erschlaffen und allmählich dahinsiechen – die ganze altbekannte Entwicklung bis hin zum leblosen Stillleben. Hier jedoch werden die Wiesen mit all den Arten, die Moinette eilig für ihr Herbarium sammelt – Kleines Habichtskraut, Blauer Lattich, Schwefelanemonen, Weidenröschen –, in voller Pracht abgemäht. Weil sie hochgewachsen und voller Saft und Vitamine sind, die für fettes Fleisch und viel Milch sorgen. Es ist nicht mehr lange hin bis zum großen Mähen, wenn all die Köpfe abgeschnitten werden. Vincent begreift Moinettes Eile nicht, er hält das Paradies für grenzenlos.

»Die Blumen sind für die Kühe«, warnt sie ihn und presst ihr Herbarium an sich, während Vincent oben auf dem Hügel steht und sich noch ein paar Stengel herausnimmt. Alle wissen es, außer ihm und den Schmetterlingen, deren Leben zu kurz ist, um es in ihrem Insektengedächtnis zu bewahren: Der Sommer ist strohgelb.

Eine dritte Jahreszeit in Vallorcine. Für Vincent also wieder eine vollkommen neue Erfahrung, denn jede Saison hier in den Bergen bringt etwas vollkommen anderes mit sich. In Paris bedeutet Sommer, dass der Asphalt sich wieder aufheizt, Eisessen am Wasser, ein kurzes Bad in dem kleinen Kanal, wenn kein Wächter es mitbekommt, Vadim schaut den anderen nur aus dem Schatten der Platanen dabei zu, denn er darf sich nicht erkälten. Sommer bedeutet keine Schule, draußen spielen bis zur Sperrstunde, Murmeln, Schiffchen aus Papier oder Blättern, die sie im Rinnstein um die Wette fahren lassen, sie schunkeln auf dem grauen Seifenschaum, bis sie vom Gully verschluckt werden. Kino, so oft man will. Die nackten Unterschenkel der Frauen; Jean sucht sich dann eine Bank, von der aus er alles im Blick hat, fordert seinen Bruder auf, sich neben ihn zu setzen, und sortiert die Waden je nach Körperbau: Storchenbein, Radfahrer, Stubenhocker, Spargeltarzan, Bäcker (so prall und braun gebrannt wie ein Laib Brot). Sommer sind auch die Nachmittage bei den Dorselles, wenn er seiner Mutter hilft. Er faltet die Laken und fährt glättend mit dem Handrücken darüber, um sie fürs Bügeln vorzubereiten, er trocknet das Geschirr mit einem weichen Tuch, stellt Bücher zurück ins Regal, wässert Bäume im Topf. Vom Sommer merkt man in der Wohnung mit den dicken Mauern nicht viel. Obwohl sein Internat geschlossen ist, schaut der Sohn der Dorselles, der echte Vincent – oder sein Doppelgänger –, nur kurz vorbei, weil er bereits Mitte Juli in irgendein Haus am Meer oder in irgendeinen Wald aufbricht, raus aus der Stadt. Sommer, das ist auch Langeweile, wenn die Ferien zu lang werden und alle Freunde verreist sind, ereignislose Tage und Stunden, wenn Vadim stundenlang in seinem dicken Heft zeichnet, um die Leere zu füllen: die tiefschwarze Kette einer Ameisenkolonie an den Fußleisten; der weiche Krater in der Schale einer überreifen Frucht; geologische Klüfte, inspiriert von den Rissen im Leder seiner Schuhe; das Packeis eines im Inneren gebrochenen Eiswürfels.

Langeweile gibt es in Vallorcine nicht. Das Wort passt hier genauso wenig hin wie »Metroticket«, »Flitter« oder »Speisesaal«, weil es so viel zu tun gibt. Louis freut sich über das gute Heujahr, das sie dem Wechsel aus Frühlingsregen und üppigem Sonnenschein zu verdanken haben, und fügt hinzu: »Wenn es ans Heumachen geht, Kleiner, dann heißt das sechzehn Stunden auf dem Feld von früh bis spät, und dann noch die Kälber, die Ziegen, das Schwein, und Essen vorbereiten – wenn man dann endlich im Bett liegt, braucht man kein Einschlaflied mehr.«

Die Ferien stehen also vor der Tür, und Vincent hat keinen Zweifel daran, dass die Kinder auch dann gut beschäftigt sein werden, denn Arbeit gibt es genug. So kommt es nicht ungelegen, dass der Lehrer seit Monatsbeginn von einer schweren Bronchitis ans Bett gefesselt wird, sodass seine Schüler schon eine Woche früher entlassen werden – denn die Schule in Le Nant kann nicht dreißig Schüler zusätzlich aufnehmen und die in Barberine erst recht nicht –, und Abbé Payot besteht auch nicht darauf, den ausgefallenen Unterricht in Katechismus umzuwandeln: In diesem Jahr geht es früher los mit der Mahd, man hat sowieso nie genug Hände, und selbst der Priester hilft beim Mähen. Also werden die Ferien kurzerhand vorverlegt, und es beginnt die Zeit, in der man sich so gut wie nie im Inneren der Häuser aufhält – die kommenden drei Monate wird das Leben hauptsächlich draußen stattfinden. Du hast allen Grund, dich zu freuen, Vincent: Dein brav am Pult sitzendes Schülerskelett verschmilzt mit deinem lebendigen, jugendlichen Körper, und die Welt draußen scheint grenzenlos. Drei Monate ... gemessen an der Zeit, die du bisher hier verbracht hast, ist das fast gleichbedeutend mit *für immer.* Der Unterricht hat also längst geendet, als die Kinder die Tische im Hof gründlich waschen, den Boden schrubben, den Klassenraum durchlüften, deswegen erledigen sie diese Aufgaben in einem vollkommen anderen Tempo als sonst, was sich für sie komisch anfühlt. Sie hatten alle längst Gelegenheit, eine Kostprobe vom Gelb zu nehmen.

Vor dem Heumachen kommt der Almauftrieb. Im Almanach von 1942 hat Vincent den Eintrag dazu mit Bleistift gefunden. In diesem Jahr sind sie fünf Tage früher dran. Die Kühe werden nach Loriaz gebracht, auf eine Alm, die man vom Tal aus nicht sehen kann. Sieben Hirten werden den Sommer unter dem gleichnamigen Berg damit verbringen, die Kühe grasen zu lassen, zu melken und Bergkäse herzustellen, während Vallorcine ganz den Schnittern gehört. Anselme, einer von Moinettes Brüdern, ist einer der Hirten. Er hatte Glück, diesmal wurde gelost, weil sich viel mehr Kandidaten als sonst beworben hatten, obwohl es harte Arbeit ist – »Loriaz«, erklärt ihm Louis, »ist ein guter Ort, um sich vor dem Arbeitsdienst in Deutschland zu drücken.«

Schon seit Monaten hat Vincent ein Bild im Kopf, in dem er sich die Hochlagen der Region, von Balme bis zu den Posettes und den Perrons, als Zufluchtsberge vorstellt, eine Zone voller Höhlen, Schlupfwinkel und Geheimverstecke für gesichtslose Flüchtende. Vincent wird beim Zug auf die Alm dabei sein, also wird er die Ställe in Loriaz bald mit eigenen Augen sehen. Und da er mit Anselme sogar einen der Hirten kennt, die mit den Tieren auf die Alm ziehen, werden die Legenden für ihn wahr. Und die kleine Geschichte, die er sich ausgedacht hat, geht in einer größeren Erzählung auf.

Er kann es nicht erwarten aufzubrechen, seine Augen, Ohren und Beine können es nicht erwarten. Er blickt zum Himmel empor, während Blanche im ersten Licht der Morgendämmerung den Proviant für Louis, Éloi und ihn zubereitet, sie gehen los, bevor es richtig hell wird, und dann ist es so weit. Sein erster richtiger Aufstieg. Im Vergleich zu heute ist der Weg vom Bahnhof in Argentière bis zum Tunnel von Montroc bei seiner Ankunft der reinste Spaziergang gewesen. Éloi macht sich über Vincents Aufregung lustig. Natürlich ist Loriaz nicht der Mont Buet oder die Aiguille du Midi, doch der bisherige Rekord des Jungen – abgesehen von dem täglichen Aufstieg in die siebte Etage eines Pariser Gebäudes im Haussmann-Stil: hundertsechzig Stufen bzw. 19 Meter hoch – ist der Hügel von Montmartre, der sich 95 Meter hoch über die Île de la Cité erhebt. Sie haben Marquise und Rouquine ausgiebig gebürstet und ihre Hufe inspiziert, und jetzt tauschen sie ihre Glocken gegen riesige, schwarze Kuhglocken, die sieben Kilo das Stück wiegen und deren Geläute so sehr dröhnt, dass man sie auch durch Nebel oder dichten Regen hindurch hören kann, und die ihnen jetzt, in dem eng begrenzten Raum des Stalls fast das Trommelfell zerreißen. Charmante ist unruhig und muht, sie wird in La Villaz bleiben, aber natürlich spürt sie den bevorstehenden Aufbruch. Weil der Käse da oben beschlagnahmt werden kann, schicken sie wie alle anderen auch lieber eine Fähe nach oben, die noch keine Milch gibt, dafür aber Fett ansetzt, und behalten eine Milchkuh bei sich.

»Wenn sich am Ende doch bloß die Soldaten den Bauch damit vollschlagen ...«

Als sie das Glockenläuten der aus Barberine eintreffenden Kühe vernehmen, zeigt die Wanduhr 5.45 Uhr an.

Der Weg nach Loriaz windet sich in einem sanften Anstieg am Rande der Felder entlang. Als die Tiere an ihm vorbeiziehen, zerrt Whisky an der Leine, sein stummes Bellen ist einen Blick wert: Er reckt die Schnauze in die Luft und öffnet und schließt mehrmals das Maul. Es ist ein wildes Durcheinander aus Menschen und nervösen Tieren, zwei bis drei Mitglieder jeder Familie haben sich den vom langen Winter noch ganz mageren Kühen angeschlossen; vor allem Männer und Kinder, die Kiepen voller Kartoffeln und Eingesalzenem tragen, damit die Hirten bis September durchhalten. Sie pfeifen und rufen und begrüßen einander, und an jeder Wegkreuzung vergrößert sich der Trupp, und der Lärm schwillt an, ein Gewirr aus dem unablässigen Stampfen auf der Erde, den metallischen Klängen der Glocken und den vielen Echos, die zwischen den Hängen hin und her geworfen werden. Vieles davon gibt es sonst nicht – diese Nähe aus so vielen Leibern, die unaufhörlich aneinanderreiben und gegeneinanderstoßen, denn die Leute von hier leben verstreut auf die einzelnen Dörfer, und ein regelmäßiges Fest gibt es in Vallorcine nicht, kein größeres Ereignis, keinen Markt, keinen zentralen Platz zum Versammeln, nichts, was sie so zusammenbringen würde wie der Almauftrieb. In der Kirche, wo sie einmal die Woche aufeinandertreffen, haben ihre Bewegungen einen kleinen Radius; dort sind es synchrone, vom Ritus strikt vorgegebene Gesten, wohingegen sie an diesem Morgen ausladend, frei und unvorhersehbar werden und sich ausbreiten wie freskenartige Gemälde. Hundertzwanzig Menschen, fünf Schweine und siebzig Kühe ziehen gemeinsam nach Loriaz – normalerweise seien es hundert Kühe, hat Éloi gesagt: »normalerweise« bedeutet »vor dem Krieg«. Doch ganz gleich, ob siebzig oder hundert, sie wirbeln einen dichten gelben Staub auf, sodass man ihr Vorankommen von unten bestimmt allein anhand dieser schwebenden Wolke verfolgen kann.

Der Weg aus La Villaz heraus führt sie durch Waldstücke, wo Moosbärte wie Hexenhaare von den Ästen herabhängen: Die Aussicht ist fast so unverstellt, als würde man von einem Balkon hinunterblicken, sodass Vincent den Höhenunterschied von siebenhundert Metern, den er dabei ist zu überwinden, die ganze Zeit perfekt vor Augen hat. Im Schritttempo der Kühe dauert es zwei Stunden, bis sie Loriaz erreichen, und Vincent kann in aller Ruhe zusehen, wie die Dächer allmählich kleiner werden, der Fluss sich in die Länge zieht, das Massiv der Posettes schrumpft, je höher er steigt. Als im Frühling der Schnee schmolz, wurden Entdeckungen zuvor verborgener Dinge in der Horizontalen möglich. Der Sommer dagegen bringt vertikale Verheißungen mit sich.

Moinette nennt ihm den Namen jeder neuen Blume,

die sie für ihr Herbarium sammelt, Veilchen, blauer Enzian, Türkenbundlilien, die an umgestülpte Geldbeutel erinnern, hell leuchtende Blüten der Hauswurz, Alpen-Rasenbinsen, deren Blüten aussehen wie Wattebäusche.

»Du hast noch nie Veilchen gesehen.«

Hat er doch, er kennt sogar eine Veilchen-Verkäuferin, aber er sagt nichts. Er hört sowieso nur mit einem Ohr zu, so eingenommen ist er von der scheinbar grenzenlosen Aussicht.

»Du hast noch nie Enzian gesehen, du hast noch nie Anemonen gesehen, du hast noch nie Lilien gesehen.«

»Nein«, murmelt er zerstreut.

»Wirst du auch so bald nicht wieder, also schau sie dir besser an. Diese Blumen wachsen nämlich nur hier oben.«

Er blickt lieber zum Himmel empor als zur Erde. Als sie die Baumgrenze hinter sich lassen, bekommt die Landschaft auf einmal solch ein monumentales Aussehen, dass er kurz erschrickt. Das flache Tal sieht aus, als wäre es ringsum von einem schneebedeckten Gebiss in Weiß und Schiefergrau umstellt, und ein Stück weiter hinten erheben sich Bergreihen, die ganz ähnliche Formen aufweisen und deren Oberfläche nach und nach unschärfer wird, deren graue Färbung bis hin zur Durchsichtigkeit immer weiter verblasst, bis sie fast verschwinden – ist das noch Schnee, oder sind es schon Wolken? Die Welt besteht aus lauter Bergen, und die Menschen sind nur aus Versehen da, hier und da in den Faltungen der Gebirge. Zum Glück hat es vor Loriaz die Aiguilles Rouges gegeben, nähere und vergleichsweise zugänglichere Formen, die nicht so schroff und abweisend wirkten. Ohne diese Vorstufe hätte Vincent es jetzt wohl mit der Angst bekommen. Nun versteht er auch zum ersten Mal, warum von »Massiv« oder von »Kette« die Rede ist, Worte, mit denen er zuvor kein Bild verband. Vincent hat keine Ahnung, wie hoch diese Gipfel sind, die wie Zähne in den Himmel ragen, er kann ihre übertriebenen Ausmaße nur erahnen. Laut Éloi liegt Loriaz auf 2000 Metern Höhe, aber all das, was sie da vor sich haben?

»Direkt vor dir, Vincent, das ist der Mont Blanc.«

Das hilft ihm auch nicht weiter, denn von hier aus gesehen ist der Mont Blanc nur ein Kiesel inmitten von anderen Kieselsteinen; die echten Proportionen werden durch die große Entfernung unkenntlich gemacht. Alles, was nicht messbar ist, gehört göttlichen Sphären an, und fast alle Götter entstammen den Bergen. Und wenn nicht ein Gott sich der Dinge bemächtigt, dann die Kunst. So kommt es, dass diese unwirkliche Umgebung Vincent letztlich nicht erschlägt, sondern ihn emporhebt. Kurz davor, seinen Körper zu verlassen, schwelgt er in einem Gefühl irgendwo zwischen Schwindel und Hunger. Es tut nicht weh. Er fühlt sich ganz leicht. Kristallklar. Als würde er ein winziges Stückchen über dem Boden schweben. Auf unerklärliche Weise dankbar. Obwohl er nicht recht weiß, wem oder was gegenüber, droht es ihn zu überwältigen und drängt ihn, nach einem Halt zu suchen, etwas zum Festhalten oder Drücken, um sich nicht aufzulösen, oder vielmehr, um diesen Überschwang, dieses Zuviel an Euphorie irgendwie abzuleiten; und dann ist es schließlich Moinettes Hand, die er findet, ihre kleine, vom Saft der Blumen feuchte Hand.

»Du hast noch nie Loriaz gesehen ...«, murmelt sie fasziniert.

Er drückt ihre Hand fest. Die Kühe verteilen sich im saftigen Gras, während sie noch mit Rufen versuchen, sie zusammenzuhalten – es gibt im Tal, abgesehen von Whisky, der jedoch alles andere als ein Hirtenhund ist, keine Hunde, obwohl ein Hund vier Menschen ersetzen könnte. Vincent hält sich etwas abseits vom Trubel, und Moinette bleibt in seiner Nähe. Éloi lässt ihn in Ruhe, er war ja dabei an jenem Januarmorgen, als der Junge zum ersten Mal einen Berg erblickte, und begreift, dass das merkwürdige, beneidenswerte Staunen wieder eingesetzt hat. Genau wie damals, nur stärker.

Bald wird Vincent Moinettes Hand loslassen, aber es wird den ganzen Tag so bleiben, dass die Aussicht ihn mehr fesselt als das allgemeine Treiben auf dem Plateau: Die Kühe werden zu den Ställen geführt, wo sie ganz selbstverständlich ihren Platz vom Vorjahr einnehmen, dann werden sie gemolken, jemand reicht Vincent ein Glas frische Milch; dann der Kuhkampf, die Hufe, die den Boden aufwühlen, die Tiere, die wütend ihre Wangen im Gras reiben, die frontalen Zusammenstöße, Moinette wird ihm den Ellenbogen in die Rippen stoßen, »Guck doch mal, Marquise gewinnt!«, die Hörner, die sich in den Halsriemen verfangen, bis eine Kuh den Sieg erringt, zur Königin ernannt und mit einem Rhododendronzweig gekrönt wird; dann die Segnung der Herde unter dem Kreuz durch den Abbé; dann das Planschen im Schlamm des Sassey, ein kalter, von Eis gesäumter Tümpel, der sich hinter der Moräne versteckt. Später isst er seinen Proviant, ohne den Blick vom Horizont abzuwenden, taub für das Geschwätz von Louis und den Alten, die über den Krieg reden, mal wieder, immer noch über den ersten, und schief die immer gleichen Soldatenlieder singen. Hinter Vincent fällt das Licht der schwächer werdenden Sonne auf die sechzehn im Halbkreis angeordneten Ställe und übergießt die Gipfel vor ihm mit bronzener Farbe, er fühlt sich wie in einer Falle aus Licht. Die Alm ist das perfekte Versteck für die Hirten, für Menschen auf der Flucht oder Gespenster – und dabei so traumhaft schön, dass man sich fast schon wünscht, entweder Hirte, Flüchtling oder Gespenst zu sein. Zum Gespenst wird man hier vielleicht so oder so, zurückgeworfen auf absolute Genügsamkeit: Nichts als Luft, Licht und Wasser, daraus besteht hier alles, auch die Menschen.

Beim Abstieg lässt er sich Zeit und verweilt mit Émile noch ein wenig in der Schlucht oberhalb von La Villaz, zwischen den Rhododendronbüschen, die ihm die Schulter zerkratzen, bis der Hirtenstern glitzernd am Himmel erscheint – das allerletzte Zeichen, um nach Hause zurückzukehren, hat Éloi ihm eingeschärft. Erst bei seiner Rückkehr ins Dorf, als der Abstieg am Rande tiefer Abgründe hinter ihm liegt, auf dem er nach und nach wieder zum menschlichen Wesen wurde, in die vertrauten Formen und Proportionen seines Jungenkörpers zurückkehrte, die Beschaffenheit der Muskeln und so weiter wieder zu spüren begann, merkt er, dass es ihn jetzt nach irdischer Nahrung verlangt: Er hat Hunger.

Als er zur Tür hereinkommt, beugen sich Blanche, Éloi und Albert gerade über den auf dem Tisch ausgebreiteten *Petit Dauphinois*. Als sie ihn sehen, weichen sie auseinander, und sein Blick fällt auf Louis, der zwischen den beiden anderen steht und seine Pfeife stopft.

»Das hat schon was da oben, stimmt's?«

Vincent, der immer noch den Luftzug der Berge spürt und dessen Wangen vom Rennen und der Hitze in der Stube glühen, nickt nur.

»Stell dir vor, in der Zwischenzeit haben sie sich doch tatsächlich in den Kopf gesetzt, Sizilien zu erobern«, klärt Louis ihn auf.

Wer, sie? Éloi und Albert nehmen am Tisch Platz, und Blanche geht hinüber zum Ofen. Vincent tritt näher heran und wirft einen Blick auf die Zeitung.

»Wo liegt das noch mal, Sizilien?«

»In Italien. Eine große Vulkaninsel unterhalb vom Stiefel.«

Louis dreht die Zeitung zu Vincent. Der liest laut daraus vor: »Heftige Kämpfe sind an der Ostküste von Sizilien im Gange, wo die britisch-amerikanischen Einheiten gelandet sind.«

»Die Alliierten. Lies weiter.«

»Eisen...Eisenhowers Soldaten«, entziffert er langsam, »haben jetzt schon herbe Verluste einstecken müssen und werden in den nächsten Tagen auf noch größere Probleme treffen.«

Sie lachen.

»Herbe Verluste ... Wer's glaubt. Egal, wir finden schon noch raus, was wirklich vor sich geht, und zwar im Radio.«

Sie essen also zu Abend und versammeln sich anschließend um das Radiogerät, wo aus einer Art Schneesturm heraus ein langes, wirres Gedicht zu ihnen dringt:

Sturm auf dem Eismeer
Die Bibliothek steht in Flammen
Die Bäckerin ist wieder gesund

Vincent lässt sich von der monotonen Stimme einlullen, während die Kartoffeln wie Zement in seinem Magen liegen.

Senkt also eure Lider
Gewälzter Stein bemoost nicht
Der Tod von Turenne ist unwiederbringlich
Die Tugend lässt in allen Augen nach

Der Kopf des Jungen beginnt unaufhaltsam zu sinken.

Höre das Weinen meines Herzens
Bald wird dir die Milch ausgehen

Aus den Nachrichten aus Sizilien stechen wundersame Namen hervor, die ihn in seiner übergroßen Müdigkeit so gerade noch erreichen, »Messina«, »Capo Passero«, »Syrakus«, wie unbekannte Kontinente – oder weitere Almen? Als er sieht, wie Louis' Augen bei den Worten »Linie«, »Vorstöße«, »strategischer Hafen« aufleuchten, denkt er, dass es offenbar Grund zur Freude gibt, das Gefasel von den bitteren Erfahrungen der Alliierten hin oder her, und Louis fügt den soeben gesendeten Gedichtzeilen eine weitere hinzu: »Jetzt wird den Makkaronis Feuer unterm Hintern gemacht.«

»Anders ausgedrückt, Kleiner, die Italiener kriegen jetzt ordentlich was auf die Mütze.«

Vincent weiß nicht, ob Louis sich dabei auf Sizilien bezieht oder auf Vallorcine. Vielleicht auf beides? Er ahnt auch, dass das Schicksal der Italiener hier mit den Ereignissen dort verknüpft ist, aber er ist zu erschöpft, um weiter nachzufragen. Vor ihm liegt noch ein Höhenunterschied von zwei Metern fünfzig, um in sein Zimmer zu gelangen, und dies ist der schwerste Aufstieg des ganzen Tages, niedergedrückt von der Müdigkeit schleppt er sich nach oben und wirft sich angezogen auf sein mondbeschienenes Bett. Schon versinken Loriaz, Sizilien und alles andere im Schlaf.

Als Vincent die Neuankömmlinge sieht, die in den Tagen nach dem 14. Juli eintreffen, fühlt er sich um seine neue Jahreszeit betrogen. Für Vincent ist »Zuhause« nur ein verschwommener Begriff. Früher war es immer Paris und in Paris immer dieselbe Wohnung in Batignolles, seit seiner Geburt, und in dieser Wohnung immer dasselbe Zimmer, außer in der kurzen Zeit, in der sie bei den Dorselles unterkamen. Natürlich ist Vallorcine nicht sein Zuhause, da macht er sich nichts vor; er hat hier ja auch keine Erinnerung, die länger zurückreicht als sechs Monate, aber man hat ihn hier bedingungslos aufgenommen, er wurde nicht fortgejagt, niemand spricht sich gegen seine Anwesenheit aus, niemand bedroht sein Leben, er hat ein eigenes Bett, eine Kiepe und einen Pépé, das allein genügt ihm, um Dankbarkeit und den Wunsch nach Verwurzelung zu hegen. Und als er dann zusehen muss, wie die Ferienkinder nach und nach in den Dörfern ankommen, Kinder von außerhalb, die noch fremder im Ort sind als er, der schließlich bereits den Winter dort verbracht hat, den kompletten Frühling und ein Stückchen vom Juli sogar noch dazu, da fühlt er sich hereingelegt, denn der Sommer, findet er, steht ihm nun doch einfach zu. Hat er sich nicht nach der langen Wartezeit in den vielen Monaten voller Schnee ein gewisses exklusives Recht auf den Sommer verdient?

Albert bemerkt, dass es weniger seien als in den Jahren zuvor, was an der Aufhebung der Demarkationslinie und der Besetzung der Südzone liegen mag. Doch sie sind da. Mädchen und Jungen, vor allem aus Lyon und aus Annecy, die meisten von ihnen Stadtkinder, die von der Secours National in die Sommerfrische geschickt werden, manche davon zum ersten Mal, andere nicht, und genau die stören ihn am meisten, weil sie schon mindestens einen Sommer in Vallorcine erlebt und ihm somit für die kommenden Monate etwas voraushaben. Die eine oder der andere, die schon mal in Vallorcine waren, wissen vielleicht sogar, dass er nicht von dort stammt, weil sie ihn noch nie zuvor gesehen haben. Aber damit nicht genug, denn darüber hinaus gibt es ja auch noch die Nichten, Cousins, entfernten Verwandten der Einwohner, die regelmäßig ihre Sommer hier verbringen; sie kommen aus Chamonix, aus La Roche-sur-Foron oder Sallanches und genießen gewisse Vorrechte. Es hilft nichts, egal, wohin er sich wendet und ob man ihn nun den Stammgästen zurechnet oder zu den Neuankömmlingen zählt, die Ankunft der Ferienkinder macht Vincent wieder bewusst, dass er hier fremd ist.

Darum hält er sich anfangs lieber von ihnen fern. Mit den meisten dieser Kinder gibt es sowieso keine Berührungspunkte, sind sie doch in erster Linie angereist, um sich zu erholen, und gehen höchstens einmal auf die Felder, um ein Kalb zu streicheln oder aus sicherer Entfernung beim verrückten Tanz der Sensen zuzuschauen. »Erholung« ist zwar auch der offizielle Grund für Vincents Aufenthalt in Vallorcine, aber in seinem Fall hat das Französische Hilfswerk damit nichts zu tun. Ein Gedanke schießt ihm durch den Kopf: Vielleicht sind diese Kinder ja auch geflohen. Nur weil sie blass und dürr hier ankommen, heißt das nicht, dass sie tatsächlich krank oder unterernährt sind. Dagegen spricht allerdings, dass Abbé Payot bei ihrer Vorstellung im Katechismus gesagt hat, sie würden nur bis zum Schulanfang im Oktober bleiben. Es handelt sich also nur um einen vorübergehenden Ortswechsel, der mit dem Sommer endet. Jude ist man hingegen für immer.

Nicht so einfach, als Einheimischer durchzugehen, wenn man noch nie beim Heumachen dabei war, Vincent. Aber zum Glück ist die Mahd Männerarbeit. Für richtige Männer, nicht für Jungen – also nicht für dich. Eine Frage der Größe und vielleicht auch der Muskeln. Deine Unwissenheit muss dir also keine Angst machen. Von den Jungs in deinem Alter ist niemand bei der Mahd dabei, deswegen wird dich das nicht verraten. Die Männer fangen um vier Uhr morgens an, um die Zeit solltest du eigentlich schlafen, aber du willst dabei sein und mehr wissen als die Ferienkinder; deswegen hast du gefordert, dass sie dich an den ersten Tagen ebenfalls wecken. An Élois Gürtel hängt ein Schleifstein, und während die Nacht sich allmählich zurückzieht, bringt er dir bei, die Klinge zu schärfen. Funken sprühen und du musst an den Tunnel von Montroc und an den an der Wand entlanggezogenen Stein am Tag deiner Ankunft denken. Überall im Tal beziehen die Männer ihre Positionen, bereit, mit der Arbeit loszulegen. Während über ihnen der Sternenhimmel verblasst, beginnen sie schweigend ihr Werk, und man hört nichts als das Sirren der Sensen; um das Gleichgewicht zu halten, stehen sie breitbeinig und mit dem Rücken zum Hang, sodass die Sense ein ganzes Stück unterhalb von ihnen hin- und herschwingt. *Wie Uhrenpendel,* denkst du. So weit das Auge reicht, Hunderte von Standuhren, die stumm, dunkelblau vor dem zartblauen Himmel die Zeit vermessen. Rechts, links, rechts, links, zeitlich versetzt hier und da, aber dennoch synchron, vier Stunden lang, während der Tag heraufzieht und es allmählich wärmer wird. Heuduft breitet sich aus, an den sonnenbeschienenen Stellen wärmer als auf der sonnenabgewandten Seite, wo immer Schatten herrscht. Acht Stunden. Die anderen, Kinder und Frauen, kommen dazu. Moinette und Blanche, mit Lucien in ihrer Kiepe. Für die Männer gibt es einen Imbiss, du hältst den Schleifstein und wetzt die abgenutzten Klingen, bis sie scharf schneiden wie zuvor; als jemand dir ein Stück Käse reicht, beißt du stolz hinein, denn du hast jetzt gesehen, was den Ferienkindern verborgen bleibt, und vielleicht sogar den Einheimischen deines Alters. Ihr, die Kinder und die Frauen, verteilt mit dem Rechen das geschnittene Heu, damit es schneller trocknet. Dann esst ihr zu Mittag, die Muskeln tun schon weh, es zieht in den Armen, und die Sonne brennt. Danach muss das Heu gewendet werden, mehrere Male wenn nötig, denn am Ende des Tages muss es trocken sein. Ihr habt keine Heugabeln, und da die Zinken der Rechen so kurz sind, müsst ihr mehr Kraft aufwenden. Dann legt ihr das Heu zu Haufen zusammen, aus denen die Männer Bündel machen, die über fünfzig Kilo wiegen, manchmal sogar achtzig. Wenn die Kühe nicht mehr auf der Weide stehen, braucht man pro Kuh für die gesamte Zeit im Stall sechzig bis siebzig Bündel, hat Éloi dir erklärt, der froh ist, sein Wissen endlich an jemanden weiterzugeben, und deshalb heute jede seiner Handlungen kommentiert – für dich, damit du lernst, und ein wenig wohl auch, als wärst du sein Sohn. Du rechnest aus: 60 Bündel x 70 Kilo = 4 200 Kilo, im Tal gibt es hundert Kühe, das macht 420 000 Kilo Heu, eine viel zu große Menge, um sie sich vorzustellen. Du siehst zu, wie die Männer die Seile zu Boden werfen, die Bündel darin einrollen und ordentlich festzurren, damit sie auch halten, die Halme dann in eine Richtung kämmen, damit sie nicht herausfallen, bevor sie sich mit gesenkter Stirn hinknien wie Büßer. Dann bugsieren die Frauen die riesigen Bündel rollend auf die Rücken der Männer. Manche schieben zusätzlich noch einen kleinen mit Heu beladenen Handkarren. Sodann steigen Stroh-Männer samt Karren zu den Heuschobern hinauf und laden ab. Das ganze Tal, in dem eben noch die Sensen glitzerten, ist jetzt voller »Trosses«, wie die Heubündel hier genannt werden. Dann kehren sie nach unten zurück und machen weiter. Voller Bewunderung blickst du auf Éloi, der nie aus dem Gleichgewicht gerät und dessen Nacken so stark ist, dass er beim Laufen die Arme frei hat, weil seine Trosse so fest an seinem Kopf lehnt, als wäre sie dort angeschraubt. Du versuchst, dein Staunen vor den Ferienkindern zu verbergen, denn sie sollen ja schließlich glauben, dass der Ablauf dir vertraut wäre, doch deine aufgerissenen Augen und dein Innehalten mit dem Rechen in der Hand verraten deine Unerfahrenheit, kleine Stadtratte. Am späten Nachmittag wendet ihr euch von den Feldern ab und lasst ein Muster aus Valamonts zurück, jenen immer gleich aussehenden Heuhaufen, deren Aufbau verhindert, dass der Morgentau ins Innere dringen kann. Ihr hofft auf eine trockene Nacht, denn Regen würde alles ruinieren. Deshalb erlaubt der Abbé, wenn ein Schauer droht, ausnahmsweise auch am Sonntag, dass das Heu eingeholt wird, obwohl es sonst immer heißt: nein, nein, einen Tag muss es geben, der ganz sicher dem Herrn und dem Gebet gewidmet ist, einen Tag, der von vornherein feststeht, eine feste Regel, denn sonst würdet ihr ja ständig davon abrücken. Aber diesmal steht zu viel auf dem Spiel: Mitte August beginnt die Zeit der Gewitter, bis dahin muss die Mahd beendet sein, sonst verfault alles. Du, Vincent, gibst dir große Mühe, alle Aufgaben, die dir zufallen, korrekt auszuführen. Du willst ein Vorbild sein. Du willst ein Einheimischer sein. Du heftest deinen Blick auf Moinette und ahmst jede ihrer Bewegungen gewissenhaft nach, die Choreografie der Mahd, von der du bisher keinen Schimmer hattest. Moinette muss lächeln angesichts deiner extremen Konzentration, deiner Unnachgiebigkeit, deines großen Ernstes, insgeheim macht sie sich ein wenig lustig über deine gerunzelte Stirn, die Zunge, die zwischen den Zähnen hervorblitzt wie bei einem beflissenen Schüler, deine verstohlenen Blicke, mit denen du dich vergewisserst, nicht aus der Menge herauszustechen. Vielleicht bewundert sie dich. Es gefällt dir, die Landschaft, die dich geprägt hat, nun deinerseits umzuformen. Das ist besser als Zeichnen. Du machst sie dir zu eigen und hinterlässt in dem ganzen Goldgelb deine Markierung. Am Abend bist du so erschöpft, dass das Einzige, wofür du noch einen Rest Kraft übrig hast, ist, dich in der Stube neben Lucien zu legen und langsam deine Finger vor seinen flinken Augen hin und her zu bewegen. Er ist jetzt zweieinhalb Monate alt, hast du nachgezählt, und nachts hörst du sein Weinen nicht mehr, weil du dich daran gewöhnt hast wie an die Glocken der Tiere. Er lächelt, wenn du lächelst, brabbelt, wenn du es tust, und beide schlaft ihr den gleichen Schlaf, den der Neugeborenen.

Das Leben abseits der Felder ist anders. Die Ziegen auf La Poya werden einem Kind anvertraut, alle auf einmal, und die Familien wechseln sich mit dem Hüten ab, weil der Hirte, der zuvor aus dem Schweizer Dorf Isérables zu ihnen kam und den ganzen Sommer über blieb, wegen des Krieges nicht mehr kommt. Vincent hofft, dass der Kelch an ihm vorübergeht, denn er weiß, dass er kein Händchen für Ziegen hat, das wäre offenkundig, es sei denn, Moinette würde ihn begleiten, aber auch dann wüssten es alle. Dann sind da noch die Kälber und die jungen Kühe, die morgens und abends rausgelassen werden, das ist die Arbeit der Kinder und Alten, einmal um sechs Uhr morgens, vor dem Mähen, und einmal danach. Die Kälber und Fähen sind ruhiger als die Ziegen, sie rennen nicht ständig zwischen den Felsen herum, außerdem ist Rouquine auf der Alm, sodass nur noch eine Fähe bei Moinette steht. Das gibt ihm Gelegenheit, vor den Ferienkindern, die sich gerne in der Nähe der Kälber aufhalten, eine kleine Schau abzuziehen. Denn hier, wo es nicht ums Heumachen, sondern um Spiele und lustige Zeitvertreibe geht, kann er weit besser Eindruck schinden: Blumen und Sonnenschein gab es hier auch schon im Frühling, wodurch er genügend Zeit zum Üben gehabt hat und ihnen jetzt überzeugend den Einheimischen aus Vallorcine vorspielen kann. Er gibt ihnen eine Art Farnkraut, das nach Lakritz schmeckt, wenn man daran lutscht. Erst trauen sie sich nicht, dann beißen sie hinein und spucken aus.

»Noch nie Fiodzette gegessen?«

Er gibt ihnen Disteln, nachdem er mit dem Messer das Innere herausgeschnitten hat, und Golddisteln, die man Blatt für Blatt essen kann wie Artischocken. Sie verziehen das Gesicht.

»Noch nie Eberwurzen probiert?«

Er macht Löcher in leere Konservendosen, um daraus Räuchergefäße herzustellen, in denen er Pinienzapfen und manchmal auch getrocknete Kuhfladen verbrennt; er knüpft eine Schnur daran und schwenkt sie in der Abenddämmerung über seinem Kopf:

»Das vertreibt die Mücken«, erklärt er.

Als Nächstes ruft er, dass es nun an der Zeit sei, die Ziegen hereinzuholen, denn »seht nur, ihre Pupillen ziehen sich schon zusammen«.

Er scheucht unter Steinen sitzende Weberknechte auf, füllt sie in Gläser und lässt sie herdenweise über die Arme der Kinder laufen, die behaupten, keine Angst zu haben, dann aber doch aufkreischen und sich über die Haut reiben.

»Noch nie einen Weberknecht gesehen?«

Er stellt stachelige Wurzelbürsten her, indem er dünne Lärchenzweige durch ein durchlöchertes Holzbrettchen steckt. Er schnitzt Pfeifen aus Weidenstöckchen, und es macht nichts, dass die Pfeifen schlecht pfeifen, er verziert Erlenzweige mit dem Taschenmesser, das Éloi ihm geliehen hat. Das hat Olga ihm beigebracht. Olga … Sie konnte er mit Paris zum Träumen bringen. Die Kinder von außerhalb bringt er mit Vallorcine zum Träumen.

Er sucht sich bevorzugt die Jüngsten aus und die, die zum ersten Mal da sind, weil die ihm seine Rolle am wahrscheinlichsten abnehmen werden. Da ist zum Beispiel dieser zehnjährige Junge: Mit hinter dem Kopf verschränkten Händen betrachtet er die Formen der Wolken. Der ist aus dem gleichen Holz geschnitzt wie ich, denkt Vincent, er steht auch noch ganz am Anfang; doch im selben Moment begreift er, dass er sich selbst schon nicht mehr dort befindet. Für ihn trumpft er noch einmal besonders groß auf, redet von dem Meer, das einst vor Jahrmillionen die Berge bedeckte, von verlassenen Stränden, wo Dinosaurier spazieren gingen, von verschiedenen Fossilien, die auf den Aiguilles Rouges gefunden wurden: »Belemniten, kennst du die? So eine Art Tintenfische.«

Andere Kinder kommen dazu und versammeln sich um das kleine Feuer. Er schwingt sich zum großen Erzähler auf und eröffnet ihnen, das Tal der Bären trage seinen Namen nicht ohne Grund: Glücklicherweise erinnert er sich an das Datum, das Louis ihm genannt hat: 1885 wurde hier am Mont Blanc der letzte Bär gesichtet.

Es ist wie Kino, Vincent ist ihre Zeitmaschine, ihr Fenster in die Vergangenheit. Sie staunen mit offenen Mündern. Und Moinette, die auf ihr Kalb aufpasst und dabei strickt, amüsiert sich über ihn, das weiß er genau. Sie sagt aber nichts. Stellt ihn nicht bloß. Sie deckt ihn, weil sie ihn in gewisser Weise erschaffen hat.

Die Ferienkinder mögen ihren Geschichtenerzähler. Die Jüngeren spielen meistens in seiner Nähe und machen die Kälber mal zum Bison, mal zum Pferd und zielen dann mit unsichtbaren Pfeilen auf sie. Er hört, wie sie laut rufen und sich »Indianernamen« geben, Den-nichts-aus-der-Ruhe-bringt, Frau-mit-sanfter-Stimme, Bär-der-stärker-ist-als-der-Berg, Mädchen-das-listig-ist-wie-der-Fuchs, Zuschreibungen, die eigentlich Wünsche ausdrücken und, da selbst gewählt, authentischer sind als ihre Vornamen. »Und du«, fragt ihn ein Junge außer Atem, »wie ist dein Indianername?« Schon wieder ein neuer Name, sein dritter. Diesmal soll er ihn sich selbst aussuchen. Ihm fällt nichts ein. »Der-immer-komische-Sachen-isst!«, ruft das Kind. »Der-Weberknechte-sammelt, Der-Mücken-verscheuchen-kann!«

Er überschüttet sie mit Dialekt. Aus Spaß, aber nicht nur. Manche Worte gehen ihm leicht über die Lippen, das sind die, die sozusagen der Ursprache angehören und keine anderen Begriffe ersetzen, sondern die dazu dienen, die spezifische Welt des Tals zu beschreiben und zu ordnen. Die Alternative dazu wäre Schweigen, deswegen hat er sie rasch gelernt: Zum Beispiel »Murgers«, jene Reihen aus lose aufgeschütteten Steinen, die sich die Hänge hinunterziehen, die »Cousse«, die er direkt nach seiner Ankunft miterlebt hat, oder »Tricounis«, die

Verstärkungen der Sohlen der Bergschuhe aus Metall. Der hiesige Dialekt ist voller Winterworte, weil der Winter hier so lange dauert, das Vokabular des Winters macht sich so breit wie der Frost hier oben; aber der Winter ist vorbei. Die Ursprache ist einfach und direkt, jedes Wort daraus verlässt seinen Mund, ohne dass er darüber nachdenken muss. Sich für eine Variante entscheiden muss er nur, wenn ihm spontan das vertraute Wort einfällt, das auch für die Ferienkinder leicht zu verstehen wäre, er sich dann aber bewusst für den lokalen Begriff entscheidet, für das oft unverständliche Fragment jenes Dialekts, den nur die Eingeweihten beherrschen: Ein Kalb wird hier »Modzon« genannt, ein Kiefernzapfen heißt »Povotte«, ein Wasserfall »Nant«.

Fünftausend Sprachen auf der Erde, von denen jede ein und dieselben Lebewesen, Gegenstände und Erscheinungen auf ihre eigene Art benennt. Selbst Vincent, der abgesehen vom Französischen nur ein paar Worte Russisch beherrscht, die er seinem Vater abgeluchst hat, und ein bisschen Dialekt der Berge, hat bereits begriffen, dass Klang und Bedeutung nicht untrennbar miteinander zusammenhängen. Die festere Verbindung, so scheint es ihm, besteht zwischen dem Klang und dem Ort, zwischen einer Sprache und der Gegend, in der sie gesprochen wird.

Jedes Mal, wenn er den Dialekt dem Französischen vorzieht, wachsen ihm Wurzeln; ohne sich dessen bewusst zu sein, macht er es genauso wie sein Vater, der die feste Hoffnung hegte, dass ihn das Französische, auch wenn er es radebrechend verwendete, wie durch eine Nabelschnur mit seinem neuen Land verbinden möge. Vincent lauscht Louis aufmerksam, seine Muttersprache ist der Dialekt, der in den Ohren des Jungen oft wie das reinste Kauderwelsch klingt, aber auch manchmal wie reine Poesie, rau und rätselhaft wie jene versartigen Zeilen, die aus dem Radiogerät gekommen waren und mit denen Franzosen sich an ihre Landsleute wandten. Trotzdem merkt er sich einige Wörter. Und er kaut im Kopf lange auf seinen Sätzen herum, bevor er sie ausspricht, damit es sich richtig anhört, so wie man es macht, wenn man eine Fremdsprache lernt.

Mit den Klängen verändern sich auch die Farben, etwa wenn der Melkeimer »Seille« heißt; Regen ist grau, aber »Roillée« dunkelgrün, Sumpf ist eigentlich rot, aber »Gouille« ist ein sattes Lila, die Sprache bringt ihre eigene Landschaft hervor, und die möchte gemalt werden – als gäbe es noch eine zweite, verborgene Seite der Landschaft, und hin und wieder macht Vincent das auch. Er möchte Vallorcine in seinen eigenen Farben vor sich sehen und möchte in dem neuen Bild selbst auch vorkommen. Er achtet auch besonders auf Aussprache und Betonung, denn auch mit ihnen verändern sich die Farben, lassen sie etwa dunkler oder matter erscheinen. Es ist die Arbeit eines Akustikers. Die Arbeit eines Malers. All seine Sinne sind beteiligt.

»Du hast das noch nie gegessen.«

Es ist nicht Vincent, der das sagt, und auch nicht Moinette. Und es ist auch keine nett gemeinte Frage. Vincent hebt den Blick zu dem spöttisch dreinblickenden Jungen, dessen Mund glänzt und soeben eine Kugel Wachs ausspuckt.

»Du hast noch nie Honigwaben gegessen, das sieht man.«

Natürlich nicht, es ist ja sein erster Sommer in Vallorcine. Drei Sekunden lang hat Vincent gezögert, ob er hineinbeißen soll, und sich dabei die Larven tief unten in den Waben vorgestellt. Ihm wurde gesagt, dass die Königin Hunderte von Eiern legt und die Larven sich von Honig ernähren, deswegen vermutet er welche in den winzigen Sechsecken. Diese drei Sekunden haben gereicht, damit Gustave ihm auf die Schliche kommt. Moinette hatte ihn eine Stunde zuvor abgeholt, weil jetzt, wo die Blumen alle abgemäht worden sind, die vierzig Bienenstöcke der Devillaz geholt werden sollen, die die ganze Zeit neben dem Elektrizitätswerk standen. Der Zeitpunkt war gut, sie hatten ihre Aufgaben des Tages erledigt, und fünfzehn Kinder rannten ihnen hinterher. Vier davon waren Ferienkinder, und unter ihnen war Gustave, ein Junge aus Lyon. Dieser Junge, der schon zum zweiten Mal angereist war, muss einen Blick auf das Erstaunen in Vincents Gesicht erhascht haben, als aus dem blendenden Gegenlicht plötzlich eine Braut heraustrat und sich, umringt von feinen Rauchschlieren und gekrönt von hellem Sonnenschein, auf die Bienenstöcke zubewegte.

»Er nimmt immer den Schleier seiner Frau dafür«, flüsterte Moinette. Unter dem Tüllstoff verbarg sich Georges Devillaz mit einem Smoker in der Hand. Georges mit der schiefen Nase und der breiten Brust machte sich als Braut verkleidet mit einem kleinen Blasebalg unten am Bienenstock zu schaffen. Dann öffnete er den Stock, und sofort war seine Gestalt von einer summenden Wolke umgeben. Gustave muss auch Vincents faszinierter Gesichtsausdruck aufgefallen sein, mit dem er die darauf folgenden Etappen der Honigernte beobachtete: das Entnehmen des Honigraums und das Abbürsten der Bienen, das Entdeckeln der Waben mit einem in heißes Wasser getauchten Küchenmesser und das sternenförmige Einsetzen der Rahmen in die Honigschleuder, deren Kurbel von Georges' Frau betätigt wurde. Ein Rahmen blieb übrig, der für sie bestimmt war, die Kinder, die dem Ereignis beiwohnten. Georges teilte die Waben auf und legte jedem der fünfzehn Kinder ein Bruchstück auf die Handfläche, aus dem sofort Honig floss. Vincent zögerte. Die anderen leckten sich den Honig von den Fingern, bissen ins Wachs und sogen den süßen Sirup heraus.

»In Paris gibt's keine Bienenstöcke, hab ich recht?«

Gustave hat ihn enttarnt. »Ich bin Gustave, Gustave le Gone«, so hat er sich beim Katechismus vorgestellt und dabei stolz an die Brust geschlagen, »le Gone, weil ich ein Junge aus Lyon bin.« Er ist klein und sehnig und so dürr, dass Muskeln und Bänder bei ihm so deutlich hervortreten wie auf anatomischen Schautafeln. Aber »Gustave le Gone« wendet nicht das Heu, er harkt auch nicht und errichtet keine »Valamonts«, er führt keine Kälber zur Weide und schichtet kein Holz. Stattdessen sorgt er für Unterhaltung. Er kann perfekt Rad schlagen, schwimmt mit Schuhen durch den Bach und leert das Wasser wieder aus, indem er am anderen Ufer ein Stück auf den Händen läuft. Er hat einen abgebrochenen oberen Schneidezahn und eine kurze Narbe quer über der Lippe, wie Auszeichnungen für sein abenteuerliches Leben. Als Jeanne sich danach erkundigte, erwiderte er, dass ihm einmal ein gefährlicher Sprung nicht geglückt sei. Nur um gleich darauf leicht in die Knie zu gehen, abzuspringen und sich in einem perfekten Rückwärtssalto einmal um sich selbst zu drehen.

»Klappt halt nicht immer.«

Er jongliert mit Steinen, biegt seine Wirbelsäule zur Brücke und krabbelt in dieser Haltung, mit deutlich hervortretenden Rippen, den Pfad entlang. Und bringt damit Moinette zum Lachen. Bringt alle zum Lachen. Selbst die Erwachsenen. Niemand macht ihm einen Vorwurf daraus, dass er nicht arbeitet. Dafür sorgt er für Stimmung, das ist sein Part, sein Talent, ein Hofnarr ohne Hof und ohne König. Und er nimmt Vincent den Jungen aus Vallorcine nicht ab, weil er ihn als Schauspieler zu bemüht, zu angestrengt und nur mäßig begabt findet.

Vincent schluckt seine Portion Honig hinunter und spuckt dann seinerseits eine Kugel Wachs wieder aus.

»Ach ja, und in Lyon, gibt es da Bienenstöcke?«

»Allerdings, sogar auf dem Dach von meinem Haus.«

Gustave schlägt ihm vor, beim Armdrücken gegen ihn anzutreten. Das Turnier hat bereits am Vortag in Le Lay und Couteray begonnen, am Mittag waren dann die Kinder aus Le Nant und Le Morzay dran, die aus den anderen Dörfern hatten noch nicht die Ehre. Gustaves Arme sind zwar dünn, aber voller Muskeln. Vincent hat keine Chance.

»Nö, keine Lust.«

Indem er sich weigert anzutreten, hat er schon verloren, aber das ist ihm egal, er muss nicht gewinnen. Doch Gustave hört nicht auf, ihn zu triezen:

»Pariser sind so dumm, ohne Muckis, ohne Mumm!«

Ein dummer Spruch nur, eigentlich müsste man darüber die Schultern zucken. Vincent aber stockt der Atem. Eine lange zurückgehaltene Wut bricht sich zwischen seinen Schläfen Bahn. Eine reine, heiße Wut, deren Ursprung er nicht sofort erkennt. Er hat sie nicht kommen sehen, sie ist von tief unten heraufgestiegen wie Lava.

Niemand setzt Gustaves Spott etwas entgegen. Sogar Émile grinst nur, obwohl er doch aus Ivry stammt, fast aus Paris. Doch nach all den Jahren im Tal fällt Émile in seinen ortstypischen Kleidern weniger auf als Vincent, und vielleicht weiß er auch gar nicht mehr so genau, woher er eigentlich stammt. Außerdem hat er ja eine Oma, die aus Vallorcine stammt, auch das hilft, Paris auf Abstand zu halten.

Moinette registriert genau, mit was für Blicken Vincent Gustave anstarrt, und denkt: *Wenn Blicke töten könnten …* Sie ist klug genug, um zu verstehen, dass Paris ihm wenig bedeutet und es ihm daher im Grunde egal ist, wenn sich jemand über die Bewohner der Stadt lustig macht. Von Paris redet er schließlich nur, wenn es darum geht, Olga zu beeindrucken, aber Olga ist nicht mehr da. Darum, die Ehre seiner Heimatstadt zu verteidigen, kann es also nicht gehen, da muss noch etwas anderes sein. Moinette hat keine Ahnung, was das sein könnte; woher sollte sie auch wissen, welche Gewalt Vincent angetan wurde, welche Gewalt allen Pavlevitchs angetan wurde, seit sie als Juden gelten, aus ihrer Wohnung geworfen wurden und gegen ihren Willen eine Identität zugewiesen bekamen – wie Hausarrest, aber nicht in einem Haus, sondern in sich selbst. Jetzt ist Gustave derjenige, der grundlos Mauern hochzieht und ihn dahinter einsperren will, und auch wenn es diesmal nicht um die Frage geht, ob Jude oder nicht, ist es das eine Mal zu viel.

Auf der Suche nach einem Ventil ballt Vincent die Fäuste, aber sein Mund ist bereits voller heißer Lava. Seine Herkunft aus Paris leugnen kann er nicht, das ist klar. Er muss sich also etwas einfallen lassen. Während der andere Junge sich den Honig von den klebrigen Fingern schleckt, rasen seine Gedanken. Vincent sieht keinen anderen Weg, als Gustaves Urteil zu widerlegen, wonach alle Pariser Schwächlinge seien und wonach Vincent, der Pariser Junge, folgerichtig auch schwach sei. Um diese Zuschreibung abzuschütteln und die Mauern zu sprengen, muss er zeigen, dass er stark ist: Adieu, Paris, tschüss, Fremdzuweisung! Es ist verdreht und gemein. Doch Vincent sieht keinen anderen Ausweg, um sich zu befreien. Sich ein weiteres Mal einmauern zu lassen in eine Identität, die ihm jemand von außen zuweist, das kann er nicht hinnehmen. Seine Stimme zittert, als er leise sagt:

»Keinen Mumm, das wollen wir doch mal sehen.«

Was er in dem Moment eigentlich sagt, ist dies: »Ich bin nicht der, für den du mich hältst, du weißt nichts über mich, also steck mich nicht in irgendeine Schublade.«

Gustave nickt:

»Los, dann zeig's uns doch.«

Gustave le Gone rechnet mit irgendeiner Form von Kraftdemonstration, einer Art Hahnenkampf, die anderen Kinder mit Sicherheit genauso. Vincent darf nicht verlieren, zu viel steht für ihn auf dem Spiel, auch wenn er als Einziger weiß, worum es wirklich geht. Beim Armdrücken würde er mit Sicherheit unterliegen.

»Einverstanden«, sagt er, »unter der Bedingung, dass jemand anders entscheidet, worin wir gegeneinander antreten.«

»Wer denn?«

»Georges«, schlägt Émile vor.

Sie schlagen darauf ein.

Kurz darauf versammeln sie sich erneut, am Waldrand. Die fünfzehn Kinder von der Honigernte sind wieder dabei, und eine Handvoll Neugierige sind dazugekommen.

»Lyon gegen Paris?«, hat Georges belustigt gefragt, bevor er sich verabschiedete. Er hat sich für einen traditionellen Wettkampf aus der Gegend entschieden, den weder Gustave noch Vincent kennen. Georges hat zwei mittelgroße Lärchen ausgewählt, zwei stabile Bäumchen, auch wenn sie gemessen am Umfang ihrer Stämme noch recht jung sind. Dann wird per Los entschieden: Gustave nimmt die linke, Vincent die rechte. Vincent begutachtet seinen Baum. Gustaves Lärche unterscheidet sich kaum von seiner. Man braucht kein Spezialwissen, muss nur genau hinsehen, um zu erkennen: Beide Bäume sind ein bisschen schütter gewachsen, also leicht zu erklimmen und noch relativ biegsam. Aber man rutscht auch leichter wieder hinunter als an einem

Stamm, den bereits viele Äste verstärken. Das Ziel besteht darin, so weit wie möglich nach oben zu klettern und sich dann bergwärts an den Stamm zu hängen, sodass sich der Baum zu einem runden Bogen formt und man daran hängt wie ein Köder an der Angel. »Fallschirmspringen«, sagt Georges dazu. Wem es als Erster gelingt, der hat gewonnen. Wenn du zu weit unten versuchst, dich dranzuhängen, an einer Stelle, wo der Stamm noch zu dick ist, wird sich der Baum nicht biegen, dann hast du verloren. Wenn man zu hoch klettert, bricht das Holz, und man hat ebenfalls verloren. Dass Gustave die besseren Voraussetzungen mitbringt, ist Vincent klar, der Junge ist schließlich biegsamer als die Lärche selbst und leicht und flink dazu.

Moinette legt zwei Finger in den Mund und gibt das Startsignal. Es sind weniger Vincents Hände als seine Wut, die sich an die Rinde klammert. Moinette sieht zu, wie er nach den Ästen greift, sich klaglos die Handflächen zerkratzt, die Lippen zusammenpresst und sich geschmeidig nach oben zieht, als würde ein unsichtbares Band ihn emporheben. Sein Aufstieg wirkt nicht ganz so flüssig wie der von Gustave, der von Ast zu Ast zu fliegen scheint wie ein kleines Tier des Waldes, fast ohne die Nadeln zu streifen. Egal, er kommt voran und dankt dem Baum dafür, dass er ihn gewähren lässt. Von unten kommt kein Mucks, keine Schreie oder Anfeuerungsrufe, als würden die Kinder spüren, dass dies mehr ist als ein Spiel. Ein Ast, zwei Äste, seine Kleider verfangen sich in den Nadeln. Ein aufgeschrecktes Birkhuhn streift sein Gesicht. Da spürt er es unter den Handflächen und an den Sohlen: Der Stamm schwankt ganz leicht hin und her. Liegt das an ihm oder am Wind? Vincent hat keine Ahnung, ob es ausreicht, ob er schon hoch genug ist, um den Stamm mit seinem Gewicht zu biegen. Er zögert. Soll er weiterklettern? Ein Blick zu Gustave verrät, dass auch er innehält und offenbar versucht, die Geräusche und Vibrationen der Rinde zu deuten. Da weiß er, Gustave ist kurz davor. Gleich ist es so weit, das spürt er, und er wappnet sich für den Sprung. Für Zaudereien ist jetzt keine Zeit, eine Sekunde zu spät, und er hat verloren. Vincent löst behutsam die Umklammerung seiner Beine, hält den Atem an und lässt sich in die Leere fallen, während er sich mit den Händen an den Stamm klammert. Die beiden Lärchen neigen sich in zwei symmetrischen Bögen herab und bleiben so. Jetzt baumeln ihre Körper wie übergroßer Weihnachtsschmuck an den Baumspitzen. Vor ihnen ragt der riesige Berg auf. Vincent spürt keine Lava mehr in sich, er schwebt jetzt über allem, über den Formularen, den Erfassungen von Personen, den Gesetzen des Vichy-Regimes, dem Wust an bürokratischen Papieren, den absurden Verfügungen, Zuschreibungen und scheinbar logischen Schlussfolgerungen. Er blickt auf die fernen Gipfel der Drus, mit ihren bläulichen Beulen unter dem ungetrübten Himmel. Die hellen Sonnenstrahlen, die auf die Schneedecke treffen. Er ist ein Junge in der Schwebe.

Ihm ist bewusst, dass über kurz oder lang irgendwas geschehen wird, das dem Gleichgewicht der Kräfte ein Ende setzt, trotzdem kann er den Moment genießen. Eigentlich geht es jetzt nur darum, wen zuerst die Kräfte verlassen. Er kann nicht sehen, wie Moinette unten die Lippen bewegt und die Heilige Jungfrau um Hilfe bittet, den Gott der Lärchen, den Gott des Windes. Er wartet. Es zieht in den Bändern unter seinen Achseln. Es zieht in den Handgelenken. Im Nacken zieht es auch. Dann sieht er, wie Gustave eine Hand verschiebt, dann die andere, und sich so ganz vorsichtig zur Spitze des Baumes vorarbeitet, dessen Biegung sich dabei verstärkt; vielleicht will er sich so auf den Boden hinabhangeln und Vincent mit seiner Anmut besiegen. Vincent wird verlieren. Und was er dabei wirklich verliert, kann niemand ermessen. Da ertönt plötzlich ein kurzes Krachen. Vielleicht ist jemand auf einen Tannenzapfen getreten? Vincent blickt empor, auf den Stamm und auf seine weiß gewordenen Finger, nichts. Da, ein zweites Krachen. Oberhalb von Gustave tut sich ein Spalt in der Rinde auf, und ein großer Splitter ragt gen Himmel. Der siegessichere Gustave reißt die Augen weit auf. Im nächsten Moment bricht der Stamm, und Gustave stürzt hinab. Vincent sieht zu, wie er lautlos auf allen vieren auf dem Boden landet und sich ungläubig zu dem geborstenen Stamm umdreht. Das Publikum unten gibt immer noch keinen Mucks von sich. Mit einem Mal fühlt Vincent sich leichter, als wäre Gustaves Gewicht von ihm abgefallen. Er bleibt noch für ein paar Sekunden da oben hängen, die Augen auf die gleichgültigen, unverrückbaren Berge gerichtet. Er spürt keinen Schmerz mehr. Er wartet ab, bis sein Körper von allein nachgibt. Als er endlich wieder Boden unter den Füßen hat, ist seine Wut komplett verflogen. Vincent ist wieder bei sich angekommen. Er ist frei.

Kurz darauf wird sich Georges auf dem Weg zum Gottesdienst erkundigen, wer denn gewonnen habe, Lyon oder Paris.

»Vincent hat gewonnen«, erfährt er von Moinette.

Vincent also.

»Georges, das hättest du sehen sollen, er ist ›Fallschirm gesprungen‹ wie ein echter Junge aus Vallorcine.«

Von einem Tag auf den anderen ist das Gras gelb, hart und stoppelig geworden. Es ist heiß. An manchen Nachmittagen steigt in Le Buet eine vornehm gekleidete Frau mit Hut aus dem Zug, läuft bis Le Morzay und stellt auf dem Feldweg eine Staffelei auf. Neugierig scharen sich die Ferienkinder um sie. Vincent erblickt sie von Weitem, aber er muss ja Heu machen, und danach ist es zu spät. Einmal aber gelingt es ihm doch, sie noch anzutreffen, kurz bevor die Sonne bei Bérard versinkt. Die Frau hat eine Palette und Tuben mit richtiger Farbe dabei. Gerade malt sie eine Szene bei der Mahd, ein Bild in Gelb; ob Erde, Himmel, Kleider, alles in verschiedenen Nuancen von Gelb, ja, genau so sieht der Juli aus. Ein Bild, das die echte Landschaft getreu wiedergibt, bis hin zu dem Stückchen vom Dach da rechts auf der Leinwand, das zu Georges' Haus gehört. Die Bäume sind da, wo die Bäume stehen, die Murger da, wo die Murger sind, das Wasser da, wo das Wasser fließt. Auch die Farben stimmen mit der Wirklichkeit überein.

»Die kann aber gut malen, oder?«, sagt ein Mädchen.

Ein perfektes Abbild, wie durchgepaust, und die Menschen, die das echte Feld nun verlassen haben, fahren auf der Leinwand mit der Heuernte davon. Vincent muss an die Maler am Ufer der Seine denken, die getreulich die Brücken, die Basilika, Notre-Dame oder den Eiffelturm abbilden und mit der Wirklichkeit konkurrieren. Die Frau malt, was sie sieht: gelb überall, und im Winter würde sie alles weiß malen, und im Frühling alles grün. Sie verschwendet ihre Farben: Alles ist bereits da.

»Stimmt«, pflichtet er dem Mädchen bei, denn er will sie nicht kränken, »das hat sie ziemlich gut gemacht.«

Auf dem Boden liegt eine rechteckige Leinwand mit einem Sonnenuntergang, eine weitere mit Ziegen vor dem Horizont, eine dritte, auf der ein Teil des Dorfes abgebildet ist. Die Frau schreibt ihren Namen in eine Ecke des Bildes.

»Wie heißen Sie?«, fragt das Mädchen.

»Liselotte Van Eyck.«

»Wie?«

Die Frau lacht.

»Das ist belgisch! Ich bin Belgierin. Und wie du siehst, möchte ich Vallorcine nicht vergessen«, fügt sie hinzu und deutet auf ihre Bilder.

Darum also die vielen Bilder. Die Frau malt, um sich zu erinnern, so wie die Maler an den Ufern der Seine Souvenirs für die Touristen herstellen. Warum sollte sie Vallorcine vergessen? Wird sie das Tal bald verlassen? Oder ... Er muss plötzlich an eine sehr alte Stadt denken, eine italienische Stadt mit einem Namen, der auf »i« endet, und die bei einem Erdbeben zerstört und unter der Asche eines Vulkans begraben wurde; und alles, was von ihr übrig geblieben ist, sind Fresken und Wandmalereien. Er denkt an seine eigenen Bilder, auf denen er Blanche und Moinette gemalt hat, um sie auf ein Blatt Papier zu bannen, bevor sie durch eine Geburt kaputt gemacht werden – wenn die schrecklichen Pfeile kommen, um sie zu zerreißen. Weiß die Belgierin von einer nahenden Katastrophe? Das kleine Mädchen hätte bestimmt keine Hemmungen zu fragen, was es mit dieser Geschichte des Vergessens auf sich hat, aber seine ganze Aufmerksamkeit gilt jetzt einem roten Stein am Finger der Frau. Also endet es wie so oft in letzter Zeit: Vincent muss sich seine Fragen selbst beantworten. Früher war er forscher, aber seit Kurzem ist ihm vieles peinlich. Hinzu kommt, dass er sehr oft zu hören bekommt, dass Neugier eine schlechte Eigenschaft sei; der Lehrer ist fast der Einzige, der das nicht so sieht. Und hin und wieder hat das Fehlen von Antworten ja auch seinen Reiz: Vincent weiß, wie gut Ungewissheit mit Fantasie harmoniert, und Fantasie mit grenzenlosen Möglichkeiten – guten wie schlechten. Wenn er die Belgierin fragt, muss er auch mit der Antwort zurechtkommen, egal wie schlimm. Also sieht er nur stumm dabei zu, wie sie ihre Tuben verschließt und ihre Bilder verpackt. *Vallorcine verlassen,* denkt er, diese Worte haben für ihn keine Substanz. Seit er »Fallschirm gesprungen« ist, seit er von einer Lärche zum Ritter geschlagen wurde, erst recht nicht. Vallorcine verlassen … die Vorstellung kommt ihm fast noch unwahrscheinlicher vor, als dass die Aiguilles Rouges einfach in sich zusammenbrechen.

Als aus dem Briefumschlag von seiner Mutter eines Tages dunkelrote Geranien-Blütenblätter rieseln, melden sich dann aber doch Zweifel bei ihm. Im Haus der Dorselles gibt es keine Geranien. Er fragt sich, ob sie sie von der Erde aufgelesen hat oder ob sie dafür extra zu ihrer Wohnung nach Batignolles gelaufen ist, wo diese Blumen stets in ihren Blumenkästen blühten. Wenn dem so ist, könnte das heißen, dass die Gefahr auf dem Rückzug ist und sie ihn vielleicht bald nach Paris zurückschicken werden. Er blickt auf die welken, knittrigen Blütenblätter in seiner Hand, die bald schwarz werden und zu Staub zerfallen. Nein, seit sie weggegangen sind, müssen die Geranien in den Blumenkästen längst eingegangen sein, das heißt, die zarten Blättchen müssen woanders herstammen. Er sieht seine Mutter vor sich, wie sie sie in ein Fach ihres Portemonnaies legt, ein Lächeln im Gesicht bei dem Gedanken daran, Vadim bald zu schreiben, der sie dann vielleicht zu dem Foto in seinem Medaillon legen wird. Im Brief allerdings steht kein Wort über die Blütenblätter, und über sich selbst schreibt seine Mutter auch nichts. Es gehe ihr gut, sie sei bei guter Gesundheit »so wie alle anderen auch«, der Sommer sei heiß. Sie erwähnt die Cousins, ohne deren Namen zu nennen, also hat sie sie wohl getroffen, also sind sie noch immer in Paris, mit ihren gelben Sternen. Sein Vater kommt in dem Brief nicht vor. Sie könnte doch über ihn schreiben, indem sie so tut, als würde es um Jean-Marie Dorselles gehen, daher leitet er daraus ab, dass sie keine Neuigkeiten von ihm hat oder keine, die sie an ihn weitergeben mag. Also ist die Gefahr noch nicht vorüber; demnach wird er so bald nicht zurückkehren. Und vielleicht liegt die wahre Botschaft auch nicht in den zärtlichen Worten verborgen, sondern in jener Handvoll Blütenblätter, für die er keine Verwendung hat, die ihn nur an den purpurroten Schauer der frisch geschlüpften Schmetterlinge Anfang Juli erinnern – Wunder oder schlechtes Omen?

Dafür stellt seine Mutter ihm Fragen, so wie immer: »Hast du jetzt Ferien, freust du dich? Und dein Zeugnis? Was macht dein Asthma?« Sie hat gehört, dass es die Zeit der Heuernte sei – von wem? –, »Heu ist schlecht für dein Asthma« – also macht sie sich Sorgen –, »hast du noch genügend Medikamente?« Er hat kein Asthma mehr, das muss er ihr schreiben, damit sie beruhigt ist, und er braucht auch keine Medikamente mehr. Er schreibt: »Mama, mein Asthma ist weg«, und er zweifelt nicht eine Sekunde daran, dass das auch so bleibt. Er spürt, dass sich etwas in ihm gelöst hat, dass das Asthma nur noch ein Relikt aus der Kindheit ist, so wie ausgefallene Milchzähne. Dann fügt er hinzu – sie wird ihn zwar nicht verstehen, aber das macht nichts, das ist dann eben seine Handvoll Blütenblätter –: »Ich bin Fallschirm gesprungen wie ein echter Vallorcin.« Dann beschließt er, die Blütenblätter Moinette zu geben. Geranien hat sie noch nie gesehen.

»Für dein Herbarium.«

Moinette blickt skeptisch auf die kleinen dunklen Blättchen auf dem weißen Taschentuch.

»Die stammen von einer Blume aus Paris, der Lieblingsblume meiner Mutter. Eine Geranie.«

Als er das sagt, verrutscht seine Tonlage einmal, nur ganz leicht. Am Abend in der Wanne entdeckt er durch den grauen Schaum feine schwarze Haare unterhalb seines Bauchnabels.

Albert schürt das Feuer im Ofen, und sein Gesicht ist in flackerndes rotes Licht getaucht.

»Also ich werd denen sicher keine Träne nachweinen, wenn die endlich abziehen, mit ihren albernen Federhüten!«

Louis, der gegenüber vom Feuer sitzt, schüttelt den Kopf.

»Freu dich besser nicht zu früh.«

Sie haben es beim Verlassen der Kirche erfahren. Die Italiener tuschelten miteinander, erfüllt von fiebriger Aufregung und verhaltener Freude, formten kleine Grüppchen, strömten auseinander, nur um woanders erneut zusammenzufinden. Sie waren bereits während der Messe aus der Kirche getreten, und man sah sie durch die nur angelehnte Tür, die einen nach dem anderen ausspuckte und im Gegenzug lange schwertförmige Sonnenstrahlen ins Schiff fallen ließ. Solch eine Unruhe auf dem Vorplatz nach der Messe, das war nicht normal. Mit sorgenvoller Miene entließ Abbé Payot die Chorkinder. Dann verbreiteten die Einheimischen, die des Italienischen mächtig waren, die Neuigkeit. Moinettes Vater flüsterte Éloi ins Ohr, Éloi Louis, und alle wirkten zunächst ungläubig. Einige Gesichter hellten sich auf, während andere nur die Augen weit aufrissen, als hätten sie einen anzüglichen Witz vernommen, den man lieber nicht laut erzählt. Und dann warf einer der Italiener seinen Hut hoch über die Köpfe und fing ihn lachend wieder auf.

»Es lebe Vittorio Emmanuel!«

Einer der Anführer, der eine weiße Feder am Hut trug, wies ihn barsch zurecht. Vittorio Emmanuel, das war doch der König von Italien, meinte Vincent sich zu erinnern. Éloi erklärte: »Mussolini ist abgetreten.« Von da an redeten alle durcheinander. Vincent beobachtete den Trupp der Soldaten, wie sie rauchend und plaudernd in der Sonne standen, laut und fröhlich, als wären sie soeben in die Ferien entlassen worden. Sie wirkten weder beunruhigt noch überrascht, abgesehen von dem Dünnen, der sich abseits hielt und dessen neue Feder immer wieder gleißend aufleuchtete. Am Abend wurde im Radio der Abtritt des Duce bestätigt, aber statt »abgetreten« hörte man das Wort »abgesetzt«. »Ab-ge-setzt«, wiederholte Louis, den Zeigefinger in der Luft, und das Wort schwebte noch eine Weile über der Stube.

Le Petit Dauphinois druckte die Nachricht zwei Tage später ab, am 27. Juli, und führte gesundheitliche Gründe für den Abtritt an – »ja, ja, und ich bin der Prinz von Ägypten!«, scherzte Louis. Jetzt, wo Sizilien eingenommen worden sei, würden die Alliierten bald auch in Italien landen, es sei nur noch eine Frage von Tagen, ist Louis überzeugt, und die Alpini würden dann aus dem Tal abziehen, um zu Hause zu kämpfen. Oder um sich auszuruhen, denn wer weiß, manchmal kann es schnell gehen mit den Niederlagen.

»Gut, wenn wir die bald loswerden«, sagt Albert und schließt die Ofenklappe.

»Bin mir da nicht so sicher«, entgegnet Louis.

»Ach nein?«

»Idiot!«

Mit verwundertem Gesicht richtet Albert sich auf. Louis wendet sich an Vincent.

»Die Italiener sind Besatzer, das stimmt, aber sie lassen uns weitgehend in Ruhe.«

»Italiener nach Italien«, murmelt Albert.

»Ist dir klar, dass sie es nicht geschafft haben, die

französische Alpen-Armee zu besiegen? Die Italiener haben zu Frankreichs krachender Niederlage nichts beigetragen. Sie mögen zwar auch der Feind sein, aber der weniger gefährliche.«

»Feind bleibt Feind«, sagt Blanche mit Lucien auf dem Arm, aber ihr sanfter Akzent lässt die Worte so weich klingen, als würde sie sich damit selbst widerlegen und in Wirklichkeit sagen: Die Italiener tun uns nicht weh.

»Man könnte sie als unsere Cousins bezeichnen. Weißt du, es gab sogar mal eine Zeit, in der wir zu Italien gehört haben. Wir hätten genauso gut Schweizer sein können, weil das Tal ja quasi in die Schweiz übergeht – man sieht noch, dass hier früher Wein angebaut wurde, der ganze Berg war voll davon, und jedes Jahr war dort in Martigny Weinernte, und wir sprechen ja auch fast den gleichen Dialekt, das wäre eigentlich logisch gewesen. Aber wir waren nun mal sardisch, sardisch und italienisch ist fast das gleiche, wir haben zum Königreich Piemont-Sardinien gehört.« Louis spitzt die Lippen und verzieht zweifelnd das Gesicht.

»Diese alten Grenzgeschichten sind total absurd, um die Gegenden selbst geht es dabei nie, sondern immer nur um Macht. Im Zuge der Französischen Revolution hat man Franzosen aus uns gemacht, dann wurden wir wieder sardisch, dann hat Napoleon Savoyen annektiert. Wir haben also eine lange gemeinsame Geschichte mit den Italienern.«

»Und was ändert das?«, fällt ihm Éloi ins Wort.

»Na ja, deswegen benehmen sie sich nicht so grausam«, gibt Louis zurück.

Éloi lächelt sarkastisch.

»Willst du etwa damit sagen, dass du sie vermissen wirst?«

»Ich will sagen, nicht so grausam wie die Deutschen. Wenn die Italiener abziehen, heißt das nicht, dass wir dann unsere Ruhe haben. Denn dann kommen die *Boches*.«

An den darauffolgenden Abenden gehen die Gespräche weiter, wenn Vincent schon längst im Bett liegt. Er begreift, dass sie die Gefahr abzuwägen versuchen, und die unterschiedlichen Tonlagen ihrer Stimmen verraten ihm, dass sie sich nicht einig sind. Natürlich erinnern ihn die nächtlichen Diskussionen an andere Gespräche, damals in der Wohnung in Batignolles, als die Mauern seines Zimmers ihm entgegenkamen, seine Bronchien sich verengten. Trotzdem lässt er sich nicht davon abhalten, in einen tiefen Schlaf zu sinken. Er ist schließlich »Fallschirm gesprungen« wie ein echter Vallorcin, und es kann nicht sein, dass ein Ereignis, das für ihn so immens viel bedeutet, für den Rest der Welt nicht wenigstens ein bisschen zählt. Er bleibt zuversichtlich. Die Deutschen hier, das kann er sich einfach nicht vorstellen. Das hat er nicht verdient.

Die Anwesenheit der Touristen beruhigt ihn: Solange sie noch in dieses entlegene Tal kommen, scheinen sie keine Bedrohung wahrzunehmen. Ein paar wohnen im Hotel in Le Buet. Andere in Familienpensionen. Wieder andere kommen nur für einen Tag mit dem Zug in Le Buet an, dem Ausgangspunkt für die meisten Wanderungen – am anderen Ende des Tals würde es auch keinen Sinn ergeben, da ist nur die Grenze, Stacheldraht, der Zoll. Es sind also nach wie vor Wanderer unterwegs, während gemäht und geharkt wird, und von den Feldern aus kann man sehen, wie sie immer kleiner werden, wenn sie Richtung Loriaz oder Balme laufen, zu den Posettes oder nach Bérard und Tré-les-Eaux, oder auf der anderen Seite das Col des Montets mit einem Rucksack Richtung Lac Blanc verschwinden. Balme, Posettes, Tré-les-Eaux, Lac Blanc, denkt Vincent, alles Namen, mit denen er keine Landschaft verbindet. Sie werden von Bergführern begleitet, normalerweise Einheimische aus Vallorcine, die über gutes Schuhwerk verfügen und die Berge gut kennen. Wenn sie eine Wanderung mitmachen, überlassen sie so lange die Felder und die Heuernte sich selbst, aus dem Grund muss es auch gut bezahlt sein, sagt Éloi, wegen der Mehrarbeit für diejenigen, die unten bleiben – schließlich sei die Heuernte ja gerade erst zur Hälfte geschafft. Louis sagt, dass man sich in Balme vorkomme wie auf dem Dach der Welt. Er war schon mal dort, weil es dort eine Alm gibt, zu der er früher einmal Tiere hochgetrieben hat. Am Lac Blanc aber ist er nie gewesen, Albert und Moinette auch nicht. »Zum Lac Blanc?«, wundert sie sich. »Wozu denn?«

Éloi schon, weil er manchmal jagen geht, und Émile auch, zusammen mit seinem Vater, vor dem Krieg; damals war er selbst ein Tourist, ein »Monchu«, und er erinnert sich noch verschwommen an den Schnee, der selbst mitten im Sommer um den See herum lag, und an die dünne Eisschicht auf der Oberfläche, der der See seinen Namen verdankt, und vor allem an die Herden von Steinböcken dort.

»Ohne Grund«, sagt Louis, »kraxele ich da nicht

hoch.« Die Einheimischen wandern nicht, für sie muss jeder zurückgelegte Weg durch einen konkreten Nutzen gerechtfertigt sein. Das Wandern ist eine Marotte der Fremden. Doch auch wenn er es um nichts in der Welt zugeben würde, weil er ja unbedingt zu den Einheimischen gehören will, würde Vincent den Touristen liebend gern einmal hinterhergehen, um das Königreich auszuweiten. Mit dem Rechen in der Hand zuckt er stattdessen nur kurz mit den Schultern, während die Gestalten im Wald verschwinden:

»Laufen um des Laufens willen ...«

Und doch, ihre Anwesenheit mildert Louis' düstere Vorhersagen ein wenig.

»Manchmal machen sich welche auf den Weg und kommen nicht wieder zurück«, behauptet Moinette, mit der Sichel in der Hand.

»Ah ja? Und woher weißt du das?«

»Ich habe Augen und Ohren.«

»Dann sind sie eben mit dem Zug zurückgefahren.«

»Manchmal sehe ich Jules, wie er ganz allein aus dem Wald herauskommt. Fährt da oben auf dem Kamm vielleicht irgendwo ein Zug entlang?«

Vincent aber hört ihr schon nicht mehr zu, weil er von diesen Dingen nichts wissen will. Er geht noch einmal nach Loriaz. Loriaz, das geht, das ist ein *nützlicher* Weg, weil die Hirten dort hin und wieder Fleisch brauchen oder er in seiner Kiepe Butter hinunter ins Dorf bringen kann. Wenn er sich beeilt, schafft er den Aufstieg in eineinhalb Stunden, dann kann er sich oben ruhig ein bisschen Zeit lassen, um dem leichten Höhenschwindel nachzuspüren, mit dem Raum eins zu werden, während er auf die vielen einander überlagernden Berge in der Ferne blickt, und um Rouquine zu streicheln. Dann zählt er die Hirten durch, nur für den Fall: Alle acht noch da. Niemand wurde vom Berg verschluckt.

Es ist der Himmel, durch den sich das Königreich noch weiter ausdehnen lässt. Der durchsichtige Nachthimmel, der tiefer ist als alles, lässt andere Welten erahnen. Ausgerechnet an jenem Abend war Vincent besonders müde, die Müdigkeit drückte auf seine Lider und legte sich um ihn wie eine warme, anschmiegsame Masse, presste seine Form tief in die Matratze. Um nicht einzuschlafen, zappelte er mit den Beinen, kniff sich in den Arm, zog seine Kleider aus und schob das Laken von sich, um sich nackt der Kühle der Nacht auszusetzen. Dann dachte er ganz fest an Olga. Langsam rief er sich die ganze Szene hinter dem Stein noch einmal in Erinnerung und durchlebte sie erneut, jede einzelne Sekunde. Das Blut rann heiß durch seine Adern. Er war beides zugleich – sein Mund und Olgas Mund, seine Hände und Olgas Hände, Olga verfügte auf einmal über unzählige Hände und Münder; dafür kann er sich plötzlich nicht mehr an ihr Gesicht erinnern, da war nur noch ein weiches, zärtlich saugendes Wesen, das aus lauter Mündern und Händen zu bestehen schien, bis Bilder und Empfindungen komplett miteinander verschmolzen und ihn mit einem seidigen Magma umhüllten. Während der Schweiß auf seiner Stirn trocknete, sah er zu, wie der Strahl Mondlicht an der Decke seines Zimmers entlangwanderte. Wenn er das Fußende des Bettes erreicht hat, ist es so weit. Jetzt.

Vincent geht behutsam die Stufen in dem stockdunklen Haus hinunter. Ganz langsam. Er ist der Einzige, der zum Pinkeln nach draußen geht, was ihm einen einfachen Vorwand liefert, das Haus zu verlassen. Bevor er sich entfernt, achtet er noch darauf, die Toilettentür quietschen zu lassen. Moinette wartet hinter dem Schuppen auf ihn. Er folgt ihr, beide sagen kein Wort. Sie tragen ihre Schlafkleider, damit sie sich bei der Rückkehr einfach nur ins Bett zu legen brauchen. Ihre Socken behalten sie an wegen der dornigen Pflanzen. Sie schieben sich dicht an den Häusern entlang und schlottern vor Kälte. Dann gehen sie hinauf zu den Viehweiden, zu einem einsamen Baum, dessen Schatten wie eine dunkle Pfütze im Mondlicht daliegt. Dort legen sie sich auf den Boden. Jetzt macht Vincent erst wirklich die Augen auf. Wegen der Sperrstunde hat er diesen Himmel bisher nur als Ausschnitt durch den Fensterrahmen gesehen. Im Winter, als die Sonne noch früher unterging, hat er ihn zwar ein paarmal auf dem Rückweg von der Schule gesehen, aber wegen des Nebels und des vielen Schnees und des vielen Weiß überall war nicht viel zu erkennen gewesen. Der Augusthimmel ist so weit, dass er sich wie eine Glocke um sie herumwölbt, und er treibt mitten darin, verwundert, dass er harte Erde unter den Schulterblättern spürt. Er muss an die Worte des Lehrers denken, »Galaxie«, »Milchstraße«, »Sternkreiszeichen«; was er vor sich sieht, ist Sternensand, der in die Luft geworfen wurde und dort eingefroren ist. Moinette stickt mit der Kuppe ihres Zeigefingers Formen und benennt sie mit leiser Stimme: Großer Bär, Kleiner Bär – ein fantastischer Zoo. Die Sterne Wega, Deneb und Atair bilden das Sommerdreieck. Sie warten auf die Sternschnuppen, heute sei nämlich die Nacht der Sternschnuppen, hatte Moinette verkündet, »Noch nie Sternschnuppen gesehen?« Sie hat ihm auch erklärt, wie das Phänomen im August heißt: die Perseiden. Das wollten sie sich nicht entgehen lassen, dafür kann man schon mal ausbüxen.

Die erste malt oberhalb des Ortes einen Streifen ins All, ein weißes Aufglühen, das nach wenigen Sekunden bereits vom Blau der Nacht absorbiert wird. Moinette sagt, bei der ersten müsse man sich etwas wünschen. Und es muss ein geheimer Wunsch sein, sonst geht er nicht in Erfüllung. Ein einziger Wunsch. Vincent überlegt. Ihm fällt so vieles ein, was er sich wünschen könnte. Zuerst kommt ihm Olga in den Sinn. Dann seine Mutter, sein Vater. Die Cousins. Die Deutschen. Gustave. »Zu spät«, verkündet Moinette, als ein zweiter Lichtschweif wie ein Pfeil über La Villaz hinwegzischt. Er ist erleichtert, dass ihm die Qual der Wahl abgenommen wird. Moinette schließt ihre Faust über der diamantenen Spur.

»Gefangen!«

Also macht er mit und hilft ihr, indem er alle Sterne in seiner Faust fängt, selbst die, die sich nicht bewegen.

»Für deine Sammlung. Sieht sicher hübsch aus auf deinen Hüten später.«

Sie zählen sie in ihren Handflächen. Sieben. Vierzehn. Vierundzwanzig.

»Bei dreißig gehen wir rein, einverstanden?«

»Warum bei dreißig?«

»Irgendwann müssen wir ja.«

Auf einmal greift Moinettes Hand nach einer Gestalt, die unterhalb des Weges nach Loriaz entlangläuft.

»Sieh mal …«

Vincent stützt sich auf seine Ellenbogen. Ein Mann geht schnellen Schrittes über die Wiese. Er blickt nicht zum Himmel hinauf, sondern starrt auf die Erde, hat es offenbar eilig mit dem Abstieg.

»Der sieht aus wie Éloi …«, flüstert Vincent.

Moinette hebt ebenfalls den Oberkörper.

»Das ist Éloi.«

Éloi mit einem Sack auf dem Rücken und einem zusätzlichen Paar Schuhe in der Hand. Immer wieder blickt er sich ängstlich um. Es ist nicht das erste Mal, dass Éloi nach Beginn der Sperrstunde noch draußen ist. Die Kinder pressen sich im Mondschatten des Baumes an den Boden. Als sie sich wieder trauen, den Hang mit den Augen abzusuchen, ist die Gestalt verschwunden.

»Was macht er bloß?«

»Siehst du, hab ich dir doch gesagt.«

»Was?«

»Dass seltsame Dinge vor sich gehen.«

»Das ist nicht das erste Mal, dass er erst in der Nacht zurückkommt.«

Sie nickt verständig.

»Dann warten wir lieber bis vierzig?«

»Ist gut.«

Das Gras wird allmählich feucht, und sie spüren die Kälte am Rücken.

»Meinst du, jetzt hast du genug?«

»Mehr als genug.«

Bevor er ins Haus geht, achtet Vincent darauf, tatsächlich pinkeln zu gehen und die Toilettentür erneut quietschen zu lassen. Er zieht soeben seine Hose hoch, als sich plötzlich die Tür öffnet.

»Vincent?«, wundert sich Éloi. »Aber … ich habe dich gar nicht rausgehen gesehen. Wie lange bist du denn schon hier?«

»Hab Bauchschmerzen«, lügt Vincent und stopft sein Hemd in die Hose. »Darum war ich ein bisschen länger hier drin …«

Éloi räuspert sich. Es ist ihm unangenehm, dass er noch seine Tageskleidung anhat, die Jacke, die Schnürschuhe, die nass vom Tau sind, und er starrt Vincent an, ohne eine Frage zu stellen.

»Besser nicht so spät noch draußen sein. Wenn's dir nicht gut geht, wende dich an Blanche, hörst du?«

Vincent nickt.

»Und nimm nachts lieber den Stall.«

Éloi sieht zu, wie Vincent zurück ins Haus geht, mit seinen Socken voller Gras und Erde. Er weiß nicht, dass er ihn die ganze Wiese hat überqueren sehen. Er hat keine Ahnung von der geheimnisvollen Aura, die ihn umgibt und welche sich bald, am 15. August, noch verstärken wird. Drinnen im Haus trocknet ein unbekanntes Paar Schuhe vor dem Ofen, mit grober Schnur anstelle von Schnürsenkeln.

Am 15. August wird in Loriaz Fetadou gefeiert. Das halbe Dorf macht sich auf den Weg, sogar der Abbé wird oben am Kreuz eine Messe lesen, und dann verbringen sie den Rest des Tages oben auf der Alm, inspizieren die Ställe und messen die Milchmenge, die jede

Kuh gibt, und das Ergebnis bestimmt, wie sie später den Käse unter sich aufteilen. Émile macht Vincent ein Zeichen, ihm zu folgen, und führt ihn zu der Hütte des Engländers, einem großen Holzhaus, das ein exzentrischer Brite irgendwann zwischen den beiden Kriegen mitten in die Landschaft gebaut hat und das mittlerweile leer steht. Drinnen heben sie zerbrochene Balken und heruntergefallene Bretter auf, kratzen an den Steinen, finden Scherben von feinem Porzellangeschirr, von Spiegeln und Gläsern. Sie spielen Archäologen und Fossilienforscher. Vincent stopft sich die Taschen voll mit Dingen, aus denen sich später Geschichten spinnen lassen. Da stößt er unerwartet auf ein Versteck im Boden, wo unter mehreren Schichten Holz und Stroh eine weitere Entdeckung auf ihn wartet – in dem Augenblick kommt Éloi herein.

»Dass diese Hütte noch steht ...«, sagt er und blickt forschend zur Decke.

Zu Füßen der beiden Jungen liegen vier Gewehre und eine Pistole. Éloi tritt näher und erschrickt. Die stumme Frage der Jungen, die mit offenen Mündern dastehen und keinen Mucks von sich geben, beantwortet er mit einem verlegenen Lachen:

»Tja, irgendwo muss ich meine Jagdwaffen ja aufbewahren ... Machen doch alle so!«

Éloi jagt Gämsen. Seit dem Krieg ist Waffenbesitz zwar verboten, aber Kleinwild wird trotzdem gejagt, das wissen auch die Jungs.

»Und wie stellst du es an, dich dabei nicht erwischen zu lassen? Eine Gämse ist ja schließlich kein Fuchs ...«

»Indem ich sie immer nur nachts nach Hause

bringe, im Schutz der Dunkelheit. So wie neulich, du weißt ja …«, fährt er fort und wendet sich Vincent zu. »Die Gams für den 15. August, die springt ja nicht von selber auf den Teller!«

Da war aber keine Gämse auf Élois Schultern in der Sternschnuppennacht.

»Dann muss ich mir jetzt wohl ein neues Versteck suchen! Also, ab mit euch. Und …«

Er tut so, als würde er seinen Mund wie einen Reißverschluss zuziehen.

»Verstanden?«

Éloi lügt. Außerdem gibt es an dem Tag genauso wenig Gams zum Abendessen, wie am 12. August eine auf Élois Schultern gelegen hat.

»Hab sie verkauft«, wird er Vincent später erzählen. »In Chamonix gibt's dafür gutes Geld.«

Mitte August geht es los mit den Gewittern. Sie treffen ihre Vorkehrungen. Genau genommen gibt es im Juli auch schon welche, aber nur vereinzelt; es ist, als würde eine Dusche über das Tal hinwegrauschen, die das Gras noch einmal grün nachwachsen lässt. Das frische Gras wird sofort mit der Sichel geschnitten und in den Kiepen in den Schuppen gebracht, »Nachschlag«, sagt Louis, »dafür ist es immerhin gut.« Im August werden die Gewitter dann heftiger, dann donnert es manchmal an mehreren Tagen hintereinander. Sie läuten das Ende der Heuernte ein. Wo noch etwas abzumähen ist, muss man sich jetzt beeilen, weil es sonst nicht mehr trocknen wird. Ab Anfang August achten sie daher auf jedes noch so kleine Anzeichen, und Vincent lernt wieder was dazu: die Abwesenheit von Morgentau, heraufziehende feuchtwarme Luft, die Haare und Kleider an der Haut kleben lässt, morgendliche Wolken, die wie üppige Blumenkohlköpfe aussehen, und vor allem die Sorte, die ganz deutliche Umrisse hat, nicht zerfasert, sondern sich unbeirrbar in Form eines Ambosses über den Himmel schiebt, bis sie schließlich die Sonne verdeckt. Manchmal erhebt sich von Westen her ein wütender Wind, der quer zu den Linien der Landschaft darüber hinwegfegt und wasserfallartige Regenfälle, manchmal sogar Schneeschauer ankündigt. Das noch nicht eingeholte Heu erhebt sich dann in die Lüfte und wirbelt als goldgelbe Fetzen umher, das erste Anzeichen der Katastrophe ist ein wunderschön anzusehendes Spektakel. Manche sagen auch: Wenn man die Bienen hört. Dabei spielt es sich viel weiter oben ab, wo der Fels nackt ist – von dort kommt das Brummen, hat Éloi gesagt. Unten ist die Luft zum Schneiden dick. Schon bricht das Unwetter los. Blitze peitschen das Gebirge, und Moinette erzählt, dass die Berge, die sehr viel Eisen enthalten, sich dadurch elektrisch aufladen. Wenn dann jemand mit seiner Sichel darankommt, sprühen sofort die Funken und versengen der Person die Finger; es seien sogar schon Leute gestorben, weil sie sich bei Gewitter an die Steine gepresst haben, »vom Gesteinsblitz erschlagen«, sagt sie. Dennoch stellen die Blitze nicht die größte Gefahr für das Tal dar, sondern die Fäulnis. Anfang August beginnt ein Wettlauf gegen den Himmel, weil niemand weiß, wie viel Zeit ihnen noch bleibt. Also spitzen sie die Ohren, sperren die Augen auf, spannen Haut und Muskeln an und mähen ohne Pause, sogar am Sonntag, wenn es sein muss, denn niemand weiß, was morgen sein wird, vielleicht ist es heute bereits zu spät. Nach dem 15. August bricht der Himmel dann jeden Tag. Die Mahd ist beendet.

Danach kehrt ein ruhigeres Tempo ein, die Tage scheinen auf einmal endlos. Die Tiere sind in Loriaz, das Heu in den Schobern, und sie treten aus dem August heraus, ohne irgendwo anders einzutreten. Es ist so ungewohnt, auf einmal Zeit für sich zu haben, dass sie fast ein schlechtes Gewissen bekommen. Nach und nach nehmen die Männer ihre im Frühling begonnenen Tischlerarbeiten wieder auf, und es kann sein, dass im September schon der Winter hereinbricht, weil dann manchmal der erste Schnee fällt. Irgendwann wagt man wieder, sich eine Pause auf der Bank zu gönnen, vor den Häusern in der Sonne zu sitzen und zu plaudern. Die Leute lassen sich wieder länger Zeit mit ihren Einkäufen im Ort. Manche arbeiten aber auch weiter, auf den Baustellen in Chamonix – wer rastet, der rostet.

Die Kinder haben plötzlich Ferien. Nichts zu tun zu haben fühlt sich so exotisch an, dass sie es nicht genießen können. Probeweise schlüpfen sie hinein wie in einen zu großen Anzug. Sie wissen gar nicht, wie sie die Leere füllen sollen. Der Wechsel von der anstrengenden Arbeit zum Nichtstun ist so abrupt, dass es ihnen fast schon körperliche Schmerzen bereitet. Vincent und Moinette sitzen auf einem Murger und blicken auf die gelben Felder, von denen sich hier und da das Fell eines Kälbchens abhebt, einer Ziege oder von einer der wenigen Kühe, die nicht oben auf der Alm sind. Kinder springen um sie herum und werden von strickenden Großmüttern bewacht. Die alten Frauen sehen viel älter aus als die alten Männer, als hätten sie ihren Ehemännern viele Jahre voraus. Langsam, aber unbeirrbar kreuzen sie die Nadeln, die Hitze lastet auf ihnen. Manchmal sitzen Moinette und Vincent da und blicken lange zu den Vögeln hinüber, die mit dem Schnabel in der Erde herumpicken, zu den wippenden Bachstelzen, die abwechselnd Schwanz und Kopf in die Höhe recken, um auf den abgemähten Wiesen Insekten aufzustöbern. Dann wandern sie ziellos auf und ab, zur Abkühlung einen Kieselstein unter der Zunge. Das Gras auf den Wiesen ist jetzt hart und scharfkantig und kratzt ihnen die Waden auf, und die verbrannten Blüten der Knöteriche hinterlassen schwarze Striche auf der Haut.

Die in ihren Muskeln aufgestaute Energie verlangt nach einem Ventil. Also fangen sie an, kiepenweise Brombeeren zu sammeln, sodass ihre Fingernägel und Lippen noch lange danach dunkel eingefärbt sind. Sie sammeln Walderdbeeren und Himbeeren, um Kompott und Marmelade daraus zu machen. Sie rupfen Unkraut in den Gärten. Von den leuchtend grünen Blättern der Kartoffelpflanzen sammeln sie die Kartoffelkäfer ab, sperren sie in Einmachgläser und werfen sie dann ins Feuer, wo sie wie Tannenzapfen knistern. Sie jagen die Wespen, die in der gewittrigen Luft unruhig werden, einmal saugt Vincent einen Stich an Moinettes Handgelenk aus und hinterlässt einen Knutschfleck auf ihrer milchweißen Haut, der noch violetter ist als seine Fingernägel und sein Mund – »Vielleicht«, freut sie sich, »geht das nie wieder weg!« Aber das reicht nicht, nach der Mahd können so kleine Bewegungen sie nicht erschöpfen. Gewagtere Spiele müssen her: Sie legen einen Lappen auf einen

Schornstein, um die darunterliegende Stube zu räuchern; in Les Granges oder in Les Ruppes, Orte, die mit mehr Sonnenschein gesegnet sind, knabbern sie die endlich reif gewordenen Karotten, saugen den zuckrigen Saft heraus und stecken das Kraut anschließend fein säuberlich wieder in die Erde, als wäre nichts passiert. Wenn sie erwischt werden, tragen ihre Rücken eine schmerzhafte Erinnerung davon, aber eigentlich sind sie zurzeit für jede Abwechslung dankbar, auch wenn sie so derb ausfällt. Vincent klaut in einem der wenigen Obstgärten Süßkirschen und muss dabei den kleinen Glöckchen ausweichen, die zur Abschreckung an den Ästen befestigt sind, es ist wie in der Höhe Mikado spielen: sich zwischen den Blättern hindurchschlängeln, ohne den Baum erzittern zu lassen, bis er die winzige Trophäe pflücken kann, hellrosa, fast gelb und ein bisschen bitter, mit einem Kern, der dicker ist als das Fruchtfleisch. Moinette nutzt das Licht der Mittagssonne und eine Lupe, um geduldig, Punkt für Punkt, ihren und seinen Vornamen in das Holz ihres Schlittens zu brennen. Eines Tages zeigt Émile ihnen eine dicke Kreuzotter in einem Einmachglas, die am nächsten Tag eine unverdaute Maus hervorwürgt. An einem anderen Tag kommt Jeanne mit einem beim Gewitter ertrunkenen, klatschnassen Murmeltier aus der Eau Noire angerannt. Gustave findet eine Wollmütze, die in den Zweigen einer vom Blitz gefällten Tanne hängt und merkwürdigerweise niemandem zu gehören scheint, setzt sie sich auf den blonden Haarschopf und zieht sie tief in die Stirn. Manchmal treibt die Hitze sie alle in den Schatten, der in Vallorcine gar nicht so leicht zu finden ist, weil es oberhalb der Waldgrenze praktisch keine

Bäume mehr gibt, nicht einmal am Ufer der Eau Noire. Dann sitzt ein Haufen verschwitzter Kinder wie die Hühner auf der Stange eins neben dem anderen an einer Hauswand, wo sie sich an die steinerne Mauer lehnen, die Augen zusammenkneifen, mit den Beinen baumeln und auf den Regen warten; später verziehen sie sich nach drinnen und sehen durchs Fenster zu, wie sich das Gewitter entlädt.

Die Italiener lungern unentschlossen in den Straßen des Ortes herum, anscheinend gewährt der August ihnen einen letzten Aufschub. Sie wagen nicht mehr, sich hinzusetzen, weder auf die Fersen noch auf die Bänke, sondern bleiben lieber stehen, stets auf der Lauer, immer in Bewegung, jeden Moment bereit, loszulaufen. Die Deutschen kommen näher, heißt es. Es wird berichtet, dass im Département Haute-Savoie bereits erste Einheiten in der italienischen Zone auftauchen. »Hab ich's doch gesagt«, murmelt Louis wieder und wieder, das Ohr ans Radio gepresst. Am 9. und 10. August sind sie schon in Rumilly. In Bonneville rechnet man auch bald mit ihnen, in Annecy sowieso, zwölftausend Mann an der Zahl, »stell dir das mal vor, Albert«, und in Chambéry ebenso. Das Licht wird immer gelber, die Tage werden kürzer, und der Morgennebel hält sich länger und länger.

Am Nachmittag liegt Vincent oft neben Lucien und döst vor sich hin. Lässt Gegenstände vor seinen Augen durch die Luft schweben, ein Taschentuch, einen Ast, einen Silberlöffel, einen Salzstreuer, den er wie eine Rassel schüttelt. Er wiederholt die Melodien, die Blanche immer summt, und sieht zu, wie winzige Bläschen auf Luciens Lippen zerplatzen. Er wartet auf die nächste Jahreszeit.

»Wie sind denn die Deutschen eigentlich?«, möchte Marthe wissen.

»Böse«, erwidert Gustave.

»Woher weißt du das?«

»Weil in Lyon welche sind.«

»Welche Art von böse?«

»Böse und gemein … wie Sieger.«

Émile runzelt die Stirn, nicht sicher, ob er versteht.

»Sie geben dir Befehle, und wenn du nicht gehorchst, dann …«

»Dann was?«, fragt Jeanne.

»Dann nehmen sie dich fest und verprügeln dich.«

»Töten sie einen dann?«

»Wenn ihnen danach ist. Sie machen einfach, was sie wollen.«

Moinette stochert in dem kleinen Feuer, auf dem sie in einer alten Schuhcremedose Himbeermarmelade kocht.

»Und in Paris?«, will eins der Ferienkinder wissen.

Moinette blickt hoch zu Vincent. Sie hat ihm solche Fragen noch nie gestellt, über die Deutschen. Vincent blickt dem Jungen in die Augen:

»Woher kommst du?«

»Aus Sallanches.«

»Wo ist das?«

»Na … Sallanches eben!«

Jeder Bewohner von Vallorcine weiß, wo Sallanches ist. Dummkopf. Vincent starrt den Jungen an, ohne eine Miene zu verziehen, und sagt langsam:

»Da sind die Italiener …«

»Ja, klar.«

»Und du hast noch nie einen Deutschen gesehen …«

Sie haben alle noch nie einen Deutschen gesehen, außer Gustave. Wenn Vincent die Frage nach den Deutschen in Paris beantwortet, ist das, als würde er wieder in seine alten Kleider schlüpfen, sich selbst zum Fremden machen, dann wäre der Fallschirmsprung von der Lärche umsonst gewesen. Er schaut zu Émile, der in der Mitte des Kreises steht:

»Sag du's ihnen, dein Vater ist doch dort.«

»Nein, der ist in Ivry.«

»Ist doch dasselbe.«

»Aber ich sehe meinen Vater ja gar nicht!«

»Aber er schreibt dir doch.«

»Und du glaubst, er schreibt mir, um mir von den *Boches* zu erzählen …?«

Jetzt sind alle Blicke auf Vincent gerichtet. Sie warten. Er ist der Einzige, der Bescheid weiß.

»Schlimmer als die Italiener?«, erkundigt sich Marthe.

Vincent zuckt mit den Schultern.

»Hab ich vergessen.«

Das Feuer geht aus, und die sich selbst überlassenen Himbeeren schmoren in der eisernen Dose zu einem zähen, dunklen Brei zusammen, ein Klumpen mit einem Stück Holz in der Mitte. Da muss Vincent wieder an den Anblick des blutroten Zahnfleischs im Maul des Hundes im Zug von Paris nach Lyon denken, letzten Januar. Der Gestapo-Mann hatte soeben ihre Papiere kontrolliert, den Passierschein, der der Schwester erlaubte, ihr Kloster in Chamonix zu verlassen und nach dem Besuch bei ihrer kranken Mutter dorthin zurückzukehren, und das ärztliche Attest für Vincent Dorselles, ihren Großneffen, den sie in die Berge begleitete, als Kurmaßnahme gegen sein ...

»Asthma?«, hatte der Deutsche nachgefragt und Vincent dabei fest angeblickt.

Vincent hatte genickt, derweil sein Buntstift über seinem Heft in der Schwebe verharrte. Um sicherzugehen, hatte der Deutsche gehustet und in einer vielsagenden Geste die Hand an den Hals gelegt: »Asthma?« Dann hatte er ihnen die Papiere zurückgegeben und sich langsam umgedreht, aber der Hund hatte nicht aufgehört, Vincent anzusehen, starr und ohne jede Regung. Einer der Reißzähne ragte über seine Lefzen hinaus. Vincent dachte: Der Hund weiß es. Plötzlich war ein Mann durch den Waggon gehastet, ein Fluchtversuch offenbar. Da hatte der Gestapo-Mann seinen Hund auf ihn losgelassen, und der Hund schlug seine Zähne in die Hand des Flüchtenden und hielt ihn fest, keine zwei Meter von ihnen entfernt. Der Mann schrie auf und zerrte an seiner Hand, die jetzt die Farbe zerquetschter Himbeeren angenommen hatte, bewirkte mit seinen Bewegungen aber nur, dass seine Hand zwischen den Zähnen des Hundes zerfetzt wurde, und die Nonne versuchte vergebens, den Jungen mit ihrem Ärmel vor dem Anblick zu schützen. Danach wurde der Hund wieder zur Sphinx. Der Mann stöhnte, und der Hund starrte Vincent mit seiner widerlichen Beute im Maul an, seelenruhig. Als wäre nichts gewesen.

»Die Hunde ...«

»Was ist mit Hunden?«

Die Worte sind ihm einfach so herausgerutscht, bevor er darüber nachdenken konnte. Er blinzelt.

»Die Deutschen haben Hunde«, sagt er leise.

»Solche wie Whisky?«, fragt Jeanne.

Er schüttelt den Kopf.

»Nein, richtige Hunde. Hunde, die beißen.«

Eines Tages gehen sie bei der Brücke Pont Maria Forellen fangen, Moinette, Jeanne, Jeannes Vater und er, und als sie gerade die Straße nach Barberine hinunterlaufen, erblicken sie sie. Eine Gruppe fremder Männer und Frauen mit schweren Koffern, so schwer, dass man ihre hochgezogenen Schultern sieht, von Gendarmen bewacht. Sie gehen an ihnen vorbei, schweigende, langsame Wanderer mit durchnässten Kleidern nach dem Gewitter. Gestrauchelt und hingefallen, denkt Vincent, als er ihre verdreckten Hemden, Jacken und Kleider sieht, die vor lauter Regen und Schlamm schwer nach unten hängen, die Haare, die an den Köpfen kleben und sich um die bleichen Gesichter legen, und in den Gesichtern gestrauchelte Augen mit dunklen Augenringen, gestrauchelte Münder, und einige von ihnen starren so fest auf den Boden, als wären sie kurz davor, niederzusinken und nicht mehr aufzustehen. Daneben die Gendarmen in ihren tadellosen Uniformen. Sie machen Platz, um die Gruppe vorbeizulassen, die offenbar zurück in den Ort zieht. Diese Leute können nirgendwo anders herkommen als aus Barberine, denkt Vincent, weil Barberine hinter ihnen liegt und es am Ende der Straße nichts gibt außer Barberine und dahinter die Grenze.

»Juden«, sagte Jeannes Vater, als er ihnen hinterherblickt.

»Was sind Juden?«, fragt Jeanne.

»Unglückselige«, erwidert ihr Vater.

Jeanne möchte wissen, warum sie unglückselig sind.

»Sie wollten über die Grenze in die Schweiz, aber das ist verboten.«

»Wir dürfen doch auch nicht in die Schweiz.«

»Wir wollen das ja auch gar nicht.«

»Und warum wollen die das dann?«

»Weil sie schlecht behandelt werden.«

»In Vallorcine?«

»Nein, nicht in Vallorcine.«

»Aber die Gendarmen sind doch aus Vallorcine ...«

»Jetzt müssen wir uns aber wirklich mal daranmachen, diese Forellen zu fangen, Kinder, die hält nämlich keiner davon ab, in die Schweiz abzuhauen.«

Das Bild der gestrauchelten Leute geht Vincent lange nicht aus dem Kopf, auch nicht, als sie längst hinter der Kurve verschwunden sind. Jener Mann mit dem dichten Bart und dem Schlapphut, der so schrecklich dünn war. Die zerzaust aussehende Frau, deren Kleid an ihrer Brust klebte. Unglückselige, hatte Jeannes Vater gesagt. Unglückselige, die gegen eine Grenze geprallt sind. In dem Augenblick ist es unmöglich, nur Vincent Dorselles zu sein. Sich für einen Einheimischen aus Vallorcine zu halten. Seinen Leuten, Paris, Vadim zu entkommen. In Pont Maria sieht er, wie die von Jeannes Vater gefangenen Forellen am Boden des Eimers die Münder aufmachen und wieder schließen, ein stummer Hilferuf, dem niemand folgt. Beim Abendessen erwähnt er die fünfzehn Personen, die von den Gendarmen abgeführt wurden, mit keinem Wort. Vincent rührt die Forelle, die Blanche für ihn zubereitet hat, nicht an. »Dein Fisch«, sagt sie feierlich, als sie ihn mit der knusprigen, golden angebratenen Haut aus der Pfanne auf seinen Teller gleiten lässt, enttäuscht, dass er keinen Appetit hat. In seinen Träumen, später, haben die gestrauchelten Juden Forellenköpfe.

Das Matthäus-Evangelium klingt seltsam am nächsten Morgen, als Abbé Payot verkündet, wer Gott nicht verärgern wolle, der müsse den Hungrigen zu essen und den Durstigen zu trinken geben, den Fremden bei sich aufnehmen, ihn kleiden, wenn er nackt ist, ihn pflegen, wenn er krank ist, und ihn in seinem Gefängnis besuchen. Mit ernstem Ausdruck klappt der Abbé das Buch zu: »Amen«, und als die verhaltene Antwort der Gemeinde erklingt, weht ein kalter Hauch durch den Raum. Es ist schwer, sich in dem Augenblick nicht als Vadim zu fühlen.

Schwer und kurz darauf sogar schmerzhaft, als Moinette auf den Stempel deutet, der auf der Postkarte von seiner Mutter prangt, und laut vorliest:

»Li-si-eux. Wo ist denn das, Lisieux?«

Das war ihm gar nicht aufgefallen. Er schnappt sich die Karte und guckt nach. Lisieux, da steht es. Das Internat des echten Vincent, das Landhaus der Dorselles.

»Auf dem Land.«

»Nicht in Paris also?«

»Nein ...«

In Lisieux gibt es zwar keine Grenze. Aber offenbar hat Sophie Paris dennoch verlassen. Er weiß nicht, ob er ihr jetzt noch schreiben kann. Ob sie immer noch dort oder schon weitergereist ist. Auf einmal ist seine Mutter zu der Frau mit der schiefen Schulter geworden, zu der gestrauchelten Frau mit dem zu schweren Koffer, die er auf der Straße zum Hauptort aus dem Blick verloren hat und deren Gesicht ein Forellenkopf ist. Er fühlt, wie seine Bronchien sich zusammenziehen. Er sieht die Forellen am Boden des Eimers liegen, wie sie vergeblich die Münder auf- und zumachen, und ihm wird schlecht. Er läuft nach oben in das Zimmer, öffnet seinen Koffer, sucht darin nach den Aminophyllin-Tabletten. Er behält sie lange unter der Zunge, bevor er sie runterschluckt, bis alles, Schleimhaut, Zunge und Kehle, komplett mit der Bitterkeit überzogen ist und er wieder atmen kann. Er hat schon lange nicht mehr gezeichnet, aber jetzt kniet er sich vor den Koffer und bringt mit dem Stummel eines schwarzen Buntstifts das Porträt seiner Mutter als Frau mit Forellenkopf zu Papier.

Gustave le Gone ist noch nicht fertig mit ihm. Er will Revanche für seine Niederlage beim Fallschirmsprung. An der Felswand von Bérard, schlägt er vor, rechts neben dem Wasserfall. Mit bloßen Händen klettern. »Hast du noch nie gemacht? Dann haben wir die gleichen Startbedingungen, ich nämlich auch nicht.« Vincent weiß genau, dass das nicht stimmt, Gustave hat Saugnäpfe an Handflächen und Fußsohlen und einen Gummi-Körper, der an alle möglichen akrobatischen Verrenkungen gewöhnt ist: Und er ist leicht, so leicht ... Er gibt damit an, in Lyon Häuserfassaden hochzuklettern. Als sie auf die Lärchen geklettert sind, hat Vincent schlicht Glück gehabt, dass Gustave an dem Tag so unvorsichtig war. Dass er zweimal hintereinander Glück haben wird, daran glaubt er nicht. Hinzu kommt, dass die steilen, feuchten Wände von Bérard das reinste Seifenbrett sind.

Aus irgendeinem Grund hat er trotzdem keine Angst. Und vielleicht, so denkt er sich, kommt es ihm sogar ganz gelegen. Gustave zu besiegen würde bedeuten, seine Herkunft ein weiteres Mal zu verleugnen. Noch vor einer Weile war das genau, was er wollte, mehr als alles andere: ein anderer sein, am besten sogar als ein Kind aus dem Dorf durchgehen und sein früheres Leben einfach hinter sich lassen. Auf keinen Fall zulassen, dass die anderen entscheiden, wer man ist, sondern den anderen Kindern um jeden Preis zeigen, dass sie falschlagen, als sie ihn als Schwächling aus Paris bezeichneten und für hochnäsig hielten. Und er hätte es auch fast geschafft. Aber dann waren da die Juden aus Barberine, und jetzt auch noch die Tatsache, dass seine Mutter offenbar nach Lisieux geflohen ist. Er hat das Gefühl, dass er ihnen eine Niederlage schuldig ist, um zu zeigen, dass er sie nicht im Stich lässt. Als er sich jetzt an den glitschigen Felsen klammert, hängen all diese Menschen an seinem Rücken, und weil er die Last ihres Unglücks trägt, versucht er sich mit den Armen hochzuziehen, anstatt sich mit den Beinen hochzudrücken, er hat einfach keinen blassen Schimmer vom Klettern, und seine Muskeln zittern vor Anstrengung. Er ist auf Gustaves Vorschlag eingegangen, weil ihm kein akzeptabler Grund eingefallen ist, um abzulehnen, denn er hätte sich ja nicht nur vor Gustave, sondern vor allen Kindern rechtfertigen müssen und vor Georges und möglicherweise sogar vor

Éloi, Albert, Louis und Blanche. Um dem zu entgehen, hat er eingewilligt. Aber auch in dem sicheren Wissen, dass er verlieren wird, damit die Seinen ihm verzeihen, dass er sie verraten hat.

Kein Wunder, dass er nicht vorankommt. Sie sind von demselben, von gurgelndem Wasser umspülten Felsen aus gestartet, aber schon in den ersten Sekunden erarbeitet sich Gustave einen Vorsprung von mehreren Metern, indem er sich an das kleinste Ästchen klammert, seine Finger in den schmalsten Spalt klemmt, jede noch so kleine Zacke im Stein nutzt, um sich mit den Zehen abzustoßen – er muss ja auch nur seine eigenen Knochen nach oben hieven. Vincent kämpft nicht, jedenfalls nicht richtig; er weiß, auf welcher Seite er steht, und seltsamerweise scheint es, als würden die Elemente seine Entscheidung verstehen. Das Moos zerbröselt unter seinen Fingern. Vorsprünge verweigern ihm den Halt. Seine Sohlen rutschen ab. Er kann nicht sehen, wie Moinette unten den Stoff ihres Rocks in den Fäusten knautscht. Dieser Vincent erinnert an den zögerlichen, empfindlichen Jungen vom Januar. Wo ist der Federdieb hin? Der Fallschirmspringer? Das Brüllen des Wasserfalls ist ohrenbetäubend, und die eiskalten Tröpfchen in der Luft sind so winzig, dass die Wimpern sie nicht mehr abfangen. Vincent hebt den Kopf und schaut zu dem Felsvorsprung empor, der zu ihrem Ziel bestimmt wurde, eine kleine Zacke nur im Stein, auf der gerade mal zwei Füße nebeneinander Platz finden; er weiß, dass er dort nicht ankommen wird. Er sieht zu, wie Gustave sich dem Ziel langsam nähert, ein geschmeidiges, unbeirrbares, ununterbrochenes vertikales Kriechen. Er legt den Kopf in den Nacken, greift nach dem Gestein und bricht sich die Fingernägel ab, nur um seinen Aufstieg bis zum Ende mit den Blicken zu verfolgen. Der Anblick ist so schön, dass es sich für ihn fast gut anfühlt zu scheitern. Sich einfach auflösen, wie wohltuend. Er unternimmt noch einen letzten Versuch, hebt das gewinkelte Bein an und hievt sich ein paar Zentimeter nach oben. Als Gustave sich schließlich oben aufrichtet, seine Arme in die Luft streckt und ein lang gezogenes Wolfsgeheul ausstößt, das von den Bergen als Echo zurückgeworfen und von allen Kindern außer Moinette aufgegriffen wird, die johlend in die Hände klatschen, lässt Vincent los. Sein erschöpfter Körper entspannt sich, seine steif gewordenen Finger öffnen sich wie knittrige Blüten. Schon fällt er nach unten, der loyale Junge mitsamt seiner Last, in den Gebirgsbach, und die Juden mit den Forellenköpfen fallen mit ihm.

Albert übernimmt es, ihm die Schlinge anzulegen. Der Daumen muss wieder eingerenkt werden, das wird wehtun. Er reicht Vincent ein Glas Schnaps, das er in einem Zug austrinkt. Es ist das erste Mal, seit er hier ist, dass sie mit ihm geschimpft haben.

»Du hättest dich umbringen können«, presst Blanche zwischen den Zähnen hervor. Sie ist böse auf ihn. Er hatte ihr doch versprochen, nicht zu sterben.

»Ent-schei-dungs-kampf!«, forderten die Kinder, sobald Vincent aus dem Wasser stieg, tropfnass und bleich und mit ausgerenktem Daumen, ansonsten aber unversehrt. Einen Gleichstand als Ergebnis wollten sie nicht hinnehmen, kein Krieg ohne Sieger: Die letzte Entscheidung stand also noch aus. Moinette herrschte sie an, doch still zu sein, dann kehrten sie in einer stummen Prozession ins Dorf zurück. Mit der Schlinge am Arm ist er jetzt allerdings erst mal eine Zeit lang außer Gefecht gesetzt.

»Was hast du dir nur dabei gedacht ...?«

Wie soll er das beantworten? Er hört nicht auf, zu beteuern, dass es ihm leidtue, was auch stimmt, bereuen aber tut er nichts. Vincent beißt auf das Küchentuch, das Albert ihm in den Mund stopft. Ein stechender Schmerz lässt ihn den Atem anhalten. Er spuckt das Tuch wieder aus, und Blanche gibt ihm noch einen Schluck von dem Hochprozentigen, der nach Heu schmeckt und in der Speiseröhre brennt. Gelbe und grüne Farbflecken schwellen vor seinem inneren Auge an und ziehen sich wieder zurück, und dann knicken plötzlich die Wände ein. Sie legen ihn hin, und er starrt an die Decke, die sich in einer endlosen Spirale dreht. Die Ecken verschwimmen, die Seiten des Vierecks verdoppeln sich, die Balken wabern hin und her. Gleich darauf wird er mit seiner unversehrten Hand und den letzten Millimetern eines schwarzen Buntstiftstummels dieses Bild einer Welt mit lauter verwackelten Konturen auf Papier bannen. Ein Gebirge mit mehreren Umrissen, drei oder vier Hänge mit verschwommenen Begrenzungen, die einander wirr überlagern, ein wandernder Gipfel, die Insel über allen Bergen kurz vorm Auseinanderbrechen. Als er sich die Szene später wieder in Erinnerung ruft, denkt er, das muss der Alkohol gewesen sein. Entweder das oder eine Vorahnung.

»Vincent, du musst von hier fort.«

Éloi fährt glättend über den Hosenstoff auf seinen Oberschenkeln. Außer seinen Händen, die langsam über den Stoff gleiten, regt sich nichts in der Stube, in der es auf einmal eiskalt geworden ist. Noch einen Augenblick zuvor hat Blanche dort Lucien gewiegt, Louis seine Pfeife ausgekratzt und Albert sich im Schein der Lampe über seine Haushaltsbücher gebeugt. Élois Worte haben sie nicht überrascht – deshalb spricht aus ihren Gesichtern auch keine Verwunderung, weil alle wussten, was er sagen würde, und er tut es in ihrer aller Namen –, sie haben nur nicht damit gerechnet, dass er die Worte einfach so, ohne Vorankündigung mit lauter Stimme in den Raum platzen lässt. Man ist so oder so nie bereit für so eine Nachricht. Vincent hebt den Blick, noch halb in sein Buch vertieft, ein Lächeln auf den Lippen, das noch von der Szene herrührt, aus der er soeben herausgerissen wurde. Éloi hält seinem Blick nur mit Mühe stand und strengt sich sehr an, seinen Gesichtsausdruck zu kontrollieren, obwohl eine unsagbar schwere Last auf seinen Schultern liegt. Vincent hat offenbar als Einziger nicht richtig zugehört, oder der Sinn der Worte ist noch nicht ganz bei ihm angekommen, denn das vage Lächeln ist noch da. »Du musst von hier fort«, wiederholt Éloi mit sanfter Stimme. »Hörst du, Vincent? Du musst gehen.«

»Ich …? Ich soll fortgehen?«

Er ist vollkommen perplex.

»Es wird hier immer gefährlicher für dich … Wirklich gefährlich.«

Das Buch auf Vincents Knien klappt zu. Er kann es nicht glauben.

»Wo soll ich denn hin?«

»Du musst Vallorcine verlassen.«

Dann ist es also so weit, er wird nach Paris zurückkehren.

»... und in die Schweiz gehen.«

In die Schweiz! Allmählich entfalten die Worte in Vincents Hirn ihre Bedeutung, ein Wort lockt das nächste hervor, Bilder entstehen. Die Schweiz. Die Grenze. Der verbotene Ort. Pierre aus Barberine, der auf Abbé Payots Geheiß brav den Bach wieder überquert, obwohl die Sonne doch auf der anderen Seite steht, die Arbeitsdienstverweigerer, die sich heimlich aus dem Staub machen, der Tabakschmuggel. Und dann: die Juden aus Barberine. Die Juden auf der Flucht, die an der Grenze zur Schweiz aufgegriffen worden waren. Ihr Bild geht ihm seither nicht mehr aus dem Kopf. Er fühlt, wie sie zu ihm zurückkehren, schon hocken Dutzende Gestalten auf seinem Rücken, schlingen die Arme um seinen Hals, er schleppt sie schon seit Bérard mit sich herum, aber jetzt drücken sie zu, fester und fester. Und nun soll *er* in die Schweiz flüchten? Weil er einer von ihnen ist. Es kommt ihm vor wie ein Déjà-vu, wie die Wiederholung einer Szene, die sich im vergangenen Jahr kurz nach Weihnachten in der Küche der Familie Dorselles abgespielt hat: »Du musst von hier fort«, hatte seine Mutter damals gesagt, »hier ist es zu gefährlich geworden«; und er hat gehorcht.

Alles, was danach kommt, zieht wie in einem Traum an ihm vorbei.

»Die Italiener werden Vallorcine bald verlassen«, sagt Éloi, »und zwar schon in den nächsten Tagen, vielleicht ziehen sie sich sogar ganz aus dem Krieg zurück. Danach haben die Deutschen hier freie Hand, da hat Louis recht, und sie sind schon fast im Tal, ganz in der Nähe.« Dass sie Angst um ihn haben, kann Vincent Élois schwankender Stimme entnehmen, und die Stimmen der anderen klingen genauso, auch wenn niemand das Wort »Angst« in den Mund nimmt. Genau so hatte auch Madame Dorselles' Stimme geklungen, als sie an jenem Tag im Winter 1942 von dem Tal erzählte, das so abgelegen und unbeachtet von der Außenwelt in den Alpen läge. Und vermutlich haben sie nicht nur um ihn Angst, sondern auch um sich selbst.

»Die Schweiz hält sich aus dem Krieg heraus. Es ist ein neutrales Land. Deshalb sind viele Menschen bereits dorthin geflüchtet.«

Er hält ganz still und lauscht, die Fingernägel in seine Handflächen gepresst, um auch ja alles in sich aufzunehmen, und in der Hoffnung, dass der Schmerz ihn in die Realität zurückbringt – aber das hier ist die Realität. Sie reden über das unsichere Wetter – manchmal rächen sich nach einem so schönen und heißen Sommer die Elemente und bescheren frühen Schnee –, über Pässe, die schon im September blockiert sind, kurz: Er hat keine Zeit zu verlieren. Die Worte prasseln auf Vincents Trommelfell ein und prallen davon ab, zu viele Worte auf einmal. Luciens Gebrabbel klingt wie fernes Wasserrauschen. Er drückt seine Nägel noch tiefer ins Fleisch. Aber es hilft nichts, all das geschieht wirklich.

»Wie heißt du, Vincent?«

Er zuckt zusammen. Was für ein unfassbarer Satz, nachdem er fast acht Monate hier verbracht hat, in Vallorcine. Wie heißt du? Sie hören mit der Frage auf, mit der normalerweise alles beginnt. Und was den Satz noch absurder und sinnloser macht: »Wie heißt du, *Vincent*?«

»Wie ist dein richtiger Name?«

Da steigt er wieder in ihm auf, wie eine leere Hülle, die nur leicht angestupst werden musste, um wieder an die Oberfläche zu treiben:

»Vadim Pavlevitch.«

Éloi beugt sich vor.

»Vadim ...?«

»Pavlevitch.«

»Vadim Pavlevitch«, wiederholt er langsam und nickt.

Und dann probieren sie alle den neuen Namen aus, jeder formt mit seinem Mund flüsternd die fünf fremd klingenden Silben.

»Also ...«

Éloi räuspert sich.

»Vadim ...«

Auch er, der Junge selbst, muss sich erst wieder an den Namen gewöhnen. Vadim Pavlevitch, wie fremd das hier in Vallorcine klingt. Der Name mit dem Forellenkopf.

»... Kinder gelangen am einfachsten nach drüben in die Schweiz.«

Er weiß nichts über die Schweiz, außer dass die Bewohner von Vallorcine dort früher Weinberge hatten. Und dass die Dents de Morcles dort sind. Die Schweiz oder der Mond, für ihn macht das keinen Unterschied.

»Und meine Mutter?«, fällt ihm plötzlich ein. »Weiß meine Mutter darüber Bescheid?«

»Wir wissen nicht, wo sie sich zurzeit aufhält ... Wir wissen nicht, wo deine Eltern sind. In der Schweiz wird man sich um dich kümmern.«

»Wer?«

»Leute. Leute wie wir, wer genau, weiß ich nicht.«

»Aber woher erfährt meine Mutter dann, wo ich bin?«

»Wir werden es ihr sagen.«

»Aber wie?«

»Wir finden einen Weg.«

Er rollt mit den Augen, außer sich.

»Ich will mit ihr sprechen, morgen am Telefon.«

»Aber ich hab dir doch gesagt, dass wir nicht wissen, wo sie jetzt ist. Und du musst noch heute Nacht aufbrechen.«

Was redet er da ... heute Nacht! So schnell? Noch heute Nacht. Vadim blinzelt ein paarmal. Lauscht, während der Stein in den Brunnen fällt.

»Die Wettervorhersage ist günstig, und wir müssen uns beeilen, weil das Wetter jederzeit umschlagen kann.«

Mit matter Stimme, fast schon resigniert:

»Aber ich will nicht fort.«

Blanche setzt sich neben ihn.

»Vadim, wie schön das klingt ... Vadim, Vadim, fast wie ein Lied.«

Wie Blanche seinen Namen ausspricht, mit ihrer sanften, melodiösen Stimme, klingt es wirklich wie Gesang. Da fällt ihm wieder ein, wie Blanche ihn am ersten

Tag nach seiner Ankunft »Vadim« sagen hörte, als er im Dorfladen mit seiner Mutter telefonierte, und wie sie ihn sogleich berichtigte und ihn den Namen Vincent Dorselles tausendmal wiederholen ließ, bis er dazu wurde, dank ihr. Dann hat sie damals also mit niemandem über Vadim gesprochen. Nicht mal mit den anderen hier. Und jetzt tut sie so, als hätte sie ihn ganz vergessen. Blanche streicht ihm übers Haar, fühlt die Spannung in den Strähnen.

»Deine Locken wachsen nach ...«

»Ich will nicht.«

Sie lässt von ihm ab.

»Weißt du, du bist nicht der Einzige, der von hier fortmuss. Éloi, ich hole sie jetzt.«

Er hört, wie Blanche die Kellertreppe hinuntergeht. Für ein paar lange Minuten wirkt die ganze Szene wie eingefroren. Als sie wieder zurückkommt, bringt sie einen fremden Mann und eine fremde Frau mit, beide ziemlich groß und in Stadtkleidern. Sie bleiben einfach in der Mitte der Stube stehen, wissen nicht, wohin mit ihren Beinen, ihren Armen, ihren Forellenköpfen.

»Von-cen?«, sagt die Frau und deutet auf Vadim. »Voncen?«

Dann tippt sie sich auf die Brust und sagt: »Anna. Ich, Anna.«

»Und Jan«, fügt Blanche hinzu und deutet auf den Mann. Vadim runzelt die Stirn.

»Sie haben auch Asthma ...«, sagt sie.

So ist das also.

Seit drei Tagen harren sie dort unten aus, im Verborgenen, hören alles mit und machen keinen Mucks. Sie haben sich den Namen des Jungen gemerkt. Sie kommen aus Holland. »Das ist Vadim«, stellt Blanche richtig. »Nicht Vincent. Er heißt jetzt Vadim.« An ihn gewandt fügt sie hinzu:

»Ihr werdet euch zusammen auf den Weg machen.«

Dann blickt sie ihm sehr lange fest in die Augen:

»Weißt du nicht mehr, was ich dir ganz am Anfang gesagt habe? Ich will nicht, dass du stirbst. Du hast es mir versprochen. Und deshalb musst du von hier fort.«

Der Plan sieht vor, dass sie eine halbe Stunde nach Mitternacht aufbrechen, um den Weg ungesehen zurückzulegen und vor Tagesanbruch anzukommen. Blanche greift nach seinen beiden Handgelenken und hält sie ganz fest: »Hör auf Éloi, ja? Pass gut auf und merk dir alles, was er dir gleich sagen wird. Und dann bin ich bei dir. Nur du und ich.« Am liebsten würde er aufspringen und irgendetwas kaputt machen, da ist dieser Junge in ihm, der seine Hände losreißt und alles um ihn herum, das nur eine Kulisse sein kann, kurz und klein schlägt und dieser unsäglichen Szene ein Ende bereitet, der diesen armseligen letzten Akt ins Feuer schmeißt und sich nach draußen stürzt, stattdessen aber bleibt er wie festgeschraubt auf seinem Stuhl sitzen, versteinert, weil ihm klar ist, dass all das tatsächlich real ist.

Éloi legt ihm dar, dass sie zuerst nach Loriaz gehen werden, um die Tageszeit wird dort gerade gemolken werden, sodass die Geräusche ihres Aufbruchs in der allgemeinen Unruhe und dem allgemeinen Getöse aus Glockengeläut und Muhen untergehen werden. Dann werden sie ihren Weg Richtung Schweiz über den Pass Col du Passet fortsetzen, bis unterhalb des Kontrollpunkts – das heißt, sie werden sich auf den Berg von Barberine begeben, den Moinette in ihren Erzählungen mit lauter Namenlosen bevölkert hat, mit umherirrenden Gespenstern und gefrorenen Leichen, und er sieht sich bereits als umherirrendes Gespenst, als Leiche im Eis. Die Schweizer überwachen diesen Abschnitt der Grenze nicht so sorgfältig wie die Grenze zwischen Frankreich und Italien, wo seit Mussolinis Sturz um einiges mehr Betrieb herrscht, das sollte ihnen zugutekommen. Und die Gendarme konzentrieren sich eher auf das Tal als auf die Berge, wo ein Durchkommen wegen des Gerölls, der unvermuteten, von Rhododendronbüschen verdeckten Schluchten und der steilen Abhänge erschwert ist – erschwert und demnach seltener versucht. Je länger Éloi redet, umso klarer wird, dass er diese Expeditionen regelmäßig durchführt, denn man merkt, dass er jeden einzelnen Schritt schon gegangen ist. Einzelne Sätze wiederholt er an die Holländer gerichtet mehrmals, mit besonderer Betonung auf bestimmten Wörtern, »Felsen«, »Achtung«, »Loch«, und bildet die Landschaften mit seinen Händen nach, immer wieder nachhakend, »In Ordnung?«, »Verstanden?«, bis sie zustimmend nicken. »Kein einziges Wort auf dem Weg«, befiehlt er, »das ist ganz wichtig. Kein ein-zi-ges Wort«, sagt er mit Nachdruck und fährt sich mit dem Zeigefinger über den Mund, wie um ihn zu verschließen. Er spricht von einem Tunnel hinter Emosson, wo sie sich verstecken werden, bis die Schweizer Patrouillen ihre Runde beendet haben. Er wiederholt: »Tunnel, warten, Schweizer«. Dann wirft er mit schnellen Strichen eine grobe Skizze der Alm auf ein Stück Papier, die darauf wie eine große Pfütze zwischen den Bergen aussieht, und der Tunnel wie ein schwarzer Schlauch, und dann lässt er, nachdem er auf das Zifferblatt seiner Uhr geklopft hat, mithilfe von Pfeilen drei Gestalten aus dem Tunnel hervorschnellen. Zwei Pfeile in die eine Richtung: »Das seid ihr.« Ein Pfeil in die andere Richtung, »das bist du, Vincent«. Er sagt erst Vincent und verbessert sich dann, »Vadim, Vadim Pavlevitch – das ist ein kraftvoller Name«. Er habe bessere Chancen in der Schweiz, wenn er allein dort ankomme. Wenn sie ihn für das Kind der Holländer halten, laufen sie alle drei Gefahr, nach Frankreich zurückgeschickt zu werden. Die Erwachsenen haben so oder so schlechtere Chancen durchzukommen als er, selbst wenn sie ihn bei sich hätten. Dagegen ist es unwahrscheinlich, dass sie ein unbegleitetes Kind abweisen werden; mit den Eltern zusammen ist es jedoch was anderes.

»Darum: Trennung. Verstanden?«

Trennung. Alleinsein.

»Und wo wirst du sein?«, erkundigt sich Vadim und sucht nervös die Skizze ab.

»Fort. An der Grenze muss ich euch euch selbst überlassen. Ich kann euch dann ohnehin nicht mehr helfen, und wenn ich geschnappt werde ...«

Sobald sie in der Schweiz sind, schärft er ihm ein, darf er niemals den Namen »Ancey« erwähnen, unter keinen Umständen.

Unterhalb des Tunnels liegt das Dorf Finhaut, der Stift deutet auf dem Zettel ein paar Häuser an. Dort leben Hirten. Sie werden an eine Tür klopfen und ihr Glück versuchen müssen, dieses Wort »Glück«, das schon mehrmals gefallen ist, zeigt, wie vieles jetzt vom Zufall abhängt ... Er hat noch niemals zuvor so viele Instruktionen erhalten. Dabei hat er es an jedem einzelnen Tag hier mit neuen Dingen zu tun gehabt, mit denen er sich ohne Einweisung zurechtgefunden hat. Und gerade dieses Unvermittelte hat ihm gefallen, der Sprung ins kalte Wasser, die ständigen Überraschungen, das Rätsel, das von ihm ganz allein, nur durch seine Erlebnisse und Erfahrungen, zu lösen war.

Éloi redet weiter und wendet sich damit jetzt nur noch an Vadim. Wenn die Schweizer ihn aufgreifen, wenn er zur Grenze zurückgebracht wird – denn das ist es, was sie meistens tun –, »wenn sie dich festnehmen und zur Grenze zurückbringen, dann ...«

»Du hast doch gesagt, dass ich es über die Grenze schaffe.«

Falls er Pech hat und es ihm nicht gelingt, dann soll er nach Loriaz zurückkehren. Auf demselben Weg. Das Wichtigste ist, den Gendarmen nicht in die Arme zu laufen, jedenfalls nicht vor Loriaz, denn in Loriaz gibt es ja die Tiere und die Hirten, sein Auftauchen dort wäre also nicht verdächtig. Aber vor Loriaz darf ihn niemand sehen. Und wenn doch – »dann sag, dass du dich verlaufen hast«. Vor allem müsse er, bevor er die Grenze wieder überquert, den Beutel loswerden, zum Beispiel in einer Höhle, denn er darf auf keinen Fall wie jemand aussehen, der auf der Flucht ist. Die Italiener sind ungefährlich, aber die Gendarmen nicht, sie arbeiten für die Deutschen – obwohl Éloi noch nie von Gurs, Rivesaltes oder einem anderen Lager gehört hat, schätzt er die Lage richtig ein.

»Und jetzt wiederhole alles, was ich dir gesagt habe.«

Das macht er. Als er etwas Falsches sagt, muss er noch einmal von vorn anfangen, jede Variante muss sitzen, muss verinnerlicht werden, bis er nicht mehr zögert.

»Und dann?«

»Was meinst du?«

»Wenn ich zurückkomme.«

»Du wirst nicht zurückkommen, weil du es schaffen wirst.«

In die Schweiz gehen. Es kommt ihm vor wie eine verschlüsselte Botschaft, wie eine der Losungen von Radio London. Sein Bauch tut weh. In die Schweiz gehen. Da dämmert ihm allmählich, was damit gemeint ist, ein Gedanke, der ihn, obwohl er ihn nicht einmal für sich im Stillen ausformuliert, mit Kälte erfüllt: die Kindheit hinter sich lassen. Er sucht Louis' Blick, Alberts Blick, die sich beide immer noch nicht geäußert haben. Er blickt sie an und sie ihn, aber von ganz weit weg, aus einer anderen Geschichte heraus. Die Schweiz ist schon da, bereits jetzt verläuft eine vorher nicht da gewesene Grenze durch die Stube. Vielleicht werden sie, wenn er es hinübergeschafft hat, sagen, das asthmatische Kind sei krank geworden. Oder nach Paris zurückgekehrt. Oder sie behaupten, er sei tot, das wäre das Sicherste, weil sie dann nicht beweisen müssten, dass er den Zug genommen hat, in den ihn niemand hat einsteigen sehen. Sterben, um zu leben, denkt er, wie Jean Valjean, der Unglückliche, den Fauchelevent auf seine Bitte hin lebendig begräbt, damit er unter einem anderen Namen wiederauferstehen kann.

»Komm mit«, sagt Blanche.

Sie gehen nach oben in das Zimmer. Seinen Koffer müsse er zurücklassen, erklärt sie, und nur einen Beutel mitnehmen mit etwas zu essen und mit warmen Sachen darin, und dann ...

»Lass uns mal nachsehen.«

Sie kniet sich hin und öffnet den Koffer. Die Gegenstände darin sind ihr fremd, sie hat nie darin herumgewühlt. »Die Stiftstummel nicht. Den Kamm? Ja. Die Tabletten ja. Das Medaillon ...« Sie kann nicht anders, als einen Moment innezuhalten, als sie die Gesichter darin erblickt. Das Medaillon, wenn er möchte, aber falls sie ihn aufgreifen, muss er schwören, es zu verstecken oder wegzuwerfen, weil es ihm sonst vielleicht schaden könnte und seinen Eltern auch – das sind doch seine Eltern, wer sollte es sonst sein? Die Blätter nicht. Die Zeichnungen gleiten durch ihre Hände »Darf ich?« Sie darf. Sie taucht in die Bilder ein, und ihre Bewegungen verlangsamen sich, als sie in eine unbekannte Welt eintritt, von deren Existenz sie nichts geahnt hat, die Welt der Insel über allen Bergen. Sie setzt sich auf ihre Unterschenkel, und ihr Rücken wird rund. Da ist ein Berg, der unter der Oberfläche des Meeres liegt, umgeben von türkisfarbenen Algen und bevölkert von Dinosauriern und Kopffüßlern. Da ist das Gesicht eines unbekannten Mannes, das dieselben Umrisse hat wie die Aiguilles Rouges. Rote Hände auf einem blauen Euter. Eine nackte Frauengestalt. Ein Mädchen vor einem Hintergrund aus blühenden Büschen, in dem sie Moinette wiedererkennt.

»Diese großen Eulenaugen ...«

»Das muss ich ihr noch geben.«

»Du wirst sie leider nicht mehr sehen.«

Ein weiterer Schlag, aber da er bereits am Boden liegt, spürt er ihn kaum. Landschaften in exzentrischen Farben, in denen Blanche das Tal wiederzuerkennen meint, dunkelgrüner Regen, violetter Schlamm, blasslilafarbene Kühe auf orangefarbenen Wiesen. Ein Berg in verschiedenen Nuancen von Weiß, Braun, Grün, der in ein großes Fragezeichen mündet. Ein Mädchen mit einem Mund aus Regen, einem Körper aus Wald, Rippen wie winddurchwehte Täler. Ein Wald aus verkohlten Stämmen. Eine lange, schwarz und lila schillernde Feder. Eine Frau mit einem Fischkopf. Ein Gebirge mit verwackelten Konturen. Sie blickt auf den Haufen aus neben- und übereinanderliegenden Blättern, die ihr eine Welt zeigen, die ihr Geheimnis letztlich für sich behält. Da kann sie ermessen, was alles verloren ist.

»Die Zeichnungen nicht.«

Sanft schließt sie den Koffer wieder.

»Ich will dir noch etwas mitgeben«, sagt sie leise. »Es ist zwar zu groß für deinen Beutel, aber dafür brauchst du gar keinen.«

Unten in der Stube beschwört sie für ihn den Herbst herauf, die letzte, noch fehlende Jahreszeit. Sie sagt »Almabtrieb«, und er sieht den Abzug der Kühe aus Loriaz vor sich: Er muss sich einfach nur den Weg, den sie im Juli genommen haben, in der umgekehrten Richtung vorstellen und die Körper und die Landschaft einmal herumdrehen, und für den Rest – die Milch-Königin, die Kuh mit einem Kranz aus Rhododendronzweigen auf dem Kopf, und die Käselaibe, die stapelweise auf Schlitten oder in den Kiepen ins Dorf gebracht werden – macht er sich im Kopf seine eigenen Bilder. Sie sagt »glühende Lärchen«, und schon brennen die filigranen Nadelbäume rote Löcher in das Grün der Tannen, und die rostbraun verfärbten Blätter des Alpenampfers und die Besenheide, deren Büschel in Flammen zu stehen scheinen, sehen aus wie deren zu Boden gefallene Früchte; »Feuer, sage ich dir, überall«. Die Sonne schafft es kaum noch über die Felsmassive und geht früh unter, direkt hinter den Aiguilles, er glaubt ihr und sieht es direkt vor sich, die Berge als schwarze Intarsien im kupferfarbenen Himmel. Sie sagt: »Wir sammeln und ernten, Kartoffeln, Heidelbeeren ...«

»Und Haselnüsse«, fügt Louis hinzu.

Karotten, Bohnen, Erbsen, Kohlrabi, die ganze magere Ausbeute ihrer Gärten, von der er nur die Blätter gesehen hat. Ein paar wenige Äpfel, fest und hart wie Feldsteine.

»Und in La Villaz gibt es Mirabellen.«

»Dann holen wir uns unsere Holzzuteilung aus dem Wald«, sagt sie. So ganz begreift er nicht, wie das vonstattengeht, aber er versteht, dass es um Brennholz geht, Grünzeug ist auch dabei, Blätter, Farnkraut, das aus dem Wald entnommen werden darf. Manche gehen aber auch heimlich nachts nach draußen und sammeln verbotenes Holz, »Mondholz«, nennt sie das, und Vadim schneidet in Gedanken einen Wald aus dem bleichen Lichtschein heraus. Nach den ersten Frösten rasen die entrindeten Stämme dann pfeilschnell die Lawinenkorridore hinab.

»Wenn die Bloche unten ankommen, werden sie verkauft«, sagt Albert.

»Bloche«, unbekanntes Wort. Bis Mitte November

sammeln sie noch Streu für die Tiere, bis der erste Schnee kommt: Moos, Laub, Nadeln. Er muss an Rouquine denken, sie wird er auch nicht mehr sehen.

»Dann wird es wieder Winter.«

Mit diesen Worten schließt Blanche das Kapitel Vallorcine, der Winter gesellt sich zum vorherigen Winter, das Feuer erlischt.

Er spürt, wie die Ecken des Almanachs sich in die Haut an seiner Hüfte bohren. Sie gehen schweigend voran, wie Éloi es angeordnet hat, der auch das Tempo vorgibt und beim leisesten Geräusch stehen bleibt. Vadim konzentriert sich auf den Almanach, das warme Rechteck aus Pappe, das von seinem Gürtel am Platz gehalten wird. Er hat das Büchlein eingesteckt, als Éloi dem Mann ein Paar mit grobem Bindfaden geschnürte Schuhe reichte, die der Junge sofort wiedererkannt hat. »Die geben Sie mir dann zurück, wenn wir oben sind«, hat er gesagt. Den Almanach lässt Vadim heimlich mitgehen, niemand weiß davon. So läuft er dann durch seine letzte Nacht, seinen letzten Wald, über seine letzten Almwiesen, mit dem *Messager boiteux* an seinen Leib gepresst. Alle vier Jahreszeiten schmiegen sich eng an seinen Bauch, er nimmt sie einfach mit, den Herbst eingeschlossen, und wer weiß, vielleicht sind darin ja sogar mit Bleistift die Daten des letzten Almabtriebs, der Ernte und der Entnahme der Holzzuteilung eingetragen – Zukunft, die zurückzulassen er einfach nicht bereit ist. Er geht voran, ohne nachzudenken, achtet nur auf seine Füße und auf gleichmäßige Schritte, nicht nachdenken, wer nachdenkt, tritt daneben, das Unbekannte ist nunmehr sein Feind. Um nicht ins Grübeln zu geraten, zählt er. Irgendwann hat er tausend Schritte gezählt. Und als die Angst in seine Rippen sticht, holt er tief Luft und atmet in den Bauch, damit der Almanach dort zusammengepresst wird, seine Kanten in sein Fleisch drückt und ihm dadurch versichert – so wie er acht Monate zuvor den Beweis lieferte, dass Vincent, entgegen Moinettes Zweifeln, ein echter Vorname ist –, dass Vallorcine wirklich existiert hat. Dass er dort wirklich existiert hat. Dass das alles nicht nur eine Einbildung gewesen ist. Denn Vallorcine beginnt bereits zu verblassen. Der Junge, der jetzt nach Loriaz hinaufsteigt, ist ein anderer: Diesmal ist es zum ersten Mal Vadim.

Der Himmel ist in der mondlosen Nacht kaum von der Erde zu unterscheiden, darin gleicht die Nacht dem Schnee. Vadim, der weiß, dass die Farbe Schwarz nicht existiert, sondern eine Erfindung der Sehenden ist, versucht so zu gehen, wie Martin es ihm empfohlen hat, nämlich indem er auf die Beschaffenheit des Bodens achtet und die Umgebung auf diese Weise erfühlt, und für den Moment ist das gar nicht schwer, weil dieser Weg älter ist als Louis und sich tief in die Landschaft geprägt hat. Zweitausend Schritte. Sie überqueren die Alm, blind diesmal für die herrliche Aussicht, die dieser natürliche Balkon auf die Posettes und den Mont Blanc bietet; als Vincent zum ersten Mal hier oben war, hatte ihn dieser Ausblick zunächst vollkommen überwältigt und ihm gleich darauf das Gefühl gegeben, zu schweben, mit der Landschaft zu verschmelzen, und *verschmelzen* hieß: bleiben. Das weiche, stellenweise feuchte Gras saugt sich seltsam an den Sohlen fest. In der Richtung, in der die

Ställe liegen, glitzern Lichtpunkte, vermutlich wird dort gerade gemolken, sie gehen vorbei, ohne dass jemand sie hört – den Lärm dieser Glocken, schießt es Vadim durch den Kopf, hört er zum letzten Mal. 2471 Schritte. Als sie die Alm verlassen, verläuft sich der Pfad. Sie müssen über Felsen klettern, nah am Abgrund Gesteinsbrocken ausweichen, immer neuen Halt suchen, sich eng an einer Steinwand entlangschieben, und er muss sich sehr gut konzentrieren, da ihm nur eine heile Hand zur Verfügung steht – umso besser, das hält ihn vom Nachdenken ab. Knöchel, die sich verdrehen, Knie, die sich verrenken, »weiter, weiter«, treibt sie flüsternd Éloi – die einzigen Worte, die er sich erlaubt, sieh zu, dass deine Muskeln und Gelenke warm bleiben, und zum Glück steckt in Vadim immer noch Vincent, der an Höhenunterschiede schon gewöhnt ist, ans Danebentreten und ans Durchhalten, während die Holländer sich schwerer tun, man hört es an ihren Atemzügen, ihrem stolpernden Gang, schwerfällige, ächzende Körper. Dreitausend Schritte.

Er weiß, dass das Verschwinden unausweichlich ist und unmittelbar bevorsteht. Als er eine kleine Ebene erreicht hat, dreht er sich um, und da ist es schon passiert, die Umrisse der Landschaft vor dem Himmel haben keine Ähnlichkeit mehr mit den vertrauten Formen. Er wendet sich sogleich wieder davon ab, denn jetzt gilt es, eine Felsspalte zu überwinden, und Éloi seilt ihn dafür an. Das Seil schneidet in seine Hüfte und droht den Almanach wegzuschieben. Weil diese Vorstellung für ihn noch unerträglicher ist als die Auslöschung der Landschaft oder zumindest genauso schlimm, benutzt er seine unverletzte Hand, um den Almanach an seinem Platz zu halten – wenn er jetzt abstürzt, wird er sich nicht abstützen können, aber der Almanach, der Schatz, das Archiv, der Beweis …

Der Talisman. Soeben hat sich sein Auftrag unversehens gewandelt. Aus der schwindelerregenden, allein vom Glück abhängigen Mission, in die Schweiz zu gelangen und dort zu bleiben, wird die Aufgabe, den Almanach in Sicherheit zu bringen. Und ob dies gelingt, hängt allein von ihm ab. Das bewirkt, dass ihm die trügerische Unauffälligkeit des Grenzpfahls nichts mehr anhaben kann, der mit seinem harmlosen Aussehen an die Brücke von Barberine erinnert, wo ein mickriger Meter Stacheldraht für etwas steht, das in Wirklichkeit eine viel größere Bedrohung ist. Eigentlich müsste er es mit der Angst bekommen, jeden Moment könnten Männer mit Gewehren auftauchen, aber für ihn zählt jetzt nur noch der Almanach, die fünfzig Quadratzentimeter Pappe, die sich an seine Haut drücken, das Einzige, woran er sich noch halten kann. Natürlich bringt ihm das auch nicht viel, als Éloi den Griff seiner Hand schließlich lockert, »Gott sei mit dir, Vadim« – keiner von ihnen hat die Kraft, mehr zu sagen. Natürlich fällt es ihm schwer, Éloi den Rücken zuzukehren, »nun geh, Kleiner, schau nicht zurück«, und den ersten Schritt ins Ungewisse zu machen. Und natürlich ist es schrecklich, einfach so in die Dunkelheit hineinzulaufen, »geh du zuerst«, hat Éloi gesagt, nachdem er das Paar Schuhe wieder an sich genommen hat, »du bist der Geschickteste«. Éloi zählt auf ihn als Führer für die Holländer, die sich noch schlechter auskennen. Doch seine eigentliche Aufgabe, sein wahres

Ziel ist es nun, den Almanach zum Tunnel zu bringen und von dort weiter nach Finhaut. Also lässt er Élois Hand los, dreht sich um und geht in die Nacht. Bei jedem Schritt, jedem Sprung, jedem Nachgeben des Untergrunds achtet er darauf, dass der Almanach an seinem Platz bleibt, und als sie eine Schieferwand hinabrutschen, ebenso. Um ihn über den Fluss zu bringen, wo sie auf rutschigen Steinen und bis zu den Knien im Wasser vorangehen, klemmt er ihn ganz fest unter seinem Hemd ein. Plötzlich macht Jan einen falschen Schritt und stößt einen Schrei aus. Vadim erschrickt und gerät ebenfalls ins Wanken, und da er sich nirgendwo festhalten kann, sinkt er im Fluss auf die Knie und taucht mit dem Gesicht ins Wasser. Als er sich wieder aufrichtet, nass bis zur Taille, ist der Almanach aus seiner Hose gerutscht, und er tastet panisch danach, wühlt in der Strömung, taub für das Gurgeln des Wassers, das sie in der vollkommenen Stille ringsherum verraten könnte. Er schenkt dem »Psssst« der Holländer hinter sich keine Beachtung, überhaupt ist es doch ihre Schuld, dass er ins Schwanken geraten und hingefallen ist und dabei den Almanach verloren hat, wieder ein verzweifeltes »Psssst!«, und der Mann legt Vadim die Hände auf die Schultern, damit er aufhört herumzuwühlen. Vergebens, denn Vadim reißt sich los, um weiter im Wasser zu rühren, bis er schließlich einen Packen durchweichtes Papier herausfischt. Zurück am Ufer, nimmt er sich dann auch noch die Zeit, auf den Steinen das Wasser aus den Blättern zu drücken und den Stapel anschließend, eingerollt in seinen trockenen Pullover, den er dafür extra aus seinem Beutel kramt, auszupressen. »Schnell«, drängt der Mann, »schnell – der Junge ist verrückt.« Unter seinen Fingernägeln sammelt sich aufgeweichtes Papier, während er sich bemüht, die rechten Winkel wieder herzurichten, um das ursprüngliche Viereck zurückzuerhalten. Dann zieht er den Bauch ein und schiebt den Stoß Pappe wieder in den engen Spalt zwischen Haut und Gürtel.

Auf dem Stück Straße, das sie zum Tunnel bringt, sind sie schutzlos, jeder könnte sie sehen. Also rücken sie gebückt und etappenweise vor, kriechen wie Soldaten, die einen Angriff aus dem Hinterhalt vorbereiten. Vadim hat längst aufgehört, seine Schritte zu zählen, und gibt auch nicht mehr den Anführer. Ein leichter Wind weht, seine nassen Kleider fühlen sich eiskalt an. Das Gras reibt an seinen verkrusteten Knien, die Erde brennt wie Salz. Weil die Schlinge verrutscht ist, erwacht auch der Schmerz in seinem Daumen wieder. Der Almanach sticht in seine Haut. Jetzt hat die Anspannung nichts mehr mit der Unsicherheit zu tun, den richtigen Weg zu finden, denn der liegt in der Dämmerung breit und klar umrissen vor ihnen und birgt auch keine unerwarteten Unebenheiten mehr für sie. Élois Skizze entfaltet sich dreidimensional vor ihren Augen, und Vadim kann den Tunnel bereits vor seinem inneren Auge sehen. Die jetzige Anspannung hat mit den Schweizer Truppen zu tun – hoffentlich hat sich an den Zeiten ihrer Kontrollgänge nichts geändert. Ein wenig Anspannung geht auch von der Frage aus, als wie haltbar sich der Almanach erweisen wird, der sich durch das Reiben des Stoffs und den Hautkontakt nach und nach auflöst.

Da waren gar keine Gespenster oder Erfrorene hinter

Loriaz und in den Bergen von Barberine, denkt Vadim, als er an der Tunnelwand lehnt. Allerdings, wenn man den gleichen Weg im Schneesturm und im Nebel zurücklegte, oder zumindest, wenn alles mit Schnee bedeckt ist, kann er sich durchaus vorstellen, dass man dann auf Gespenster oder andere unheimliche Gestalten stoßen würde. Er hat keine Ahnung, wohin dieser Tunnel eigentlich führt. In seinem Inneren ist es genauso schwarz wie im Tunnel von Montroc, aber hier gibt es weder herunterhängende Zapfen noch vereisten Atem, noch einen Lärchenzweig, der über den Zement kratzt, und sie gehen diesmal auch nicht durch den Tunnel hindurch. Sie verharren nur eine Weile in seinem Schutz, in die Dunkelheit gehüllt, verborgen wie in einer Höhle. Er beißt von einem Stück Käse ab. Es ist ein seltsames Gefühl, den weichen Käse hinunterzuschlucken, den Blanche aus dem Keller geholt und in Stücke geschnitten hat. Der Almanach liegt neben ihm zum Trocknen, das hofft er zumindest, ein hellbrauner, weißer und roter Klumpen Pappmaché.

Sie warten. Ganz allmählich färbt sich der Himmel blau, oder sie nehmen es zumindest an, denn im Tunnel kommt lediglich blasses Mondlicht an. Jan hat eine Uhr. Falls sie noch funktioniert, nachdem sie vorhin nass geworden ist, wird er irgendwann das Zeichen zum Aufbruch geben. Vadim legt den Kopf auf seinem Beutel ab, eine Hand ruht auf dem Almanach. Sein müdes Hirn blättert durch das Album der Gesichter in seinem Kopf. Seine Mutter. Blanche. Jetzt nicht schwach werden, er muss durchhalten. Olga. Moinettes Mutter. Moinette. Oh, diese Moinette, Zuckerkrümel glitzern auf ihrer

Oberlippe wie winzige Diamanten, und ihre Lippen beben, weil er ihre Verabredung vergessen hat, als sie zu seinem Geburtstag extra Beignets für ihn gebacken hatte – künftig wird er jede Verabredung mit ihr versäumen, und der Gedanke an ihr Gesicht lässt ihn verzweifeln. Als Nächstes sind die Gesichter der Männer dran. Éloi. Albert. Louis. Martin. Sein Vater. Jean. Immer mehr kommen hinzu, Jeanne, Émile, der Abbé, der Lehrer, Pierre, Gustave, der Dünne und jene, deren Namen er vergessen hat, sie strömen alle zusammen wie auf einem großen, bewegten Familienfoto, die geografische Trennung zwischen den Personen ist aufgehoben, und in der Mitte befindet sich sein Gesicht mit den schwarzen Locken und den langen, mädchenhaften Wimpern, der Junge mit einem »V«. Als die Zeit gekommen ist, sich zu trennen, klopft sein Herz wild. Nicht, weil er ohne seine Fluchtkameraden weitergehen wird, sie haben in seinem Leben kein Gewicht, sondern bei dem Gedanken daran, was er als Nächstes tun soll: Nicht mehr lange, dann soll er zu irgendeiner, ihm fremden Person sagen: »Ich bin Vadim Pavlevitch.«

Eine oder höchstens zwei Stunden, nachdem Jan das Zeichen gegeben hat und er ins helle Sonnenlicht getreten ist, um kurz darauf wieder im Wald zu verschwinden, betend, dass niemand ihn gesehen oder falls doch, ihn für jemand anderen gehalten hat – Dorfbewohner oder Hirtenjunge –, wird er das tun, was Éloi ihm aufgetragen hat: an die Tür eines der Häuser klopfen, die oberhalb des Dorfes Finhaut liegen. Ob Finhaut ihm Glück bringen wird? Zumindest klingt der Name eher freundlich als bedrohlich, und es steckt das kleine Wort »haut«

darin: »oben«, das erinnert ihn wieder daran, wie er insgeheim seinen Zufluchtsort nennt, seine Insel über allen Bergen, die er in den letzten Monaten so lieb gewonnen hat. Und dem Mann, der ihm dann öffnet und dem man sein grenzenloses Mitleid ansehen wird, nachdem sein Blick auf die Armschlinge und den blauen Daumen gefallen ist, auf die mit Krusten schwarzer Erde bedeckten Knie, die nasse Hose, die dunklen Ringe unter den Augen und den Abgrund darin, die Männer und Frauen mit den Forellenköpfen, die sich an den Rücken des Jungen klammern; dieser Mann wird sogleich und ohne dass es weiterer Erklärungen bedarf, verstehen und ihn hereinbitten, den unbekannten Jungen rasch zum warmen Ofen führen, seine Frau herbeirufen und ihm in der Zwischenzeit schon mal ein Glas Milch einschenken – diesem Mann also wird er seinen Geburtsnamen nennen, den Namen, der ihm gewissermaßen als Pass für die Schweiz dienen soll. Aber während er die Reste des Almanachs, der mittlerweile hart geworden ist wie ein Zwieback, wie eine Flechte an seinem Bauch kleben fühlt, kommt ihm der Gedanke, dass er nicht nur der ist, als der er geboren wurde, sondern auch das Kind der Insel über allen Bergen.

Der-von-der-Insel-über-allen-Bergen, sein Indianername.

Danke

Dominique Ancey und Nathalie Devillaz: Danke, dass ihr mich so freundlich empfangen und mir geholfen habt, zu den Familien im Tal der Bären Kontakt aufzunehmen. Ihr wart die besten Brückenbauerinnen, die man sich denken kann.

Außerdem möchte ich den Bewohnern von Vallorcine dafür danken, die sich mir zuliebe so bereitwillig in ihre Kindheit zurückversetzt haben: Annie Ancey, Pierre und Estelle Ancey, Roger Ancey, Yvonne Ancey, Louis Bozon, Claude Burnet, Hubert Burnet, Marguerite Chamel, Jean-Paul Claret, Simone Claret, Odette Claret, Yvette Devillaz, Jean-Marie und Jacqueline Dunand, Luc Dunand, Marcel und Chantal Dunand, Solange Dunand, Maryse Thévenet und Odette Vouilloz.

Danken möchte ich auch Xavier Dunand: Deine große Liebe zur Natur und den Traditionen ist einfach ansteckend.

Und ich möchte all jenen danken, die mich aufgenommen haben an diesem Ort, der nicht mein Zuhause ist: Dédé Devillaz für deine Freundschaft; ein Thema, das auch in diesem Roman eine wichtige Rolle spielt.

Außerdem Laurent Tardy, der Bibliothekarin Gudule Wyser sowie den Lehrerinnen der Ecole Robert-Chamel Katia Bel und Lucile Valentin.

Dem wunderbaren Historiker Jacques Semelin, der die Fähigkeit besitzt, selbst in der dunkelsten Tragödie das Licht zu sehen.

Meiner Verlegerin Eva Chanet, die erkannt hat, dass in der Bergwelt ein Roman schlummert.

Meinen Lektoren und treuen Freunden Guy Peslier und Michel Quint.

Und ich danke Luis, meinem Berg.